U0926199
June

雪竹小的时候，

最喜欢和她家对面的哥哥一起玩。

哥哥穿着天青色的校服，

坐在小区楼下的树荫前看书。

她看见光透过树叶间隙，

悄悄落在他清俊好看的脸上。

小小的房间里，简陋至极的道具，是孩子们用想象描绘出的世界。
是他们想象中的，大人们的生活。
大人们觉得好笑，却又觉得好可爱。
WELCOME

盛夏刺眼的光斑落在他脸上，
连炙热的阳光都变得温柔起来。

有爱的青春陪伴者

邻家哥哥

图样先森 / 著

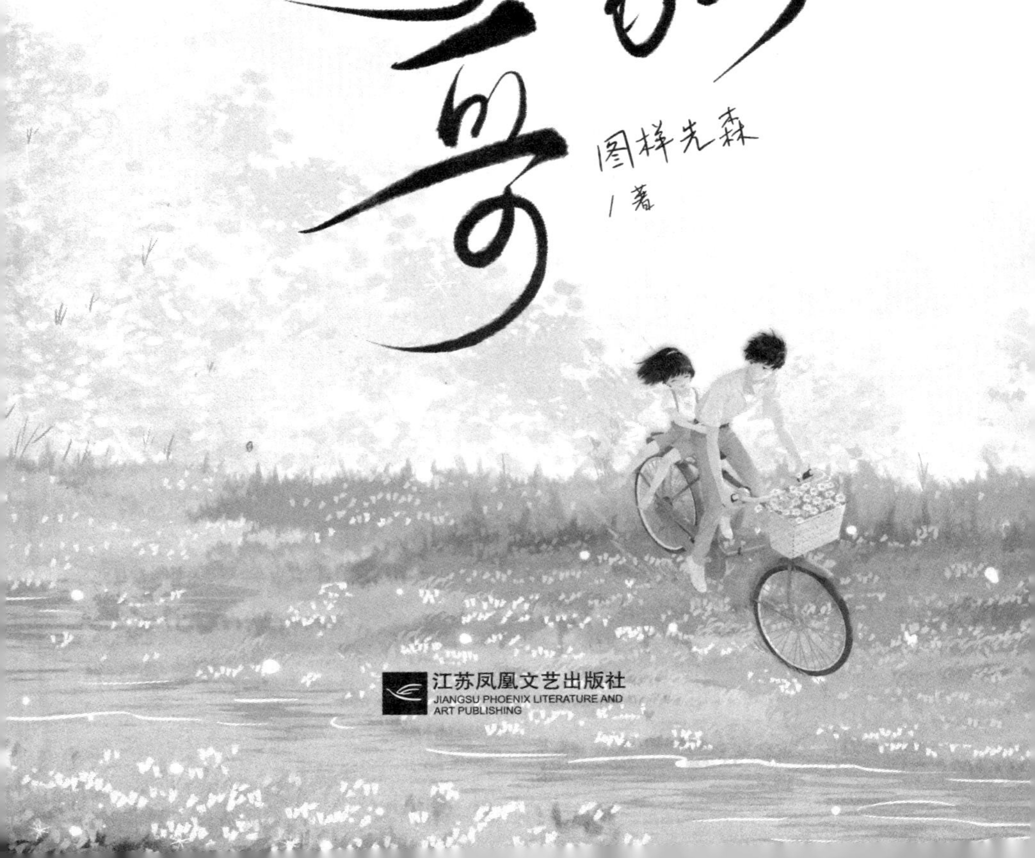

江苏凤凰文艺出版社
JIANGSU PHOENIX LITERATURE AND
ART PUBLISHING

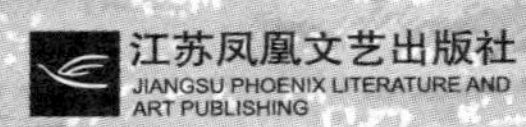

图书在版编目（CIP）数据

邻家哥哥 / 图样先森著. -- 南京 : 江苏凤凰文艺出版社，2022.9

ISBN 978-7-5594-6536-8

Ⅰ. ①邻… Ⅱ. ①图… Ⅲ. ①长篇小说 - 中国 - 当代 Ⅳ. ①I247.5

中国版本图书馆CIP数据核字(2022)第004358号

邻家哥哥

图样先森 著

责任编辑	王昕宁
特约编辑	张　磊
责任校对	言　一
出版发行	江苏凤凰文艺出版社 南京市中央路165号，邮编：210009
网　　址	http://www.jswenyi.com
印　　刷	长沙鸿发印务实业有限公司
开　　本	880mm × 1230mm 1/32
印　　张	10.25
字　　数	328千字
版　　次	2022年9月第1版
印　　次	2022年9月第1次印刷
书　　号	ISBN 978-7-5594-6536-8
定　　价	45.80元

目 录

目 录

Contents

Prequel

熊猫和竹子

“裴老师。”

高二期末考试开考半小时后，隔壁班监考的唐老师站在教室门口小声地喊裴雪竹。

正埋头答题的学生们不约而同地抬起头来往门口看去。

雪竹没动，用询问的眼神看了眼主监考。

主监考王主任是整个年级出了名的魔鬼监考，四十几岁，酷爱条纹 polo 衫，腰间皮带将他丰满的肚子分割成两半，夏至后的温度如此毒辣，他还在坚持每天用保温杯泡茶。

王主任沉沉地嗯了声，然后继续双眼如炬地盯着台下神色各异的学生。

学生们忙低下头，做出认真答题的模样。

出来后，唐老师问雪竹：“晚上去唱歌吗？”

雪竹问：“唱到几点啊？”

唐老师：“晚晚场，唱通宵，如果实在坚持不住了先回家也行，我们女同胞有特权。”

暑假是学生的暑假，当然也是老师的。

老师们甚至比学生更期待暑假。

雪竹没多想就答应了：“好啊。”

唐老师又问：“你老公去吗？”

雪竹不解：“他去干什么？”

“从来没听你老公唱过歌，好奇呗。”唐老师说，“而且每次说好可以带家属的聚餐，你从来都不带你老公来，干吗？金屋藏老公啊？”

雪竹解释：“他工作忙。”

“总不能凌晨还在忙吧，他不睡觉？”唐老师试图说服她，“你问一下嘛，不来就算了。”

唐老师兴致太高，雪竹只好妥协道：“行吧。”

雪竹掏出手机给老公发微信。

八卦的唐老师凑过头去看，发现裴老师给她老公的备注居然是“宁宁哥哥”。

唐老师愣了一瞬。

没记错的话，她记得裴老师的老公名字里就有个“宁”来着。

当时结婚请柬上印着：

孟屿宁先生 & 裴雪竹小姐

唐老师顿时用一副肉麻到不行又羡慕到不行的表情酸溜溜地问：“你平常都叫你老公‘哥哥’啊？”

雪竹有些尴尬，拿着手机的那只手下意识地往回一缩。

唐老师：“没看出来你私底下对老公这么嗲啊。”

雪竹含糊说：“就是个备注而已。”

唐老师：“啧啧。”

雪竹有点无奈。

谁长大了还用叠字小名加哥哥叫人，小孩儿叫显得可爱，大人叫就显得矫情了。

雪竹其实也不这么叫他。

是孟屿宁有一次喝醉了问她："你怎么不像小时候那样叫我宁宁哥哥了？"

男人计较起来比女人还难哄，雪竹叫不出来，只好退而求其次给他改了备注，这才算过关。

点开聊天界面，唐老师又眼尖地看到裴老师和她老公之前的对话。

bamboo：【什么时候到家？】

宁宁哥哥：【快到了，在楼下。】

bamboo：【先别上来！帮我拿下快递！】

宁宁哥哥：【取货码发一下。】

bamboo：【您的快件已到达菜鸟驿站，取货码：××××。】

宁宁哥哥：【好的。】

唐老师一愣。

好……好家常的对话。

单身未婚的唐老师突然对婚姻这玩意儿失去了那么些期待感。

bamboo：【晚上有空吗？我晚上和同事去唱歌，你来吗？】

两个人站在教室门口等了好几分钟，都没有等到回复。

唐老师急着回去监考，于是说："等你老公回了再跟我说，我先回教室了。"

"好。"

雪竹收起手机走回教室。

王主任迫不及待地站起来。

雪竹吓了一跳，立刻认错："不好意思出去太久了。"

王主任居然难得地对她表示宽容："没事。裴老师，你替我看会儿，我去趟厕所。"

雪竹一愣，憋着笑点头："好的。"

坐在讲台上，雪竹撑着下巴看着台下鬼鬼祟祟的学生们。

有的正在蠢蠢欲动，自以为自己的小动作没被老师发现，殊不知老师坐在上面，对下面的动静一目了然。

雪竹笑眯眯地说：“倒数第二排那两个，在干什么呢？”

被点名的那两个学生立刻犹如霜打的茄子般蔫了下去。

杀鸡儆猴，这下学生们谁也不敢再期望这位年轻的女老师会睁一只眼闭一只眼放纵他们的小动作了。

兜里手机振动，雪竹心想应该是孟屿宁给她回消息了。

掏出手机，果然是。

宁宁哥哥：【监考完了？】

bamboo：【嗯，今天是最后一门。】

bamboo：【唱歌你有没有空来啊？】

宁宁哥哥：【我今天要加班。】

宁宁哥哥：【你唱到几点？太晚的话我去接你。】

很委婉的拒绝。

雪竹毫不意外，孟屿宁是真忙，他们在银行上班的巴不得一天二十四小时能连轴转。

这意思就是不去了，雪竹也不失望，老公不在她玩得更开。

bamboo：【不用啦。】

这个“啦”字怎么都给人一种老公不能陪她一起去聚会，她不但不失望，反倒很开心的感觉。

孟屿宁当然也感觉到了，抽空到休息间泡杯咖啡喝。

他正琢磨着回个什么表情，有人敲响休息间的门。

“孟行，陈行找您有事。”

孟屿宁收起手机：“好。”

他喝完最后一口咖啡，走到水池边打算洗杯子。

替行长传达指令的女职员踌躇片刻，还是鼓起勇气上前说：“要不我帮您洗吧？”

“不用。”孟屿宁边解着衬衫袖口边说，“你去忙吧。”

女职员眼睁睁看着男人熟练地将两边的袖口扎起，露出劲瘦结实的手肘，而后他将左手上的机械表取下，放在了水池边。

他又取下了无名指上的婚戒，收进西裤兜。

似乎是一滴飞溅的水也不愿意让戒指沾上。

最后一门考试终于结束。

学生兴奋得比较外放，老师兴奋得比较矜持。

唐老师在知道裴老师的老公不去后，不免发出一声叹息。

“自从婚礼过后，就再也没看到过你老公了。”

雪竹知道唐老师失望不是对孟屿宁有什么想法，而是纯粹因为想要欣赏美的事物，饱饱眼福。

婚礼上，唐老师和孟屿宁本来不熟，还是一连喝了好几杯酒壮胆，才走到孟屿宁面前，神色严肃地问了句：“孟先生，你真的没有兄弟吗？”

孟屿宁那时不明所以，茫然地看着雪竹。

雪竹看天佯装什么都不懂，但其实自己心里也有疑问。

后来喝多了，新婚夫妻进洞房，雪竹的头一个问题就是——

“为什么你爸妈当初只生了你一个啊？这么好的基因，未免也太浪费了吧。”

孟屿宁淡淡地说：“计划生育。”

雪竹趁着醉意大着胆抱怨起这个政策来，说这么好的基因就该一代代传承下去。

孟屿宁沉默了几秒，然后温声安慰她：“没关系的。”

雪竹问：“没关系什么？”

孟屿宁不怎么绅士地睨了眼她旗袍的开衩处，然后很正经地说：“我们可以多生几个。”

雪竹身材偏瘦，穿上旗袍虽然看着没有那么丰满性感，但胜在小时候学过几年舞蹈，气质和形体都优越，皮肤雪白，纤细娇小，有种恰如其分的柔软和香甜。

唐老师虽然对于雪竹老公不能来感到有些失望，但酒一下肚，很快便把这事儿抛在了脑后。

人民教师们为庆祝解放，足足唱到凌晨一点，有个别作息正常的人坚持不住了，提出先撤。

后来陆陆续续又走了不少人。

没人跟雪竹抢麦克风，这下她可高兴死了。

受父母影响，雪竹每次去 KTV 必点歌曲居然是《心雨》。

以前都是听父母深情对唱，雪竹有样学样，唱得那叫一个深情款款。

可惜在场剩的人就算会唱也不愿和一个已婚妇女对唱这么老土的情歌，所以雪竹只好两手抓着麦克风，兀自沉浸在独角戏中。

到女声部分，雪竹悲悲戚戚，尖着嗓子唱出属于那个年代女人的无奈和悲凉。

“我的心是六月的情，沥沥下着心雨。”

到男声部分，雪竹深沉痛苦，压低了嗓子唱出了一个男人对他所爱女人的那种不舍和无力。

“想你想你想你想你，最后一次想你。”

到歌曲高潮了。

“因为明天，我将成为别人的新娘。”

“让我最后一次想你。”

说真的，那个年代的歌还是蛮有意境的。

她唱得这么入戏，让其他同事都不禁怀疑最近裴老师是不是婚姻出状况了。

不过桌上振动着的手机提醒他们，裴老师纯属戏精上身。

唐老师立刻主动替雪竹接了电话，又报了地址，终于如愿能看到裴老师的老公。

裴老师的老公似乎是刚下班，身上的西装还没来得及换下，眸中带着淡淡的疲倦。

男人进来时，不止唐老师，其他几个同事都有些愣住。

同样都是“社畜”，有的人下班之后如同未开化的猿类不修边幅，捧着啤酒抱怨这无趣的生活，而裴老师的老公即使面露倦意，却也只是为他平添几分烟火，仍是清风朗月、温润雅致得像是画中的人。

裴老师喝大了，没察觉到老公来接她，仍抱着麦克风不放，不断地重复着那句最虐心的歌词：“因为明天，我将成为别人的新娘……”

包厢里此时除了裴老师的激昂高歌，谁也没敢出声。

当着老公的面说要成为别人的新娘，裴老师好胆识。

孟屿宁走到雪竹面前，挡住了屏幕。

“别挡着我看歌词啊。”雪竹不耐烦地挥手赶人。

孟屿宁轻轻拍了拍她的脸，语气平静：“你要成为谁的新娘？”

“废话，”雪竹翻了个白眼，又打了个酒嗝，“当然是宁宁哥哥的新娘。”

男人笑了笑，从微扬的嘴角到弯起弧度的眼睛，笑意自眼梢融化开，刹那间扫去了他清俊面容上刚刚还残留着的乏累。

他脱下西装递给她，说：“盖着腿。”

雪竹：“什么？”

下一秒，雪竹很快知道他为什么让她盖着腿。

她穿着裙子，膝盖以下的小腿肌肤被他的西装挡着，孟屿宁打横抱起她。

包厢里的同事们同时倒吸了一口气。

雪竹被抱着也不老实，手抓着他的领带问：“你要带我去哪儿？”

孟屿宁顺着她的话说：“带新娘回家。”

雪竹瞬间被这肉麻的话激清醒了：“咦？你来接我了？”

“嗯。”

这对夫妻早已长大，都不是情话脱口而出的性格，雪竹看同事们都在场，比往日里私底下听这话时更不好意思，嘴角抿起羞赧的弧度，乖乖将头靠在他胸前，掩耳盗铃般躲避他人的眼神。

孟屿宁也有点不习惯，垂着眼皮，但仍冷静地与妻子的同事们礼貌告别，然后抱着雪竹离开。

同事里有不少还是单身，好半天没从粉红泡泡中回过神来。

唐老师却突然想到她在裴老师的聊天记录上无意间扫过的裴老师老公的微信头像。

一只坐在皑皑雪地中，抱着竹子的卡通大熊猫。

她醉醺醺地想，明明这种不经意间流露出来的恩爱才是真暴击好吗！

Chapter 01

记忆是阵阵花香

雪竹上小学前的最后一个暑假没像往常那样，去乡下的爷爷奶奶家过。

最好的朋友祝清滢在学前班毕业之前就和她约定好了，小学也要念一个班，可是妈妈告诉她，分班不是她们能决定的，要等到开学以后才能知道祝清滢是不是和她念一个班。

雪竹为这事担心了一整个暑假，但是大人们都不理解她。

不理解就算了，妈妈还逼着她练琴。

她现在哪有心情练琴，干脆从家里逃了出来。

夏蝉在疯狂地吼叫；两个大爷对坐在树荫下下象棋，眉头紧锁，全神贯注；三两围观的大爷拍着蒲扇，边驱赶这炎日酷暑，边对当前棋局指手画脚；吃棋子时发出的碰撞声……这一刻，悠闲和懒散被诠释得淋漓尽致。

大爷们见雪竹站在旁边围观，亲切地问她想不想学下棋。

雪竹很小的时候就被爸爸逼着学过下象棋，她对这个有阴影，立刻干笑着跑开。

她晃荡着晃荡着，又跑到了住在一楼的贺筝月家。

她喜欢去月月姐姐家，因为姐姐的房间里有台被淘汰的小电视，长着两根“羊角”，没信号，大多数频道都是雪花，只有本地台有画面，天天放些卖药的野广告，还是黑白的，但小孩子电视瘾大，就连广告也看得津津有味。

今天来得正巧，贺筝月家没大人，姐妹俩终于不用委屈看广告了。

可偏偏卫视台的广告也很长，几分钟的广告时间像是世纪穿越那般悠长。对于小孩儿来说，每到了最精彩的时候戛然而止，电视上的叔叔说的那句“不要走开，广告之后更精彩”，简直是最无耻的谎话之一。

“烦死了，演完一集再放广告会死吗？”贺筝月抱怨道，“看 VCD 吧。”

当然会死，一集都放完了谁还会看广告。

电视台的工作人员都是很精明的。

说看就看，贺筝月跑到电视柜前蹲下，打开存放光碟的抽屉翻找。

抽屉里大多是从音像店买来的盗版光盘。

“我们看《薰衣草》吧？”

雪竹点头说好，她知道就算她说不想看，姐姐也不会听的。

贺筝月因为这部剧爱上了薰衣草这种植物，也爱上了紫色，省下零花钱去买里面装有薰衣草和小纸条的小玻璃瓶，摆满了整个床头柜，甚至为此和父母提过，想把房间的墙刷成紫色的，结果理所当然地被父母骂了。

看 VCD 有个好处，想看第几集就看第几集，不用再受电视台的摆布。

贺筝月直接跳到了男女主角腻歪的画面，她脸上不自觉地露出了羞涩的表情。

就在此时，客厅大门被打开——非常戏剧化地，贺筝月的父母回来了。

贺阿姨的声音如魔鬼般从姐妹俩身后响起：“贺筝月！你又趁我和你爸不在家看这种乱七八糟的东西！你有空多读点书也不至于中考连一中的分数线都上不了，还要我们花钱把你送进去！”

紧接着，贺阿姨看到了坐在沙发上的雪竹，瞬间就崩溃了，扯着嗓子大叫：“你这个死丫头，居然还带着小竹一起看！”

家丑不宜外扬，贺阿姨关起门来将女儿打了一顿。

雪竹被请了出来，贺阿姨为了补偿她，送了她一瓶太子奶。

白赚了一瓶太子奶的雪竹坐在楼梯上喝，她咬着吸管想要不要上楼去找钟子涵玩。

但是子涵哥哥这时候应该在上暑假补习班，不在家吧。

雪竹没遇见过比钟子涵更可怜的小孩儿，虽然她每周都有钢琴课，但起码玩的时间还是有。不过或许是她现在的年纪还不到上奥数课的时候，有可能等她十二岁时，妈妈也会逼她去上奥数课。

她绞尽脑汁地想该去哪儿打发时间。

只要不回家，去哪儿都好。

自从妈妈斥巨资一万块买了一架海曼牌钢琴，为了把这一万块给弹回来，妈妈恨不得她能直接睡在钢琴上。

刺耳的汽车鸣笛声划破思绪。

雪竹抬头望去，小道上缓缓驶过来一辆面包车，最后停在了她面前。

从驾驶座上走下来个中年男人，他动作有些粗鲁，车门被重重关上，把雪竹吓了一跳。

雪竹赶紧站起身跑到一边给他让路。

中年男人穿了件背心，汗涔涔地黏着肌肉，腮帮子一动将嘴角的烟吐出来，烟头掉在地上，很快被他抬脚踩扁。

他的眉头自始至终都紧紧皱着。

雪竹只敢斜眼悄悄打量他。

“孟屿宁，下来搬东西。”中年男人张嘴喊道。

雪竹似乎都能闻到他嘴里的烟味。

副驾驶的车门此时也被打开，雪竹下意识地捂住了耳朵，却并没有听到砸门声。

坐在副驾驶上的人动作轻柔，一点也不吵。

是个哥哥。

盛夏刺眼的光斑落在他脸上，连炙热的阳光都变得温柔起来。

他消瘦高挑，皮肤很白，眉眼清秀稚嫩，有着一双茶褐色瞳孔，嵌在眼眶里像是浸着一汪清水，淡淡的没有焦距，发色比寻常人要浅一些，呈现出温柔的棕栗色。

中年男人力气大，比人还高的柜子他不费吹灰之力就给架在了肩上。

他沉声催促少年：“快点。”紧接着，自己搬着柜子先上楼去了。

少年的骨骼还未完全长开，背脊单薄且消瘦，搬不了那么重的东西，他选择了体积相对来说比较小的桌子。

可是上楼梯又是个难题。

突然有个小身影掠过眼角，迅速替他抬起了桌子的一角。

少年低头看去。

矮个子，糯米团子一样的脸。

她扎着双马尾，两朵对称的粉色雪纺头花，花心上还粘着耀眼的水钻，相当刺眼。

“粉色头花”说：“我帮你抬。”

只可惜“粉色头花”高估了自己的力气，就算再多来两个“粉色头花”，也未必帮得了人家。

中年男人很快空着手从楼上走下来，语气不是很好：“我都下楼了你还没搬上去？”

原本想教训儿子，却看到儿子身边站了个小女孩，中年男人问：“这谁家的小孩儿啊？”

雪竹主动介绍：“我也是住这里的。我看他搬不动，所以帮他一起搬。”

“他都搬不动你帮他就能搬得动了？”中年男人扯着唇笑了两声，挥手赶人，“行了，小孩儿都站一边去，我来。”

中年男人抬过桌子，又问雪竹：“小朋友，你住几楼？”

“四楼。”雪竹说。

中年男人有些惊讶：“嗯？我也住四楼。”

雪竹也很惊讶。

他们这个单元一楼两户，以前雪竹家对面住着孟爷爷。

孟爷爷是个退休老教师，老伴很早就去世了，他一个人在这里住了很多年，有时候妈妈煮多了红薯，就会给对门的孟爷爷送几个过去。

孟爷爷有时候也会给雪竹家送东西，可是爸爸妈妈很少收，于是孟爷爷就只送零食了，有时候是小浣熊干脆面，有时候是各种口味的真知棒，还有会赠送贴纸的泡泡糖。

雪竹每次偷偷收下，泡泡糖她吃，里面的贴纸她拿来贴在孟爷爷家门口。

她问孟爷爷能不能贴在他家门口，因为爸爸妈妈不许她在家里贴，说难看。

孟爷爷笑呵呵地说可以，还夸她贴得好看。

直到一年前，孟爷爷去世了。

葬礼在小区里举行，就地搭了一个大棚子，纸扎成的花圈在还不懂事的小朋友眼中是那么艳丽漂亮，与孟爷爷的黑白照片形成对比。

再也没有人会在雪竹幼儿园放学后，比父母更早地站在楼下笑着迎接她，往她的小书包里塞泡泡糖。

并不愿意接受这个事实的雪竹仍然会在每次放学后，从口袋里掏出皱巴巴的一毛钱去小卖部买一块泡泡糖，将里面的贴纸贴在孟爷爷家的门口。

一年过去，对面那扇门再也没有被打开过。

漫长的时间会让人学着接受很多在当时不愿意接受的事实，包括还不懂事的孩子。

直到今天，有新的邻居搬了进来。

就好像孟爷爷回来了。

雪竹开心地跑上楼，正好碰上中年男人嫌弃地对着门上贴得乱七八糟的贴纸抱怨："这是哪个小孩儿在别人家门口乱贴东西啊。"

雪竹不敢说话。

她想说她不是乱贴，她觉得贴在门上很好看才贴的，比墙上那些什么"开锁大王"的广告贴得好看多了。

"叔叔，"雪竹问，"那你认识孟爷爷吗？"

中年男人点头，指着少年说："他爷爷。"

雪竹点点头。

孟爷爷走了，但他的家人搬了过来。

在某种程度上来说治愈了雪竹再也看不到孟爷爷而失落的心灵。

这时，雪竹家的门正好被打开，本来神色有些焦灼的裴连弈看到女儿站在门口，脸色瞬间松了下来："去哪儿耍了？你妈让你回来练琴。"

雪竹的表情瞬间变得扭曲起来。不过好在裴连弈的注意力很快被挡在门口大大小小的家具给转移了，没看见。

"对面有人搬来了？"看到新邻居的样子，裴连弈像是突然想起了什么，

“你不是那个——”去年在孟老爷子的丧礼上见过面。

中年男人孟云渐撩起衣服擦了擦额头上的汗，冲人点了点头：“我是孟长风他儿子，带我儿子搬过来住了。”然后又捏着少年的肩膀拉到面前，“这是我儿子孟屿宁，快叫叔叔。”

雪竹终于听到少年说话了。

他的声音很干净，明朗清越：“叔叔好。”

“你好，好像比去年长高了。”裴连弈笑着说，“这是我女儿裴雪竹，她去年躲在屋子里哭没去。小竹，叫叔叔、哥哥。”

雪竹乖巧道：“叔叔，哥哥。”

老孟简单点了下头，说：“你女儿蛮可爱啊，刚在楼下还说要帮我搬东西。”

裴连弈赶紧谦虚：“她就是一张嘴会说而已。”

雪竹在心里反驳，我刚刚可是真的去帮忙了。

只是没帮上而已。

“用帮忙吗？”裴连弈问，“我看你们东西好像挺多的。”

老孟说：“不用，我自己搬就行。”

“哎，没事，以后都是邻居了。”

说完，裴连弈撸起袖子开始帮邻居搬东西，又看到站在一旁的女儿，挥挥手说：“进屋练琴去。”

雪竹毛遂自荐：“我也要帮忙搬东西！”

裴连弈哼笑：“不练琴让你干什么你都愿意。”

被戳穿了的雪竹也并不害怕，反正她知道爸爸肯定会纵容她。

搬东西的过程中，雪竹不敢向孟叔叔承认说门上的贴纸是她贴的，可是她又很想告诉孟叔叔，那不是恶作剧，她问过孟爷爷，孟爷爷说贴了好看她才贴的。

搬到一半，两个男人都累了，坐在沙发上喝水。

裴连弈扭头问：“你们俩喝饮料吗？小竹，我给你钱你下去帮哥哥买瓶饮料上来喝。”

孟屿宁说：“谢谢叔叔，我不喝。”

雪竹也跟着说：“那我也不喝。”

“哈，就知道跟着别人说话。”裴连弈笑。

大人们继续在客厅闲聊。

孟屿宁在收拾自己的房间，他推着书桌一点点地挪进房间，雪竹跑过去帮他推。

只是帮着推也很费力，刚将书桌推进房间，雪竹就累了。

几平方米的小房间，椅子还没搬进来，雪竹手脚笨拙地想爬上书桌坐着。

“我抱你上去。”

孟屿宁蹲下身，胳膊穿过雪竹的腋窝。雪竹闻到了他身上洗衣粉的味道。

还没上小学的雪竹说不出那是一种怎样干净的味道，好像是清晨刚下过雨的小石子路。

少年力气不算大，但勉强能抱起她，然后将她放在了书桌上。

雪竹坐在书桌上，两条小短腿晃晃悠悠的。

孟屿宁继续整理东西。

不做事的雪竹看着他忙来忙去的有些不好意思，从兜里翻出一块泡泡糖想请他吃，打算讨好下这个新邻居，所以她的语气特别可爱，也特别真诚：“你吃泡泡糖吗？”

孟屿宁没接，目光平静地看着她手心里的泡泡糖，突然问：“门口的贴纸是你贴的？”

雪竹没想到自己会暴露，赶紧解释，小孩子口齿不清，越急越说不清楚：“是，但是我不是故意贴的，是爷爷说好看，所以我才贴的。”

“贴得很好看。”他说。

孟屿宁接过泡泡糖，撕开外面的纸，将泡泡糖送进嘴里，又把贴纸送给了雪竹。

雪竹看他没有怪罪自己，这才放心。

因为孟叔叔不喜欢，这次她没有再把贴纸贴在门上，而是贴在了自己的左手上，还用右手用力拍了拍手背，让它粘得更牢。

贴贴纸是有技巧的，雪竹是这方面的高手，要按一按，拍一拍，搓一搓，才能贴得完整漂亮。

贴好后，她问：“我贴手上好不好看？”

孟屿宁看着她白嫩的小手上贴了个花花绿绿的东西，犹豫片刻，又看到她那亮晶晶的双眸里闪烁着期待。

他露出浅浅的笑，眼也微弯："好看。"

雪竹的眼睛顿时更亮了。

没过几天，雪竹甩着两条贴满贴纸的"小花臂"兴冲冲地穿着短袖在小区里肆意横行。

小区里同龄的孩子们惊叹地看着这艺术般的"小花臂"，发出了由衷的赞美声——

太帅了，太酷了，太威风了。

当天晚上，宋燕萍下班回家，街坊邻居们隔着墙都能听到宋燕萍的怒吼声：

"老裴！裴连弈！你还管不管你女儿了！

"你看她手上都贴的什么东西？整个手臂都贴得乱七八糟的，你女儿要去当黑社会了你知道吗？"

宋燕萍是一位性格强势的独立女性，立志要将女儿培养成一名气质优雅的小淑女，给女儿报班学钢琴，又花了一大笔钱买了架钢琴回来天天督促女儿练琴。

现在看女儿这小流氓的样子，她心态当场崩溃。

最后"小花臂"的下场就是被妈妈怒提到水龙头前搓得红通通，这才洗干净。

空了一年的孟老爷子的房子搬来了他的儿子和孙子，晚上吃完饭出门打牌的宋燕萍和牌友们随口说了句，没过一礼拜，整个小区都知道了这个消息。

雪竹也同样发挥了她小喇叭的作用，孟屿宁刚搬过来，她就立刻上楼下楼跟玩得好的哥哥姐姐说她有了新邻居。

"月月姐姐，子涵哥哥，我家对面新搬来了一个哥哥！"

和雪竹玩得最好的贺筝月和钟子涵都很高兴。

贺筝月作为大姐姐，欢迎任何比她年纪小供她使唤的弟弟妹妹加入。

而钟子涵作为小团体唯一的男孩，夹在贺筝月和雪竹中间，每天不是被姐姐使唤就是被妹妹当马骑，如今终于来了个男孩帮他分忧解难。

于是，这个年龄差相当大的小团体很快接纳了这位刚搬过来的新成员。

临近开学，孩子们努力地想要抓住八月份最后的尾巴。

晚上八点多，天空布满银白色星星，一闪一坠始终不敌月光的温柔。

父母无论叫了多少遍回家洗澡睡觉，小孩们仍不知疲惫地在路灯下奔跑，扯着嗓子叫喊玩闹。

小孩儿有小孩儿的饭后娱乐，大人们自然也有大人们的娱乐方式。

面积不大的麻将馆内，麻将洗牌的哗哗声不比孩子们的声音安静多少。

宋燕萍已经听牌，神情认真地盯着牌面等待着财神老爷天降。

“宁宁和他爸爸都搬过来这么久了，怎么都没看见过宁宁妈？”

一桌的妇女同志闲聊时最喜欢把话题放在不在场的邻里身上。

宋燕萍盯着牌说：“离了。”

“哦，那难怪了。”牌友毫不讶异地点头，又问，“怎么离的？”

“宁宁他爸没跟我说。”摸到了不想要的牌，宋燕萍失望地把牌扔了出来，“三筒。”

“踩一脚，碰。”牌友抚着下巴思索下一张该打什么牌，“你屋里小竹好像跟宁宁玩得挺好的。”

“小竹很喜欢宁宁他爷爷，”宋燕萍笑着说，“宁宁跟他爷爷性格一样文静，月月和子涵都闹。”

牌友说：“哪个小孩子不闹咯？至少小竹比我家那个听话多了，我家那个喊得我嗓子都哑了还在外面疯。”

宋燕萍扯着嘴角说：“我家那个在别人家里头疯呢。我等下要是不去老贺家接她，估计今天晚上都不知道回家。”

知女莫若母，还真给妈妈猜对了。

雪竹开学念小学一年级，没有暑假作业的束缚，贺筝月开学念高一，巧了，也没有。

没有暑假作业的人凑在一块儿，可想而知有多疯。

两个人一玩就是一整天，到晚上雪竹也不愿意回家。

雪竹就是觉得贺筝月家比她家好玩一百倍。

不光是因为姐姐的房间里贴满了漂亮的卡通人物海报。

她和姐姐虽然都喜欢看动画片，可她喜欢的动画片里面的人物都是短手短腿，而姐姐喜欢的动画片里的主角都是长手长脚，占了脸蛋一半面积的大眼睛，眼中高光比电灯泡还亮。

贺筝月不单喜欢，还会画这样美型的人物。雪竹想，如果能用姐姐的画当美术作业交给老师，那她一定能拿一百分。

在雪竹的见证下，贺筝月对着电视里的流川枫第无数次示爱。

这套一百集的《灌篮高手》VCD 光盘售价高达一百多块，贺筝月从头到尾一秒也不落地看完了。

只可惜看到最后一集也没有看到全国大赛，于是贺筝月省吃俭用，打算等第二部出了以后继续买。

贺叔叔走过来说要看新闻，贺筝月恋恋不舍地关掉 VCD，带着雪竹回自己房间玩。

贺筝月瘫倒在床上不想动弹，雪竹拉她的手说想玩游戏。

"你想玩什么？"贺筝月有气无力地问。

雪竹说："我想玩办家家酒。"

贺筝月嫌弃幼稚，故意说："那我演妈妈，你演爸爸。"

雪竹果然不同意："我不演男的，我要演妈妈。"

贺筝月得意一笑，"认真"同妹妹计较起来："我不，我也不演男的。那我们别玩了。"

雪竹年纪不大借口却一套一套的："姐姐你个子高，你演男的。"

"凭什么啊，这不公平，"贺筝月又说，"我比你大个子肯定比你高啊。"

姐妹俩因为角色分配的原因当即吵了起来，吵得贺叔叔敲门问发生了什么事，姐妹俩又默契地说没什么，然后等叔叔走开了继续吵。

"那你不想演男的，我也不想演男的，就不玩了吧。"贺筝月故作遗憾地摊手，"要不我教你做说'代表月亮消灭你'时的手势怎么摆？"

雪竹出乎意料的执拗，她想玩办家家酒，就一定要玩办家家酒。

"那我去叫男的来演爸爸！"

"等一下！"

贺筝月没喊住，只能眼睁睁地看着雪竹扑腾着小短腿飞奔离开。

很快，在家看电视的两个小男生被叫到了贺筝月房间集合。

三个人都比雪竹大很多岁，玩的时候也愿意让着雪竹。比起和同龄的小孩儿吵吵闹闹，雪竹更喜欢这种被哥哥姐姐宠爱的感觉。

两个小男生被叫过来的时候是不知道叫他们来干什么的。

直到"裴大导演"开始给他们分配角色。

"我演妈妈，月月姐姐演女儿，""裴导"又看着两个男生，"子涵哥哥你以前总是演爸爸，所以你这次演儿子，宁宁哥哥你演爸爸。”

早知道是办家家酒，还不如待在家里继续看电视。

两个男生如是想。

晚上快十点的时候，宋燕萍终于结束牌局，来接雪竹回家。

老贺给开的门。

“小竹还在玩？”宋燕萍问。

“在呢，”老贺说，“子涵和宁宁也在。我刚切了个西瓜，过来吃。”

宋燕萍摇头：“不吃了，都十点了，我得赶紧带小竹回家睡觉。”说完就朝贺筝月的房间走去。

“等他们玩完吧，”老贺笑着阻止，“在演戏呢，你进去那多尴尬。”

宋燕萍先是不解了两秒，而后无奈地跟着笑了。

“这几个人小鬼大的。”

老贺没有惊动房间里的孩子们，悄悄将房间打开了一条缝，三个家长鬼鬼祟祟地朝房间里望去。

里头演得正起劲呢。

小小的房间里，简陋至极的道具，是孩子们用想象描绘出的世界。

是他们想象中的，大人们的生活。

大人们觉得好笑，却又觉得好可爱。

他们看到年纪最小的雪竹作为妈妈，叫丈夫和孩子们起床，给他们做早餐，等他们都出去上班上学后，家庭主妇又要出门买菜，此时丈夫和孩子们又会客串菜市场小贩，跟家庭主妇讲起价来。

孩子们自编自演的剧情相当丰富，甚至还有点真实。

一家人去逛商场，贺筝月的各种小玩意整整齐齐排在一起，假装这是摆满了琳琅商品的展示橱柜。

贺筝月想买新裙子，钟子涵想买新的高达战士玩具模型。

雪竹板着脸不同意，说：“看到什么都想买，不买。”

贺筝月被雪竹的演技征服：“这不就是我妈吗？”

雪竹迅速出戏，一脸惊讶：“真的吗？我妈妈也是这样的。”

门外的贺阿姨与宋燕萍脸色微窘。

老贺憋笑憋得有点辛苦。

钟子涵比较机灵，一般家庭爸爸通常比妈妈好说话，于是硬着头皮对同龄的孟屿宁喊了声爸爸，尽职地扮演小孩儿的角色：“爸爸你给我买吧。”

雪竹又说：“你爸爸每个月就赚那么点钱，你还想乱买东西，一点儿都不懂事。”

孟屿宁一怔。

一直到游戏结束，雪竹还舍不得离开。

“都快开学了，要不今天就让小竹在我们家睡吧，让她们姊妹好好玩。”贺阿姨体贴地说。

宋燕萍当然拒绝：“那怎么行，太麻烦你们了。”

“哎，不麻烦的。”

“让小竹在我们家过夜吧。”

最终，宋燕萍败倒在女儿可怜兮兮的眼神下：“那你先回家洗个澡，不然身上这么多汗臭死了，姐姐不给你睡床上。”

雪竹拉着贺筝月的手不肯回家：“我要是回家你肯定就不让我过来了。”

宋燕萍哭笑不得。

还挺机灵。

“那你总不能不洗澡吧？”

雪竹得寸进尺地说：“你把我的睡衣和牙刷、毛巾拿下来，我在姐姐家里洗澡，这样不行吗？”

贺筝月也想雪竹留下来跟她一起睡觉，于是赶紧帮妹妹说话：“阿姨，我会监督她洗干净的。”

宋燕萍没辙了，临走前再三嘱咐不能麻烦到姐姐一家，要乖乖听话，不然下次就再也不让她在姐姐家过夜了。

雪竹小鸡啄米般拼命点头，巴不得妈妈赶紧走。

她能在姐姐家里过夜，两个小男生就没这殊荣了，必须回家。

雪竹将他们送到楼梯口，说下次还要一起玩办家家酒。

钟子涵问：“下次我还是演小孩子吗？”

他其实更想演爸爸，作为一个开学就要上初中的成熟男孩，当儿子还是有点别扭。

雪竹很公平，说：“你们两个轮流演吧。”

钟子涵满意了："那可以。"

孟屿宁抿唇，心里不知在想些什么，直到雪竹问他："宁宁哥哥，你怎么还不回家？"

"小竹，"孟屿宁弯下腰看她，语气有些犹豫，"我们一定要演这么现实的剧情吗？"

事关男人的尊严和体面，孟屿宁不得不和妹妹商议。

可是小少年内心里又觉得，找妹妹商议这种事，好像显得更幼稚了。

所以孟屿宁的表情始终有些尴尬。

雪竹眨眨眼说："那下次我们就演有钱人。"

或许是没想到小女孩这么好说话，孟屿宁眉梢一舒，语气柔软："好。"

"那下次去逛街我就买很多东西，"雪竹开始畅想大人逛街都会买什么，"买衣服，还有亮晶晶的项链和戒指，还要买擦脸的东西。"

可能是意识到想买的太多，雪竹笑嘻嘻地说："你要多赚点钱，不然就不能给我买这么多东西了。"

孟屿宁点头："好。"

约定好后，两个男生上楼回家。

楼梯的公用灯泡年岁已久，一层厚厚的灰挡住了大半的光芒，看清阶梯有些困难。

钟子涵走得比孟屿宁稍微快一点，抓着扶梯倒退着走，边走边羡慕地看着孟屿宁说："她们好好哦，可以在一起玩一整个晚上。"

突然想到什么，他的语气一下子兴奋起来："要不你晚上也去我家睡吧？我家有光能使者的徽章和武器，我还会画魔法阵。"

说完，他对着空气用手做剑，大喊了一声："一刀两断，如意神剑！"

小少年干净的眼眸突然亮了，微微点头。

"嗯。"

钟子涵立刻高兴起来："那你先回家跟你爸爸说一声，跟他说今天晚上你去我家睡。"

"我爸爸晚上不在家，"孟屿宁说，"他在外面打牌，今天不回家。"

钟子涵顿时羡慕得不行："那不是没人管你？哇，好好哦。"

回家拿洗漱用品的时候，孟屿宁摸黑打开家里的灯，没人在家，茶几上放着零散的几块钱，应该是明天买盒饭的钱。

他将钱收好，想着如果钟子涵愿意把光能使者的徽章借给他玩，那他就不用不吃饭省下钱去买了。

暑假开学前最后的狂欢，雪竹在黑夜中睁大眼，又是期待又是害怕地听贺筝月讲鬼故事，最后听得心惊胆战，大夏天恨不得用被子将自己全身裹得严严实实，一点空隙也不留，好像只要躲在被子里，就能与外界的危险隔绝。

钟子涵和孟屿宁轮流扮演正派与反派激烈对战，一直玩到大汗淋漓，又不得不再去洗个澡。

直到月上中天，星星都睡了过去，他们也没有入眠。

暑假悄然而过。

无论夏日再怎样悠长，也依旧是短暂的。

9 月 1 号的早上七点，小区门口的米粉店已经开张好久，包子也已经出了好几笼屉，泛着热气的包子和米粉是小区住户最爱的早餐，陆陆续续被买走。

二八自行车清脆刺耳的铃铛作响，上班的大人们将装着早餐的塑料袋挂在车把上。昨夜下过一场极短极小的雨，坑洼不平的水泥地中几片小小的雨水洼，自行车灵活地绕过，塑料袋摇摇晃晃，香味溢出。

天光大亮，雾气渐渐散开，升腾至碧蓝色的天空，和浮动的云化为一体。

今天收旧家具的大叔来得有点早。

那辆起了铁锈的三轮车跟了大叔好多年，把手处绑着一个大喇叭。大叔优哉游哉地嚼着槟榔，大喇叭替他工作。

“高价回收，彩电、冰箱、热水器、洗衣机、空调——”

雪竹和爸爸在门口等了十几分钟有余。

“爸爸，妈妈怎么还没好？”

“你妈挑衣服呢。”

裴连弈对着屋子里喊道：“我说你能不能快点啊！”

“马上马上。”宋燕萍的声音从里面的卧室传来。

女人都这样，该磨蹭还是磨蹭，可你一问她好了没，她只会说马上。

又等了会儿，宋燕萍终于出来了。

雪竹看着眼前靓丽动人的妈妈，惊呆了。

妈妈今天穿了一条花裙子，花花绿绿的，特别好看，而且妈妈还擦了白面粉，脸白得像个女鬼，又涂了口红，特别特别红的那种，更像女鬼了。

“又不是你开学。”裴连弈笑着说。

“那我也要好好打扮啊，万一别的同学说小竹的妈妈是个乡巴佬怎么办？我总不能给小竹丢脸吧？”

这个理由找得好，雪竹信了，感动地看着宋燕萍。

宋燕萍牵起雪竹的手：“早餐想吃什么？”

雪竹：“我想吃米粉！”

裴连弈笑出声：“就你这缺牙还吃粉？粉都从缝里掉出来。”

是的，雪竹掉牙了。

还是最明显的门牙，说话漏风，笑起来时像个傻子。

雪竹龇牙，指着自己已经掉落的门牙旁边的乳牙说：“那我用旁边吃。”

“把嘴闭上，难看死了。”宋燕萍没眼看。

一家三口边说边下楼，身后突然传来老门吱呀被打开的声音。

雪竹回头看，突然兴奋地喊：“宁宁哥哥！”

孟屿宁似乎被雪竹这声招呼吓到了，少年肩膀抖了抖，侧头看着正站在下阶楼梯的一家三口。

小少年穿着旭华中学的校服，白色短袖、墨蓝色长裤，看上去干净清瘦，挺拔秀气。

“宁宁，你今天是初中开学去报到？”宋燕萍问。

孟屿宁点头：“嗯。”

“你爸爸怎么不送你去？你认识路吗？”

孟屿宁顿了顿，稚气的嗓音柔和清淡：“我爸爸他还在睡觉，给了我钱让我自己坐公交车去。”

他们是从别的地方搬过来的，孟屿宁又是初一开学，做爸爸的居然也放心让儿子一个人去学校报到。

雪竹父母问起过孟屿宁妈妈的事，当时孟屿宁爸爸只是轻描淡写地说“离了”，他们便不好再往下问。

“那你知道搭几路公交车吗？”宋燕萍问。

孟屿宁诚实地摇了摇头，说：“等走到公交车站再问别人。”

宋燕萍说：“宁宁，叔叔阿姨送你去初中报到吧。”

孟屿宁摇头："我自己去就行了，小竹她不是今天也开学吗？"

"先送你去，再送小竹去。"裴连弈做出安排。

孟屿宁还是摇头："谢谢叔叔阿姨，不用了。"

"没关系，没关系。"雪竹凑到孟屿宁身边，兴高采烈地说，"先送你去报到，然后你们再一起送我去。"

被父母安排在了后面，可雪竹一点也没有为此不开心。

孟屿宁跟着雪竹一家出门，裴连弈也给孟屿宁买了一碗米粉。

孟屿宁想给钱，裴连弈没要。

"回头我直接问你爸爸要就行了。"

早餐店面积不大，老板又在门口摆了几张桌子。原木色的桌子配上红色的塑料凳，怎么看怎么不搭，可是这种塑料凳子批发价很便宜，所以很多小店的老板都会买。

雪竹和孟屿宁挨着坐，米粉刚上，雪竹迫不及待地拿起辣椒酱往米粉碗里添。

孟屿宁有些担忧地看着这辣椒量。

"她很能吃辣的。"裴连弈边解释，边往自己的碗里也加了好几勺辣椒酱，"加辣好吃，不然米粉味道太淡了，宁宁你要不要试试？"

孟屿宁客气地也加了一勺辣椒。

有点辣，但是确实好吃。

筋道的米粉配上酸豆角，肉末浮在汤的表面，再加上够味的辣椒酱。

不同于清淡的豆浆油条馒头，是带着辣味，还有点重口的早餐米粉。

米粉滑溜筋道，雪竹刻意用旁边的牙咬断米粉的表情有些滑稽，孟屿宁本来吃得很斯文，不知怎的，突然用力咳了声，辣汤汁灌进喉，又辣又疼，白皙的脸迅速泛起痛苦的红晕。

雪竹也有意在孟屿宁面前显摆自己能吃辣，却不小心加多了，辣得张开嘴吐舌头，嘶嘶地吸入空气解辣。

宋燕萍哭笑不得地替他们倒了水。

凉水灌进嘴里，刹那间舌尖释放，雪竹咕噜咕噜大口地喝，这一刻水比任何饮料都好喝。

辣椒酱的后劲还在，吃完后，雪竹的嘴唇仍旧是红彤彤的。

宋燕萍说："小竹，你也擦口红了。"

裴连弈和孟屿宁同时看去，裴连弈咧嘴笑得特别开心，直说：“读小学了，知道爱美了，可惜门牙掉了。”

雪竹不想理爸爸，转头想和孟屿宁说话，却见他居然也在盯着她的嘴唇看，眸子里藏着点笑意。

在她这个年纪，最怕被人说臭美，小孩儿爱美似乎是件很丢脸的事，因为小孩儿就要有小孩儿的样子。

雪竹怕孟屿宁觉得她臭美，捂着嘴不给看，并暗暗发誓下次吃米粉再也不加这么多辣椒了。

搭上公交车和爸爸妈妈一起送孟屿宁去初中报到，公交车行驶在马路上，宋燕萍告诉雪竹：“你以后自己上学也是搭这辆 8 路车，在童州市第一小学下车，”然后又指着窗户外告诉雪竹，“看到没，就是这一站。”

雪竹转头，她所就读的第一小学到了。

校门口特别热闹，这一站停站，车上下去不少人。

“哥哥的旭华中学就在你学校后面两站。”宋燕萍说。

雪竹点头：“记住了。”

公交车又往前面开了两站，旭华中学到了。

雪竹跳下车，看了眼校门，来报到的都是个子比她高很多的哥哥姐姐。

她憧憬地看着这群初中生。

按照学校摆在大门口的教学楼地图，他们很快找到了孟屿宁的班级。

孟屿宁的班主任是个笑起来特别亲切的中年女人，手上拿着学生们的报到资料，一个个认真地核对。

“你是孟屿宁对吧？”

孟屿宁点点头：“嗯。”

之后他便不说话了，安静地站在原地等班主任的下一个问题。

班主任抬头看了眼孟屿宁，很快推测出这个学生的性格，接着看向和孟屿宁一起来的一家人。

“爸爸妈妈和妹妹一起陪你来报到啊，”班主任笑着说，“真好。”

孟屿宁想说不是，宋燕萍却先一步对班主任说：“老师，我们宁宁以后就拜托您照顾了。”

“放心放心。我看了你儿子的小升初成绩单，虽然是在外地考的成绩，但是相当不错，是个很聪明的孩子。”

小少年被夸，腼腆地抿起唇。

“你妈妈很漂亮啊，”班主任夸道，“妹妹也长得很可爱。”

宋燕萍嘴上谦虚说哪有，其实心里在想今天这裙子没白穿，这妆没白化。

雪竹没她妈妈那么会装，小嘴高兴地翘起来。

9 月 1 号报到，9 月 2 号正式开学，陪孟屿宁报完到，一家人又折回第一小学帮雪竹报到。

雪竹一路上不断地问：“滢滢会跟我一个班吗？”

两口子都当没听见，一看就是之前被问烦了。

“滢滢是谁？”孟屿宁问。

听雪竹一直念滢滢，他也有些好奇。

宋燕萍说：“是小竹幼儿园到学前班的好朋友，叫祝清滢，两个人从学前班开始就一直黏在一起，所以她读小学还想和人家一个班。”

到了班级，雪竹踮着脚到处看。

突然，一道兴奋的声音响起——

“小竹！”

其他人都没反应过来，只有雪竹机智地睁圆了眼，更兴奋地回应着：

“滢滢！”

两个小孩儿那样子跟好多年没见似的，不顾一切地朝着对方跑过去，然后用力地抱在一起。

“小竹！”

“滢滢！”

“我们一个班耶！”

“嗯嗯，我们一个班！”

“我还以为我们不会被分到一个班，吓死我了。”

“我也是，我妈妈让我多拜拜菩萨，观音菩萨真的很灵！”

兴奋完，两个小女孩又感激涕零地望着对方，诉说着自己如果没跟对方分在一个班，她们互相会有多难过。

大人们在旁边看得乐呵呵的。

这时，祝清滢的妈妈走过来，又是好笑又是无奈地说：“祝清滢没开学的时候每天就在家里念着说要跟小竹一个班，吃饭也在说睡觉也在说，

洗澡的时候还在说。”

宋燕萍说：“我家这个也一样。”

冷静过后，祝清滢看着和雪竹一起来的少年。

“他叫孟屿宁。”雪竹给好朋友介绍，“他是孟爷爷的孙子，暑假的时候搬到我家对面了。”

雪竹的书包里经常有糖，每次分给祝清滢的时候，就会告诉她这是隔壁的孟爷爷送的，所以祝清滢知道孟爷爷是谁。

祝清滢想起之前小竹请她吃的那些糖，小声问：“那这个哥哥也会给你买糖吃吗？”

雪竹叹气，咧开嘴给祝清滢看，语气难过：“我的牙掉了，在长出新的之前吃不了糖了。”

祝清滢抓错重点，高兴地说：“如果你吃不了可以全都送给我吃。”

雪竹一愣。

报完到回家的路上，雪竹一直抿着唇，神色凝重不说话。

是个人都能看出来她不高兴，爸妈没空理她，觉得她肯定又是因为什么鸡毛蒜皮的小事一个人生闷气了。

只有孟屿宁牵着雪竹的手问她：“你怎么了？”

雪竹看着孟屿宁，刚想开口诉说自己的委屈，就被爸爸妈妈兜头一盆凉水浇下——

“宁宁你别理她，她三天两头这样，过会儿自己就忘了。”

恶言一句六月寒，于是雪竹越来越生气，越来越难过。

回家的时候，雪竹二话不说跑回自己的房间，为了发泄自己的怒气，她还特意重重关上了门，恨不得全世界都知道她生气了。

雪竹父母留孟屿宁在家吃午饭，顺便还让孟屿宁把他爸叫过来一起吃。

老孟还在睡，直到儿子过来叫才惊呼：“已经中午了？”

收拾过后，父子俩坐在邻居家等开饭，老孟扫了眼客厅，随口问道：“怎么没看到小竹？出去玩了？”

宋燕萍指了指紧闭的房门：“生气了。”

“生什么气？”

“不清楚。”宋燕萍说，“小孩子想一出是一出。”

带着儿子过来蹭饭的老孟觉得心里头过意不去，对孟屿宁欸了声：“去哄哄你妹妹。”

宋燕萍觉得没这必要，摆手说：“不用麻烦宁宁。别惯着她，等吃饭了她自己就知道出来了。”

从厨房端菜过来的裴连弈正巧听到这话，有些无语：“不是我说你，你这当妈的也太冷漠了。”

宋燕萍斜了眼丈夫，说：“你这个做爸的不冷漠，女儿要买百来块的玩具你都给买，你一个月工资才多少，到时候她要买更贵的我看你怎么办。”

裴连弈无奈：“我不给她买她就趴地上打滚，别人路过的都停下来看，我都不好意思了。”

宋燕萍说：“她在地上打滚，你就任她滚，你直接走，她看你走了就爬起来了。”

“那她要是不起来怎么办？我就把她丢在那里不管？”

“不可能的。”宋燕萍肯定道，“你女儿精着呢。”

夫妻俩教育孩子的方式不同，一争起来就没完。

清官难断家务事，老孟一个大老粗更不知道该怎么插嘴，只对儿子说：“你先去把你妹妹哄出来吃饭吧。”

孟屿宁起身，离开了这纷扰的大人世界。

他敲了敲雪竹的门，没应，他又试着按动门把手，却发现门其实没锁。

门被打开一条缝，孟屿宁没有进去，隔着门叫她：“小竹。”

“嗯。”里头的人闷闷应了声。

“我进来了。”

“嗯。”

孟屿宁推门而入。雪竹正躺在床上，双手举着娃娃玩，见他进来了也没多大反应，继续玩自己的。

他撑着床沿弯腰问她：“怎么还在生气？”

雪竹撇嘴：“我没生你的气。”

“那你在生谁的气？”

“祝清滢。”她连好朋友的小名也不喊了，可见有多生气，“她太没有良心了，我要跟她绝交。”

刚刚在学校碰到的时候明明还跟人家好得像一个人似的，这么快就又要跟人家绝交。

孟屿宁蹙眉，不太懂，但他还是接着问了下去："她怎么没有良心了？"

被问到了点子上，雪竹立刻坐起来生动地给孟屿宁还原了当时的情景，还指着自己缺着的门牙说："她没掉牙了不起吗？她还想问我要糖吃，哼，就算我没掉牙齿我也绝对不会送给她吃，我明天去学校就跟她绝交。"

小孩子的脾气来得快去得也快，发泄过后，雪竹冷静下来，很快就不生气了。她想了想还是先不要跟祝清滢绝交，因为班上现在她还只认识祝清滢一个人，如果跟祝清滢绝交的话就没人跟她玩了。

孟屿宁安静地听妹妹发泄完，接着牵她下床出门吃饭。

雪竹父母早已停止了争辩，招呼他们赶紧坐过来吃饭。

吃饭的时候，裴连弈无意间问起关于孟屿宁开学后的伙食问题。

当爸爸的早晚班颠倒，中午饭可以在学校食堂解决，晚饭去哪儿吃实在是个问题。

老孟不以为然："给他钱他自己会去外面买盒饭吃。"

"吃盒饭怎么行，外面炒菜用的油都是地沟油，吃多了对身体不好。"宋燕萍皱眉说。

裴连弈说："要不这样吧，以后晚上宁宁就在我们家吃饭。"

老孟摇头拒绝："不行，他现在又不是要人喂饭的小孩儿，都读初中了吃个饭还要人管着。"

依旧是你来我往地说了几句，最后老孟提出每个月都要给雪竹家伙食费，裴连弈说不用，老孟执拗地说不能让孟屿宁在雪竹家白吃，裴连弈又说都是邻居不用讲客气。

"亲兄弟还明算账，"老孟不耐烦地啧了声，"伙食费一定要给。"

裴连弈两口子对视一眼，知道这是老孟的底线，只得妥协。

雪竹的注意力全在电视上，对大人的话自动过滤，大人们说了一大堆，结果无非就是以后宁宁哥哥在她家吃晚饭。

"吃饭吃饭，"宋燕萍用筷子敲了敲女儿的碗，"再盯着电视看不吃饭，我就把电视关了你信不信？"

雪竹低头赶紧吃了几口饭。

裴连弈看了眼电视，都觉得奇怪："这《西游记》你都看了一个暑假还没看完？"

雪竹说：“九九八十一难哪有那么快就能看完的？”

裴连弈说：“就二十多集啊，加上新拍的续集也就四十多集。”

“怎么可能！”雪竹反驳，“有八十一难，至少有八十一集！而且第一集孙悟空刚从石头里蹦出来还没取经呢。”

裴连弈顿时哑口无言，不知该怎么辩解。

宋燕萍和老孟都没参与这场无聊的辩论，跟小孩子计较什么，她说八十一集那就八十一集吧。

雪竹又问孟屿宁，想从他这里找到认同感：“宁宁哥哥，你说《西游记》有多少集？”

孟屿宁皱着眉，神思疑虑，风马牛不相及地说了句：“我觉得这个唐僧好像和前几集长得不一样了。”

“啊？哪里不一样啊？”不都是披个红袈裟骑着白龙马吗？

雪竹看着电视上正在念紧箍咒的唐僧，这集孙悟空好可怜，明明白骨精是坏蛋，可唐僧就是不相信孙悟空的话，还要赶孙悟空出师门。

她最讨厌看的就是这一集，太虐心了。以往每次电视台放到这一集她都是直接跳过，可是别的台现在没有好看的电视剧，所以她只能勉强忍着揪心看下去。

看孙悟空被师父赶走，就好像她自己被赶走一样。

超级讨厌这一集的唐僧。

她一眼也不愿意多看。

Chapter 02

怎么办，作业要补不完了

雪竹最后也没有和祝清滢绝交成功。

因为没过几天，祝清滢也掉牙了，两个缺牙小朋友唯有泪千行，这下谁也吃不了糖了。

孟屿宁的晚饭有了着落。

每到黄昏时分，街边小商贩迎着晚霞收摊回家，柔和的夕阳透过老式的铝窗蓝色玻璃洒落进屋，人们还在用最老式的排风扇，到了饭点，炊烟从窗口飘出，走在路上都能闻到各家的饭香。

就算他偶尔会因为作业太多而来不及赶上邻居家的晚饭，小竹也会准时敲响他家的门，提醒他："哥哥，过来吃饭啦！"

这样的日子日复一日，她脆生生的小奶音成了孟屿宁潜意识里的闹钟。

到二年级下学期，放暑假时雪竹又去了乡下爷爷家玩。

每天叫孟屿宁过来吃晚饭的工作才暂时由宋燕萍接手。

吃饭的时候终于没人吵着嚷着说要看动画片，裴连弈优哉游哉地看起了地方新闻。

四方桌缺了一边，吃饭的气氛变得安静起来，宋燕萍夹了块鸡腿给孟屿宁，他下意识地想将鸡腿让给妹妹，却意识到妹妹不在家。

“趁着小竹不在家赶紧把鸡腿吃了，”宋燕萍打趣道，“她在的时候你每次都吃不到。”

孟屿宁咬了口鸡腿，鸡肉很嫩，一点也不柴，一口下去都能咬出鲜美的汤汁来。

“这是小竹奶奶亲手养大的老母鸡，营养价值很高的，”裴连弈说，“你要是喜欢吃我就再让小竹奶奶送一只过来。”

孟屿宁的眼睫微扇了扇，抿唇问：“那小竹会和她奶奶一起过来吗？”

两口子皆是一愣。

说着老母鸡呢，怎么又扯到小竹身上了？

宋燕萍问：“妹妹不在家是不是觉得无聊了？”

少年矜持地说：“有一点。”

“裴雪竹这小鬼吧，平时在家的时候成天吵吵，吵得我耳朵都起茧子了，现在不在家我倒是不习惯了。”裴连弈耸了耸肩说，“爷爷家就那么好玩？每年暑假都吵着要去玩。”

“老人家隔代宠呗。”宋燕萍一点也不奇怪，“小竹就是要天上的月亮，她爷爷要不是年纪大了腿脚不太好，都没阿姆斯特朗的事了。”

这话实属夸张，却莫名勾起了裴连弈心中的酸意：“她爷爷小时候对我严格得很，别的小孩儿天天在外面玩，他天天逼着我在家里写大字。”

宋燕萍呵呵笑出声，又问孟屿宁：“宁宁，你爷爷是不是对你爸爸也很严格？”

孟老爷子和雪竹爷爷以前是同事，退休前都是当语文老师的，估计对子女的要求也不会低。

孟屿宁摇摇头：“不知道。”

宋燕萍：“啊？”

“我爸爸没跟我说过，”孟屿宁说，“只有过年的时候我爸爸才会给爷爷打电话。”

问了个不好的问题，宋燕萍连忙转移话题说起了别的。

吃过晚饭，孟屿宁回了自己家，却意外发现父亲居然在家。

老孟正瘫在沙发上看电视，见他回来了抬眼跟儿子打了个招呼：“吃过饭了没？”

“嗯。”孟屿宁问，“你今天不是上晚班吗？”

“回来拿点东西，等下就走了。”

孟屿宁没有再多问，安静地回了房。

十几分钟后房门被打开，老孟站在门口说：“我走了。”

彼时，孟屿宁正因为暑假练习册上的数学拓展题沉思，老孟见儿子没出声，走过去皱眉问：“跟你说话怎么不出声？”

孟屿宁这才回过神，用笔指了指作业：“在想题目。”

老孟顺势望去：“什么题目？”

初一的数学题，看不懂。

男人有些尴尬。

“不会做就去隔壁问你裴叔叔。”老孟说，“你裴叔叔上过大学，肯定会做初中的题目。”

孟屿宁点头：“嗯。”

“我走了，你写完作业早点睡。”

大门被打开又关上，父亲走了。

写完了今天规定的页数，孟屿宁又翻回之前几页去看刚刚的题。

这道数学拓展题确实把孟屿宁难住了，他看了眼桌上的闹钟，已经晚上九点了。

这个点再去小竹家会打扰到叔叔阿姨。

孟屿宁合上书，拿好换洗衣物去洗澡。

洗完澡后，孟屿宁还不想去睡觉，坐在沙发上打算看会儿电视。

电视台这时候竟然在重播白天放过的动画片，只不过雪竹每天八点半就会被阿姨叫上床睡觉，当然不知道原来电视台晚上是会重播白天放过的节目。

倘若她知道，这时候肯定站在电视前跟着主题曲一起唱。

孟屿宁想起雪竹在去爷爷家之前，大热天的披着一条红围巾，肩上挎着一个呼啦圈，让他猜这是什么。

他说这是围巾和呼啦圈。

“错！”

雪竹啧啧，神秘兮兮地摇了摇头，揭晓答案——

“这是混天绫和乾坤圈！”

后来那条红围巾被雪竹玩得到处起球。纯羊毛围巾脆弱又昂贵，幸而雪竹的屁股结实，被阿姨毒打了一顿也没什么事。

想到这里，孟屿宁扑哧一声笑了出来。

他竟不知不觉看完了一整集的《哪吒传奇》。

第二天下午，孟屿宁拿着题目去对面问裴叔叔。

裴连弈顺势拿过孟屿宁的暑假作业翻了翻。

离暑假结束还有大半个月，这本练习册居然已经写到最后一页了。

裴连弈不可思议地问他：“你暑假作业全都写完了吗？”

孟屿宁说：“还差几张试卷。”

裴连弈叹气：“要是小竹有你一半自觉，她去年也不至于等到开学前一天哭着补作业。一年级的暑假作业都写不完，二年级的更别说了，等她从爷爷家回来问她暑假作业写完没有，绝对大半本书都是新的。”

“宁宁，如果小竹求你帮她写暑假作业，你千万不能帮她写，听到没有？”宋燕萍口气严肃地对孟屿宁说。

事实证明，裴雪竹不愧是裴连弈和宋燕萍两口子亲生的，他们简直太了解这个小女孩什么德行了。

两个月的暑假结束，8 月 30 号这天，雪竹依依不舍地从乡下爷爷家坐车回了家。

当天，雪竹哭着敲响了孟屿宁家的门。

在乡下疯了一个暑假的雪竹哭着说：“哥哥，你帮我写暑假作业吧，我真的写不完了。”

孟屿宁一怔。

他接过雪竹的暑假作业。

一本语文，一本数学，还有一本日记，一共就三本。

语文还算好，写了小半，数学写了两页，日记写到 7 月 10 号，内容是今天坐车去爷爷家玩，天气很好，太阳很大，路上的花很香诸如此类。

换而言之，暑假作业是怎么带去爷爷家的，就是怎么原封不动地被带回来的。

雪竹一把将孟屿宁抱住，用尽全身的力气哀求他："哥哥我求求你了，你就帮我写吧，等开学那天我妈妈发现我作业没写完我会被她打死的，老师也不会给我报到。"

孟屿宁无奈。

既然知道后果这么严重，居然还是硬生生地把作业拖到了最后一天补。

这种胆识和魄力要是用在正道上，简直前途无量。

但这种状况很显然是属于自作自受，并不能令孟屿宁心软。

他面无表情地把雪竹带到自己房间，让她坐在自己的书桌上，并说："怕被你爸爸妈妈发现你在补暑假作业的话就在我这里补吧。"

雪竹嗫嚅道："那你……"

孟屿宁面无表情地耷下眼皮看她："谁让你玩到快开学了才知道回来，自己补。"

雪竹满脸愁容地看着自己那三本暑假作业，心不甘情不愿地拿起铅笔趴在桌上开始动笔。

语文作业最难写，要写的字很多，甚至还有一整页的练字。

雪竹写到手指都被铅笔压出红印，小指也被铅笔芯染脏，可暑假作业就像是一段永远也走不完的路，一眼望不到尽头。

仿佛她已经写了一百年，写到快死了，还是写不完。

这种不知何时才能结束的折磨让身为小学生的雪竹生不如死。

她一边写一边后悔自己为什么不早点写暑假作业，哪怕就只是在这两个月的时间里每天写半页，现在也不至于搞得这么累。

越是后悔越是委屈，越是委屈越是绝望。

孟屿宁坐在她旁边看书，突然听见一声小小的啜泣。

他朝雪竹看去，发现她头都快低到桌子里，额前密密的小碎发挡住大半张脸，唯独只露出湿润润的黑色睫毛。

然后是响亮的吸鼻声。

作业本上滴答落下一滴水。

倒也不至于哭吧。

孟屿宁无奈地叹气，声音比刚刚柔和了不少："小竹？"

雪竹两只胳膊搭在桌上，听到他叫她也不理，用力握着铅笔，那个狠劲恨不得把作业纸戳出洞来，心中的悲愤此刻都化作对她自己这惨淡的人生的痛苦自问，抽泣着说："怎么办？"

"什么怎么办？"孟屿宁问。

"怎么办啊？"雪竹边补作业边哭，"怎么办啊呜呜呜呜……真的太多了我真的……呜呜，我写不完，手要写断了我呜呜呜……"

这语气听着真是又可怜又好笑。

孟屿宁没忍住，低声笑了。

雪竹立刻敏感地侧头看他，整个上睫毛和下睫毛全湿成了一簇簇，张着嘴一抽一抽地吸气。

看脸更好笑了。

孟屿宁又板起脸，严肃地问雪竹："你下次还把暑假作业留到最后一天写吗？"

"不敢了，我债（再）也不敢了，"雪竹大着舌头认错，"我戳（错）了呜呜呜！"

孟屿宁拿过她的作业，终于妥协道："我只帮你写一门，其他的你自己写。"

雪竹抽抽搭搭地说："谢谢哥哥。"

紧接着，她又一抽一搭地表示孟屿宁就是她裴雪竹的救命恩人，以后无论是上刀山下火海，当牛做马都万死不辞。

没多久，夕阳沉下，又浪费了一天。

宋燕萍叫他们过去吃晚饭。

"作业先放我这里，明天早上早点起床过来补。"孟屿宁说。

雪竹用力点头。

8 月 31 号。

天气晴，万里无云。

家中的大人纷纷出门上班，最后一天假期，雪竹怎么也不敢赖床，清早起床敲门来到了孟屿宁家中。

在家里补作业不安全，以防万一她将犯罪地点选在了孟屿宁家。

雪竹换好拖鞋走进来。

孟屿宁正想关门，她却连忙出声阻止了他："先别关门，待会儿月月姐姐和子涵哥哥吃完早餐以后也会过来。"

"他们也没写完暑假作业？"

"啊，不是，"雪竹挠了挠头，"他们也是过来帮我补作业的。"

孟屿宁好半天没说话，雪竹不敢抬头看他。她知道自己答应过他，剩下的两本作业她自己写，可是她昨天晚上补到十点钟，都在桌子上睡着了，也没写几页，她真的做不到。

胆战心惊间，雪竹的耳朵突然被一只温凉的手给提了起来。

她大惊，没料到孟屿宁也会像妈妈一样提她耳朵。

只是比起妈妈的力气，孟屿宁算是相当温柔了，雪竹没怎么觉得痛，但仍旧是害怕得不行。

"我答应帮你写一本，"雪竹听见孟屿宁压着嗓音问她，"所以你就又找了其他人帮你写另外两本？"

雪竹瑟瑟发抖："作业真的太多了，我真的写不完……"

孟屿宁淡淡问："那你要给多少人上刀山下火海，当牛做马万死不辞？"

从电视剧里学来的话，又不是真要当牛做马，雪竹压根没当真，说出去的话就跟放屁似的，一听孟屿宁提起这个，她才想起来自己昨天还发过这种誓。

真是狗急了跳墙，人急了什么胡话都说得出口。

雪竹神情沮丧地问："难道你真的要我给你当牛做马吗？"

孟屿宁微微仰头叹了口气，他像是很生气的样子，可他生气时也仅限于脸色稍淡，眸色明暗交加，脸仍是漂亮温和的，让人觉得他虽然是恼，却又能无限包容对方的错误。

"现在好像是我在给你当牛做马吧？"孟屿宁放弃挣扎般低声说，"服了你了。"

没多久，贺筝月和钟子涵过来，三个人坐在沙发上开始分配任务。

"宁宁写数学吧。"贺筝月说，"不要全部写对，老师肯定会怀疑，那种数学应用题字比较多的就别看了，直接空着，节省时间。子涵你写语文，反正你那狗爬字跟小竹的也差不多，不用刻意写丑。"

钟子涵跟雪竹对视一眼。

有被侮辱到。

至于日记，贺筝月是这么分配的：“日记我就帮你写二十天，剩下的小竹你自己写。”

雪竹徒劳地比画了下手指，算不清楚，但反正她知道就算姐姐帮她写了二十天的日记，剩下的日记也足够她写到手指头断掉。

她绝望地说：“我编不出来那么多天干了什么。”

贺筝月瞪眼：“日记谁让你编了，你就把你这几十天做了什么写出来不就行了吗？”

雪竹扁嘴，又要哭了：“可是我已经忘记了。”

贺筝月扶额：“那等下我帮你编，我说你写。”

作为高中生的贺筝月绞尽脑汁地试图以小学生的口吻写出一篇简单又不失童真的日记，这感觉比写八百字的议论文还难受。

日记编到七月底，贺筝月已经黔驴技穷，肚子里彻底没东西了。

“七月三十一号，天气晴，今天我和爷爷一起去地里摘西瓜吃了，西瓜又大又甜，红红的，特别好看，爷爷说，农民伯伯种西瓜就和种米一样，很辛苦，所以我们不能浪费西瓜……”

偏偏雪竹这个小兔崽子还不识好歹地提醒她：“姐姐，我爷爷不种西瓜，他只种蔬菜。”

贺筝月怒吼：“我说你爷爷种西瓜你爷爷就种西瓜！我自己还有两张物理试卷没写完呢，在这里帮你写日记已经是仁至义尽了，你还给我挑三拣四的。去，去楼下给我买根老冰棍上来吃，不然回头我跟你妈告状！”

雪竹不敢再有任何意见，慌忙出门去给人买冰棒，连钱都没敢要，自己掏了一块钱请姐姐吃。

“早知道她叫了这么多帮手过来帮她写作业，我就不答应她了。”贺筝月头都要炸开，摁着太阳穴恨声道，“她昨天来求我的时候说如果我不帮她写明天就要被她妈活活打死，早知道她这么多要求就让她妈把她打死算了。”

钟子涵从语文作业中抬起头，有些惊讶：“小竹昨天来求我的时候也是这么说的哎。”

贺筝月：“啊？”

孟屿宁淡定地问：“她是不是还说，如果帮她写作业，那她就给你们当牛做马，上刀山下火海万死不辞？”

贺筝月和钟子涵面面相觑。

答案不言而喻。

不论过程如何，总之在八月三十一号这天，经过三个哥哥姐姐的努力，雪竹的暑假作业顺利完成了。

第二天，妈妈带雪竹去报到，雪竹骄傲地挺着小胸脯将暑假作业交给了老师。

老师打开作业，潦草地看了两眼，夸她听话，接着就给她报了到。

报完到离开时，雪竹无意间看到隔壁班已经收齐了暑假作业，隔壁班的班主任将暑假作业用塑料绳捆成一扎。

雪竹有些想不通，都捆在了一起，还怎么批改啊。

回家的公交车上，旁边站着两个高年级的哥哥在聊天。

其中一个哥哥对另一人说：“没想到老师这次居然会检查暑假作业。”

另一个随即得意地说：“去年没检查，我早就料到老师今年一定会看，还好我全写完了。”

雪竹一怔。

她突然感到一丝庆幸。

这学期，雪竹升上了三年级，改变不仅仅是多了一门英语课。

老师说他们已经是三年级的学生了，不再是低年级的小朋友，所以要学会用水性笔或是圆珠笔写字。

不能用铅笔，也不能用橡皮擦。

雪竹很不习惯，虽然爸爸给她买了改正液和改正带，还买了改正贴，随便她用哪个，可她觉得这些都没有橡皮擦好用。

这三样东西都会让她的作业本上多个白点点，很不好看。

“所以你要想好了再写啊，要细心点啊，不然作业本就会很难看。”宋燕萍说。

雪竹委屈地说：“为什么不能继续用铅笔写？”

用铅笔写错了还可以擦掉，又方便又好用，为什么人类还要发明水性笔？

“因为你长大了啊，要明白一个道理，”宋燕萍说，“做错了事就和作业本上写错的字一样，凡事要先考虑好再去做，不能鲁莽不能随便，因为一旦错了就很难再改回来。”

用个水性笔还能被妈妈借口灌输人生道理，雪竹无话可说。

宋燕萍看雪竹那表情就知道她不服，只好搬出孟屿宁来，说：“那你看你宁宁哥哥，他还在吵着要用铅笔吗？”

没有。

雪竹看过孟屿宁的语文练习册。

他写字很好看，跟她的爬虫字完全不同，她觉得宁宁哥哥的字甚至比字帖上的还好看。

而且宁宁哥哥还很少出错，她很少在宁宁哥哥的作业本上看到白点点。

雪竹佩服得不行。

宋燕萍循循善诱：“所以你宁宁哥哥用水性笔也能写得好看，你怎么就不行？”

雪竹理直气壮：“那是因为他比我聪明啊，我又考不了第一名。”

宋燕萍啧声，又开始唠叨：“你考不了第一名这能怪谁？还不是怪你自己成天就想着玩不愿意读书。练琴也是，你刘阿姨的儿子六级都考过了，你跟人家一起学的，五级都还没考，每天只让你练一个小时的琴就喊苦，这种态度以后出去工作了怎么赚得到钱？”

雪竹烦死了。

她现在听到妈妈说“练琴”两个字就头皮发麻。

“阿姨。”

门口传来孟屿宁的声音。

母女俩同时望过去，孟屿宁背着书包，一副刚放学的模样。

老孟今天晚上和朋友有约，让儿子下午放了学直接去裴叔叔家吃饭。

来得正巧，宋燕萍冲他招手：“宁宁你回来得正好，小竹不愿意用水性笔呢，你帮阿姨说说她。”

孟屿宁换好拖鞋，还没说什么，就被雪竹一把拉到房间里，并锁上门。

宋燕萍在门外说：“裴雪竹，要不就写作业，要不就练琴，不许打扰你哥哥写作业，听到没有？”

雪竹烦躁地堵上耳朵，冲门吐了吐舌头。

孟屿宁取下书包，打算坐下写作业。

他现在初三，功课太多，每天写到晚上十点都是常态。

“哥哥你看，这是我爸爸给我买的新桌子。”雪竹说。

有点炫耀的意思，但更多的是向哥哥分享她的新宠。

白色粉边的学习桌，带书架带台灯还带矫正器，连桌面的弧度都能调整，现在的小学生都以拥有这样的桌子为豪，雪竹也不例外，缠了爸爸好久，最后爸爸只能去家具批发城那里和老板砍价，给她买了张学习桌回来。

事实证明，这个学习桌真的挺有用的，就算不写作业，雪竹也喜欢坐在桌子前搞东搞西。

她问：“你觉得这桌子好看吗？”

“好看。”

“那你用我的桌子写作业吧。”

孟屿宁顺从地坐下，有点尴尬。

好矮。

写作业还得弯下腰低头写。

雪竹也发现了，困扰地挠挠头：“宁宁哥哥你是不是又长高了？”

孟屿宁不确定地说：“应该。”

雪竹顿时羡慕地说：“我怎么还没长高？”然后，她哒哒哒跑到房门口打开房门，用手比了下自己几个月前的身高刻度，转头一看，不出意料，“没长高。”

门框上用笔画了不少道横线。

这些都是雪竹的身高记录，一旦划上一条新的，就代表雪竹又长高了。

“为什么啊？明明我们每天都吃一样的饭。”

于是，雪竹对客厅里正在看电视的裴连弈喊：“爸爸，为什么宁宁哥哥长高了，我还没长高？”

裴连弈趿着拖鞋走过来说：“哥哥是男孩子啊，男孩本来就长得比女孩高。”

雪竹问：“为什么男孩天生就比女孩高？”

“问菩萨去吧，菩萨这么安排的。”裴连弈敷衍回答，又问孟屿宁，“宁宁你又长高了？”

孟屿宁凭最近往上缩的裤腿判断道：“好像是。”

“来，你站这里来，叔叔给你量量，我去拿尺子来。”

孟屿宁乖乖站过去。

“都一米七三了，”裴连弈很惊讶，“快跟我一样高了。”才十四岁，之后肯定还能长高。

裴连弈给孟屿宁的身高在门框上留下记号，说：“以后你每个月也过来量一次，叔叔给你记下。”

孟屿宁点头。

雪竹羡慕地看着孟屿宁的刻度，用眼睛量了量，比她的高好多。

“等我十四岁的时候也能长这么高吗？”雪竹问。

裴连弈可不像他的傻女儿那么天真，说：“你有个一米六足够了，女孩子不用长太高。”

说完，男人在刻度旁写上一行字。

【宁宁，2004.9.7】

然后，他弯下腰，又在另一条刻度上写上一行字。

【小竹，2004.9.7】

“行了，你们继续写作业吧。”裴连弈说。

说完，他拿着尺子离开。

“写作业吧？”孟屿宁说。

雪竹还没忘记自己今天要用水性笔写作业，后退几步说：“我今天要先练琴。”

她从来没这么主动说要练琴。

孟屿宁点头：“那你练吧。”

雪竹走到立式钢琴前，掀开钢琴上的防尘布，又打开琴盖，坐在了椅子上。

有意表现的雪竹问他：“你想听什么？我弹给你听。”

孟屿宁：“《卡农》？”

雪竹的表情顿时有些尴尬。

她不会。

孟屿宁看出来了，笑笑说：“那你就弹你最拿手的吧。”

雪竹想了想，起身来到书架前，抽了本书出来，很快翻到她最擅长的那首曲谱。

雪竹的语气还挺骄傲：“这是我去年参加比赛的时候弹的，拿了第一名哦。”

当初苦练的成果显著，连曲谱都不用怎么看，肌肉记忆就会替她自动在琴键上敲出音符。

孟屿宁看她坐在钢琴前，挺着背，马尾辫随着她沉浸式的摇头晃脑而摆动。

“好听吗？”

弹完，她跳下椅子问他。

孟屿宁：“好听。”

雪竹又说：“等我学会了《卡农》，我再弹给你听。”

孟屿宁微笑：“好，那你要快点学会啊。”

“等我考了十级，”雪竹开始小人得志，仰起鼻子说，“我当你老师，我教你弹《卡农》。”

为了在哥哥面前表现，她是怎么也要学会《卡农》的。

孟屿宁歪头，没有当真，不过还是说：“那先谢谢裴老师了。”

雪竹挠了挠脸，听他用玩笑的低语叫自己老师，有点害羞。

不过孟屿宁很快回到正题：“那在你考十级之前，能先写作业了吗？”

雪竹的笑容突然僵住。

孟屿宁让雪竹坐在她自己的学习桌前，监督她用水性笔写作业。

雪竹在抄写语文古诗，一行还没写到，她就写错了。

雪竹心不甘情不愿地用改正液将错字涂掉，可后来陆陆续续又写错了好多。

改正液的味道特别难闻，闹得她头疼。

雪竹小声抱怨：“我就说用铅笔嘛。”

孟屿宁却说：“你写之前认真想想就不容易错了。”

雪竹扔笔，不干了。

“小竹，认真写。”孟屿宁的语气比刚刚重了些。

“我要用铅笔写！”雪竹耍赖。

“你都三年级了，不能一直用铅笔。”

“那我就重新去读二年级。”

孟屿宁没法，捡起雪竹扔开的笔，掰开她的手让她握着。雪竹张开手指不愿意握笔，孟屿宁就用自己的手紧紧裹住了她的手。

比起雪竹还小还嫩还肉嘟嘟的手，少年的手和他的身高一样，消瘦细长，手背隐约有青色的血管突出，指甲修剪得干干净净，透着淡淡的粉色。

“我带着你写。”他说。

于是，雪竹每次要写错的时候，就有股力道阻止她落笔。孟屿宁弯着腰，另一只手撑着桌子，在她耳边说：“再好好想想，笔画先写竖的还是先写横的。”

抄完一首古诗，这笔迹里有她稚嫩的影子在，也有他秀气斯文的影子在。

是他们两个人一起写的。

雪竹看着这些字，心想，如果自己不用哥哥握着手带着她写也能写出这么好看的字就好了。

后来，孟屿宁要写自己的作业，雪竹也不打扰他，乖乖地撑在桌子旁看他写作业。

他在写数学作业，雪竹随手拿过他的语文作业，又看到了他好看的字迹。

果然，天生多动又好奇的孩子乖不了几秒。

“宁宁哥哥，这个字怎么读？”雪竹指着作业本的一个字问他。

孟屿宁看了眼，说：“淤。”

“那这个呢？”

“濯。”

“那——”

“予独爱莲之出淤泥而不染，濯清涟而不妖。”孟屿宁干脆把这一整句都念了出来。

文绉绉的，雪竹听不懂：“什么意思？”

“我唯独只爱莲花，它从污泥中长出来，却不受到污染，在清水里洗涤过但是不显得妖媚，它的茎挺直，不生枝节，气味清香，笔直地立在那里，可以远远地观赏但是不能贴近去玩弄。”

这段是要求背诵的，孟屿宁习惯性地把整段背诵古文都给翻译了出来。

雪竹：“哦。”

这不感兴趣的样子，一看就能猜到她是没听懂。

孟屿宁为激发她的学习兴趣，试图把话题扯到她身上：“你的名字也和莲花差不多。”

说起自己的名字，雪竹终于有兴趣了：“为啥啊？”

孟屿宁想到雪竹刚刚坐在钢琴前，安安静静弹琴的模样。

那干净的琴音就是从她小小的手里递出来的。

“气质清高，纯洁干净。”

雪竹反问：“那不是你吗？”

孟屿宁微愣：“什么？”

“我觉得你比我干净多了。”雪竹歪头，天真地问，“你在学校都玩什么游戏？为什么你的校服总是这么干净？”

他的校服不仅干净，还有股好闻的味道。

“你注意点就不会弄脏校服了。”

雪竹却不服：“但是哥哥你比我们班的女生还干净。我们班男生都是直接在地上滚的，脏死了，啧啧。”

她喋喋不休地开始说自己班上哪个男生最脏最不讲卫生。

孟屿宁看她的嘴叭叭个不停，心想这个小朋友怎么这么能说，她口不渴吗？

雪竹说了好久，不见他回应，于是伸出指头戳了戳他胳肢窝：“喂，你有没有听我说话啊？”

谁知，孟屿宁肩膀突然一抖，皱眉说：“别乱戳。”

雪竹眼珠子滴溜儿转了两圈，很快得出结论——

孟屿宁怕痒痒。

发现新大陆的雪竹开始了她的恶作剧。

她戳孟屿宁的力道其实不重，起先孟屿宁没理她，埋头继续写作业。

后来，他渐渐觉得这小女孩实在太让他分心，这样下去今天的作业就是写到晚上十二点都别想写完。

孟屿宁突然抓着她的手指，压低语气威慑道：“别弄了。”

雪竹一愣，突然觉得哥哥好像哪里不一样了。

他最近在变声期，嗓音已没了几年前的清亮，音调变得很低，有些沙哑，少了小朋友的稚嫩，白皙的脖颈中微微凸出一个小包，发声时，带着大人才有的成熟。

小孩子要吃到教训才知道自己错了，孟屿宁专门挑准了雪竹的软肋，比如她的胳肢窝。

雪竹也怕痒，扭来扭去地哈哈大笑，最后受不了了，连腿都站不直，歪歪地倒在孟屿宁身上。

孟屿宁从背后撑住她，她笑得特别大声，连带着他也跟着笑起来。

少年又坏心眼地挠了挠她的胳肢窝，轻声问："还弄不弄了？嗯？"

雪竹转过身，求饶般地抓着他的手，不住地摇头："不弄了不弄了。"

孟屿宁终于放过她。

她还没缓过神来，一屁股坐在了孟屿宁的大腿上平复呼吸。

进来送牛奶的宋燕萍推开门，就看见雪竹坐在孟屿宁腿上，一张小脸红扑扑的。

"你写个作业怎么写到哥哥身上去了？"宋燕萍小声训斥她。

雪竹起身，跟妈妈告状："是宁宁哥哥挠我痒。"

"那肯定也是你先起的头。"宋燕萍毫不避讳自己对孟屿宁的偏心，将两杯牛奶放在桌上，"一人一杯，喝牛奶快快长高。"

雪竹渐渐习惯了水性笔。

因为每天坚持练字帖，她的字渐渐好看了起来。

可想要赶超孟屿宁，她还差得很远。

不论是字还是身高。

孟屿宁最近长得很快，他的个子就跟拔萝卜似的，一个月就往上拔一点。

雪竹被打击到了。

裴连弈安慰她："哎呀，你孟叔叔一米八多呢，宁宁哥哥遗传他肯定也长得高啊，这没办法的。"

雪竹怨念地看着裴连弈，问他："那爸爸你为什么没有一米八？"

裴连弈尴尬了，只能说："小时候你爷爷奶奶没钱给爸爸买东西吃，这不能怪爸爸啊。"

"那滢滢的爸爸也有一米八，只有我的爸爸没有一米八，"雪竹突然扁嘴，语气快哭了，"为什么只有我的爸爸这么矮？"

几秒后。

"哇——"

雪竹哭起来。

裴连弈挠了挠脸，第一次因为自己没长到一米八而感到自卑，而且是在女儿面前。

看着女儿哭得这么委屈，他甚至觉得自己不是个合格的爸爸，因为他没有一米八，给女儿蒙羞了。

于是，某天和隔壁老孟在天台喝酒看星星的时候，裴连弈幽幽问老孟：“大家小时候都没米饭吃，为什么你能长到一米八？”

老孟不明所以：“什么玩意儿？”

裴连弈自觉喝多失言，转移话题：“你最近都在忙什么？我问宁宁，他说你每天都是凌晨才回来。”

“我不忙谁赚钱供他读书？”老孟说。

“宁宁今年都要中考了，你多少也抽点空辅导下他的功课啊。”

老孟自嘲地笑了笑，反问道：“我辅导他？到时候耽误他连高中都考不上。你们两口子文化程度比我高，他要有不会做的就顺道帮帮他吧。”

“你儿子聪明得很，有的题我和我老婆还没看完，他就自己想出解题思路了。”

听到邻居夸儿子，老孟硬朗的脸上总算露出点笑意：“他学习还可以，不用我花钱帮他请老师。”

“辅导是其次的，主要是多陪陪他，中考压力也挺大的。”

“如果他爷爷还在世，估计会陪他吧，只要跟读书有关的，他爷爷就特别来劲儿。”老孟突然说。

裴连弈犹豫很久，酒意将心中的好奇顶上喉咙，小心地问：“唔，宁宁爷爷还在世的时候，怎么从来没听到他说起过你们？”

这片是教职工小区，挨着重点高中，住的也大都是些退休老教师，孟老爷子和雪竹爷爷是同事，但雪竹爷爷退休后和妻子搬到了乡下养老，住这里方便雪竹以后考高中，于是几年前裴连弈带着妻子一块搬了过来。

裴连弈带着老婆女儿搬过来的时候，孟老爷子就是一个人住，要不是前几年老爷子过世，他甚至都不知道原来老爷子是有后的。

“估计是当没我这个儿子了吧。”老孟淡淡说，“我那个时候不愿意读书，老头子让我读高中，我不肯听他的，气得他跟我断绝关系。我当时也倔，收拾了行李就离家出走跑到外地去了。”

“然后呢？”

“那几个月我打零工，也算是能养活自己，吃了不少苦，但就是不愿意低头。后来老头子过来看我，给我塞了些钱，说起码去读个中专，以后在社会上也好养活自己，给完钱他就走了。我当时想的是不闯出点名堂来就绝不回去看他，结果他都走了，我还没闯出名堂来证明自己。”老孟突然苦笑，叹了口气，“还是居委会打电话给我，说老头子给我留了套房子。”

比起在外地租房，老孟选择带着儿子回到老家。

这些事，告诉别人也是丢脸，因此老孟很少提起。

或许是天台此刻的凉风将他心中郁结终于吹散了些，又或许是这几年的相处下来，让老孟觉得身边的这个邻居是个可以偶尔谈谈心的好友，而非酒肉朋友。

“要是我爸还在就好了。”老孟轻声说，“宁宁跟我不亲，我也懒得凑到他面前找不自在。你让我多陪陪他，但可能我不在家的时候，他或许会更自在一些。”

清官也难断家务事，裴连弈不便插嘴。

老爷子都过世好几年了，如今再追忆也没有任何意义。

活着的时候不懂珍惜，死别后的千般歉疚都为时已晚。

喝完酒，两个男人回到各自的家。

裴连弈坐在客厅沙发上醒酒，或许是嫌呆坐着太傻，于是点了根烟抽起来。

宋燕萍刚洗完澡，一出来就闻到了好大的烟味，她生气地站在沙发旁，叉着腰教训丈夫：“不是让你抽烟去外面抽吗？你想让小竹吸二手烟？”

裴连弈回过神，忙将抽了一半的烟摁灭，突然说：“我明天打电话让我妈从乡下带两只老乌鸡过来，你熬了汤给宁宁和小竹喝。”

宋燕萍问：“怎么突然想起让你妈特意从乡下带乌鸡过来了？”

“没怎么，就是突然觉得宁宁这孩子……”裴连弈顿了顿，说，“快中考了，平常应该多吃点有营养的东西补补。”

孟屿宁睡得不熟。

房门被轻轻打开时，他整个身体先是警觉性地一抖。

可看到从客厅溜进来的光，孟屿宁知道是父亲。

小偷怎么可能敢开灯。

果然，孟屿宁闻到了浓烈的酒味。这个气味在他心里，仿佛就是父亲的气味。

他闭着眼，不动声色地舒了口气。

床微微陷下去一角，孟屿宁背对着坐在床上的父亲，不知道他要做什么。

“睡了吗？”

浑厚的嗓音尽力压低着问儿子。

孟屿宁没回答，以沉默告诉父亲他睡了。

闭着眼数不清时间，就在孟屿宁昏昏欲睡时，头顶被覆上一只粗粝温暖的大手。

父亲微微的喟叹声伴着酒气吹拂至鼻尖边。

父亲替他掖了掖被子，然后起身出去了。

房间重新归于黑暗中后，孟屿宁才敢睁开眼。

他恍惚地抚上头顶。

内敛至极的少年最后也只是弯了弯唇，很快又重新睡过去。

这次睡得很熟。

孟屿宁中考的日子终于来到。

和他一样面对人生中重要考试的还有贺筝月和钟子涵。

唯独闲的就只有雪竹。

她不但闲，她还放假了，闲上加闲。

原因是第一小学被教育局设为了考点。

放假的前一天，老师给每个人都安排了打扫任务。

虽然之前很感激哥哥姐姐们借用他们学校考试才让他们有假放，可是放假前还要大扫除，还得搬课桌，他们又不是特别感激这些初中生了。

今天恰逢周五，下午只有两节课，不到四点就下课，到晚饭时间之前，大把的时间可以用来玩，所以星期五下午这段时间简直是小学生们非寒暑假时期最幸福的时刻。

雪竹拿着湿抹布，搬了张椅子放在走廊上，踩在上面擦玻璃。

祝清滢和她一组，正在擦里面那一面。

两个小女生对着玻璃哈气，和对方玩你画我猜的游戏。

“小竹，你哥哥他在哪个学校考试啊？会不会就在我们学校？”祝清滢突然问她。

雪竹说：“子涵哥哥在本校考，宁宁哥哥不知道。”

子涵哥哥的消息她是听妈妈说的，妈妈是从钟叔叔那里听说的，她快两个礼拜没见到宁宁哥哥，也有两个礼拜没见到孟叔叔，无从打听。

宁宁哥哥最近每天都复习到很晚，爸爸妈妈怕她吵到哥哥复习，都是每天送饭到对面去。

她突然有了什么主意，兴高采烈地跑回教室，不一会儿出来时脸上带着神秘的笑容。

祝清滢问她她也不说，只好继续刚刚的话题。

“那你觉得他们能考上一中吗？”

一中是他们市最好的高中，小孩儿不懂最好是怎么个好法，只是听大人常常念叨，说“我家的小孩儿能考上一中就烧高香了”，所以他们也理所当然地以考上一中为荣。

“肯定能，子涵哥哥那么辛苦，放假也要上课，肯定能考上的。”雪竹坚定地说，“还有我看宁宁哥哥做试卷，那上面的题我都看不懂，但是他很快就做完了。”

特别是数学试卷，图形题特别难，一个圆圈里画好几个三角形或乱七八糟的图形，还要画辅助线才知道做，还有什么 X 什么 Y 的，数学和英语混在一起，看着就好高级。

祝清滢：“我们才三年级，看初三的试卷当然看不懂啊。”

雪竹想想也是，可还是说：“他们肯定都能考上的，然后我以后也会考进一中，就能跟他们一个学校了。”

“不可能的。”祝清滢小大人般地给雪竹科普，“我们六年级毕业以后还要读初中，等你考上高中以后，你哥哥他们早就读完高中啦。”

雪竹：“啊？那读完高中以后呢？”

“去上大学。”祝清滢说，“我妈妈说当了大学生就要去很远很远的地方上学。”

“很远是多远啊？北京那么远吗？”

其实北京到底有多远雪竹也不知道，雪竹对城市的概念还很模糊，能数得出来的城市也没几个，北京是她最熟悉的。

祝清滢被问住了，摇头：“不知道，我只知道很远。”

雪竹没说话，不知在想什么。

走廊上的男生们打打闹闹，拿着扫把当武器，交手间尘土飞扬，后来不知道是谁撞到了雪竹的椅子，她心惊胆战地踉跄好几下，差点摔下去。

“啊！”

雪竹被吓得回过神，从椅子上跳下来，大声喊：“谁推我椅子！”

男生们连忙默契地指着其中一个：“迟越推的！”

被朋友们集体卖了的叫迟越的男生一下子愣住，又看雪竹瞪着眼怒气冲冲地看着他，他一时耳根发烫，硬着嘴皮说：“我又不是故意推你的！你那么凶干吗？”

雪竹顿时更气了：“你差点把我撞倒了！万一我摔在地上了怎么办！”

“摔了就摔了啊，反正你又不会摔死！”迟越语气嚣张，“大惊小怪。”

雪竹气得头发都竖起来，两个小孩儿就这么在走廊上吵了起来。

吵着吵着就推搡了起来，男生们在一旁看得津津有味，祝清滢想劝又劝不住，最后着急忙慌地对雪竹喊：“小竹别打了，老师来了！”

晚了一步。

老师把雪竹和迟越都叫进了办公室。

老师语重心长地教育他们：“迟越，你是男生，男生要让着女生知不知道？既然推倒了人家就该说对不起，犯了错要道歉，老师不是教过你吗？”

迟越小脸涨得通红，喃喃说：“我又没推倒她。”

雪竹哼了声：“要是真的推倒了我现在都进医院了！”

迟越狠狠瞪了眼面前的小女孩。

“裴雪竹，既然迟越没有真的推倒你，那你也别太计较了，得饶人处且饶人知道吗？好了，两个人握手言和吧。”

小学生对老师的话总是有种绝对信服力，尤其是班主任说的话。

老师都这么说了，两个孩子只能握手言和。

回到教室继续大扫除，结果没几分钟，他们又吵了起来。

这次不是因为谁推倒谁，他们是因为动画片吵起来的，这个年纪的小女生和小男生互相都看不顺眼，想吵架都能随时列举出一百种理由。

小学生也喜欢赶潮流，最近流行的是每晚星空卫视准时播放的《数码宝贝》，一时间课后休息，大家讨论的都是这个。

他们又因为《数码宝贝》里谁最厉害吵了起来。

“战斗暴龙兽最厉害好吧，”迟越仰着头骄傲地说，“花仙兽垃圾死了，没究极进化前就知道转圈甩针。”

雪竹快气死了。

她最喜欢的就是花仙兽，这人居然污蔑她最喜欢的花仙兽！

“你说它垃圾，你比它更垃圾！”雪竹不服气道，“它转个圈就把你戳死了！”

两个小朋友吵得不可开交，卫生已经搞完了也不走，祝清滢让雪竹跟她一块回家，可是雪竹沉迷于吵架连好朋友的邀请都直接给无视了，直到学校广播放起回家的萨克斯曲，这才让他们回过神来自己吵了多久。

夕阳渐沉，学校被夕阳染成一片金黄，操场上还剩伶仃几个高年级的学生在打篮球，雪竹对这个曲子有种下意识的反应，当这首曲子响起，那就代表学校要关门了，商场要关门了，所有人都要放学要下班了，大家都该回家吃饭了。

迟越幸灾乐祸地说：“你这么晚回家，你妈妈肯定要骂你了！”

雪竹哼了声，不甘心地回道：“你妈妈肯定也会骂你！”

迟越耀武扬威地说：“我妈妈今天加班不在家，啦啦啦。”

雪竹气得跺脚，张牙舞爪地冲上去要打人。

两个小孩儿就这么站在公交车站旁又打了起来，雪竹掐迟越的脸，迟越扯雪竹的头发。

没几分钟，迎面一辆 8 路车缓缓驶来，正在酣战中的雪竹突然听到公交车上传来一个熟悉的声音。

“小竹。”

雪竹赶忙脱战，抬起头。逆着夕阳行驶的公交车上，少年的五官被隐在模糊的光影中，孟屿宁穿着校服，干净温和的眼睛里破天荒泛着些许讶异和怒意。

她当场僵住。

迟越看她不对劲，问：“哎，那是你哥哥吗？”

没等雪竹回答，公交车停在两个小孩儿面前，孟屿宁从车上下来。

迟越仰头看着雪竹的哥哥，不知怎么心里有些发怵，做哥哥的肯定会护着妹妹，他可能要被揍。

孟屿宁只是微微扫了眼迟越，接着又把目光放在了嗫喏不语的雪竹身上。

“怎么这么晚了还没回家？”

雪竹不敢说话，还是迟越拍了拍雪竹的肩膀，先跑一步：“裴雪竹，我先走了。”

迟越刚跑出两步，就被雪竹的哥哥给叫住了，他顿住脚步：“啊？”

孟屿宁语气平静：“下次再让我看到你欺负我妹妹，我就去告诉你们老师。”

雪竹和迟越都惊了。

雪竹是惊喜的惊，迟越是惊吓的惊。

迟越赶紧点头，抓着书包带拔腿跑开。

直到确定自己不会被裴雪竹的哥哥追杀后，他才敢停下回头看。

刚刚那个张牙舞爪的小女孩，瞪着一双圆眼恨不得将他碎尸万段的裴雪竹，此刻竟然拉着自己哥哥的衣服做出那晃来晃去超级肉麻的动作。

在班上的时候裴雪竹超级凶，明明是女生却比男生还要好动活泼，像个小疯子。

从来没见她眉眼弯成这样，带着这个年纪的女孩儿才有的可爱和娇蛮，对一个人用尽全力地讨好和撒娇。

迟越抿唇看了好久，半晌后才不屑地吐出一声：“女生真幼稚！”

公交车站边又驶来一辆公交车。

孟屿宁带雪竹上了车。

车上人很多，下班的放学的挤在一块儿，连位置也没得坐，雪竹个子不够抓不到拉环，被挤在中间很难受。孟屿宁环过她的肩膀，说：“抓着我。”

雪竹：“抓你哪儿啊？”

孟屿宁：“随便。”

最后，她抓住了他的书包带。

等两个人面对面站稳，孟屿宁这才开口：“你和你同学刚刚为什么打架？”

雪竹想也不想就说：“是他先惹我的！”

孟屿宁垂头看着她，眯眼，淡淡地说：“不一定。”

雪竹仰起头，趁着公交车晃动的幅度用下巴抵着他胸口一下下戳，瘪着嘴，弧度向下，眨眼说：“那你刚刚不是也说他欺负我了吗？”

“我当然要护着你。”孟屿宁觉得这并不能代表他认同雪竹的行为，“所以到底是为什么打架？”

雪竹只好老实说出了缘由。

听到这个理由，孟屿宁有些不理解，感叹起雪竹的幼稚来。

“就为了这个？”

雪竹却很不服气：“什么叫就为了这个？他说花仙兽的坏话，我最喜欢的就是花仙兽。”

孟屿宁微微笑了：“因为它最好看？”

雪竹惊讶道：“你怎么知道？你也看《数码宝贝》吗？”

“看啊。”孟屿宁说。

“那你最喜欢谁？”

孟屿宁想了想说：“天使兽吧，神圣天使兽。”

雪竹点头赞同：“我也喜欢它！”

她突然想，为什么要跟迟越那个臭男生讨论动画片，以后她就找哥哥说就行了，哥哥会尊重她的爱好，绝对不会随随便便说她喜欢的神兽是垃圾。

找到了同好的雪竹相当兴奋，很快忘了自己接下来将要面对的处境，拉着孟屿宁说个不停。

她从车上一直说到下车，又一直说到上楼。

孟屿宁实在有些受不了她那喋喋不休的小嘴，转身一把捂住她的嘴。

雪竹睁圆了眼：“唔？”

孟屿宁用另一只手弹了弹她的额头：“比起跟我讨论《数码宝贝》，你还是先担心担心待会儿怎么跟你妈妈解释你回来得这么晚吧？”

雪竹一怔。

孟屿宁放开手，果然她这会儿不说了，为自己进家门后的处境担忧。

他摇摇头，撑着膝盖弯下腰和她平视。

少年难得逗她：“小竹，如果这次我帮了你，你怎么报答我？”

雪竹的眼里瞬间蹦出几道希望的光芒，孟屿宁猜到她要说什么，又很快补充：“当牛做马就免了。”

“那——”雪竹也想不到该怎么报答，在脑海中不断搜寻着自己看过的电视剧台词，“以身相许吗？”

孟屿宁一愣。

他摸摸她的头，满眼笑意：“你这小个子许给我，最后还不是我伺候你？”

鉴于童言无忌，孟屿宁没有把雪竹的话放在心里，但还是帮了她。

他跟宋燕萍说雪竹是想去学校找他，于是搭乘了反方向的公交车，等到他放学后才一起回来的。

宋燕萍的怒火就这么被孟屿宁的三言两语轻易给浇灭了。

雪竹觉得别人家的小孩儿，尤其是别人家成绩好的小孩儿说话就是好使，比她这个亲生女儿好使一百倍。

吃饭的时候，父母忙着关切孟屿宁，给他夹鸡腿又问他中考准备得怎么样，就连雪竹只顾着看电视，碗里的饭都没动几口也没空管。

被人管着的时候觉得没有自由，可被父母忽略时又觉得难过。

她甚至想如果孟屿宁是她爸爸妈妈的孩子，她是孟叔叔的孩子，那现在情况会不会完全反过来。

但她也只是想想而已，不敢说出来。

“小竹听到没有？你宁宁哥哥多自觉，没有大人在家一个人看书复习到十点多，一点也不用他爸爸操心。”

雪竹嘟囔道：“我还在读小学，每天学到十点钟又没用。”

宋燕萍对女儿的话不太满意，说：“我说这个是让你也学到十点钟吗？我是让你多跟宁宁学习，不要我们管你，自己一回家就把作业写了，把琴练了。”

又来了又来了。

雪竹的耳朵被妈妈的念叨声填满。

吃过饭后，孟屿宁回自己家继续做最后的冲刺复习，客厅的电视被爸爸霸占，雪竹被妈妈赶回房间练琴。

她胡乱敲了几下，通过琴键传达烦闷，宋燕萍端着水果和牛奶走进来。

“让你练个琴至于吗？”

雪竹说：“我不喜欢弹琴。”

“女孩子弹琴很提气质的。”宋燕萍把牛奶递给她，“反正等你长大以后就知道感谢我了，我花这么多钱送你去学琴，还给你买琴放家里，难道是为了我自己吗？我还不都是为了你？”

雪竹撇嘴。

总说是为了她，可是她一点也没感觉到。

谁也没问过她愿不愿意学，就强行以为她好的理由送她去上课。

“算了，不想练明天再练。”宋燕萍叹气，“帮妈妈把水果和另一杯牛奶拿到对面去。”

雪竹接过，拈了块苹果丢进嘴里。

又脆又甜。

她还没来得及细品，就被妈妈轻轻打了下手：“这不是给你吃的。”

“还有这么多呢。”雪竹不太服气地说。

眼见着妈妈又要说她，她赶紧转身跑了。

反正不练琴，跑个腿又何妨。

宁宁哥哥家的大门没关，雪竹推开防蚊的纱门，看到客厅里没人。

“宁宁哥哥！”她乖乖换好拖鞋，站在客厅里喊了一声。

没人应，雪竹又拔高音量喊了好几声，这才听见卧室里传来孟屿宁的声音：“我在房间里。”

雪竹推门进去，有点生气：“我叫了你好多声。”

孟屿宁正坐在书桌前写试卷，点了点自己耳朵里塞着的耳机：“我在听英语听力。”

雪竹走过去，把水果盘和牛奶放在桌上，说：“我妈妈让我拿给你的。”

孟屿宁用牙签插了块苹果打算送进嘴里。

似乎感受到身侧强烈的目光，他瞥过去，果然雪竹在旁边眼巴巴看着他，见他递眼神过来了，雪竹连忙自觉地张开嘴。

“啊——”

他没辙，只好先喂给雪竹吃。

雪竹腮帮子一鼓一鼓嚼水果，又盯上了他桌上的MP3。

她也想要，班里有同学的爸爸妈妈给买了，带到学校来炫耀的时候特别拉风，又轻又小巧，能直接塞进兜里，上课的时候将耳机线从衣服里穿过然后捂住耳朵，谁也发现不了自己在偷偷听歌，比磁带机方便多了，可是妈妈说她还用不上MP3，没必要花那个钱。

在雪竹心里，目前为止最大的愿望就是拥有一台MP3。

“我也想听MP3。”她说。

孟屿宁把一只耳机分给她戴上，按下播放键。

雪竹听到了一大堆英语，她现在连二十六个英文字母都默写不全，皱眉问："没有歌吗？"

"有，"孟屿宁按下切换键，"不过不多，只有几首。"

MP3 主要是用来练习英语听力的，但数码城的老板还是往里面下载了流行歌曲。

旋律很好听，可是唱歌的人咬字不清，雪竹词汇量本来就不多，压根没听懂几句，只能抓住几个关键性的词语。

"秋刀鱼也是一种鱼吗？"

"嗯。"

"哦，那是什么味道的？"

雪竹没吃过秋刀鱼。

孟屿宁忙着写试卷，敷衍道："鱼的味道。"

一首歌听完，雪竹又问："这首歌叫什么名字啊？"

"《七里香》。"

"七里香是什么东西？"

"花吧。"

"为什么花要叫七里香？"

"形容花很香，香味能飘很远？"孟屿宁的语气也开始不确定了。

"七里是多远？有一千米那么远吗？"

雪竹有一搭没一搭地问着，在她和孟屿宁细微的距离间连着一条细白的耳机线，靠近桌边的书被电风扇吹得卷起边来。

日光灯自头顶落下，衬得孟屿宁的肌肤雪白，雪竹突然想起了来找他的真正目的。

"明天中考你在我们学校考吗？"

孟屿宁摇头："我就在本校。"

雪竹哦了声，有点失望："我还以为你会在我们学校考试。"

孟屿宁笑笑，没说话，继续低头写试卷。

送完水果，雪竹不想走，她知道不能吵孟屿宁，于是老实地站在他旁边看他写试卷。

孟屿宁也没赶她，房间里很安静。

最后还是雪竹先憋不住，开口问：“宁宁哥哥，你以后考大学会考去很远的地方吗？”

高中还没念，孟屿宁压根儿没想到这么远，结果雪竹却提早了三年替他考虑这个问题。

“不知道，”他低头，手上写试卷的动作并没有停下来，“也许吧。”

雪竹好半天没说话。

孟屿宁转头看着她：“怎么了？”

“没有。”雪竹说，“我回家练琴了，宁宁哥哥你考试加油。”

雪竹没有急着回家，转而又上楼去找钟子涵。

钟叔叔一听说她是来给钟子涵加油的，没说什么直接放了行，只是嘱咐她长话短说，别耽误哥哥复习。

一进房间，也不等钟子涵说话，雪竹直截了当地问：“你以后会去很远的地方念大学吗？”

钟子涵同样也没想这么远的事，不过他说：“念大学本来就是要离开家啊，当然会去很远的地方。而且，”说到这里，他突然像是下定了什么决心，“我肯定要去很远的地方念大学，这样就没人管我了。”

雪竹明白了。

念大学，等于离开家，去很远的地方。

离开的时候，她又辗转下了楼，过家门而不入，径直下楼去找贺筝月。

贺筝月前不久已经高考完了，贺叔叔夫妻对她的要求并不高，所以没有太给女儿施加压力。贺筝月虽然高三这一年很忙，周末却比那两个中考的还要轻松。

她敲了门，是贺叔叔给开的门。

还没来得及说是来找姐姐的，贺叔叔就先说：“来找姐姐玩的吧？你姐姐和高中同学去外地旅游了，还要过几天才回来。”

“外地？”

“对啊，一考完就迫不及待往外跑，”贺叔叔说，“都不知道家住哪里了。”

年纪最小的雪竹突然觉得年纪小一点也不好，她闲的时候哥哥姐姐都在忙，而且等到哥哥姐姐都毕业了，她还在念书。

她还要等很久才能长大。

可那时候，哥哥姐姐们或许已经去了更远的地方。

中考这天，雪竹写不进去作业，坐在书桌前发呆。

窗外的麻雀真的在叽叽喳喳，只可惜外面艳阳高照，窗台上并没有落下雨水。

在这天里，虽然孟屿宁并没有如雪竹想的那样，被戏剧性地安排到她的班级、她的座位上考试，可真正被安排在雪竹的课桌上考试的初三生看到了她在课桌桌角处用铅笔歪歪扭扭写着的“中考加油”四个大字。

负责检查课桌椅的老师不知为何没有用橡皮擦掉。

素不相识，却被陌生的字鼓舞到。

初三生笑了笑，埋下头，继续认真作答。

没多久，高考成绩和中考成绩接连公布。

孟屿宁和钟子涵的中考成绩谁也没有意外，重点高中板上钉钉。

相比于两个没什么悬念的中考生，贺筝月显然是主角，等填志愿前几天才敢对答案估分，好在运气不错估得挺准，实际分数和估分相差不大，被录上了第一志愿，本地的普通一本，虽然不是985也不是211，但这是贺筝月整个高中三年考得最好的一次，也是唯一一次分数高于一本线，简直是超常发挥。

原本老贺只是希望女儿能正常发挥，稳住二本，如今能上一本，实在意料之外。

因而老贺一家大办谢师宴升学宴，小区同龄的高考生上了重本，也没贺家这么隆重。

为了奖励大学生，贺筝月不但去做了个最时髦的离子烫发型，还买了台最新款的翻盖手机，如今直板黑白屏手机已经不稀奇了，大拇指一掀会自动点亮屏幕的翻盖彩屏手机才是主流。

因而贺筝月升学宴这天，多日不见姐姐的雪竹发现姐姐已经不是几个月前扎着朴素马尾辫穿着校服的纯情高中生了。

姐姐烫了头发，穿着牛仔短裤，最关键的是，她两只耳垂处闪烁着点点银色的光。

姐姐还去打了耳洞。

那个会和她披着床单扮公主的姐姐在高考结束后迅速长大了。

“打耳洞不痛吗？”雪竹问。

“还好啦，就是针扎进去，拿个小枪对着你的耳朵，”贺筝月揉了揉雪竹肉肉的耳垂，接着用手比出枪的模样，说，“啪的一声穿进去！”

“咦！”雪竹下意识地缩脖，光是听听都觉得痛，她捂住耳朵，“别说了。”

“就痛一下啦，然后就能戴耳环了。”贺筝月给她展示了下耳边的银针，“好看吗？”

雪竹迟疑地点头。

好看是好看的，可如果要用针穿破耳朵来换取这样的好看，雪竹宁愿不要。

贺筝月说：“等你长大了想戴耳环了就会觉得打耳洞没什么的。”

雪竹羡慕地看着贺筝月。

她看姐姐从牛仔裤兜里掏出手机，那个手机挂坠也不知是什么做的，来电话的时候还会一闪一闪发光。

贺筝月帅气地翻盖，然后接起电话，这一套动作行云流水，帅气无比。

雪竹突然转身跑回了家。

爸爸妈妈刚准备出门，见她打道回来有些惊讶。

“怎么又跑回来了？想上厕所了？”

“妈妈，我想穿那条有好几层的裙子，”雪竹说，“就是你新给我买的那条。”

宋燕萍不解：“又不是你摆酒你穿那么好看干什么？”

裴连弈却大方地表示：“她想穿就让她穿吧，反正裙子买来也是穿的。”

“好吧。”宋燕萍嘱咐道，“待会儿别乱蹭，白裙子很难洗的，弄脏了你自己洗。”

雪竹坚定表示：“我不会弄脏的。”

母女俩转身回房，如雪竹愿换上了那条三层雪纺的白色公主裙，雪竹又说要戴上香妃帽。

古装电视剧的效应是强大的，香妃帽一直是众多小女孩心中的古装发饰首选，一圈长长的彩珠流苏，点缀柔软的白色毛球，很夸张，如果大街上哪个小女孩戴着这顶香妃帽走在路上，谁就会成为一时的焦点。

雪竹一直想要，幸好这学期她期末考试考得不错，MP3不买，妈妈退而求其次替她买了这顶既夸张又没什么价值的香妃帽。

“不行！”宋燕萍立刻拒绝，“你出个门搞那么夸张干什么？又不是演戏！”

妈妈一向强硬，雪竹不敢忤逆，只好提出另一种方案，要妈妈给自己扎两条辫子，还要戴上那一对翅膀会扑扇扑扇、串满了彩色米珠的蝴蝶发夹。

这个发型还比较正常，宋燕萍同意了。

不过一会儿，宋燕萍牵着雪竹出来，裴连弈一眼看到，笑着打趣：“这是哪个小美女啊？”

雪竹叉腰，骄傲地甩甩头。

头上的蝴蝶翅膀跟着骄傲地颤了颤。

一家人终于打算出发去饭店，正好撞上开门的邻居，老孟看到雪竹，硬朗的五官居然挤出了笑：“哟，今天小竹打扮得很漂亮啊。”

宋燕萍挺不好意思，忙说：“人才一点点大就知道臭美了。”

“叔叔你看，我的凉鞋还会发光。”雪竹对着地板用力踩了两下，水晶凉鞋的鞋底亮起了五彩斑斓的光。

老孟给面子地哇了声。

目前在小女孩的社交圈中风靡的雪纺公主裙、水晶凉鞋和香妃帽雪竹同时拥有了，她觉得自己简直是世界上最幸福的小女孩。

“宁宁哥哥呢？”

雪竹迫不及待地想给孟屿宁展示。

“上厕所，应该快出来了。”老孟说。

“那我不换鞋能进去吗？”

“进去吧，待会儿拖地就行了。”

宋燕萍小声阻止：“你就这么急？”

雪竹当没听见，像只耗子似的蹿进了老孟家。

孟屿宁正站在厕所里，门突然被重重敲了下。

“宁宁哥哥。”

隔着门，孟屿宁愣了下。

“什么？”

“你快出来我给你看个东西。”

“马上。”

“你上大的还是小的啊？”

“小的。”

“哦，那我在门口等你，你快点啊。”雪竹说。

孟屿宁不知所措地站在原地，又听到她隔着门时不时催他快出来。

门口有个小女孩站着，这让人怎么继续。

他只好先按下水阀，用冲水挡去了尴尬的声音。

几分钟后，他憨涩地打开门。

穿着公主裙的漂亮小女孩站在他的房门口。

简直是盛装打扮。

雪竹重复了一遍刚刚对孟叔叔做的动作，把鞋底的小彩灯触亮，然后跟孟屿宁炫耀：“你看我鞋子会发光，好看吗？”

就为了这个?

孟屿宁边洗手边叹气：“好看。”

雪竹又提起裙子：“你看我的裙子有三层纱，好看吗？”

“好看。”

“还有我头上的蝴蝶，翅膀会动的。”

她又踮起脚把头送过去，想让他看清楚蝴蝶的美貌。

孟屿宁伸手触了触她头上那双颤动着的翅膀。

雪竹喋喋不休地问：“你觉得是我的裙子最好看还是鞋子最好看？”

孟屿宁歪头看她，佯装认真地想了会儿。

少年突然笑起来，笑容干干净净的，声音也清晰温柔。

他照常弯下腰平视她，将她因为兴奋而调皮脱离掌控的额前小绒毛捋到一边。

“我觉得小竹最好看。”

Chapter 03

那个夏天

这个答案是雪竹意料之外的。

她没有笑，小手不安地抓着裙子，脸颊热热的。

孟屿宁牵着呆滞的雪竹走出来。

宋燕萍问："怎么样？哥哥觉得好不好看？"

雪竹用鼻子憋出一声"嗯"。

"那你怎么还一副不高兴的样子？"裴连弈笑，"夸你你还不乐意？"

雪竹仰起头，凶巴巴地龇牙："高兴！谁说我不高兴的！"

"高兴就高兴，喊什么喊哦。"

裴连弈不知道女儿又是哪根神经不对，先一步和老孟走在前面，直接把她丢给了孟屿宁照顾。

贺筝月的这次升学宴搞得很大，在一家大饭店订了个大包厢，小区熟悉的邻里，老贺两口子各自的同事好友，这些人再带各自的家属过来，升学宴活生生办出了婚宴的架势。

饭店大门口还挂了横幅，高调地写着“恭喜贺筝月同学高考超常发挥考上一本大学”。

除了贺筝月本人觉得十分尴尬外，整个贺氏家族都笑得满面红光。

和雪竹住同一栋的邻居们坐在一桌，雪竹想看电视，于是宋燕萍给她碗里夹了点菜，让她搬着凳子坐在电视前边吃边看。

她看的少儿频道，正在放《哆啦 A 梦》，一时间所有大朋友小朋友的注意力都被电视吸引，就连贺筝月都来跟着一起看。

大人们不屑看，但除了夹菜喝酒又没别的事做，只能聊天。

裴连弈突然问老孟和老钟：“你们家小孩儿的升学宴什么时候办？也让我们雪竹跟着沾点光到时候考个好初中。”

“你小孩儿还有三年才小学毕业，急什么。”老孟不甚在意。

老钟道：“那也不能这么说。现在教育条件好了，小孩子之间的竞争越来越激烈，如果不从小抓起，以后学习就很难再提上去了。”

老孟顿觉好笑：“孟屿宁我从小就没管过他，不还是考了第一？”

“那是宁宁天生就聪明。”老钟叹气，“子涵要不是我和他妈管着，能考上一中就怪了。”

“子涵也真的是辛苦，除了上辅导班还要上兴趣班，每天放学还在老师那里补课，初中就这么辛苦，以后上了高中那还喘得过气吗？”

老钟摊手：“那有什么办法？笨鸟先飞啊，不聪明就只能加把劲努力学了呗。”

裴连弈和老孟对视一眼，彼此都没说话。

又说回到升学宴，老钟打算过两天就摆，老孟没什么兴趣，举着酒杯含糊说：“到时候随便叫几个人去餐馆吃个饭就算完事吧。”

“你这话说的，宁宁中考全区第一啊，随便搞算怎么回事？”

“子涵要是考全区第一，别说摆酒，就是包酒店我都乐意。”

老孟觉得这两个太夸张，扯了扯唇说：“他要每次考第一我都请客，那这个儿子我可养不起。”

这话一时间竟分不清是在抱怨还是炫耀。

老钟幽幽看了眼正跟其他小孩儿围坐在电视机前专心看动画片的儿子，

失望地仰头抿了口酒。

裴连弈佯装没听懂老孟的话，打趣着说：“你一个人养不起就再找个人过日子啊。”

老孟的表情闪过刹那的心虚，端起酒杯挡住唇，喃喃道：“我没钱没本事还带个拖油瓶，哪个女的愿意跟我？”

“那不一定。上次我听老杨说有个女的来小区找你，但是你和宁宁都不在家，就走了。”宋燕萍颇有兴趣地说，“老杨说那女的长得蛮漂亮的，老孟你不知道这事吗？”

老孟愣怔一会儿，垂下眼皮思索片刻，大概是想到谁来找他，敷衍道：“一个厂子里上班的，估计厂里有事过来找我吧。”

“厂里有事还特意找到家里头来？诺基亚真当砖块用啊？”宋燕萍显然不信。

“老孟可以啊，儿子都这么大了魅力不减还能给人家找后妈，”老钟逮着机会挑眉冲人说，“这事你跟宁宁说了没有？”

老孟冷笑道：“老钟，你喝多了脑子糊涂了？我要真有这么好命孟屿宁他妈会跟我离婚？神经病。”

宋燕萍好奇地问：“我看宁宁跟你长得不太像，他是像他妈妈吧？”

小区里谁也没见过宁宁妈，但就以孟云渐这粗犷坚毅的壮汉外表，光靠他一个人能生出这么温柔斯文的儿子，街坊邻居们是不信的。

所以即使没见过，他们也几乎能脑补出来一个温婉似水的女人，应该跟孟屿宁差不多，偏白的皮肤，柔和的眉眼，还有文静的性格。

“是挺像。”老孟点点头承认，又闷笑两声，“就是不知道是不是跟他妈一样冷血。”

听这话的意思，似乎这夫妻俩的感情并不好。

也难怪孟云渐不愿提他前妻。

几个大人下意识地看向也在看电视的孟屿宁。

孟屿宁的注意力都在电视上，并不知道大人们说到了他。

大人们说话的声音太吵，你一言我一语，混在一起嘈杂刺耳，雪竹刚把电视声音调高，又很快被爸爸提醒。

“裴雪竹，电视声调小点，懂不懂礼貌？”

“都听不到声音了还看什么啊。”雪竹小声抱怨。

短短三十分钟，鞠萍姐姐和顽皮对电视机前的小朋友们说了再见，她的快乐没有了。

之后少儿频道又放了其他国产动画，雪竹不挑，什么都能看，只要是动画片她都喜欢看，但年纪大点的孩子们明显没了兴趣。

贺筝月又来了电话，拿着手机去包厢外面接，钟子涵碗里的菜吃完了，起身回饭桌添菜。

还好有孟屿宁继续坐在旁边陪她看，只不过他看得也不是很专心，雪竹看得出来，因为她上课的时候开小差就是这副表情。

“宁宁哥哥，你不喜欢看吗？”她问。

孟屿宁道：“不看这种。”

“那你喜欢看什么？”

“《新世纪福音战士》。”

雪竹听都没听过：“说什么的？”

无心问到孟屿宁的兴趣上，总是安静听她说话的少年居然打开了话匣子，开始向她科普起这里头的世界观和人物背景。

雪竹听得云里雾里的，什么使徒，什么开飞机，一群开飞机的人又打来打去。

要不是孟屿宁的声音好听，她早没耐心了。

她明面上在认真听他说，实则是盯着他翕动的嘴唇，淡粉色上下起合，微微露出小半截牙齿，还有他脖子上似乎在颤动的那一块小凸起。

孟屿宁看出她的走神，微蹙眉：“你有在听吗？”

雪竹发出蒙蒙的一声：“啊？”

他似乎有些不悦，但更多的是无奈。

“算了，”孟屿宁抿唇，“不跟你说了。”

雪竹这下着急了，怕他生气，忙为自己解释：“我有在听，真的啊。”

正好钟子涵端着塞得满满的饭碗回来，一听关键词就知道孟屿宁在说什么，立刻加入群聊。

钟子涵兴致勃勃地问：“你觉得 eva 和高达打谁赢谁输？”

孟屿宁：“eva 吧。”

钟子涵立马皱眉：“凭什么？”

虽然这个问题没什么意义，就算讨论得再热火朝天，它们也不会真的出现在同一个画面中一较高下，可孟屿宁还是被勾起了兴趣，两个少年遂以这个没什么意义的论题展开了专业的讨论。

男生讨论起自己感兴趣的话题时很容易忽略周遭的一切，于是雪竹不出意外被冷落了。

雪竹有点不高兴，可又插不进他们的话题，只能待在一旁干瞪眼。

最后，她端着碗，黯然离开。

四处晃荡的贺筝月见雪竹又坐回了桌子，有些奇怪："你不看动画片了？"

"不好看，"雪竹低头扒饭，嘟囔说，"哥哥他们不跟我一起看，也不跟我说话。"

"他俩都是御宅族，别理他们。"贺筝月看出她不高兴，提议道，"吃完饭要不要去我家玩《冒险岛》？"

雪竹眼瞳微亮："玩新电脑吗？"

贺筝月得意地点头："嗯。"

女儿考上了大学，家里也是一派新气象，贺叔叔淘汰了大屁股电脑显示屏，换成了薄薄的液晶屏，摆在桌上现代感十足，再也没有旧电脑的笨重感。

"我去！"

有目标就有动力，雪竹几口扒完饭，迫不及待地让贺筝月带她去玩新电脑。

老贺本来不想让女儿这么快就走，虽说这顿升学宴吃到现在已经成了大人们的拼酒大会，但主角怎么可以提早退场。

贺筝月用雪竹当借口说："但是小竹现在就想去我们家玩电脑啊！我走了爸爸！"

老贺没辙："零食放在电视柜下面，记得拿出来给小竹吃。"

"知道了！"

从热闹的宴席中逃出来，贺筝月牵着雪竹兴奋地往家里跑去。

雪竹像是放假前每天赶着回家看动画片，恨不得自己长了一双翅膀，抬脚就能掠过街上所有的人。

饭店到小区的路程并不远，暑气充斥，门口摆着大冰柜的小商店也无法吸引她们的目光，雪竹头上的蝴蝶发夹振翅猛颤，彩珠在光下夺眼，穿着三层雪纺的公主裙，在烈日下奋力奔跑，她终于觉得身上这条裙子又闷又热，远不如棉短裤舒服，除了好看一无是处。

等终于到家时，贺筝月迫不及待打开了空调，似乎还嫌不够凉快，她先将身上的 T 恤脱掉，又将内衣解开顺手扔在沙发上，再将 T 恤重新套上。

贺筝月本来没觉得在雪竹面前脱衣服有什么，可雪竹那直勾勾看着她胸前的目光，让她一时间在小女孩面前尴尬了起来，开始思索自己的动作是不是太奔放了吓到了雪竹。

“姐姐，这么热的天你还穿两件啊？”雪竹单纯地问。

小孩子的关注点果然与众不同。

贺筝月叹气：“再热也要穿啊。”

雪竹有些庆幸地说：“还好我不用穿。”

贺筝月说：“等你发育了以后也要穿的。”

“我不想穿。”雪竹顿时有些嫌弃地皱起眉头，“看起来好厚，穿着肯定不舒服。”

“等你长大了不想穿也要穿。”

雪竹心说我还是小女孩，还早着呢。

姐妹俩窝在书桌前打开电脑准备玩游戏，不巧正碰上服务器更新，4M 的宽带下载速度却只有几十 KB 每秒，两个人等得有些心烦，只好打开网页趁这个时间玩点小游戏打发时间。

网页的小游戏很丰富，什么类型的都有，雪竹最喜欢玩装扮类和经营类的小游戏，主角通常是女孩，操作简单，画面卡通精致，她握着鼠标玩得津津有味。

小女孩的审美十分单纯且专一，贺筝月给她建议她还不听，觉得姐姐的眼光太朴素了不好看。

正当贺筝月担忧雪竹长大后的穿着打扮时，门被敲响。

“月月姐开门，是我和孟屿宁。”

钟子涵的声音穿透墙壁，贺筝月仰头大喊回应：“来了！”然后拍拍雪竹的肩，“去开门。”

雪竹正在纠结涂什么颜色的指甲油，屁股黏在椅子上一动不动：“姐姐你去开门吧。”

贺筝月低吼：“快去！”

雪竹欺软怕硬，立刻跑去开门。

刚开门，还没等她问，钟子涵先抱怨道：“我问了贺叔叔才知道你们先回来了。”

一听他这语气就知道也是待不下去那主题偏离了的升学宴。

“你们在家里干什么？”钟子涵边脱鞋边问。

雪竹：“在玩电脑。”

“新电脑吧？”钟子涵的眼睛一瞬间亮起来，“我也要玩！”

孟屿宁还在慢吞吞地换鞋，钟子涵已经先一步冲进了房间。

“啊！你干什么！”

“啊！我的妈呀！”

异口同声的惊呼响起，雪竹和孟屿宁同时蒙住，还未搞清状况，钟子涵猛地又退出了房间，脸上因酷暑而通红的红晕又深了几分。

没几秒，同样红着脸的贺筝月冲出房间，一把抓住钟子涵的后脖子将他摁倒在地。

“谁让你不敲门就进来的！”贺筝月毫不客气地往男生脑门上捶。

钟子涵不敢反抗，只能不住地为自己辩解：“我哪知道你在里面换衣服！”

“你今天死定了！”

“姐！不要啊！”

雪竹正饶有兴趣地听着，突然耳朵被捂住了。

她九十度仰头，看着孟屿宁的下巴问：“哥哥你干什么？”

“别听，”孟屿宁站在她身后，淡淡地说，“儿童不宜。”

因为这个小插曲，最后两个男生都没玩成新电脑。

无辜的孟屿宁因为性别和钟子涵一致，被连坐从贺筝月家里赶了出来。

“算了，反正我自己家里也有电脑，”钟子涵泄气道，“我回家玩自己的。”

他又搭上孟屿宁的肩膀说：“走，去我家玩。”

两个男生一前一后上楼，钟子涵显然还没从刚刚的场景中恢复过来，就连上楼梯也在嘟囔这件事。

“我真不是故意的，”钟子涵含含糊糊地嘟囔，“而且我又没看到什么。”

孟屿宁抿唇："别说了。"

"真的，"钟子涵以为他不相信，正色道，"我进去的时候她穿了内衣的，我就看到腰。"

孟屿宁连听都不想听，只说："要是被听见你就完了。"

"她又不在这里，"钟子涵撇嘴，不屑地道，"我对她的身材没兴趣好吧。"

孟屿宁淡淡地说："那你就打住，别说了。"

"为什么不让我说？"钟子涵觉得孟屿宁对这个话题抗拒得有些奇怪，"难道你不好意思啊？"

孟屿宁皱眉。

"你不是吧，你会考的时候生物不是全年级最高分吗？男女第二性征你不知道？"钟子涵连忙凑到他面前，语气探究，"你们班发育得比较好的女生挺多的啊。"

孟屿宁以一种不可思议的语气问他："我们班的你怎么这么了解？"

钟子涵："听你们班男生说的。"

孟屿宁知道男生们围在一起有时候会讨论班上的女生，但没想到话题居然是这个。

"我没注意。"孟屿宁语气冷淡。

"你好无聊，"钟子涵摇头，"真没意思。"

略过这个话题，两个人继续有一搭没一搭地说着。

高考结束几十天后，雪竹再次迎来了她的暑假。

每到暑假，爷爷奶奶就会打电话过来，问雪竹什么时候过来玩。

"爸，你一定要记得督促小竹写暑假作业，"宋燕萍对着电话里的老人家嘱咐，"每次她都是偷懒等快开学了才开始匆匆忙忙哭着补作业，这怎么行呢。"

电话那头的老人家奇怪地说："可是我每次问小竹她写作业没有，她都说写了。"

"她骗你的。"宋燕萍肯定道。

雪竹站在妈妈身边，踮起脚想要将听筒抢过来，生怕妈妈再多跟爷爷讲她一句坏话，忙说："我也要跟爷爷说话。"

宋燕萍被吵得没辙："知道了，你说你说。"

拿过听筒，雪竹赶紧甜甜叫了声：“爷爷！”

电话那头的老人家语气刹那间放柔不知多少倍：“哎，小竹啊。”

“我这个学期期末考试，语文和数学都拿了九十多分！还拿了学习标兵的奖状！”

“嗯嗯，这么棒啊。”

宋燕萍弯腰凑到听筒边大声说：“但是英语只打了七十多分，这学期没拿到三好学生的奖状。”

雪竹瞪了眼妈妈。

“刚学英语，七十多分可以了。”爷爷开明地笑呵呵道。

雪竹一下子又得意起来：“爷爷，过两天爸爸就送我去你家，你和奶奶在家等我啊。”

爷爷语气和蔼：“不用麻烦你爸爸了，明天我过来办点事，顺便去接你。”

“真的啊？好啊好啊。”

挂掉电话，雪竹忙对妈妈手舞足蹈：“爷爷明天就来接我，快帮我叠衣服！”

“你开学都上四年级了还要我帮你叠，你自己叠。”

宋燕萍甩手不管。

雪竹语气埋怨：“哪有你这种妈妈。”

“哪有你这种女儿，”宋燕萍语气略有不爽，“一放假就往爷爷家跑，在家里我是不给你穿还是不给你饭吃了？就这么想走？”

“喊。”

雪竹心想，就是因为妈妈老是管东管西，她才不想待在家里。

自己叠衣服就自己叠。

宋燕萍看她宁愿自己叠衣服也要急着去爷爷家，心里竟然泛起一股酸味。

她慢吞吞地走到书房想找丈夫抱怨两句，却发现丈夫正盯着电脑玩蜘蛛纸牌，连她进来了都没注意。

“一个成天只知道玩电脑，一个放假了就想往外跑，”宋燕萍语气微怨，“这父女俩都没点良心。”

背对着书房门的裴连弈听到了，他停下移动鼠标的动作，低声啧道：“放假玩个电脑你也有意见，你要是没事做就去找你同事逛街啊。”

宋燕萍哼道：“我跟你女儿不一样，好不容易放个假又要搞卫生又要洗衣服，我哪有空往外跑。”

裴连弈不甚在意道：“小竹才多大，你个做妈的还跟她比？而且现在让她多陪下爷爷奶奶也挺好的，等她再大点，你让她去她都不想去了。”

“说不过你，”宋燕萍转移话题，“玩一个下午电脑了你脖子不酸？”

裴连弈活动了几下脖子，从电脑椅上站起来又伸了个懒腰，隔着衣服挠了挠逐渐富态的肚子，嘴里还伴随着一声好大的哈欠。

看着丈夫这懒洋洋的样子，宋燕萍的心情更沉重了几分。

“一个公务员的肚子倒是挺像当老总的，”宋燕萍没眼看，“拜托你下楼散个步活动活动吧。”

“哦。”

裴连弈嘴里应和，实际上只是从书房活动到了客厅，打开电视又瘫倒在沙发上看起了电视。

电视台正好在放《超级女声》。

在房间里听到声音的雪竹连衣服也不叠了，匆匆跑出来一屁股坐在沙发上看起来。

如果换作是动画片，裴连弈这时候肯定会把雪竹赶走，换台看自己感兴趣的。但这个节目就是有一种独特的魔力，男女老少都爱看。

选秀，多么新颖的词。

电视里的那些明星谁不是光彩照人，仿佛比起普通人天生就时髦些，在电视盒子里，显得那么可望而不可即。

但这个节目却正是从普通人里挑选出唱歌最棒的几个，让他们站在聚光灯下，让他们成为万众瞩目的大明星。

原来普通人也是可以当明星的。

所以裴连弈没有换台，他也很感兴趣。

看着看着，宋燕萍也过来坐下一块看，她还顺便削了个苹果，父女俩一人一半。

主持人在电视里号召观众们发短信投票。

“编辑1加选手编号，移动用户发送到80882190，联通用户发送到90002190，小灵通用户发送到970002190，快为你喜欢的选手投票吧！”

裴连弈随口说：“这电视台光是短信费肯定就能赚不少吧。”

“一块钱一条！全国这么多人投票，你说他们能赚多少。”宋燕萍说，

“我听老贺说月月偷偷用他们两口子的手机给电视台发短信，都把手机给发欠费了。”

“啧啧啧！”裴连弈连连摇头。

一家三口一看就看到了晚饭时间，直到孟屿宁过来，两口子才后知后觉地发现忘了做饭。

裴连弈干脆去楼下小餐馆打包了几份盒饭上来吃。

“参加个比赛就能当明星，”裴连弈看着母女俩，突然说，“要不你们母女俩一起去参加吧？搞个母女组合，别人有双胞胎组合，我们有母女组合。”

宋燕萍和雪竹不约而同地瞪了他一眼。

“要去你去。”宋燕萍冷冷道。

“《超级女声》那都是女的我能去吗？等搞《超级男声》了我倒是可以去试试。”

宋燕萍呛声：“啧啧，你也不看看你多大年纪了？”

雪竹用手指刮刮脸：“吹牛羞羞脸。”

裴连弈不服气地说：“谁说年纪大了就不能当明星了啊？”

宋燕萍摆手：“你这个年纪去参加节目肯定会被笑的，宁宁这个年纪还差不多。”

谈到孟屿宁，雪竹突然看向一直安静看电视的少年，好奇地问：“宁宁哥哥，你想当明星吗？”

孟屿宁本来在旁安静听着他们一家说话，突然被问到这个问题，蒙了两秒没反应过来。

“宁宁可以。”宋燕萍笑着说，“宁宁长得好，当了明星肯定有好多女粉丝喜欢他。”

雪竹站起来，高兴地在地板上跳来跳去，举手报名：“那我就是宁宁哥哥的第一个粉丝！”

“快点让哥哥给你签个名，等以后哥哥当明星了这签名能卖好多钱。”裴连弈撺掇。

雪竹双眼发亮：“真的吗？真的能卖很多钱？”

宋燕萍笑道：“财迷。”

孟屿宁被这一家人开玩笑，十几岁大的少年靠在沙发上，饭也吃不下，耳根微红，眼皮乖巧往下垂着，纤长的睫毛在眼睑下落成淡灰色的扇形弧度，唇间吐出不属于他这个年纪的，略带沧桑又无奈的喟叹声。

彼时正是暑假的傍晚，大人们没有暑假，可也被孩子们兴奋的假日情绪所影响，似乎七八月就该是所有人的暑假，虽然闷热，却又凉爽悠闲得不像话。

夏风疏朗，天色暗得晚，固执的夕阳冲破玻璃的阻挡，斜斜落入这个家，安放于稍显老旧的棕色皮质沙发上，将屋内照得明亮橙红，头顶风扇呼过，吹起轻盈的窗帘，兴高采烈的小女孩围着安静的少年向他索要签名，中年夫妇坐在一旁哈哈大笑。

吃过晚饭，雪竹继续回房间收拾东西。

孟屿宁猜到了什么。

“阿姨，”他边帮宋燕萍收拾碗筷边问，“小竹什么时候去她爷爷家玩？”

“明天就去，明天她爷爷过来接她。”

将碗筷拿到厨房，宋燕萍说：“我洗碗就行了，宁宁你去看电视吧。”

裴连弈正躺在沙发上边揉肚子以助于消化，边看地方台新闻。孟屿宁穿过客厅，站在了雪竹的房间门口。

“哥哥，”雪竹招手让他过来，“过来帮我一起叠衣服吧。”

孟屿宁走过去，其实衣服已经叠得差不多了，就是那样子乱七八糟的，叠得一点也不整齐。孟屿宁叹气，又把她叠好的那堆衣服重新摊开再替她叠整齐。

叠完一件小裙子之后，孟屿宁顺手拿起盖在小裙子下的另外一件。

出乎意料的小。

他一看，三角的外围绣了一圈小小的褶边，中间印着一只小兔子。

孟屿宁愣住。

“啊——”雪竹赶紧抢过，“内裤我自己叠就行了。”

他没出声，雪竹突然浑身不自在起来。

她刚刚还没觉得怎么，就是觉得小裤子这种东西是贴身的，所以自己叠比较好。

逐渐清晰的性别意识在她心里生根，她不单意识到，她和班上的男生们不一样，也和眼前的孟屿宁不一样。

他是男生，她是女生。

“哥哥，你暑假打算怎么安排？”雪竹有些僵硬地转移话题，“你没有暑假作业，可以一直玩到开学耶，你会去你外公外婆家玩吗？”

孟屿宁被这个问题问住。

自从父母离婚后，他已经甚少联系母亲那边的家人。

他轻声说：“应该不会。”

雪竹突然沉默。

哥哥的爷爷奶奶都已经去世，也不去外公外婆家玩。

雪竹脑子一转，一个好主意在脑海中涌现，语气欢快：“那你要不要跟我一起去我爷爷家玩？晚上的时候我们可以在楼顶铺凉席躺在上面数星星哦。”

老孟晚班回来已经是早上六点，小区楼下晨跑锻炼的老人家们精神抖擞，正值壮年的男人拖着脚步上楼，还没等拿出钥匙，后背传来木门吱呀的声音，接着是清脆的小女孩声：“叔叔！”

“放暑假起这么早啊？”老孟诧异道。

“嘿嘿，其实我五点半就自动醒了。”雪竹说。

小女孩的情绪藏也藏不住，老孟拖着调子懒懒问：“哦？是不是遇到什么好事了？”

“其实我是有事情要跟叔叔你商量。”

“什么事啊？”

纵然雪竹的表情再可爱，语气再柔软，也无法阻止老孟在听到她想邀请孟屿宁一起去乡下爷爷家过暑假时脱口而出的：“不行！”

雪竹试图说服老孟：“可是我爸爸妈妈都同意了，我爷爷也同意了。”

“我不同意。”老孟转头开门，不容置喙，“孟屿宁平时在你们家吃饭已经够厚脸皮了，现在还要去你爷爷家过暑假，他还真当自己是你们家的儿子，不把自己当外人。”

雪竹皱眉大声说：“宁宁哥哥本来就不是外人，而且如果宁宁哥哥陪我一起玩，我会觉得更好玩的。”

老孟自顾自换鞋，完全不为所动：“那也不行。”

雪竹急得不行，一大一小的争论声吵醒了还在睡觉的孟屿宁。少年顶着蓬松的头发从房间里走出来，眼皮仍耷拉着，肤色雪白，脸侧被印上的凉席痕迹十分明显。

老孟也不管儿子清醒没清醒，直接大声教训：“孟屿宁，你怎么回事啊？一天到晚麻烦别人家，你这么喜欢别人家干脆给你裴叔叔当儿子算了！”

孟屿宁语气倦懒，轻声说：“我没答应。”

“你没答应小竹大清早就跑过来跟我说？”

孟屿宁这才侧了侧脖子，看到了站在父亲身后，瞪圆了眼睛正对他傻笑的小女孩。

“哥哥你就去吧，我真的很想你陪我玩。”雪竹脱了鞋光着脚跑进来，抱上孟屿宁的腰，仰起下巴哀求道，“去吧，去吧。”

孟屿宁刚醒来没什么力气，腰动了两下没挣开她的小肥手。

他揉了揉眼睛，斯文地打了个哈欠，语气困乏：“你先放开我，我要上厕所。”

“不行，”雪竹赶紧使劲又将他圈紧了点，“你不答应我我就不让你去上厕所。”

“真要上厕所了，”孟屿宁蹙眉，抿唇，“尿裤子上怎么办？”

雪竹才不信，现在就连她都不尿裤子了，她不信孟屿宁有这个勇气当场尿出来：“那你就尿裤子上吧。”

孟屿宁又气又笑，只好用蛮力将她的胳膊掰开。

雪竹心想也不能真的不让他上厕所，转而又去求起了老孟。

“叔叔！你就让哥哥陪我去爷爷家玩吧！求求你了！”

她围在老孟身边，活像一株盛开的太阳花，又吵又热情。

这个缠劲儿大有去逛街的时候，看到街上的小玩意都想买，不给买就耍赖的那个架势，心软的比如裴连弈，磨了两句只好给买了，心硬的比如宋燕萍，管她是哭是闹，不给买就是不给买。

老孟没碰见过这架势，眼见着她转来转去的都快把自己转晕，心想别人都说生男孩吵，生女孩安静，怎么到他和老裴这里就完全反了过来。

以前他还嫌儿子性格太闷，如今一对比，还是闷点好。

偏偏雪竹深谙胡搅蛮缠之道，又很会撒娇，老孟被她围着转，耳根虽然觉得吵，觉得小女孩麻烦，可看到她一张圆圆的脸上长着一双圆圆的眼睛，心里又有点享受。

老爷们孟云渐板着张铁青的脸，表情渐渐有些绷不住。

不过还好最后仍是坚持住了，无论小女孩怎么求，他是绝对不允许孟屿宁再去麻烦别人的。

雪竹低着头，如落败的小母鸡一声不吭地转身离开。

老孟看她那背影，心想自己也没做什么欺负小女孩的事，怎么就搞得他好像是个恶人。

人一走，老孟的睡意立马就上来了，澡也懒得洗，直接三两步走到里屋睡死过去。

这一睡睡到九点，又被人吵醒。

“爸爸，”孟屿宁站在床边叫他，“小竹的爷爷找你。”

老孟不清不楚地骂了句脏话，抬手用胳膊挡眼，最后还是凭着成年人强大的意志力坐了起来。

从房里出来的时候，在雪竹的一声“叔叔你起来啦”之后，是一个被年岁侵蚀，沉稳且温和的声音。

“云渐啊，”这个声音和蔼笑道，“自从你爸爸葬礼之后就没见过了吧？”

老孟一愣，睡意消失，终于看清眼前老人的模样。

他坐在沙发上，头发半白，背很挺，肩膀却因年岁的缘故看上去有些瘦弱，简单的老式衬衫，原本的颜色都有些洗褪，可依旧干净整洁，连最容易起皱的袖口处，也是熨帖整齐，一丝不苟。

第一次见这位父亲好友已是很多年，都记不清那是几几年，也记不清是他几岁的时候，直到去年父亲去世，老孟再次见到老人。

精神矍铄的老人站在灵位前，被悲伤压低慢慢佝偻下腰，唇边吐出一声长长的叹息。

老人并没有哭天抢地，也没有大喊阴阳两隔，只是葬礼结束后仍站在那里好久都没有走，安静地与好友告别，最终抬手拭去了眼角的泪。

老孟礼貌叫了声：“叔叔。”

他在心里叹气，这回算是怎么都拒绝不了了。

他又看着站在老人身边笑容欢快的雪竹，心想这小女孩还挺机灵，知道把长辈的长辈搬出来说话。

他点头答应的时候，雪竹差点没激动得跳起来。

“哇！太好了！”

然后，她跑到孟屿宁面前，恨不得拉着他一起跳：“哥哥，你可以跟我一起去爷爷家玩了！”

孟屿宁安静地站着，没有和雪竹一样疯，而是再次询问地看了眼父亲。

老孟轻轻点头，嘱咐道：“去爷爷家要听话，别给老人家添麻烦。”

得到了肯定的答复，少年干净温柔的眼瞳这才真正散发出喜悦的光芒来，内敛至极的表现也不过是任由雪竹在他身边笑闹，回房后收拾衣服的动作随着心情愈来愈轻盈。

儿子收拾衣服的时候，老孟在客厅和老人家叙旧。

“现在的工作怎么样？”老人家问。

老孟说：“还行，主要是挺稳定的，勉强能养活两个人。”

老人家点头：“好，稳定就好。”

“叔叔，真是不好意思，麻烦你照顾孟屿宁了。”

“宁宁来玩我和小竹奶奶都高兴，再加上他又是长风的孙子。”老人家轻声说，“宁宁和他爷爷很像，你这个做爸爸的教得好。”

老孟抿唇，羞愧地低下头：“他这个性格天生的，跟我没关系，可能是遗传的他爷爷吧。”

老人家眯起眼微微笑了。

硬汉老孟难得局促，尴尬地苦笑道：“年轻的时候不懂事，现在真是没什么脸和叔叔您说话。”

老人家拍拍老孟的肩膀，温和地说：“你现在带宁宁搬过来住了，你爸爸要是知道一定很高兴。安安稳稳过日子比什么都好，过去的就过去了吧。”

“爷爷，哥哥收拾好东西了，我们可以出发啦！”雪竹从孟屿宁房间跑出来兴冲冲地说。

老人家闻言扶着膝盖站起来：“好，回去跟你爸妈说一声，我们就出发。”

宋燕萍嘱咐了几句雪竹，让她别忘了每个周末让奶奶带她坐车去琴行学琴。雪竹满口答应，对她来说去琴行学琴的那几个小时压根不算什么，在家每天被逼着练琴才是她不喜欢钢琴的最主要原因。

对雪竹来说，往爷爷家出发的这段准备过程，是最开心的。

就像是学校组织春游，前一天准备零食的过程，或是星期五下午放学，飞奔回家的过程，此时心中的激动和期待就会被扩张到无限大。

爷爷是因为退休工资的事才过来的，他们先是跟着爷爷去了趟人社局。老人家办事的时候，雪竹就和孟屿宁坐在大厅里等。期间，雪竹左看看右瞅瞅，嘴巴一刻也不停，看到什么都要拉着孟屿宁的袖子跟他说。正说得兴起，孟屿宁突然一把捂住了雪竹的嘴。

“安静点好不好？”

雪竹掰开他的手，说：“我今天太开心了，安静不下来。”

孟屿宁无奈。

幸好爷爷办事比较快，不一会儿就能走了。

坐上去爷爷家的大巴，雪竹的兴奋并没有持续多久，她有点晕车，随着大巴的路程行驶，车窗外的景色渐渐平坦开阔起来，而公路也越来越颠簸。

治疗晕车的最好办法就是睡觉。

雪竹坐在爷爷腿上，老人家身子骨很瘦，雪竹靠着爷爷的胸膛，车子每颠簸一下，贴脸的地方都会被爷爷硬邦邦的胸前骨磕一下，好在爷爷轻轻抚她的头，即使睡眠条件艰苦，她仍是很快睡了过去。

孟屿宁坐在窗边，手扶着下巴，看着田地和天空相交，平旷的地势偶有起伏，像条波浪线般掠过眼，呼啸而过的风剐蹭着耳畔，吹去因车内太过闷热的温度起的汗。

“宁宁困了吗？困了就也睡会儿，到了我叫你。”爷爷说。

“好。”

此时负责收车费的中年女人正操着一口方言催促乘客交钱：“有零钱的拿零钱啊，一百的找不开，不收硬币只收票子。”

这么吵，两个孩子居然也睡得这么熟。

老人家心想。

一觉醒来就到家了。

爷爷家是栋两层的自建房，房子前种着辣椒和青菜，围着一圈篱笆，奶奶养的母鸡们绕着篱笆外优雅地散步，对菜园子里的植物们“鸡视眈眈”。

中午的时候，奶奶做了一桌好菜，每道菜都是雪竹爱吃的，奶奶特意杀了一只鸡，还买了条大草鱼，丰盛至极。

餐桌上，奶奶的第一句话是：“小竹瘦了，要多吃点啊，来吃个大鸡腿，宁宁也瘦，也吃一个。”

第二句话是：“哎哟，你们这些在城里长大的小孩儿怎么都这么瘦，多吃点。”

后果就是，两个小孩子吃太多导致到下午两三点时肚子里的东西还没消化。

上午睡过一觉的雪竹到午觉时间仍是精力充沛，爷爷奶奶就不行了，两个老人家躺在凉席上，手中蒲扇往肚皮上一下一下地拍，在太阳最毒辣的午后，迎着热烈的空气睡了过去。

孟屿宁的房间被安排在二楼，由于连着屋顶十分热，开风扇也没用，正在凉席上辗转反侧，甚至想把上衣脱了，跟他爸一样光着膀子算了。

好在雪竹这时候跑上楼叫他出去玩。

少年下楼的时候，脸已经被热得粉红。

雪竹还是第一次看到哥哥热成这么狼狈的样子。

两个人来到后院，雪竹两手抓着压水井的杠杆，整个人往下用力跳，水流从前端管口哗啦流出。

孟屿宁洗了个脸，雪竹累得不行，也出汗了。

井水冰凉凉的，热气瞬间消散，孟屿宁用井水将毛巾打湿，拧干给雪竹细心擦了脸和脖子还有手臂，最后说：“把身上也擦一下，你自己擦。”

“哦。”

等都收拾好，雪竹从后院的储物小房里推出了爷爷的自行车。

老式自行车的车座太高，对小孩儿来说有一定风险，即使爸爸早先就教过雪竹骑车，她还是不敢骑爷爷的自行车。

孟屿宁个子高腿也长，肯定行的。

自行车沿着还未修好的柏油路慢慢地骑，雪竹坐在后座，抓着哥哥的衣服，不住地催促：“骑快点！”

她总嫌不够快，孟屿宁干脆将车骑上了一个陡度不高的小山坡，让她抓紧他，接着一踩踏板，沿着另一边的风逆行，越骑越快。衣服的肥皂香顺着风刮进雪竹的鼻子，少年不算宽厚的背，替她挡住了迎面的浓浓骄阳，也撑起了这个被风吹过的夏天。

往返几趟后又到了傍晚，向西的太阳慵懒下来，喊累了的雪竹坐在山坡上看着“咸蛋黄”缓缓沉入天际的尽头。

她看了眼身边的孟屿宁。

哥哥没嫌身下的杂草硌，因为累极躺着一动不动，闭着眼的样子安静懒散。汗水从鬓角顺着少年的脖颈滑入消瘦的锁骨，即使现在汗水涔涔，他也依旧是干净的。

下颌线轮廓已经初见成熟的棱角，不再是漂亮圆润的孩子模样，俊朗秀颖的少年正一点点变化着五官和气质。雪竹看着他，哥哥似乎还是那个样子，可每天好像又会是一副新的模样。

“你说要看太阳下山我才背你上来的，”孟屿宁微睁开眼，笑着将她的下巴掰正，用下巴指向远处天空，“太阳在天上，不在我脸上。”

雪竹抱着膝盖。

她此时似乎体会到了爷爷奶奶为什么爱坐在摇椅上发呆，什么也不做，只是任由阳光落满白头，一坐就是好几个小时。

这样舒服的沉默，哪怕在浪费人生也觉得有趣至极。

“小竹！宁宁！回家吃饭了！”

拿着炒勺的奶奶站在大门口，朝向夕阳的方向喊道。

“哎！来了！”

夕阳的方向远远地传来一声回应。

晚上七点半的时候，爷爷终于看完了他每天定时收看的《新闻联播》。

奶奶追在今天格外兴奋吃个饭都要乱跑的雪竹身后。

“最后一口，吃完啊。”

小半碗饭都被奶奶浓缩在了那一勺里。

雪竹嘴巴鼓到说不出话，艰难地嚼咽着。

她口齿不清地对爷爷说：“爷爷，我要看少儿频道。”

爷爷换了台，嘴里却念叨着：“你们虽然还小，但也要关心下国家大事，不能每天只看动画片。”

雪竹装作没听见。

“智慧树上智慧果，智慧树下你和我，智慧树前做游戏，欢乐你和我。小朋友们，欢迎来到智慧树栏目！”

是的，小孩儿是欢乐了，大人就无聊了。

孟屿宁实在是不感兴趣，想先去洗澡，爷爷怕孟屿宁一个人提不动水，跟着过去帮忙打水。

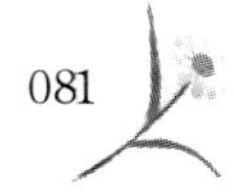

奶奶没事可做，雪竹盯着电视，她就盯着雪竹看。

雪竹感受到奶奶的目光，缩了缩脖子问：“奶奶，你看着我干什么？”

她心里有种不好的预感。

果然，下一秒，奶奶说：“你头发太长了，奶奶给你剪头发吧。”

雪竹果断捂住自己的头：“我不剪！”

“干什么不剪？小女孩留那么长的头发干什么？又多又难打理，”奶奶皱眉，“而且头发会吸收你的营养，留长了长不高你知道吗？你现在个子矮就是因为头发太长了。”

每年给她剪头发都是这个说法。

可雪竹宁愿长不高，也不愿意让奶奶给她剪头发。

小女孩自懂事以来就没去过理发店，大家都说女孩子长头发好看，可是奶奶却不知道为什么，似乎很厌恶她的长头发。

前两年好不容易躲过，今年头发长到碍了奶奶的眼，说什么也要给雪竹剪头发。

最后，雪竹不敢忤逆奶奶，一脸丧气地坐在后院里，头顶昏黄的钨丝灯勉强照亮她恹恹的脸。

奶奶不知道从哪里找出块旧布像模像样地围在了雪竹身上。

“奶奶你千万不要剪太短啊，”雪竹一直强调这句话，“剪一点点就行了，我不要短头发，我要长头发，要扎得起来的那种。”

奶奶嗯嗯两声：“知道了。”

“一定不要剪太短！”

“知道知道。”

雪竹用手指比了个长短：“最多剪这么多。”

奶奶无语：“剪这么点跟没剪有什么区别？”

雪竹心想，就是要没区别啊。

奶奶拿起剪刀，从后面抓住雪竹的头发，咔嚓一下。

这一声吓得雪竹赶紧回过头，望着地上比虫子还长的长头发，心态瞬间就崩溃了。

“为什么剪了这么多！”

“不多啊，”奶奶觉得孙女实在大惊小怪，“这才剪了多长啊。”

“哇！我不剪了！”雪竹气得要跳下椅子。

奶奶摁住她："坐好等我剪完！你就剪这一搓不好看，起码要剪平！"

咔嚓咔嚓的剪刀声响起，雪竹眼睁睁看着自己的头发一点点往下坠落，如同被抛弃的生灵，离开了它赖以生存的家园。

雪竹嘴上仍挣扎着："不要剪太短。"

奶奶满口答应："知道了。"

痛苦的剪头发过程足足持续了八分钟，剪完头发，雪竹二话不说就去找镜子。

最后终于在房间里找到一面挂在床头的塑料框镜子，她一把拿下，脸对着镜子久久没说话。

孟屿宁洗好澡，走进房间时正好看到她在发呆。

他看着镜子背面的画，不多不少挡住雪竹的脸，他走近几步，轻声问："小竹？你在干什么？"

雪竹刹那间扔掉镜子，捂着头大哭着冲出了房间。

"奶奶！你看你给我剪得这么短！跟男的一样！"

正在后院扫头发的奶奶被吓了一跳，有些心虚又有些理直气壮地说："夏天剪短点清爽些啊，留那么长你脖子容易起痱子知道吗？奶奶是为你好，而且头发很快就又长出来了。"

"可是这头发我留了好久才留这么长的！我留了这么久的头发你一下就给我剪没了！"

雪竹蹲在地上，看着那些被奶奶扫进簸箕的头发，绝望而不舍地大声哭喊。

奶奶一时间竟有些不知如何是好。

不就是剪个头发？怎么跟要她命似的。

雪竹扁着嘴走到水龙头那边，将头发打湿，摁着头把剩下的头发往下压，想让它们快点长长。

刘海居然也没有逃过奶奶的辣手，被剪到眉毛上面，显得她又丑又蠢。

就是个锅盖头。

到晚上睡觉的时候，她都一直捂着头帘，不肯把手放下来。

雪竹哪里知道，她的一双小手也就那么点大，再怎么遮也遮不住的。爷爷不敢说奶奶，但也不愿意伤孙女的心，佯装什么都没看到，收拾收拾准备去睡觉了。

孟屿宁每次往雪竹那边看的时候，她都立刻敏锐地把头偏过去，只给他留一个圆溜溜的后脑勺，从背后看，她的新发型就像朵蘑菇。

知道小女孩很注意自己的形象，所以他也当作没看到。

奶奶为了安抚雪竹，带着讨好的语气问：“小竹今天晚上要不要跟哥哥去天台上睡觉？你不是最喜欢去天台睡觉了吗？”

雪竹幽幽地看了眼奶奶，没说话。

“去不去天台睡觉？不去的话我就不帮你铺凉席了。”奶奶再接再厉地诱惑她。

姜还是老的辣，雪竹心里生奶奶的气，可是又很想去天台上睡觉，憋了半天，最后还是带着点傲气，撇嘴说：“去。”

奶奶松口气：“哎，那我现在帮你铺凉席去。”

雪竹在心里默默骂自己太没出息了。

天台蚊子多，要多擦点花露水才能上去，雪竹捂着头没办法擦，不知道从哪里找了条毛巾出来，裹在自己头上。

爷爷看到她笑了：“像我们那个年代的农民。”

雪竹幽幽地看了眼爷爷。

爷爷说：“我这是夸你呢。”

雪竹不领情：“嘁。”

奶奶给他们拿了凉席和薄毯子上去，又顺便点了根蚊香放在凉席边。

两个孩子在天台睡觉老人家不放心，雪竹生奶奶的气不让奶奶陪，奶奶只好对老伴努努嘴：“你上去陪他们睡觉咯。”

万物争鸣的夏夜，热辣辣的空气终于在一天的尽头散去，星星亮得仿佛伸手就能抓到。雪竹躺在凉席上，爷爷摇着蒲扇替她赶走蚊虫，她指着天上皎洁白月灰色的部分问道：“爷爷，那个地方是不是种着桂花树，旁边矮一点的是嫦娥和月兔？”

“那是吴刚，他在给桂花树浇水施肥。”

“爷爷，天上最亮的那颗星叫什么？”

“启明星。”

“那它为什么那么亮？”

“因为它离太阳比较近。”

“跟太阳有什么关系？晚上太阳都下班了。”

“有些星星自己是不会发光的，因为太阳给了它们反射的光，它们才这么亮。”

“那太阳去哪里了？”

“它去地球的另一边了。”

“它晚上不睡觉吗？”

“不睡觉，它一天二十四小时都在工作。”

“啊？那太阳好可怜啊。”

“是啊。”

小女孩的童言稚语和老人温暖风趣的回答落在孟屿宁耳中，他再小一点的时候也对天空充满了好奇，后来学了自然和地理，当年的疑问悉数被解答，宇宙的中心原来不是太阳，地球是太阳系的九大行星之一，这些答案严谨而又科学，反倒显得不那么可爱了。

聊着聊着，雪竹还不困，爷爷先困了。

“爷爷，你给我讲个故事吧。”雪竹推着爷爷的胳膊说。

爷爷半眯着眼问：“讲什么？”

“讲我没听过的就行。”

爷爷想了会儿，问：“讲我年轻的时候和宁宁他爷爷的故事？”

孟屿宁下意识地侧过头来。

爷爷轻声说：“我十几岁的时候，中华人民共和国才刚刚成立。考你们一个问题，你们知道中华人民共和国是哪一年成立的吗？”

雪竹：“中国不是几千年前就有了吗？”

爷爷：“几千年前的中国还不叫中国，那时候是古代，最先开始是叫夏朝，后来又经过了很多个朝代。等你以后学了历史就知道了，宁宁你知道吗？”

孟屿宁：“一九四九年。”

“对，一九四九年。”爷爷说，“作为中国人，我们一定要记住这一年。”

本以为那之后就不再会有战争。

直到一九五二年，十五岁的裴清成和孟长风成为志愿军战士远赴国境，两人同乡却并不认识，也并不是一个连的，直到某次裴清成受伤，以枯草堆为掩半趴着艰难呼吸，隔壁连的年轻兄弟为他简单包扎了伤口，扛着他

去找了军医。

两个少年就这样认识。

硝烟散尽，赤子归乡，他们被分配到同一个厂上班。

战争结束后的十几年，百废待兴，教育成了重中之重。县城里的学校缺老师，那个年代的老师什么都能教，什么都得教，是个极为辛苦的工作。

孟长风的家人并不同意他放弃安稳的工作去当老师，唯独裴清成支持他，并选择和他一起辞掉工作当老师。

再后来生活渐渐好起来，当初那个小小的学校在政府的支持下，一点点扩张重建，拥有了明亮的灯光，宽敞的教室，最后挂了牌，成了当地的重点学校。

孟长风和裴清成都已是桃李满天下的优秀教师，终于光荣退休，安静享受老年生活。

到现在，孟长风先一步走了。

但孟长风的孙子正安静地听裴清成说完这个故事，这奇妙的血缘连接，就好像又与那位已经逝去的好友重逢。

“那时候很苦的啊，”爷爷说，“很多小孩儿别说读书，就连米饭都没得吃，所以你们一定要珍惜现在的生活。”

爷爷说这句话时语气郑重，他是真的希望孩子们能从他的故事中吸取教训，学会忆苦思甜。

现在的美好生活有多么的来之不易，是用多少的血汗与人命换回来的。只可惜，故事说完，孩子只当听了个老故事，唯独老人家眼睛湿润，他闭上眼本来是想平复下情绪，谁知这一闭眼，就这样睡了过去。

雪竹看爷爷睡了，便把精力都撒在了孟屿宁身上。

“哥哥，”雪竹问，“你说今天晚上会不会有流星？”

“不知道。”孟屿宁侧躺着问她，“你想许愿？”

“嗯，许愿我明天一起来头发就长长了。”

孟屿宁被逗笑，弯着眼说：“这个愿望恐怕有点难。”

“啊？不行吗？”雪竹神情顿时沮丧起来。

“其实不用许愿，”孟屿宁安慰她，“等时间长了头发就长回来了。”

“万一开学还没长回来，那我们班的人看到我剪了个这么丑的发型肯定会笑我。”雪竹咬牙切齿道，“尤其是迟越！他肯定会笑死我！”

孟屿宁问：“迟越是谁？”

雪竹：“就是我们班的一个男生，他特别讨厌，老师还让他坐在我后面，他上课老是扯我的头发，还用脚踢我的凳子，害我不能认真听讲。”

雪竹又说：“就是那次在学校门口跟我吵架的男生，哥哥你见过的。”

孟屿宁想起来了。

“他肯定会笑我，说不定还会在整个年级散布我剪了个丑发型！”雪竹越想越怕，语气绝望，“我不想开学了。”

孟屿宁突然点了点她的脑袋，轻声说：“你把毛巾取下来我仔细看一看。”

雪竹瞪大眼：“这有什么好看的？很丑的。”

“看看啦。”孟屿宁好声好气地哄。

雪竹还是有些犹豫：“那你看了不能笑我。”

“不笑，要是笑了我是小狗。”

“好吧。”

雪竹不情不愿地摘下头上的毛巾。

对于这个新发型，孟屿宁看了好一会儿，才看习惯。

其实奶奶还是剪得挺整齐的，就是太短了些，刘海距离眉毛足足有两厘米，成了憨态可掬的小蘑菇头，虽然看着是挺凉爽的，但是小女孩辛辛苦苦留了那么久的长发就这样被剪掉，确实是有点可惜。

“好看的，”孟屿宁扬起嘴角说，“很可爱。”

雪竹不太相信：“真的假的啊？”

“真的。”孟屿宁点头，唔了声说，“像小丸子。”

“哥哥你也看过《樱桃小丸子》啊？”

“小时候看过。”

“好吧。”雪竹勉强相信了，又指了指自己两边的脸颊，“但是小丸子这里有两坨红红的东西，我没有。”

“那个太夸张了，”孟屿宁说，“你这样刚刚好，最可爱。”

“真的？那等开学班上的男生会笑我吗？”

孟屿宁计算了下时间，等开学以后，雪竹的刘海应该已经长到眉毛那儿了。

于是，他说：“不会的。我也是男生，我觉得很可爱，男生的想法都是一样的。”

雪竹终于放心了。

早知道这样她刚刚那么伤心干什么。

“我会跳小丸子的操哦，上幼儿园的时候老师教我的。”雪竹摇头晃脑，双手做动作，“噼里啪啦噼里啪啦——”

还来劲了。

孟屿宁很给面子地鼓掌：“跳得好。”

等她跳完唱完，孟屿宁这才问：“累不累？能睡觉了吗？”

雪竹嘿嘿笑，在他旁边躺下。

她拿过爷爷的蒲扇递给孟屿宁：“哥哥你帮我扇。”

孟屿宁接过，又替她盖好毯子：“那你把肚子盖好。”

“嗯。”雪竹侧过身来面对他，“哥哥，以后每年放假你都跟我一起到爷爷家来玩好不好？”

孟屿宁说：“我每年都来，别人会觉得我厚脸皮。”

“怎么会。”雪竹反驳，“你爷爷和我爷爷关系那么好，我爷爷就是你爷爷啊，而且孟爷爷以前对我很好的，我要报答孟爷爷的。”

孟屿宁哭笑不得：“所以你只是为了报答我爷爷？”

“也不都是啊，”雪竹想了想说，“主要还是因为我喜欢跟你一起玩。”

“为什么喜欢跟我一起玩？”

“没有为什么，就是喜欢。”雪竹开始耍赖，“你就答应我吧，行不行？”

孟屿宁敷衍道：“你要是现在就睡觉，我就答应你。”

“那我现在就睡了！”

雪竹立刻闭眼，佯装睡着了的样子，为了使人信服，她还特意学爸爸打起了鼾。

孟屿宁无奈地笑了。

或许是刚刚唱累了也跳累了，装睡的这段时间里，雪竹竟然真的睡了过去。

她还是有点招蚊子，爷爷在旁边倒是睡得挺香，她睡也睡不安稳，时不时拍拍腿，又拍拍胳膊，嘟囔着不知说了什么，但仍坚定地闭着眼继续睡。

孟屿宁摸了摸她的胳膊，藕条般的胳膊上已经起了个包。

他侧躺对着她，学爷爷给她扇风，顺便驱赶蚊子。

刚刚雪竹的新发型一亮相，孟屿宁才发现，原来雪竹的脸是圆的，眼睛也是圆的，就连鼻头，都是肉圆肉圆的。

现在连发型也是圆的了。

不过好在雪竹是个小美人，这样显得更娇憨秀气。

孟屿宁勾唇无声笑了。

“小竹，睡了吗？”

回答他的只有这时候还没睡的虫鸣声。

“谢谢你。”

初三毕业这年，这个轻松惬意的暑假，是小竹送给他的。

爷爷和小竹都睡了，只剩下孟屿宁还醒着。

他也不知道自己为什么睡不着。

也许是太开心了。

Chapter 04
小女孩的心事

雪竹的头发并没有如她所愿在第二天就长回原来的长度。

她决心在头发长长之前都不再照镜子了。

自欺欺人也好过看着这个新发型伤心难过。

每天临睡前，她都会在心里默默向如来佛祖、玉皇大帝、观音菩萨等一众她能叫得上名号的神仙祈祷一遍，希望自己的头发赶快长长。

雪竹想啊想，一直想到暑假结束。

离开爷爷家的那天，爷爷奶奶送她到车站。

雪竹上车后找了个临窗的位置，跪在座位上往窗外探头，拼命向爷爷奶奶招手，口中喊着：“爷爷奶奶拜拜，我下次放假再来啊。”

奶奶嘱咐道：“在家里多吃点饭，要听爸爸妈妈的话知道吗？鸡蛋提好了千万别摔坏了，还有那些青菜，记得跟你妈妈赶紧吃掉，放个几天就不新鲜了。”

“知道啦。”

轮到爷爷嘱咐，老人家言简意赅：“开学就是四年级了，好好加油。”

“知道啦。”

“爷爷奶奶拜拜。”

“嗯，小竹拜拜。”

汽车发动，雪竹收回了手。爷爷奶奶站在原地，目送车子喷出一团黑黝黝的尾气，慢慢开走。

雪竹扶着座儿踉跄着来到后车窗，看到爷爷奶奶依旧站在那里。

她拼命挥了挥手。

即使知道下次放假还能见到，可还是有些小失落。

即使只是一次小别离，可仍会让人觉得不舍。

“小竹，坐好。”孟屿宁叫她坐回座位。

雪竹忙坐回座位。她晕车，在孟屿宁肩上找了个舒服的位置，靠着打算睡一觉。

孟屿宁掐掐她的脸，默认了她的行为。

从爷爷家回来，雪竹本以为爸爸妈妈会对自己这个蠢蠢的新发型表示同情，结果这对冷血的父母谁也没觉得这个发型不好看。

“好看啊，小女孩剪这个发型很好看啊。”裴连弈说。

审美正常的宋燕萍也说：“奶奶给你剪得挺齐的。”

雪竹怎么也不相信，跑到镜子面前看。

短短的刘海已经长长，刚好长到眉毛的位置，既不遮眼睛，又显得她的脸更稚气了些。

头发也刚好长到了肩线的位置，不再像个锅盖，发尾稍微有点弯向内侧卷。

好像还挺好看。

原来她的头发早在不知不觉中长到了这么长。

雪竹心里有些埋怨孟屿宁。

明明已经长长了，哥哥天天看着她，为什么不告诉她？

害她暑假这段时间连镜子都不敢照。

晚上吃饭的时候，雪竹对孟屿宁表示了不满。

孟屿宁却有些无辜。

“就是因为每天都能看见你才没发现你头发长长了。”

雪竹觉得是借口，可爸爸妈妈都同意孟屿宁的解释。

“是的，天天都能看见反而注意不到变化，要是一段时间看不到，再看到的时候就明显了。”裴连弈说，“宁宁哥哥要是长时间没看到你，现在一下子突然看见你，就肯定能看出来你不同了。”

雪竹不懂：“这是为什么啊？”

裴连弈解释：“人都是会变的，尤其是你这种还在长身体的小孩儿，每天都在长大。我和你妈妈以前天天看着你，每个月还要给你量身高才知道你有没有长高，现在两个月没看见你，你一回来就看出来你肯定长高了，不信的话待会儿你去量下。”

雪竹点点头，睨了眼爸爸的肚子，举一反三道：“两个月没见，爸爸你的肚子好像又大了点。”

宋燕萍笑出声：“看到没？叫你晚上别喝酒，报应来了吧？”

“没有，小竹乱说的。”裴连弈觍着脸不承认，“在说小孩儿长高的事情，跟我肚子有什么关系？”

“你就死不承认吧，到时候得了三高我看你还敢不敢不注意身体。”宋燕萍夹了片青菜丢进丈夫碗里，语重心长，“平时少吃辣的油的东西，多吃点蔬菜。”

“我这么大个人了还需要你提醒？”裴连弈喊了声，对老婆的唠叨不屑一顾，“待会儿吃完饭宁宁和小竹都量一下，我觉得你们俩应该都长了不少。”

裴连弈猜得不错，他们都长高了。

新的刻度上被写上新的日期。

【2005.8.30】

“宁宁，”宋燕萍说，“回头记得让你爸爸多给你买几条新裤子。”

“哥哥比爸爸还高了。”雪竹看了眼哥哥，又看了眼爸爸，撇嘴道，“爸爸你也太矮了吧，连宁宁哥哥都比不过了。”

裴连弈一时哑口，很快厉色道：“全家最矮的还好意思说我。”

雪竹不服气地哼哼。

父女俩针锋相对，宋燕萍随他们吵，柔声对孟屿宁说：“宁宁快回家洗澡睡觉吧。开学就是高中生了，要好好加油。”

孟屿宁乖巧点头：“嗯。”

回到自己家，耳边少了小竹和裴叔叔的吵闹声，安静之余又有些孤单。

洗过澡后，他心想要和爸爸说买新衣服的事，上床前特意塞上耳机用MP3放歌听，迷迷糊糊连歌词都听不清唱的什么时，门口终于有了动静。

孟屿宁掀开被子。

父亲的声音并没有如愿响起，却是个女人的声音。

“哎，你儿子呢？还没回？”

然后才是父亲的声音。

“回了，现在应该睡了。”

“要不我们去外面宾馆？”

“你钱多？有床睡你去宾馆？”老孟不耐烦地说，“等他开学我让他去读寄宿，也省得再麻烦老裴每天给他做饭吃。”

“读寄宿？你不管着也不怕你儿子在学校学坏。”

“我本来也没怎么管过他。”

孟屿宁没兴趣再听，重新戴上耳机，调大音量，让耳机里的歌盖过父亲和那个陌生女人的对话。

父母闹离婚的时候，孟云渐刚从去世的父亲那里继承了一套房子，比起在流水线上班住狭小员工宿舍的母亲，父亲显然更有抚养他的经济能力。

当时他们在客厅吵架，孟屿宁也是这样，窝在自己房间里，借来了同学的磁带机，把音量放到最大。

虽然睡不着，但也好过听他们吵。

那天晚上的事，一觉醒来后，孟屿宁当作什么也没听到。

直到开学前，老孟主动找他谈话。

父子俩坐在沙发上，电视机开着，放着卫视综艺，里面的明星们边做游戏边欢声笑语。

客厅缄默。

几分钟过去，老孟什么也没说出口。

还是孟屿宁先打破了沉默：“高中我想寄宿。”

老孟睁大眼：“你——”

“高中学习紧张，住在学校比较节省时间。”

老孟喉结微动，神色明显舒缓下来，点头说：“行，随你。”

“那我回房间收拾行李了。”

他刚起身，又被老孟叫住。

孟屿宁停下动作安静地看着父亲，老孟看着儿子干净的眼眸，口气突然变得晦涩起来：“过几天我带你见个阿姨。”

孟屿宁点头：“好。”回答得很干脆。

老孟以为儿子是不懂带他见阿姨的含义，又干巴巴地说：“我在和那个阿姨谈对象，她是我们厂的，叫许琴。”

“嗯。”孟屿宁说。

儿子接受得太快，这是老孟没想到的。

“你就没什么想问我的吗？”

面对父亲的新感情，孟屿宁没有表现出任何的高兴或愤怒，甚至连丝毫的情绪波动都没有，仿佛父亲的任何事都和他无关。

“没有。”

老孟原本不在意自己和儿子是否亲近，他不喜欢黏黏糊糊的相处模式，儿子文静内敛，似乎也没有多在乎他这个做父亲的。

本来以为是性格原因，直到这几年。

在隔壁老裴家的时候，孟屿宁也会笑，他也是会像平常十几岁的男孩那样。

“你爸我谈对象，你就这个态度？”老孟不禁加重了语气，“等我结婚了，那个阿姨就是你妈，你要管她叫妈，你知道吗？”

“知道。”

依旧是惜字如金，仿佛多跟他这个做父亲的说两句都不耐烦。

老孟甩手：“行了，你回房间吧。”

“嗯。”

孟屿宁看了眼墙上的钟，两分钟。

这场简短的对话，只持续了两分钟，便匆匆结束。

在家里，和父亲共处的客厅并不是避风港，而关上房门，自己独处时，情绪才会彻底放松下来。

之前父子间曾有过的短暂温情，仿佛都被各自遗忘。

八月就这样过去。

九月到来。

开学这天，雪竹兴冲冲跑到孟屿宁家，打算跟他一块儿去报到。

她刚走进孟屿宁的房间，看到少年整洁的床单上乱七八糟地堆着衣服裤子，地上放着一个大提包。

“马上就要开学了，宁宁哥哥你还要出去旅游啊？”雪竹蒙蒙地问。

孟屿宁边叠衣服边说：“这是要带去学校的。”

雪竹还是不懂：“学校？为什么要带衣服去学校？”

孟屿宁：“开学我念寄宿，住在学校里。”

雪竹脑子空白了几秒，语气呆滞：“你不住家里了吗？”

“不住了。”

“为什么啊？月月姐姐读高中的时候每天也回家啊，她是读大学了才不住在家里的。”雪竹赶紧问。

月月姐姐也在收拾行李，但那是因为月月姐姐考上了大学所以才要离开家，在雪竹的心里，考上大学就意味着不住在家里，月月姐姐跟雪竹保证了，只要放假就会回来陪她玩。

孟屿宁手上叠衣服的动作并没有停。

“你不懂的。”

“你都不跟我说怎么知道我不懂？”雪竹凶凶地说。

但她凶巴巴的态度并没有维持多久。

她很快败下阵来问：“你住家里不行吗？”

孟屿宁说：“我周末会回家的。”

雪竹知道事情没有回旋的余地，哦了声。

她没了动静。孟屿宁停下手里的动作，柔声问她：“生气了？”

“没有。”

“没有怎么眼睛红了。”

“你看错了……”

雪竹背过身，肩膀抖得越来越厉害。

孟屿宁抽了张纸巾，走到她面前蹲下，隔着纸巾，他捏着她的鼻子：

“用力。”

雪竹皱眉，狠狠擤鼻。

“噗——”

好大一声鼻涕泡的声音，她觉得有点丢脸。

孟屿宁将纸巾卷好扔进了垃圾桶。

他又拿出MP3，给她戴上了一只耳机，另一只则塞进了自己的耳朵里，白色的耳机线将两人的耳朵牵在一起。

雪竹安静下来，侧过头去看孟屿宁。

还没来得及将他清秀的脸庞看够，他笑了笑，声音干净：“这歌好听吗？”

雪竹点头。

这是孟屿宁初中毕业时，学校广播里公放的一首歌。他觉得好听，于是在毕业前夕，最后一次在机房里下载了这首歌。

雪竹为了今天开学特意穿了条小白裙子。

裙摆就像是正盛放的栀子花。

栀子花开的季节，光阴如流水般飞快。

两个人听完了一首歌，孟屿宁继续收拾行李，雪竹主动帮忙，替他打包。

几平方米的小房间里，到处散落着孟屿宁的行李和旧书。

书桌上摆着一捆捆用塑料绳扎成的书山，待会儿收废品的叔叔会过来给这些书称斤带走，雪竹随手翻了翻，上面的内容对她来说太难，只能注意点别的。

“你都没包书皮，为什么书还是这么新？”

雪竹又看了眼书页，居然还是平整的，都没有翘边，雪竹就做不到这点，不过她还算好的，班里有些男生不爱包书皮，刚发下来崭新的书，挥霍半个学期就成了风干的咸菜。

所以雪竹必须包书皮。她很喜欢买小卖部卖的那个塑料书皮，小本的五毛大本的一块，上面会印各种卡通图案，包上书皮，枯燥的语文数学书也变得可爱了起来。

可是爸爸说塑料书皮不环保，每回开学发书下来，还没等雪竹买好新书皮，爸爸就用家里的旧挂历给她做书皮。

爸爸手很巧，虽然挂历丑了点，但是做出来的书皮整齐又厚实。

“好好爱惜就不用书皮了。”孟屿宁说。

雪竹点点头：“那我这学期也不包书皮了。”

“你还是包吧，”孟屿宁看着她，语气难得严肃，“不然你的书就遭殃了。”

雪竹皱眉：“你这是看不起我吗？我说了不用就不用。”态度很是坚决。

后来雪竹还真拒绝爸爸替她包书皮，开学才半个月，果不其然她的书就脏了，最后妈妈看不过去，说女孩子的书怎么也能弄这么脏，又让爸爸给她的书穿上了“外套”。

雪竹想学包书皮这门技术，学会后把家里的杂志也给包了起来。

家里的杂志都被包完了她还嫌弃不过瘾，又盯上了孟屿宁的高中教科书。

于是，孟屿宁光荣地成了高一新生里唯一一个还在用丑丑的挂历书皮的高中生。

书皮上写了他的名字，想不认都不行。

一看就知道这小孩儿没好好练字，写得还特别大个，生怕到时候书丢了别人不知道那是孟屿宁的。

“孟屿宁”三个字给写成了“孟山与宁”。

有次上实验课，化学书落在了实验室，值日老师拿着书问：“你们谁认识二班的孟山与宁？上节课他的书落在实验室了。”

还好这节课来实验室上课的是钟子涵他们班。

于是，钟子涵忍着笑举手：“老师，我认识。”

当然这些小插曲雪竹并不知道。

小学有六年，而初中只有三年，高中也只有三年。

因而在哥哥姐姐们在享受全新的校园生活时，唯独雪竹没有任何已经升上四年级的新鲜感。

老师没有换，同学都是认识的。

包括她最讨厌的迟越。

开学第一天，大家都很关注过了一个暑假谁晒黑了，谁长高了，就连造型上一些小改变都会让孩子们眼前一亮。雪竹的新发型引起了女生范围内的小小关注。

学校有要求长头发的女生都要扎辫子，披头散发并不符合小学女生朴素简单的精神面貌，女生们想要在头发上做什么文章，也只有叫妈妈给她们多在发型上弄点花样，或是买好看的头花和发绳吸引目光。

雪竹的头发刚好及肩，并不算短，但也不长，老师并没有管。

平时总扎着一个扯头皮的马尾，新学期突然把头发散了下来，让熟悉了雪竹的同学们感到很新鲜。

女生们都说雪竹的新发型很好看，她皮肤本来就雪白，双眼浑圆清澈，像卡通片里眼睛大大的黑发娃娃。

“有什么好看的，披头散发像个女鬼。”

讨厌的声音响起，雪竹咬牙切齿：“你说谁像女鬼！”

“谁生气就说谁呗。”

迟越鼻子一皱，眼见雪竹要发飙，立刻朝她比了个又丑又嚣张的斗鸡眼跑开了。

雪竹才不想因为和迟越吵架又被老师训话，而且她也没什么本事反击，只能站在原地气得跺脚。

好像就是从上个学期开始，自从雪竹和迟越一起被老师叫到办公室强行和解后，迟越就喜欢针对她。

小男生的报复手段很无聊，可也让雪竹烦不胜烦。

她祈祷这个学期千万不要再让迟越坐在她后面了，又不好意思跟老师说，总觉得肯定会被老师嫌弃小题大做，认为她是个因为一点鸡毛蒜皮的小事就爱告状的学生。结果就是她不说，老师又不是神仙，当然猜不到小女生的心思，或许是天要亡她，迟越这个学期又坐在了她后面。

和三年级时一样，迟越上课时喜欢用脚踢雪竹的椅子，雪竹头发不长没再扎马尾，本以为这样迟越就没理由扯她马尾，谁知他又想出了新招，开始用笔夹勾玩她的头发。

雪竹忍无可忍，转过头狠狠瞪他。

扬起的黑发不偏不倚甩了迟越一巴掌，他猛地捂住脸，雪竹解气得直哼哼，口中呸道：“活该！”

小男生缓过来后立刻用笔狠狠敲雪竹的头以示报复。

迟越的同桌是个头发比雪竹还长的女生，可是雪竹从来没看到过迟越扯那个女生的头发，两个人还画了条“三八线”，井水不犯河水，迟越从不僭越，也很少和他的同桌说话。

这个人居然还差别对待！是有多讨厌她！

“我觉得他简直就是个多动症加神经病。”课间时分，雪竹和祝清滢站在走廊上聊天，她忍不住对迟越狠狠辱骂，“我要是他妈妈，就把他的手脚都给捆起来，看他还怎么扯我头发！”

“男生都是这么讨厌的，手又多又不爱卫生，整天就知道打架。”祝清滢皱眉，似乎也深有其感，“还是女生好，我们班的女生比男生好太多了。”

两个小女生正骂得起劲，身边突然刮过一阵风，迟越和几个调皮的男生跑过走廊，掠过雪竹时，迟越又伸出了他那罪恶的手，狠狠拽了下雪竹的头发。

雪竹的头被这股劲儿拽得一偏，回过神来时迟越已经跑远，还对着她做了个欠揍至极的鬼脸。

雪竹简直气到极点，连好朋友都顾不上，大步追了过去。

“迟越你站住！”

和迟越一道玩的男生们立刻七嘴八舌地起哄。

迟越惊讶回头，雪竹张牙舞爪地追过来，并且抓住了他的衣服。

“喂！你干什么！”

雪竹大大的眼睛眯成一条阴险的缝，抓着迟越的板寸头，狠狠朝天灵盖敲了一下。

“啊，裴雪竹你神经病啊！”

“你才神经病！”

迟越抓住雪竹的胳膊，结果雪竹又用另一只手再给他来了一下。小男生瞬间恼了，抓着眼前女生两只胳膊，想将她推倒。

雪竹力气比他大，迟越搞小动作时还能占个上风，正面打根本打不过她，没一会儿就反被雪竹推到墙上，后脑勺狠狠磕到瓷砖，听声音都像是要把后颅给撞平了。

两个小孩儿明明在打架，可是周围的同学却完全不这么觉得。

也不知道是哪个男生先喊了句“裴雪竹和迟越打起来了”，最后一群小妖魔围着他们开始看热闹。

迟越先一步凶道：“裴雪竹，你神经病啊，放开我！”

“那你上课还扯不扯我头发了？”雪竹不为所动。

“谁稀罕扯你头发啊！”

“那你答应我以后上课都不扯我头发了！也不许踢我凳子！”

“嘁！我就不答应你，我就要扯你头发踢你凳子！”

小男生倨傲地扬着下巴，脸上刻着“欠揍”二字，两边的脸颊肉神气地鼓起，细长的眼睛眯着看她，像只讨厌至极的小狐狸。

雪竹彻底被惹毛了。

战争一触即发之际，醒神的上课铃响彻校园，祝清滢急得在旁拼命叫雪竹停手：“雪竹别打了，待会儿被老师看到就惨了。”

再调皮的孩子也怕老师，雪竹恨恨放手，暂时休战。

好在老师这节课来得比较晚，并不知道雪竹和迟越打架，同学们也很默契，小孩儿的恩怨就由小孩儿自己解决，大人不要插手，所以谁也不会告诉老师。

因为这件事，整个下午的课雪竹都没心情听进去。

一直到放学的时候，同路回家的几个男生还阴魂不散地追着雪竹问她：“裴雪竹，你和迟越到底为什么打起来了啊？说给我们听听呗。”

雪竹咬着唇，狠狠瞪了眼这几个男生，握着拳头佯装没听见，谁也不理。

祝清滢挡在雪竹身前，朝男生们吼道：“你们这些男生无不无聊啊，天天就知道八卦，难怪学习成绩这么差！”

“嘁！三好学生有什么了不起的。”

说是这么说，可男生们还是因为学习成绩这件事小小地自卑起来，又解气起哄了几句，便背着书包朝着校门口大步笑闹着离开了。

雪竹这才小声说：“滢滢，你说事情为什么会变成这样啊？”

祝清滢没听清，凑过耳朵问：“啊？你说什么？”

“我真是太讨厌迟越了。”雪竹满是屈辱地咬唇，终于忍不住委屈地小声啜泣起来，“要不是他总扯我头发，我也不会跟他打起来。”

祝清滢叹了口气，安慰她：“我知道的。这些男生就是这么无聊，你别理他们就行了。今天是星期五，明天和后天都不上学，等星期一他们就忘了，到时候就没人说你和迟越了。”

雪竹吸了吸鼻子。

“嗯。”

有了好朋友的安慰，雪竹的心情终于稍微好了那么一点。

回到家以后，雪竹没有看电视，而是破天荒地坐在自己的学习桌上，

掏出作业乖乖地伏桌写了起来。

宋燕萍下班回家的时候照例摸了摸电视后盖，居然是凉的，再一看房间里乖乖写作业的雪竹，差点以为自己走错家门。

“小竹，你在写作业吗？”

雪竹头都没偏，淡淡说：“嗯。”

“你怎么了？”

“没怎么。”

过了半个小时，雪竹写完了一门作业，又主动地坐在了钢琴前，练了四十分钟的钢琴。

反常，太反常了。

这种感觉一直持续到吃晚饭，雪竹居然也不闹着要看动画片，而是让出了遥控器让爸爸看新闻，这下不光是宋燕萍觉得反常，就连裴连弈也觉得雪竹吃错药了。

可是问雪竹到底发生了什么事，女儿也只是低着头坚持说没什么事，坚决不肯开口。

宋燕萍没法，只好去请救兵。

她到隔壁把今天回家的孟屿宁给叫了过来。

“小竹有点奇怪，问她发生了什么事她也不肯跟我们说，宁宁你帮阿姨问问小竹。”

孟屿宁刚到家，身上的校服还没来得及换下来，就匆匆被宋燕萍叫到他们家去看雪竹的情况。

雪竹这时正坐在桌子旁写作业。

宋燕萍把房门打开一条缝，可是雪竹好像完全没有发现，自顾自紧紧握着笔往作业本上戳。

宋燕萍朝孟屿宁耸耸肩，小声说：“绝对是有心事。”

接着，她将房门关上，把空间留给了两个孩子。

“小竹。”孟屿宁开口叫她。

雪竹抬头，不咸不淡地看了一眼孟屿宁，平淡地打了个招呼：“哥哥你回来了。”

“嗯……”

孟屿宁也看出雪竹不对劲来了。

往日星期五，小竹总会在小区门口的公交车站等他，看到他时会跑过来，抓着他的衣服仰头看他，说“哥哥你终于回来了，我等你好久了”，然后牵着他陪她回家看她最爱的动画片。

今天她非但没有去公交车站等他，还对他的到来反应怏怏。

“阿姨跟我说你有心事，”孟屿宁弯下腰看她，“怎么了？”

雪竹抿唇，还是摇头，伏在桌前的身子越来越低，眼看着连头都要磕进桌子里。

孟屿宁用手抵着她的额头，让她抬起头来。

“离得这么近还怎么写作业？”

雪竹仍是执拗地低着头，不耐烦道：“你别管我了。”

“到底怎么了，”孟屿宁摸摸她的头，柔声耐心地问她，“连哥哥都不能说吗？”

她和班里的男生传绯闻了。

这种破坏她小学生天真可爱的形象的事情怎么能说。

所以无论刚刚吃饭的时候爸爸妈妈怎么问，她都不愿意说出口，大人们又怎么会懂小孩子的苦恼，可能在大人们的眼中，这是件有趣又好笑的事，可是在小孩儿的心里，这就是天大的灾难，是不亚于地震火灾的人生大危机。

雪竹害怕星期一去到学校还会有同学说这件事，甚至想过星期一装病请假不去上课。

可她觉得哥哥应该是可以说的。

哥哥也还是小孩儿，应该懂她的想法。

雪竹喃喃道：“那我跟你说，你不能告诉我爸爸妈妈。”

“好。”

“我们拉钩。”

“好。”

拉完钩，雪竹终于肯说了。

她把迟越这个讨厌鬼的种种行为和她莫名其妙被同学们起哄和迟越是一对的事结结巴巴地告诉了孟屿宁。这件事让她觉得又生气又丢脸，说出来后，她也害怕孟屿宁笑她，小心翼翼地用一双似泣非泣的大眼睛望着他。

雪竹噘着嘴求他：“哥哥，星期一我不想去上学了，如果我妈妈不答应给我请假，你能不能假装是我的家长打电话给我的老师请假啊？”

孟屿宁敲她的头：“你说呢？”

就知道他肯定不会答应的。

雪竹也知道自己不可能因为这种无聊的绯闻就不去上学，可他们都不是她，压根不会明白她的苦恼。

“我真的好讨厌迟越，我又没有惹他，他为什么总是惹我。如果不是他总是惹我，别人根本不会觉得我们是……那种关系，也不会说我喜欢他，”雪竹低声狠狠道，几乎要咬破嘴唇，“哥哥你也是男的，你知不知道迟越他到底是有什么毛病老是惹我？”

孟屿宁微微启唇，却没说出一句话来，面对她的烦恼突然有些无从下手。

“或许，”孟屿宁垂眸看她，语气温和，难得带着几分调侃，悠悠笑道，“他喜欢你？”

雪竹睁大眼：“啊？”

“喜欢和你一起玩。”孟屿宁慢条斯理地补充。

雪竹满脸狐疑，故作深沉地摸着下巴思索。

“啊？那他为什么不跟我直接说啊？”

她一脸单纯，对哥哥的话从来都是百分百信任，到现在孟屿宁给出这么个荒唐无比的答案，她仍是下意识地就相信了。

反倒是孟屿宁略显无奈地眨眨眼，面对小女孩天真无邪的表情，不知该不该告诉她这个年纪不应该懂的东西。

“小竹，洗澡了。”

宋燕萍的声音隔着房门响起。

“来了。”雪竹又对孟屿宁说，“哥哥，刚刚我跟你说的记得帮我保密啊，一定不要告诉我妈妈。”

孟屿宁：“嗯。”

雪竹还是很放心他的，倾诉过后心情也好了许多，跑到衣柜边拿上换洗的衣服准备去洗澡。

她刚去洗澡没几分钟，宋燕萍就进来了。

“宁宁，小竹跟你说了没有？发生什么事了？”

孟屿宁摇头表示不知道。

宋燕萍喃喃自语：“奇怪了。平时她有什么事都喜欢跟你说的，现在连你都不说了。”想了想又叹气，“还是长大了，有心事也不肯跟人说了，宁愿自己憋着。”

小女孩的心理变化是细腻而敏感的。

从一开始在学校遇到点鸡毛蒜皮的小事也喜欢在吃饭的时候对父母抱怨，到现在慢慢地，学会将学校的事和家里的事分开看待，除了交学杂费或是学校要组织活动必须回家知会父母外，孩子们在学校每天都做了什么，开心的或是不开心的，都不再与父母分享。

“妈妈，妈妈。”

雪竹突然在浴室里大声喊妈妈。

宋燕萍回过神，忙走到浴室，边走边应道：“来了。”

雪竹早已不让妈妈帮忙洗澡，每次洗澡时都会关好门，宋燕萍站在门口问她：“怎么了？”

“妈妈，”雪竹的声音很小，只有与她一门之隔的妈妈才能听到，“爸爸和哥哥不在你旁边吧？”

宋燕萍觉得莫名其妙，但还是说：“你爸爸在看电视，宁宁也回家洗澡了。”

雪竹这才开口说：“我胸口里好像长了个东西，一按下去就硬硬的，还有点痛。”

小宝宝真的长大了啊。

已经到了发育的年纪，也难怪有了心事，也难怪不再与父母事事交心。

宋燕萍一方面觉得欣慰，另一方面又有些淡淡的失落。

她温柔地对女儿解释：“那是你要发育了，该穿小背心了。妈妈明天去商场给你买几件小背心，你别乱按，睡觉的时候不要趴着睡，要让它继续长。”

雪竹的语气有些抗拒：“啊？是你穿的那种吗？”

显然是不想穿，觉得勒人。

“不是妈妈穿的这种，你现在还没到那时候呢，等你穿我这种内衣的时候，你就要学着自己买了。”

正站在花洒下冲水的雪竹，不知是水温太高雾气太浓，还是因为妈妈的话，颊边泛起淡淡的红晕。

自己买啊。

那也太羞耻了。

还是让妈妈买吧，就算以后长大了穿妈妈那种内衣，也还是让妈妈帮她买。

安抚好雪竹，宋燕萍回到客厅，眼神瞥到正在看电视的马大哈丈夫。

裴连弈感受到老婆的目光，回头问：“刚小竹叫你干什么？她洗澡的时候摔了？”

“你以为你女儿还小啊，”宋燕萍语气不善，“你这个做爸爸的根本就指望不上。”

裴连弈无辜地耸肩，不明白老婆为什么突然对他发火。

过了几天，宋燕萍去商场为雪竹买来了小背心。

全棉的材质，穿着很贴肤，没有想象中的那么勒人。

自从开始穿小背心后，雪竹这才发现原来班上已经有不少女生跟她一样开始穿小背心了，她们有的人跟雪竹一样穿的是小吊带样式的，有的则是两根细细的带子绕在后脖上的挂脖样式。

后一种小背心有个致命的缺点，那就是带子会露出来，有的调皮的男生坐在女生后面，会特别手贱地去扯那根带子。

结果普遍是女生羞恼，告状告到老师那里去，男生被狠狠教说一顿，这之后大家都意识到，那根带子是女生的隐私，异性是绝不可以随便碰的。

雪竹有时候也会穿这种背心，每次上课的时候她都会警惕地用左手抓着带子，生怕迟越一个手贱碰到。

或许是这种针对性的防备惹恼了迟越，终于在某次上课时，雪竹再一次想要用左手捂着带子，迟越从后面抓住她的手臂，倾身凑到她耳边怒声说：“我对你的带子没兴趣，少自恋了。”

雪竹挣开他的手，转头瞪他。

小男生很快放开，凶巴巴地回瞪雪竹：“看什么看？”随后他又撩起眼皮翻了个白眼，不再搭理她。

雪竹嘁了声，放下手。

一节课过去，迟越真的没有扯她的带子。

可能迟越也很抗拒和她传绯闻，在这之后，迟越甚至都不再和她说话。雪竹乐得自在，他不理她她也不理他，彼此虽然坐前后桌，但除了传作业，几乎把对方当空气。

当事人的消极应对，喜新厌旧的小学生们立刻找到了新的乐子，很快，没有人再谈论裴雪竹和迟越间的绯闻。

雪竹松了口气，她想，孟屿宁的话有时候也并不全对。

这怎么会是喜欢。

他们明明讨厌对方讨厌到恨不得对方从这个世界上消失。

很快到了期中，班上再一次进行了换座，这次雪竹的后桌是个文静的女生，而且她还和祝清滢分到了同桌，而迟越的前桌则换成了一个和他玩得不错的男生，两个人上课时讲小话时常被老师点名批评。两个小孩儿分到了各自满意的前后桌，雪竹再也不怕上课时有人从后面扯她头发，迟越再也不用担心前座女生的长头发老是越过边界扫到他的书本。

烦恼没有了，上学又成了一件再普通不过的日常。

每天上学出门，雪竹不再往对门望，想着孟屿宁有没有起床，能不能跟他一块儿坐公交车去学校，因为他并不住在家里。

渐渐地，孟屿宁连周末都很少回家了。除非放长假，否则雪竹也很难再见到他。

而孟叔叔也并没有孤零零，雪竹时常会看到有个打扮得比妈妈还时髦的女人在对门进进出出。

偶尔撞上，那个女人还会冲她笑。

钟子涵还是那么忙，上了高中以后，他的周末整个被霸占，从前还能在晚上的时候抽空溜出来带雪竹偷偷去楼下买零食，现在只能从钟阿姨口中知道他白天补习，晚上就待在家里写作业。

贺筝月明明有对雪竹承诺过每个周末都回来陪她玩，可是每周渐渐成了每半个月，又成了每个月。

她忙着在大学里交朋友，每个周末都和同学朋友有约，那贴满了装饰水钻的手机总是不间断地响起，不是电话就是短信。

以前贺筝月往她家门口喊一嗓子，雪竹就逃出家里，跟着姐姐到处疯，陪姐姐去音像店买动漫光碟，其他人都在玩打打杀杀的游戏，唯独贺筝月带着她岁月静好地玩网页小游戏。

周末彻底闲了下来，而宋燕萍又不知从哪个同事嘴里听说女孩子学跳舞最能提升气质，正好雪竹最近因为胸部发育而老是含胸，无论宋燕萍说她多少次，她就是不愿意改。没办法，宋燕萍又强制送雪竹每个礼拜去少年宫学拉丁舞。

雪竹不想学，可又拗不过妈妈。

小孩儿哪有什么自主权，碰上个这也让你学那也让你学的家长，周末就别想休息。

终于熬到整个学期过去，一直到来年的秋季，雪竹没再有机会和孟屿宁一块去爷爷家过暑假，哥哥假期要补课学习，而雪竹也忙着钢琴和拉丁舞的考级，她在电话里失落地对爷爷说自己没空过去乡下玩，而爷爷则是笑呵呵地安慰她没有关系，等明年再来玩。

五年级开学，最新九月期的《小学生导刊》上报道了天文界的一个大新闻。

冥王星被除名了，从此九大行星就只剩下八个。

这学期学校举办的作文大赛，雪竹的作文《再见，太阳母亲》拿了一等奖，获奖原因是雪竹以出色的拟人手法描绘了冥王星在冰冷无垠的宇宙中，被除名后不得不背井离乡，离开它的兄弟姐妹和妈妈，独自踏上旅途的故事。

其实天文学又怎么会像童话作文里描绘的那样童真简单，冥王星又怎么会拥有人类的情感，真的与一个孩子发生共情，可在雪竹的眼里，她对于冥王星被除名的想法就只是这样。

所以在某次晚饭的一家闲聊中，妈妈告诉雪竹，孟叔叔要结婚时，雪竹的想法也仅仅是，孟叔叔家多了一个人，宁宁哥哥要有新妈妈了。

雪竹并不意外，连嚼饭的频率都没慢下来，鼓着腮帮问："是和那个经常过来的阿姨结婚吗？"

那个阿姨长得很漂亮，烫了一头漂亮的鬈发，还染成了黄色，看上去特别时髦。笑起来时即使用她那涂满了红色指甲油的手捂住嘴，也仍旧盖不住刺耳的声音，所以雪竹对她的印象很深刻。

"对，以后看到人家记得主动叫阿姨，要有礼貌知道吗？"

雪竹点头："哦。"

宋燕萍又嘱咐她："星期六中午十二点吃饭，你上完舞蹈课自己坐车到酒店来，知道吗？"

雪竹立刻老大不情愿地说："啊，孟叔叔结婚欸，这么大的事情难道我不能请一天假吗？"

宋燕萍觉得女儿这个不想上课的理由十分可笑，但没有生气，嘴上笑道："又不是你爸结婚，你请假干什么？"

"那爸爸岂不是犯了重婚罪？"雪竹死心地耸肩。

宋燕萍不怎么正经地瞥着丈夫轻声说："也不一定。万一你爸嫌我太啰唆跟我离婚给你也找了个新妈妈呢？"

裴连弈吃着菜含糊说："知道自己啰唆平时就少说点啊。"

"我啰唆？你以为我想说这么多？你看下你这几年胖了多少，整个肚子都大了一圈，平时晚上叫你少喝点酒，你一个公务员，又不是做生意的，晚上哪有那么多应酬要喝？"

果然，宋燕萍又开始啰唆起来。

"朋友叫我出去喝酒我总不能不去吧。"裴连弈叹气。

闻言，宋燕萍的语气更不客气了："你那些朋友又不是什么正经朋友，打牌认识的，又不是你领导，至于喊你你就去？"

说不过，裴连弈只能强行结束这个话题："你不懂，懒得跟你说。"

雪竹早已习惯了父母这没来由的小拌嘴，反正到第二天他们又会跟没事人一样，她现在光是想到明天累死累活学完跳舞还要坐车去酒店吃喜酒，就觉得头疼。

晚上睡觉前，雪竹突然想起还没问妈妈孟叔叔在哪家酒店办喜酒。

宋燕萍说："金华酒店，在你孟叔叔上班的工厂那边。"

"啊？"听都没听过，雪竹皱眉说，"我没去过啊，万一迷路了怎么办？"

"你都多大了还迷路。"宋燕萍叹气，"礼拜六我让宁宁哥哥去少年宫接你，你下了课跟宁宁哥哥一块过来，这总行了吧？"

宁宁哥哥的爸爸这周结婚，雪竹总算能有机会在普通周末看见他。

她总算满意了。

"这还差不多。"

终于到礼拜六那天，宋燕萍拜托孟屿宁去接雪竹到酒店来。

高中学校礼拜六也要上课，孟屿宁请了一下午的假，中午回来吃父亲的喜酒。一道放学回来的钟子涵也跟着毛遂自荐，说要和孟屿宁一块儿去接小竹。

宋燕萍一看有两个保镖护送女儿，双倍放心了。

这下雪竹就是想迷路也迷不成了。

去少年宫的路上，钟子涵有一搭没一搭地跟孟屿宁闲聊：“我好像很久没看见过小竹了。”

比起孟屿宁每回放假还能跟小竹见面，钟子涵是实打实地忙到就算放假也得无休止地补课的程度。

“你说小竹她长高了吗？”钟子涵问。

孟屿宁想了会儿，摇头：“不清楚。”

每次放假都是匆匆回家，处理好换洗衣服后很快又和同学约出门去图书馆看书写作业，连同住一屋的父亲都甚少碰面，更不要提住在对门的雪竹。

钟子涵摸着下巴想象小竹现在的样子，不确定地往自己胸口处比了个位置：“我猜大概有这么高了吧。”

孟屿宁看他比的位置，淡淡说：“应该还没这么高。”

到地方的时候正好赶上少年宫集体下课，伴随着铃声响起，一溜烟儿的小孩子蚂蚁般密密麻麻地拥出大门，然后跑到来接的家长们面前，背上背着大画板的肯定是学画画的，背着大包的肯定是学乐器的，而穿着形体服的肯定就是学跳舞的了。

在那一群学跳舞的小孩儿中，有个正和同龄女孩并排走着，说说笑笑，扎着干练丸子头的小女孩就是雪竹。

在和同伴说话的时候，她眼睛不安分地左右乱瞥。

“你在看什么啊？你妈妈今天来接你吗？”同伴好奇地问她。

雪竹心不在焉地说：“今天我哥哥会来接我。”

“你哥哥？”同伴也下意识地替雪竹找，虽然她并不知道雪竹的哥哥长什么样，但突然叫了声，“裴雪竹，那个站在公告栏旁边的是不是你哥哥？”

“啊？哪儿呢？”雪竹恨不得跳起来看。

“就是那里啊，有两个穿着校服的男生，哪个是你哥哥啊？”

经过同伴的指点，雪竹终于看清了那两个人。

两个高挑的少年站在一群乌泱泱的人头中，他们都穿着天青色的高中校服，在吵吵嚷嚷的小孩儿大军中是那么沉稳文静。

比起四处张望的钟子涵，孟屿宁显得有些漫不经心，低头拨弄着手里的 MP3，然后把耳机也戴上了，应该是嫌环境太吵。

“他们都是我哥哥，”雪竹笑着说，“我先走啦，拜拜！”

同伴眼看着雪竹像只敏捷纤细的小鹅，穿过人群的空隙，朝那两个少年奔去。

“哇，两个哥哥，”同伴羡慕地皱起五官，喃喃道，“裴雪竹的妈妈真能生啊。”

“哥哥！”

小女孩清甜的声音随着她的箭步越来越近。

钟子涵顺着声音看到了好久不见的雪竹。

“那是小竹吗？”他睁大眼，不确定地推搡身边的孟屿宁。

孟屿宁拔下耳机问：“哪里？”

“就朝咱们跑过来的那个啊，你都近视多少度了？”钟子涵指向那个欢快的小身影。

正向他们奔来的小女孩因为学跳舞，整个人已经发生了很大的变化，纤瘦的骨架，脸也变成了鹅蛋圆，即使头发梳得光溜溜，脸看上去也依旧只有巴掌大，现在入秋天气冷，她在形体服外面套了件短外套，两条腿被白色纤体裤裹着，像两条笔直的白竹笋。

经钟子涵提醒，孟屿宁这才后知后觉地注意到雪竹的变化。

小丸子是什么时候变成小天鹅的？

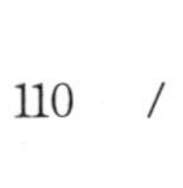

Chapter 05
水晶公主

雪竹好久没见钟子涵。

“你今天怎么也来接我了？你不用上补习班吗？”

“吃完喜酒下午还要去上课的。”钟子涵耸耸肩。

雪竹同情地感叹：“啊，这么辛苦啊。”

“考不了年级第一就这个下场呗。我妈成天拿我和孟屿宁比，说他不上补习班也能考第一，我快烦死了。”钟子涵转而愤愤地看着孟屿宁说，“其实我上次模拟考退步了就是因为他星期天不回家找我去学校对面的网吧打魔兽。”

雪竹惊讶地看向孟屿宁：“宁宁哥哥，你星期天不回家是因为要去网吧打游戏？”

这简直超出她的认知。

以前贺筝月带她去过网吧，那里面的男生都是流里流气的样子，就算能碰见几个穿校服的，也还是顶着学校绝对不允许的黄毛头，朝着屏幕里的虚拟游戏人物骂骂咧咧。

她看孟屿宁的样子，怎么也无法将他和那些男生并为同类。

“偶尔去放松放松。”孟屿宁轻描淡写地解释，转而微蹙眉对钟子涵说，“你要是不想去直接说不去不就行了？”

钟子涵理直气壮地为自己找借口：“你找我去我能拒绝吗？我们俩什么关系啊。”

显然这个借口只能说服他自己，孟屿宁瞥过眼，没搭他的腔。

直达酒店的公交车停在三人面前，雪竹夹在两个哥哥中间上了车。

车上人很多，没有座位，雪竹扶着椅子勉强站着，过了几站后好不容易空出了座位，钟子涵拍拍她的肩示意她去坐。

“那你们呢？”雪竹问。

“我们站着就行。”

雪竹坐在后排的位置上，透过拥挤的人群观察他们。

他们不知道在聊什么，似乎钟子涵占主导地位，嘴唇喋喋不休地来回张合，孟屿宁只是安静地听着，偶尔回应几句，有时会生动地微扬起眉，眼里带着些许揶揄，接着被钟子涵玩笑般捶两下肩膀。

他们都长高了。

比起孟屿宁，显然钟子涵和雪竹见面的机会更少，可雪竹却觉得子涵哥哥没怎么变，宁宁哥哥反倒变了不少。

到酒店的时候，酒店大门口挂着红彤彤的横幅，写着某家的小宝贝周岁生日，包下了整个一楼大厅。

并没有庆贺孟叔叔结婚的横幅。

虽然结婚是大事，但是由于男方女方都是二婚，没必要搞那么隆重，所以普通婚礼的流程通通都给省略。说是结婚，其实也就是请朋友亲戚们过来在酒店一块儿吃个饭而已。

对于雪竹来说，能在今天看到好久不见的哥哥姐姐，这顿饭就算热闹非凡。

贺筝月见到弟弟妹妹们也是惊喜万分。

“小竹你都长这么高了？”她像个大姐姐似的一一端量过去，“宁宁和子涵也比我高了。高中生活怎么样？辛不辛苦？”

“你说呢？”钟子涵羡慕地撇嘴，“姐姐你倒是解放了。”

“你们也快了。高三过得很快的，一眨眼的工夫。”贺筝月歪头冲雪竹笑，“小竹就还有得等了。”

雪竹叹气。

等她考大学，那还有好长的时间。

她真的很羡慕姐姐现在的自由，别人都说高中很辛苦，她这个年纪才是人一生中最幸福的时刻，可她一点也没觉得当小孩儿有什么幸福的，每天都被管着，九点前必须上床睡觉，期中和期末考试烦死人，零用钱也精打细算到几块几毛，买什么东西还要找妈妈谈判，去哪里还要跟爸爸报备，一晚回家就会被教训，她打心眼里对高中抱有相当美好的期待，似乎只要被安上高中生的头衔，这才像是个真正的大人。

每次她一把这个想法说给身旁的大人听，大人们就会摇头感叹她身在福中不知福。

他们住一栋楼的邻居们被安排在一桌，很快老孟带着他的新娘过来敬酒。

雪竹的爸爸最先调侃：“哟，老孟行啊，找了个这么漂亮的老婆。”

很快钟子涵的爸爸也跟着说：“咱们老孟宝刀未老。”

紧接着另外几个男人纷纷附和，直把新娘逗得咯咯笑。

老孟难得穿正装衬衫，听到邻居们的调侃后尴尬地举起酒杯：“你们老婆小孩儿都坐在这里，要不要点脸的？喝酒就喝酒，说那么多废话干什么。”

男人们哄堂大笑。

雪竹侧身问妈妈：“妈妈，宝刀未老是什么意思？”

宋燕萍脸色尴尬，敷衍道：“没什么意思，别听你爸爸他们乱说，吃你的饭。”

雪竹哦了声，抬头朝坐在主桌的孟屿宁望去。

主桌上男方这边的亲属就只有孟屿宁，剩下的全是女方的亲属。

他正低头吃饭，没有察觉到雪竹的目光，新娘的家属给他的碗里添了几道菜，他微笑道谢，之后将长辈们给他夹的菜都一口口慢慢吃完。

后来，新郎新娘回到主桌用餐，主桌的亲属们起哄让老孟的儿子开口叫新娘“妈妈”。

孟屿宁听话地喊妈妈。

新娘咧嘴响亮地应了声。

气氛一派热闹，所有的人都在笑，包括孟屿宁。

但雪竹莫名地觉得，宁宁哥哥好像不开心。

从他去少年宫接她来吃喜酒这一路上，他的行为和平时并无不同，或许是她太过敏感，她觉得哥哥唇边斯文有礼的笑容并没有直达眼底，并不是从前和她玩闹的时候，像温水般柔和的笑，是周围的人都在笑，他才不得不笑。

因为是喜事，所以谁也没矜持，有酒就喝，不一会儿酒量差的一些男人就开始吵嚷着说胡话了。

这些话小孩子都听不懂，小孩子也没兴趣听。

喜酒吃到下午两点，一帮喝多了酒的大人又提议去唱卡拉 OK，孩子们没有自主选择权，只能被动地跟着大人们走。

到了地方，老孟最先气势蓬勃地点了首《霸王别姬》，浑厚的嗓音一出口，众人立刻积极地鼓起掌，后来大家又撺掇这对夫妻来首情歌对唱。

也不知道是谁点了首《广岛之恋》，第一句歌词出口，就招来了所有人的嫌弃。

“都领证了还越过道德的边界，太不吉利了，换首歌！”

对唱情歌有名的也就那么几首，下一首又是《心雨》，歌词更不吉利，两情相悦，最后女的嫁给了别人，做了别人的新娘。

“新婚夫妻不能唱这个，谁要唱，不唱跳了啊。”

这时，喝多了酒的裴连弈举手说：“我和我老婆唱，我们结婚之前去唱卡拉 OK 就喜欢点这首歌。”

宋燕萍急得大叫：“老孟结婚你出什么风头！”

裴连弈佯装没听见，把另一只话筒丢给她：“唱吧，咱俩好久没一起唱过歌了。”

最后宋燕萍也没架住，拿起话筒勉强唱了起来。

父母搞情歌对唱，最尴尬的就是当小孩儿的。

尤其是旁边一群喝高了的大人还刻意凑到雪竹身边，没什么大人样的逗她：“小竹你看你爸爸妈妈感情多好啊。”

雪竹羞愧得恨不得把头埋进沙发里。

太丢脸了，都老夫老妻了，她都这么大了，还唱这么肉麻的情歌，简直是不要老脸。

爸爸妈妈拿着话筒深情地望着对方唱着情歌，雪竹起了一身的鸡皮疙瘩，她实在听不下去，借口上厕所离开了包厢。

关上隔音效果极佳的门，听不到父母那做作的对唱，雪竹的心情一下子平复了许多。

她说是想上厕所，但其实根本没有尿意。反正也不急着回包厢，她干脆顺着走廊到处走走看看。平时来唱卡拉 OK 的机会不多，这里夸张的装潢和晃眼的彩灯对她来说都是新鲜的。

走到大厅，因为是周六，不少客人坐在沙发上等位，雪竹看见个熟悉的身影也坐在那里。

他的校服在店里显得那么格格不入。其他笑闹的人，也显得他的安静是那么特别。

包厢里开着气氛灯，五颜六色又刺眼，根本看不清里面坐了多少人，雪竹甚至连孟屿宁什么时候出来坐在这里的都不知道。

明明都来唱歌的地方了，可他的耳边依旧塞着耳机，显得有些多此一举。

雪竹走到他面前停下，双手背在身后，像年级教导主任抓偷偷在课桌下偷偷看漫画的学生那样，故作老成地压低声音弯下腰看他："你在干什么啊？"

孟屿宁原本懒洋洋地靠着沙发，双手塞在校服兜里握着MP3，低垂着头，眼神往下望着发呆，直到面前的光被人挡住，一双系着蝴蝶结的白色小皮鞋出现在视线里，他才缓缓地抬起头来。

他简短叫了声她的名字："小竹。"

"哥哥你什么时候出来的？"雪竹问他。

"十几分钟前吧。"孟屿宁反问她，"你怎么也出来了？"

"我爸爸妈妈在里面唱情歌，我实在受不了了就出来了。"

说到这里，雪竹仿佛又想起了刚刚的画面，夸张地颤了下肩膀。

孟屿宁轻轻笑了下，摘下其中一只耳机问她："听歌吗？"

雪竹在他身边坐下，接过耳机问："你来这里还听歌吗？"

“嗯，这里太吵。”

雪竹隐隐明白了些什么。之前这个 MP3 主要是孟屿宁用来下载英语听力的，哥哥学习很自觉，很少被电子设备俘虏时间，到如今雪竹时常看他塞着耳机，虽然时髦，但在大人们眼中，总觉得塞着耳机的小孩儿就是叛逆。

“哥哥，你是不是不喜欢许阿姨做你的后妈？”

许阿姨就是孟叔叔的新妻子。

孟屿宁不知在想什么，没有回答她。

雪竹心想自己是不是问得太直白了，就在她琢磨着要不要换种问法时，孟屿宁开口了。

“其实我清楚我爸爸他不可能这辈子都单身，”他轻声说，“但我还是觉得有点难接受。”

雪竹点点头。

其实换位思考一下就能够理解孟屿宁的感受。

虽然爸爸有时候会开玩笑，要给她找一个比现在的妈妈更漂亮更年轻，关键是还不会唠叨的新妈妈，可雪竹和爸爸都明白，更漂亮更年轻又能怎么样，始终不能代替现在的妈妈。

孟屿宁看雪竹像个小大人般严肃地点头，不禁笑起来：“你真的懂我说的吗？”

“我当然懂，如果你让我换个妈妈，我也不愿意。”雪竹说，“哥哥你也是更喜欢你的亲妈妈吧？”

孟屿宁怔了片刻，竟然摇摇头：“好像也不是。”

雪竹这下是真的不懂了：“啊？”

其实没什么分别，当初离婚时尽力想撇开他的母亲，和现在这个似乎差不多。

就像当初平静地接受父母离婚的事实，他现在仍是平静地接受父亲再婚的事实，其实他的态度如何，对父亲他们来说压根是可有可无的，即便当初他再多哭闹一点，也依旧不会改变父母离婚的走向，与其在这方面浪费不必要的力气，不如静静地接受安排。

要他住校，那就干脆连周末都不回家，把家里留给父亲和新对象，要他叫妈妈，那就爽快地叫，反正“妈妈”这个词对他来说并没那么珍贵。

哥哥不说话，雪竹的内心反倒更不安了。

他茶褐色的瞳孔里空洞洞的，干净见了底，什么情绪也没有，因为知道哭闹的无用，才不得不平静地接受一切。

这时候，有双手搭在他头上。

孟屿宁略感诧异地侧头看着这只手的主人。

小手暖暖的，小女孩笨拙地说：“哥哥你别难过了好不好？如果你不想待在这里，那我们就去别的地方玩。”

他在这一刻明白了自己是多么软弱，软弱到连父亲的新感情都无法接受。

每个星期逃避回家，却又会时常在教室发呆时想起，雪竹家的客厅里放着一个鱼缸，里面养着几条金鱼，雪竹爸爸喜欢养鱼，鱼缸底部撒着大小不一的石头，听说是雪竹爸爸去河边钓鱼捡回来的，还有几株装饰用的假海草。

桌上摆着花瓶，里头插着假花，是雪竹妈妈去批发市场几块钱一捆买回来的。

墙上贴着挂历，重要的日期会被画上圈，周围附上事项，字迹潦草的是雪竹爸妈写的，字迹圆胖又笨拙的是雪竹写的。

那些金鱼还好吗？雪竹妈妈是否又买了新的花束回来装饰家里？一年又即将过去，雪竹家的新挂历是雪竹爸爸单位里统一发的，还是某银行赠送给储蓄户的新年贺礼？

“小竹，”孟屿宁的眼底终于泛起点点笑意，一如雪竹熟悉中的那副温和的模样，“你带我去别的地方玩吧，好不好？”

“那你等我，我去跟孟叔叔说。”

雪竹快步跑回包厢。

她才不会说是哥哥不想待在这里，把责任通通揽到自己头上，理直气壮地以年龄做借口，装作任性不懂的样子，非要霸占孟屿宁强行拉他去别的地方玩。

宋燕萍和裴连弈自然是斥责她不懂事。

老孟摆手：“算了，让他们去玩吧，反正孟屿宁在这里也帮不上什么忙。”

他刚说完这句话，妻子许琴对着麦克风催促：“孟云渐到咱俩点的歌了，过来啊。”

“来了来了。”

“别去太远的地方玩，五点半之前必须回家，我和你爸会晚点回来，但是等我们回来以后必须看到你已经在乖乖做作业了，我回来要检查你作业的。还有啊，绝对不准叫哥哥花钱给你买东西，尤其是那些垃圾食品，你听到没有？”

一长串规矩朝雪竹的脑袋砸来，她急着走，敷衍应付两声就逃了。

老孟夫妇唱完，下一首是钟子涵点的歌。

居然也是情歌对唱。

立马有大人吆喝起来：“哟，子涵，你这是要跟谁对唱呢？”

“和孟屿宁唱，”钟子涵冲麦克风喊，“孟屿宁快出来，我们俩来唱一首《屋顶》，你唱女的我唱男的。”

大人们的情歌大都是七八十年代风行的歌，那个旋律钟子涵听不来，老得不行。钟子涵就点了首流行情歌想要震慑下大人们那老派的品位，但是又没人跟他对唱，于是只能拉孟屿宁来当女声充数。

裴连弈笑得不行：“子涵，你要唱情歌找你女同学来啊，找宁宁算怎么回事。”

“叔叔你别乱说啊，我才不想和女同学一起唱。”钟子涵求生欲极高地大声解释。

一旁听到儿子这句解释的老钟夫妇这才满意地嗯了声。

“孟屿宁？孟屿宁！”

钟子涵找了半天没找着人，又喊了几声。

“子涵你别找了，宁宁跟小竹两个人出去玩了。”宋燕萍说。

“啊？他们出去玩了怎么不跟我说啊？”钟子涵顿时泄气。

“你点了那么多首歌难道不唱了啊？”

钟子涵尴尬地抓抓脸：“那没人跟我合唱，我一个人不好意思唱啊。”

他点的都是年轻人喜欢的流行歌，大人们都没怎么听过，唱不来，觉得歌词绕口也不朗朗上口，眼见着小半首歌的伴奏都过去了，还是老贺替钟子涵圆了场：“月月你别鼓捣你那手机了，陪弟弟唱几首歌。”

贺筝月立刻抬起头，整个五官拧起，满脸嫌弃：“啊？我不要。”

钟子涵也立刻拒绝：“算了算了我不唱了，直接跳过吧。”

“姐姐弟弟一起唱首歌怎么了，你们俩小时候还一起唱过《小兔子乖乖》呢。这歌就你们年轻的喜欢唱，我们又不会唱，快唱，不然这首歌都要放完了。”

老贺将麦克风塞进女儿手里。

贺筝月这才不情不愿地把手机塞进兜里，起身陪钟子涵唱。

两个人唱功都不错，和声虽然没有原唱专业，但胜在两个人声线好听。一首情歌唱完，各自都有些尴尬，倒是大人们十分给面子地热烈鼓掌，直夸两个人唱得好听。

夸得两个年轻人都不好意思继续唱。

几首流行歌唱下来，大人们都感叹现在时代真是变了，现在年轻人喜欢的歌原来都是这个调调。

钟子涵唱完歌后坐下，贺筝月挑眉看他，语气有些不怀好意：“子涵行啊，会唱这么多首情歌，是不是早恋了？”

“会唱情歌就是早恋了？”钟子涵嘴角抽搐，“姐你能不能别那么八卦？”

“真没早恋？”贺筝月显然不肯放过他，“你偷偷跟我说，我肯定不告诉你爸妈。”

钟子涵生无可恋地说：“没早恋。我哪有时间早恋，每天试卷都写不完还早恋。”

贺筝月撇嘴，又问起了另一个弟弟：“那宁宁呢？”

“没有。”

贺筝月觉得不可思议：“他也没有？年级第一，长得也帅，不可能没人喜欢吧？我记得我那一届的年级第一超级受欢迎，每天课间做操好多别的班的女生都挤到他那个班的队列里。”

这种差别对待让钟子涵莫名不爽，他别扭地说：“那我还年级第八名，长得也不差啊。”

贺筝月睁大眼佯装惊讶道：“哦，是吗？估计是小时候我看你妈给你换过尿布，所以在我心里你还在穿尿布吧。”

钟子涵无语。

又回到刚刚的话题。

“你俩真没早恋？那有没有喜欢的女生？”

做姐姐的都这么八卦吗?

钟子涵再次强调:“没有，没有。”

“你怎么知道宁宁也没有?”

“他除了上课天天都跟我在一块儿，我怎么不知道?”钟子涵扶着下巴懒懒地说。

贺筝月蓦地双眼放起光来:“那他在你们学校是不是冰山校草那一类型的?”

“啊?”钟子涵先是愣了下，随即又因为这个绰号而浑身难受，“什么冰山校草啊?你偶像剧看多了吧?”

贺筝月啧声:“嘁，女生喜欢什么你懂个啥。”

“他就是不太跟女生一起玩，但平时说话交流还是没问题的好吧。”钟子涵一脸“你没救了”的表情看着姐姐，“孟屿宁什么性格你又不是不知道，很少跟人生气的。”

贺筝月继续追问:“那他连一个关系亲密一点的女生都没有吗?”

“有啊。”

贺筝月一副暧昧的脸色说:“我就知道，不可能没有。”

钟子涵皮笑肉不笑:“小竹啊。”

贺筝月表情瞬间凝固:“小竹不算。”

“为什么不算?”

“小竹还小啊，我问的是跟他关系暧昧的。”

“你刚刚说关系亲密，又不说清楚。”钟子涵嘁了声。

贺筝月叹气:“你们这届的高中生怎么比我那时候还无聊。”

看着姐姐什么都没问出来一脸失望的样子，钟子涵转转眼珠，突然像是想起了什么，大声说:“我好像想起来有一个，孟屿宁挺喜欢她的。”

“谁?!”

“泰兰德。”

贺筝月一脸蒙:“这女孩名字怎么像外国人?”

“不只是外国人，跟孟屿宁还不是一个种族的。”

“什么?”贺筝月更迷茫了，“白种人?黑种人?”

孟屿宁居然喜欢跨种族。

“暗夜精灵。”

世界四大人种，从来没听过这个人种。

贺筝月觉得不对劲："钟子涵你耍我？"

钟子涵笑得蔫坏蔫坏："没耍你，《魔兽》里的种族嘛，孟屿宁确实蛮喜欢玩这游戏的。"

贺筝月一巴掌打在钟子涵后脑勺上："你信不信我现在就去告诉你爸妈你偷偷打游戏？"

钟子涵一脸叛逆，反过来教训她："随你的便。还有你别问我这么无聊的问题了，有空关心我跟孟屿宁，还不如自己赶紧找个男朋友。"

贺筝月瞬间倨傲地抬起下巴："你怎么知道我没找男朋友？"

钟子涵半晌没反应过来，等反应过来后才结结巴巴问道："你交男朋友了？什么时候？"

"就最近呗，不过还在发展当中，应该快了，"贺筝月冲他比了个嘘的手势，又指指点歌机旁正选歌的老贺，"先别跟我爸说。"

"哦。"

牛仔裤兜里的手机振动起来，贺筝月掏出手机，有人给她发短信了。

不说是谁发的，钟子涵也能猜到。

她一脸欣喜地盯着那小小的手机屏幕，手指在键上飞舞，不一会儿新的短信又迅速回了过来。

贺筝月终于不再八卦地打听弟弟们的高中生活，低头自顾和手机交谈起来。

似乎是手机里的人不再满足于文字的交流，于是打了个电话过来，贺筝月顿时如同惊吓的兔子从座位上弹起来，手捂着嘴，一边小声嗔怒"干吗突然打来吓死我了"，一边匆匆去到包厢外煲电话粥。

怪不得这么八婆，原来是谈恋爱了。

钟子涵嘴角抽搐。

小竹和孟屿宁也不知道去哪儿玩了，这两人都没手机找不到人。

连歌都没人陪他唱，钟子涵顿时觉得今天过得好没意思。

相反，雪竹觉得现在有意思极了。

既然说是她带孟屿宁玩，那去哪里玩、玩什么自然就由她决定。

孟屿宁没什么想法，任由她摆布。

结果家里有电脑雪竹不想玩，非说要去网吧。

孟屿宁无奈地劝说：“你这么小去网吧不安全。”

“不是还有你嘛，你跟我一起去啊，”雪竹说，“家里的电脑网速真的太慢了，网吧里的电脑屏幕又大网速又快，比家里的好玩多了。”

“你怎么知道网吧的电脑屏幕大网速快？”

孟屿宁顿时蹙眉，语气刹那间变得有些严肃。

雪竹完全没意识到事态的严重性，老实交代：“以前月月姐姐带我去玩过。”

少年的嘴角抿直，平日温文惯了的脸色也变得有些阴沉，也不知道是在生她的气，还是在生贺筝月的气。

他一言不发，抬手给雪竹来了个脑瓜崩。

其实不重，雪竹夸张地捂住额头佯装痛苦地哇了声，眼神幽怨，不服气道：“是姐姐带我去的嘛，你打我干什么？而且哥哥你自己还不是偷偷去网吧玩？”

反咬一口她倒还有理了。

孟屿宁说：“我年纪比你大，又是男生，去网吧也不会有危险。你是小女孩，万一去网吧碰到坏人了怎么办？”

“我一个人从来不去网吧的，”雪竹很有自知之明，这种危险地方她才不会作死一个人去冒险，“有人带我去玩我才去的。”

他被她理直气壮的歪理给逗笑，不禁好奇地问：“那你去网吧玩什么？”她这个年纪大概喜欢玩跑跑卡丁车或是劲舞团。

结果雪竹的答案出乎意料。

“4399 小游戏！”

孟屿宁沉默半晌。

“你玩网页游戏有必要去网吧吗？”

“去网吧玩比较有气氛啊。”

孟屿宁无言以对。

雪竹特别会缠人，她有时想要某样东西，不答应她就喜欢缠着人撒娇，跟蚊子似的在耳边叨叨，至今除了她的母亲宋燕萍女士，没有任何一个人能在她发动这项技能时全身而退。

孟屿宁最后找了个黑网吧，带着雪竹去了。

网吧老板叼着烟问他："开两台？"

"一台，两个小时。"

"三块，18号机子。"

孟屿宁让雪竹坐在网吧椅上，自己找老板借了个塑料凳坐她旁边看她玩。

于是一排正打打杀杀充斥着暴力与战争的电脑屏幕中，其中的18号机，因为满屏闪光的粉色装饰，以及卡通体的韩文游戏标题，扎着两个鬆鬆粉色头的少女做发型做指甲化妆搞穿搭，还要开店卖汉堡卖蛋糕，这充满了和平与爱的游戏画面使得18号机成了这一排机中的佼佼机。

扎着丸子头的小姑娘坐在椅子上，脚尖点不到地板，两条白笋般的小腿在空中愉快地晃悠，一边玩游戏一边兴致勃勃地与身边的少年商谈怎么打扮最好看。

"哥哥，你觉得指甲油涂粉色好看还是红色？"

"红色。"

"可是我觉得红色太夸张了，还是粉色吧。"

孟屿宁有点无奈。

"哥哥，你喜欢白色的公主裙还是黄色的？"

"都可以。"

"不行，必须选一个。"

连旁边不认识的男生都忍不住同情地看了他一眼，深有体会地说："同学，带妹妹来网吧玩啊？辛苦你了。"

最后还是雪竹看哥哥实在兴趣怏怏，不舍地关掉了装扮游戏，和他一起玩益智类的双人小游戏。

两个人玩双人黄金矿工，直到雪竹玩腻了才作罢。

雪竹想看看旁边的人都在玩什么，意外发现除了玩游戏的，还有人的电脑屏幕上只开了个窗口，不断有一排排五颜六色的字从窗口的下端冒出，这人打字超级快，几乎是几秒钟就在屏幕上输入了一行长长的字，再一个帅气的回车，发送消息。

惊了。

雪竹问："哥哥，那个人在玩什么？"

孟屿宁瞥了眼，淡淡道："QQ聊天室。"

现在的年轻学生都喜欢赶时髦，不玩 MSN 了，也不玩 BBS 了，他们都喜欢玩可以换头像，还可以装扮空间的 QQ，和近几年大火的贴吧，要是问大人，大人们都未必有这群年轻学生懂上网的乐趣。

“干什么的？”

“聊天的。”

“就只是聊天吗？”

“对。”

“和谁聊天啊？”

“和不认识的网友。”

雪竹不解：“那有什么好玩的？还用得着特意来网吧玩吗？”

孟屿宁面色平静地看着她。

他没说话，但雪竹知道他肯定在想，比起那个来网吧聊天的人，她这种来网吧玩 4399 的人明明更古怪。

“我也要在网上和不认识的人聊天。”雪竹赶时髦说。

孟屿宁失笑：“你会打字吗？”

“会啊，我在学校上信息课玩过金山打字里的游戏。”雪竹认真地掰着手指跟他说自己光荣的打字战绩，“我玩过警察抓小偷，还玩过拯救苹果，还有青蛙跳我也玩过。”

“好吧，”孟屿宁又问，“你有 QQ 号吗？”

雪竹摇头：“没有。”

他点开电脑软件：“我先帮你申请一个 QQ 号。”

雪竹猛地点头：“嗯！”

她乖乖让出椅子，倾身仔细看哥哥是怎么帮她创建 QQ 号的。

“首先要取个名字。”孟屿宁说。

雪竹：“我叫裴雪竹。”

“网名不用真名，”孟屿宁解释，“你自己想一个。”

雪竹有些犯难，皱着眉思索了好久，最后她凝结了好几分钟的智慧结晶诞生的网名就是：“那就叫水晶公主吧。”

孟屿宁的表情一言难尽，但看她一脸“我这网名取得是不是相当高级快夸我”的求表扬样，虽然习惯了宠着她，但还是无法违背本心对这个网名夸出声儿来。

于是在孟屿宁的帮助下，雪竹拥有了自己人生中第一个 QQ 号。

九位数，没什么规律，有点难记，雪竹向网吧老板借了纸和笔写下来，以防自己忘记。

她加了孟屿宁的 QQ 号，孟屿宁光荣成了她光秃秃的好友列表中的第一个好友。

雪竹还想加子涵哥哥和月月姐姐。

孟屿宁登录上自己的号："我找找。"

雪竹看他的好友列表，她的好友列表就只有孤零零的"我的好友"这一栏，而哥哥的有"小学同学""初中同学"和"高中同学"的分栏。

她也想弄这么多，但想来只有小学同学这一个分栏，只好作罢。

不过没关系，等她读初中、读高中，也会有很多很多的分栏，好友会越来越多。

孟屿宁先找到了贺筝月的 QQ。

"姐姐的名字怎么是红色的？"雪竹问。

"因为她是会员。"

雪竹又问："会员怎么弄啊？"

红色的名字看着真炫酷。

"充会员，一个月十个 Q 币，就是十块钱。"

"啊，好贵。"

还不如买二十包五毛钱的辣条。

先对贺筝月发送申请，紧接着又找到了钟子涵的号。

孟屿宁将鼠标滑到头像边，左边的个人资料栏显示出来，雪竹看见子涵哥哥的形象框里，是个染着飘逸黄发，穿着黑色夹克，背景还在闪闪发光的 QQ 秀。

"子涵哥哥这个是怎么弄的？"

孟屿宁微挑眉笑了声，也不知在笑什么。

"充了红钻，也是十块钱一个月。"

雪竹还是有点心疼自己的零用钱，于是问："玩 QQ 必须充钱吗？"

"不是，"孟屿宁饶有兴味地看着她说，"看自己受不受得了诱惑。"

雪竹语气坚决："我肯定不会充钱的。"

孟屿宁知道她最喜欢那些花花绿绿的装饰，没信她的话，但面上仍是波澜不惊，耐心地为她解答每一个问题。

头一次知道，原来聊天软件也可以不只是聊天，还有这么多丰富好玩的功能。

居然还能养QQ宠物。

雪竹毫不犹豫地领养了一只粉色的MM企鹅，看着它破壳而出，用骨头状的对话框对她说“主人，你好”，就这样沉浸在养宠物的乐趣中，一直到孟屿宁提醒她两个小时到了，他们该回家了。

她恋恋不舍：“我关掉它，那它就消失了吗？”

“不会，等你下次再登QQ的时候，它就会出来。”孟屿宁说。

雪竹这才放心，欢欢喜喜跳下椅子跟着哥哥离开网吧。

其实雪竹一直有养宠物的心愿，但妈妈嫌弃猫狗掉毛不许她养，于是她只好将养宠物的心愿寄托在电子宠物上。

像几年前流行的拓麻歌子曾一度是她的心头好，只不过后来过气了就被她遗忘了。

到家的时候已经是五点半。

大人们都还没回来，雪竹早就忘记了妈妈让她做作业的嘱咐，懒洋洋地坐在客厅沙发上看电视。

孟屿宁有些担心等叔叔阿姨回家教训雪竹，于是肩负起哥哥的责任，用确保在既不会让她觉得扫兴，又能够让她乖乖听话地哄着她去写作业。

雪竹像个大爷似的瘫在沙发上，嘴边叼着橡皮糖说：“不急。”

典型的不见棺材不掉泪。

又看了半个多小时的电视，电视机里和雪竹差不多大年纪的女孩嘴中念着咒语，将魔法钥匙变成魔杖收服魔法牌。雪竹羡慕地喃喃：“我要是也会魔法就好了，这样我想做什么都可以让库洛牌帮我搞定，连作业都不用写。”

孟屿宁并没有因为她不切实际的想法而觉得幼稚。

因为他小时候看《哆啦A梦》也这样幻想过。

不过比起雪竹，动漫里这位名叫木之本樱的小女孩显然更早熟。

她喜欢哥哥的好友，那个肌肤雪白，有着一头漂亮的银灰色短发，总是温柔地对她笑的哥哥。

每次看见小樱对着哥哥脸红时，雪竹总会觉得不可思议，他们一个还在读小学，一个已经读高中了，为什么她会喜欢一个比她大那么多的哥哥。

雪竹歪过头悄悄看孟屿宁。

她和孟屿宁好像就是差这么多岁。

孟屿宁正在陪雪竹看少女向动漫，雪竹无法窥见他心里在想什么，天色差不多已经完全暗下来，客厅里没有开灯，电视机的光映亮他的侧脸，为他清晰的轮廓镶了一圈边，仿佛银白色的画笔勾勒描绘出的一张脸。

他的侧瞳净得像冷泉，雪竹愣愣地回想孟屿宁白日里更清楚的模样。

被人这么盯着，是个人都有反应。

孟屿宁侧头和她的目光撞了个正着，略带困惑地问："怎么了？"

被抓了个正着，也不知道自己在心虚什么，雪竹赶忙说："天黑了，我去开灯。"

她急急站起来，想要绕过孟屿宁去开灯，却因为看不见脚下的路而绊到了孟屿宁的腿。

"小竹！"

孟屿宁低声喊她，立刻伸出手将她拽了过来。

巨大的力道让雪竹一时反应不及，等回过神来时，人已经坐在了他的腿上。

下半身瞬间麻掉，雪竹瞪大了眼一副惊恐未定的模样。

孟屿宁问："摔着没？"

被夜色笼罩的客厅，雪竹却清楚地看见他眼里的担忧和无奈。

她像是突然被掐住了心脏最柔软的一角，搭在他肩上的手不自觉捏紧，微微抓皱了他的校服。

孟屿宁看她半天不说话，又弯下腰碰了碰她的脚踝。

冰凉的手指触上皮肤的那一刻，雪竹嘶了一声。

孟屿宁缩手，蹙眉，声音比刚刚又低了些："疼？"

雪竹摇头："没有。"

要是真崴到脚，小姑娘早就喊疼要人哄了，孟屿宁了解她，所以放下了心。

"小心点，都这么大的人了，"他温声训话，掐了下她的脸，"起来，我去帮你开灯。”

雪竹立刻如火烧屁股般从他身上弹了起来。

孟屿宁起身去开灯，明亮的日光灯照亮整个客厅的时候，雪竹的眼睛突然被他的脸晃了下。

还没等雪竹从刚刚的反常中回过神，她又突然像是感应到什么，猛地起身跑到阳台窗口边往外看。

小孩儿和父母是真的有心电感应的。

在孟屿宁不明所以时，她迅速关掉电视，又拿了条沾了冷水的毛巾覆盖在电视机发烫的屁股上，然后再将电风扇的头对着电视机吹，给电视降温。

几分钟后，电视屁股的温度就降下去了。

果不其然，门口很快地响起逐渐逼近的脚步声。

雪竹迅速回到房间，乖乖在书桌前坐好，动作敏捷地从书包里掏出练习册摆在书桌上，从文具盒里拿出笔佯装认真的样子埋头摆姿势。

她的心跳都跟随着越来越清晰的脚步声不断加速，脚步声停下的那一瞬，她不自觉地屏住了呼吸。

孟屿宁看着她这一套操作行云流水，无奈地叹气为什么妹妹的机灵劲儿总是不用在正道上。

门被打开，雪竹父母一进门就只看到孟屿宁站在客厅。

“宁宁，小竹呢？”

孟屿宁指着雪竹的房间：“在里面。”

“挺自觉啊。”裴连弈哟呵一声。

宋燕萍显然没裴连弈这么好骗，换了鞋走到电视机前，抬手摸了摸电视机的屁股。

小竹还真是了解她妈妈。

孟屿宁心想。

但即使没有发现破绽，宋燕萍仍然肯定自己的猜测，对房间里正做作业的雪竹说：“看了就看了，你要是现在老实承认我就不骂你了。”

雪竹怎么可能承认，仰着头理直气壮地说：“我没看。”

宋燕萍见她嘴硬也不打算多问，重新将电视机打开。

孟屿宁看着电视机里还没播完的画面，没忍住又是好笑又是可惜地笑出了声。

“裴雪竹，我再给你最后一次机会，你承不承认你看了电视？”

雪竹埋头在书桌前，手指不安地搅在一起，心想她已经给电视机降温了，妈妈应该发现不了才对。

可是妈妈的语气听上去好像已经完全掌握了她看电视的关键证据。

雪竹不愿意承认，可又怕万一，到时候被妈妈骂得更惨，于是硬着头皮强行将黑锅摁在了孟屿宁头上：“我开了电视但是我没看，是宁宁哥哥说他要看电视，我开电视给他看。”

孟屿宁正要开口说什么，雪竹已经对他摆出了拜菩萨状，双手虔诚地举着，就差没给他当场磕头上香。

这个妹妹啊。

少年不说话算是默认帮她背了这个黑锅。

但宋燕萍显然没这么好骗。

“裴雪竹你还撒谎！你现在还学会把错推到哥哥头上了是吧！”宋燕萍气急，怒目圆睁，“你自己给我出来看！”

雪竹瑟瑟发抖地从房里走出来。

宋燕萍指着电视机怒吼：“你是不是觉得宁宁哥哥也跟你一样喜欢看《百变小樱》啊！这个家除了你谁还喜欢看《百变小樱》！”

雪竹当场石化。

她忘记在关电视之前把频道调回一开始的新闻频道了。

后来雪竹因为撒谎行为远比偷看电视的行为性质恶劣，被妈妈教训了半个晚上，她眼睁睁看着妈妈命令爸爸把电视搬进了他们的卧室，白天大人不在家就把卧室门锁上，终于流下了悔恨的泪水。

这泪水也不知道是悔恨自己不听妈妈的话偷看电视，还是悔恨自己棋差一招。

总而言之，这世上没有后悔药卖，雪竹只能在无尽的悔恨中熬过了她的五年级。

升上六年级后，雪竹的QQ宠物也跟着长大了。

宠物的成长速度明显比她快很多，已经跟她一样在上学了。雪竹帮它交学费，给它喂东西吃，像养小孩儿一样为它操心，每次都要花不小一笔钱。有次宠物病得快要死了，她却没钱给它买药，她两个星期没买零食，省下十块钱咬牙去学校附近的数码店让老板给她充了个粉钻，这才救回了宠物。

但她不敢把自己充了粉钻的事告诉孟屿宁，因为她怕孟屿宁觉得她这个人说话不算数。

可这也只是她杞人忧天。

事实上，自她读六年级后，孟屿宁升上高三，他的QQ头像再也没有亮起，始终灰蒙蒙地排在在线好友的身后。

雪竹特意买了一个糖糖部落格的小记事本，带着它去学校，在班里问女生们的QQ号，记下来后等周末妈妈允许她玩电脑时再一个个加上，周末时同学们大多都在线，好友申请通过很快，雪竹加好后再一一认真地给同学们打上备注。

但没过多久便不流行用小本子记QQ了，大家都喜欢去小卖部买同学录，因为是活页，上面又有漂亮的彩纸贴图，所以很受欢迎，大家买回来发给班上的同学写，谁收集得越多，就代表谁在班上的人缘越好。

雪竹也跟风买了个黑白猪的同学录，只给了极个别的男生写，剩下的都是女生，所以她的同学录始终只发出去了薄薄的半本不到。

她也没打算给全班同学都发一张，小学六年，班上五十多个人，玩到六年级，关系好的始终就那么几个，其余的充其量就只能算是点头之交，毕业以后都不会联系了，写了也是浪费纸。

在点头之交的更次一级，那就是陌生人。

这个分组就只有一个人，雪竹是绝对不会给这个人发同学录的。

老师不允许上课期间大家不专心听讲写同学录，于是下课便成了全民写同学录的高发时段。

雪竹正在认真写祝清滢的同学录，还特意用彩笔给空白的地方画满爱心和星星，以彰显祝清滢在她心中的特殊地位。

“喂。”

有人喊了她一声，害得雪竹的爱心画歪了。

她抬起头，一看是迟越，表情立刻不耐烦起来：“干什么？”

他们都不知道多久没讲话了，相隔很长时间的第一句对话，两个人态度都很差。

迟越将手里的同学录丢在她桌上。

“写好了给我。”

雪竹睁大眼看着桌上印着奥特曼主题的同学录纸，以为自己眼花。

“你没搞错吧，”雪竹语气复杂，“你让我帮你写同学录？”

“多了张没人写，就给你咯。”迟越欠揍地摊开手。

雪竹很不满他的语气，但又觉得反正都快毕业了，写就写呗，她才不是那么小气的人。

“好吧，我现在没空写你的，下节课下课我写好了给你。”

“嗯。”

对话完毕，迟越仍然站在雪竹的课桌前没走，雪竹又问：“你还有什么事吗？”

迟越啧声，凶巴巴地说：“裴雪竹，礼尚往来你懂不懂啊？我都给你写了，你不给我写你的同学录？”

雪竹莫名其妙：“谁规定的必须要互相写同学录？”

“我规定的，不行吗？”迟越朝她伸出手心，“给我你的。”

就在雪竹在心里咒骂迟越时，上课铃响起，这节课是班主任的课，上一秒还在打闹的同学们纷纷跑回自己座位，雪竹见迟越还没有要回自己座位的意思，有些生气了：“上课了你没听到吗？待会儿老师来了骂你不关我的事。”

小男生抿起唇，眼神不安地往教室外看，时刻警惕着老师过来，可双腿仍牢牢钉在原地，硬着头皮执拗地说：“那你快给我！”

“烦死了。”

雪竹抽了张同学录给他。

迟越刚拿到东西，立刻三步并作两步越过几大组坐回自己的座位。

这时候班主任老师终于姗姗来迟。

到下节课课间，雪竹早已写好了给迟越的同学录，背页的祝福栏，她也只是敷衍地写了“祝你天天开心”六个字，赶紧撒手还给了迟越。

“我的你写好了没？”雪竹问。

迟越：“没有。”

雪竹：“你怎么写这么慢啊？”

小男生瞪她，咬着唇喃喃道：“写得慢你也有意见？”

雪竹嘁了声：“随便你。”

她就当丢了一张同学录好了。

一直到放学，迟越才把写好的同学录还给她。

她才懒得看，直接丢进了书包里。

回家的公交车上，雪竹打开同学录翻了下后面，发现还有十几张空白页。

司机在前面喊："站着的都扶好了啊，开车了。"

黑浓的尾气从车尾喷出，公交车缓缓驶离了童州市第一小学的校门。

雪竹往车窗外看了眼熟悉的校门，正中央规整气派的学校名字外漆已经有些脱落，每天早上她能看到清晨日光下的校门，每天放学时夕阳单薄，她又能看到落日下的校门。

春秋冬夏往返六年，终于要毕业了。

"小竹，你还有这么多张没写啊，"坐在她身边的祝清滢说，"要不你发给隔壁班的人写算了？"

雪竹摇头："我又不认识隔壁班的。"

"那这么多张不写也浪费啊。"祝清滢想了想，突然想到个好主意，"要不你拿回家给你们家小区里玩得好的那些人写吧，你还可以给你哥哥写，你哥哥是不是也快毕业了？"

这还真是个好主意。但很快雪竹又垂下了嘴角说："我怎么拿给他啊，他现在周末也很少回家了。"

"这么辛苦吗？"祝清滢的表情也跟着失落起来。

雪竹犹豫片刻，点点头："嗯。"

其实她知道为什么哥哥周末也很少回家，起先是以为他贪玩周末想去网吧打游戏，但后来她慢慢地发现，也许哥哥是在逃避，抑或是用这种叛逆的行为来对抗父亲。

而这种对抗并没有用，孟叔叔和许阿姨因为在同一个地方工作，有不少共同好友，每到周末，他们家都会传出嘈杂的打牌声，混着玩笑的叫骂声和酒杯碰撞声，雪竹每次经过门口时，隔着门似乎都能闻到里头的烟味。

祝清滢摸着下巴沉思，几秒后，她突然想到了好办法："这还不好解决？既然你哥哥不回家，你可以去他的学校找他啊。"

这个主意相当好。

雪竹立刻回家找妈妈商量，妈妈没多想就点头了，还顺便让雪竹给孟屿宁带个饭。

“带饭？”雪竹语气困惑，“学校不是有食堂吗？”

“总吃食堂也不行啊，高三这么辛苦肯定要吃好一点，你子涵哥哥就不吃食堂，每天他妈妈给他做好了饭送到学校门口。”

雪竹听子涵哥哥的妈妈每天中午都给他送饭，下意识地问：“那许阿姨怎么不给宁宁哥哥送饭？”

宋燕萍表情一滞，很快打马虎敷衍过去：“小孩子不懂的。”

妈妈不告诉雪竹，雪竹自己也能猜到：“是不是因为许阿姨是后妈，所以对宁宁哥哥就没那么好？”

白雪公主的故事她又不是没听过，总把她当几岁的小孩儿忽悠干什么。

“这话别在你孟叔叔面前说。”宋燕萍先是警告，然后才叹气，“其实许琴她吧，对宁宁算不错了……”

宁宁上高中前几年一直在雪竹家吃饭，两口子也早已习惯家里四双筷子的生活，后来宁宁上高中住宿在食堂吃饭，到现在高三这么关键的时候，宋燕萍也跟老孟提过，为了确保宁宁的营养给他送饭吃，但老孟说自己工作忙没空，宋燕萍就说他们家负责给宁宁送饭，老孟还是一口回绝，不想再因为儿子欠他们家人情。

“忙什么忙，有空就喊人来家里打牌也没空给儿子送饭……”宋燕萍嘴里嘟囔着，对老孟这个做爸爸的颇有微词，“前几年还知道关心宁宁，现在娶了老婆连儿子也不管了。”

这话当然没让雪竹听见，她已经开开心心跑回房间主动写作业了。

晚上的时候，宋燕萍跟裴连弈说了雪竹要去看哥哥的事。

这又不是坏事，裴连弈当然同意：“那就去吧。”

“还有，我想让雪竹给宁宁送饭吃，要是宁宁喜欢吃的话，以后中午单位休息的时候，咱俩就换着给宁宁送饭，你觉得怎么样？”

“行，都你决定。”

“那你明天去多买点宁宁喜欢吃的菜，你还记得他喜欢吃什么菜吧？”

“记得，他跟小竹差不多口味，但是不吃辣嘛。”

宋燕萍满意地点点头，嘴里笑道：“以后中午给宁宁送饭，你也正好把你那些乱七八糟的饭局推了，哪有人大中午就喝酒的，也亏得你们主任下午从来不查班。”

“说了不是乱七八糟嘛，”裴连弈无奈地摆摆手，“多认识些朋友又没有坏处。”

宋燕萍皱眉，语重心长：“你一个公职人员，老是跟那些做生意的朋友接触，也要懂得避嫌知道不？”

裴连弈的语气渐渐有些不耐烦：“哦，我就不能交朋友了是不是？”

“我不是这个意思。”

裴连弈斜眼看着妻子，没好气地说：“那你是什么意思？我有几个老同学在广州做生意都买了好几套房子了！”

宋燕萍一时间脾气也上来，厉声反驳丈夫的话：“你老跟别人比干什么？你把自己日子过好就行了，现在的日子你还有什么不满意的？虽然我们家不能说大富大贵，但总不差吧？咱俩工作又稳定，有钱把小竹养大，什么都不缺，你还想怎么样？”

裴连弈撇过脸喃喃说：“我就想我当年要是没安于现状，趁着年轻去外地打拼，现在小竹说不定都能出国读书了！”

宋燕萍冷笑：“裴连弈，你当年要是没进税务局你能遇见我？还送小竹出国读书，你做什么春秋大梦。”

“随你怎么说。”

裴连弈懒得再跟妻子辩驳什么，披上外套准备出门。

“这么晚了你去哪儿？”

“出去抽根烟。”

“又抽烟又喝酒，我看你这身体是不想要了。”

“这话你留着提醒老孟吧，”裴连弈边弯腰换鞋边沉声说，“我看他那身体迟早要出事，每次看他咳嗽咳得肺管子都要吐出来了还在抽烟。”

宋燕萍嗤道：“你先管好你自己吧。”

待在房间里的雪竹正趴在门口偷听，父母的争吵终于消弭，她才松了口气。

没几分钟，房门被敲响，是宋燕萍在外面。

“小竹，开门。”

雪竹立刻手忙脚乱地掀开钢琴防尘布，打开琴盖佯装刚从琴凳上下来的样子给妈妈开门。

宋燕萍站在门口，语气难得有些心虚：“刚刚我跟你爸爸说的话……”

“啊？”雪竹无辜地眨眨眼，“我刚刚在练琴。”

“是吗？”宋燕萍点点头，“那你继续练吧，练完了早点上床睡觉。”

“嗯。”

等妈妈离开，雪竹重新关上房门。

她没有练琴的心思，也不想写作业，干脆从书包里掏出同学录，一页页翻开看班上同学们给她的留言。

翻到迟越那张，每一栏信息他都填上了，就连喜欢的食物，旅游最想去的地方这些雪竹压根不感兴趣的东西也写了。

他还写了自己爸爸妈妈的手机号，甚至连家里的座机号码也写上了。

唯一他个人的联系方式，就是QQ号。

雪竹撇嘴。

她才不会加。

翻到后面，雪竹这才明白迟越为什么一张同学录写了足足一天。

他写了好多，几乎填满了一整个版面。

他还是拿铅笔写的，因为雪竹看到了有被橡皮擦擦掉的痕迹。

就是个同学录而已，有必要特意用铅笔打草稿？

以前怎么没看出来迟越这个人这么鸡婆。

【裴雪竹，虽然我们总是在学校吵架，但我其实不讨厌你。祝你毕业后能考上一个好初中，天天开心，事事顺意。】

最后一句落款让雪竹对他稍稍有了那么点改观。

六年级的时候再回想三四年级那个时候的事，就连雪竹自己都觉得幼稚。

她又想，虽然爸爸妈妈最近常常吵架，但他们一定也不是讨厌对方。

不得不说迟越的同学录让她的心情好了点，她开始有些后悔自己给迟越写的那张过于敷衍了。

就算不像他这样写一整面的小作文，也不太应该就敷衍只写了六个字，好歹做了六年的同学，只用六个字就给打发了，确实有点那什么。

显得她格外冷血。

等到周六，宋燕萍做好饭，装进保温饭盒里让雪竹带给孟屿宁。

“你跟钟阿姨一块儿去，她给你子涵哥哥送饭。”

雪竹：“知道了。”

没一会儿，钟阿姨过来叫她出发。

雪竹跟着阿姨坐上公交车，一路上的风景都是陌生而新鲜的，虽然孟屿宁的高中学校离这里不远，但对于雪竹来说，凡是去陌生的地区，都算是一种别开生面的冒险。

钟阿姨见雪竹今天过去是给孟屿宁送饭的，知道她家跟孟屿宁关系好，于是像平常跟邻里唠嗑那样在车上跟雪竹闲聊了起来："宁宁也是自觉，他爸妈都没怎么管也照样能年年考第一，我们家子涵要是有宁宁一半聪明，我也不至于花那么多钱送他去补这个补那个。"

雪竹说："可是我觉得子涵哥哥已经很聪明了啊，他每年都考年级前二十。"

"年级前二十虽然不错，但比起宁宁还是有很大差距。"钟阿姨叹气，"小竹你现在还小不懂，你宁宁哥哥那种成绩，考清华北大是板上钉钉，但是子涵就不行了，顶多咬牙冲一冲，或许运气好能考上。"

雪竹总听大人们说学习成绩好的孩子高考就要考清华北大，仿佛清华北大是所有高考生的终极目标。

久而久之听多了，她内心深处也觉得要是能考上清华北大，那真的是一件光宗耀祖的事。

而现在她身边真的有一个人，能考进清华北大。

公交车到了地方，雪竹跟着钟阿姨下车。

校门口这时候已经站了很多家长。

"阿姨，这些人都是来给他们的小孩儿送饭的吗？"

"是啊。"

原来除了宁宁哥哥的爸爸，所有的家长都希望他们自己的小孩儿能在高三吃上家里做出来的、最新鲜最有营养的饭菜。

等了十几分钟，下课铃声从学校的钟楼传出。

一批批穿着校服的高三生向校门口走来。

钟阿姨老远就看到了儿子，使劲招手："子涵啊，这边！"

钟子涵小跑着过来，见到雪竹时明显有些惊讶："小竹今天怎么来了？"

"小竹来给宁宁送饭的，宁宁没跟你一起？"

"他爸爸又不来送饭，肯定不跟我一起啊，"钟子涵说，"他现在应该在篮球场那边。"

钟阿姨皱眉："中午吃饭时间，他怎么不去食堂吃饭？"

"他说这个点人太多，一般下了课都先去篮球场那边打篮球，等食堂人少了点才去吃。"

"那别人都吃完了还有饭吃？"

"有啊，只不过饭都冷了。"

儿子和孟屿宁一个年级，钟阿姨自然也跟着心疼："哎呀，高三这么辛苦的时期，他怎么能吃冷饭，你怎么都不跟孟叔叔说？"

"他让我别告诉他爸。"钟子涵抿唇，叹气说，"妈，你回去也别跟孟叔叔说啊。"

"行吧，别人家的事我也不好插手管，"钟阿姨将雪竹往前推了一步，"你赶紧带小竹去找宁宁吧，饭盒放假了记得拿回来。"

"知道。"钟子涵一手提着饭盒，一手牵起雪竹，"小竹我带你去找他。"

雪竹乖乖地跟着哥哥走进校园，钟子涵注意到她除了捧着个饭盒，背上还背了个小书包。

"你今天也要上课？怎么还背着书包？"钟子涵好奇地问她。

"这是同学录，我拿给你们写的。"雪竹这才想起来，将饭盒递给钟子涵，"哥哥你帮我拿一下。"

雪竹将书包挪到胸前，拉开拉链取出一大本同学录。

钟子涵像从来没见过似的，惊叹说："哇，同学录。怀念啊。"

雪竹莫名其妙："你不是也要毕业了吗？难道你们不写这个？"

"啊，早不写了，"钟子涵笑笑说，"这都是小孩子写的。"

雪竹一听只有小孩子写这个，有些犹豫该不该把同学录给哥哥了。

丫头片子藏不住情绪，那瞬间失落的样子让钟子涵有些哭笑不得。

"不过你例外。来，给我一张。"钟子涵朝她伸开手，"我今天就写好，明天回家的时候拿给你。"

见哥哥乐意帮她写，雪竹一下子又高兴起来："嗯！宁宁哥哥明天不回来的话你记得帮我把他的也拿回来给我。"

"没问题。"

高中的篮球场比雪竹小学的大上好几倍，一眼望去都是平地，连投篮筐都有十几个，现在这个时候是饭点，打篮球的学生们寥寥无几，人影稀少，找个人并不难。

钟子涵比雪竹高很多，视野也开阔，很快找到了目标。

他冲目标喊：“孟屿宁！小竹来找你了！”

孟屿宁在打球没听见，钟子涵只好让雪竹走近点。

“拿好饭盒，别不小心被篮球打翻了。”

闻言，雪竹忙将饭盒抱在胸前，用双手牢牢护住它。

“哥哥！”她冲孟屿宁的方向大喊了声。

清脆的小女孩声音总算将专注在篮球上的孟屿宁唤回了心思。

他手上还捧着篮球，汗水淋漓地往她这边看过来，在看到她的那一瞬间，漂亮的双眼骤然睁大，唇微启愣在了原地。

只是过了几秒，少年很快反应过来，将篮球丢给同伴，朝她跑了过来。

几十米的距离，仿佛没有几步，他就跑到了她面前。

孟屿宁还在轻喘气，向来干爽的校服被汗水打湿，消瘦的脖颈间分明的喉结急促地上下挪动，额前碎发被汗水打湿，分成几小缕黏在额上，眼里清明如洗，茶褐色瞳孔明明白白倒映出雪竹看呆的表情。

少年弯下腰，双手抵着膝与她平视，刚刚瞬间的惊诧明显已被消化，轻柔的语气里带着几分惊喜：“小竹你怎么来了？”

雪竹还没回过神来，呆呆地举起饭盒：“送饭。”

孟屿宁这下是真的愣了。

他呆滞了好久才缓缓抬手接过雪竹手中的饭盒，下巴微绷着垂眼轻声说：“谢谢。”

同伴们见他好半天不过来，在远处喊他：“孟屿宁，你在那边干什么？还打不打球啊？”

孟屿宁直起腰转头对同伴说：“待会儿再打，我先吃饭。”

他提着饭盒走到观众台上坐下准备吃饭。

钟子涵坐在他旁边，终于也能打开饭盒享受午餐了。

因为好奇雪竹家给孟屿宁做了什么饭菜，钟子涵歪过头去看，顿时惊呼出声：“丰盛啊，都是肉。”

雪竹嘿嘿一笑：“妈妈说高三是关键时刻，所以要吃好点，补身体。”

她总嫌妈妈啰唆，可妈妈的话却记得清清楚楚。

“这也太好了点。”钟子涵耸耸肩，“他都一米八三了，再补身体那我还有活路吗？”

孟屿宁哭笑不得："就是比你高三厘米而已，别那么计较。"

钟子涵夸张地哇哇惊叫："三厘米还不多？那你把你那三厘米分我！"

孟屿宁淡定而大方地表示："你要能拿走你就拿吧。"

"哼。"

和孟屿宁一块打篮球的几个男生是头一次看见有人来给孟屿宁送饭，纷纷跑过来围观。

几个大男生将雪竹团团围住左右打量。雪竹还从来没被这么多大哥哥围观过，有些局促地捏着手指，声音低低小小地跟他们打招呼："你们好。"

大男生们不动声色地扬起唇，纷纷回应：

"你好你好。"

"妹妹你好。"

"妹妹你长得好可爱啊。"

被夸的雪竹挺不好意思，挠了挠鼻子不知道此时是该谦虚地表示哪有，还是自信地说谢谢。

孟屿宁将雪竹从几个同伴面前拉过来，语气不悦："你们身上都是汗臭，离我妹妹远点，别熏着她。"

钟子涵笑出声："孟屿宁，你自己还不是一身汗臭，好意思说别人吗？来小竹，坐我这边来。"

男生们附和："就是，孟屿宁自己还不是一样！"

雪竹虽然坐在了钟子涵这边，可刚刚孟屿宁把她拉到他身边时，其实她并没有觉得他身上的汗水味很臭。

那是一种干净清冽，却又充满了少年气息，如同三四月份的春雨细细铺洒在草地的味道。

有个男生对孟屿宁说："我还是第一次看你家长来给你送饭哎，之前还以为你是嫌麻烦不让你家长来送。"

没等孟屿宁说什么，围观的另一个男生立刻拆台："你有没有文化啊？妹妹那也能叫家长啊？"

雪竹想跟他们说，其实她只是住在孟屿宁对门的邻居而已。

"是家长。"孟屿宁突然说。

很快地，他微侧过身，歪头冲雪竹笑，干净低沉的嗓音里带着几分调皮和温柔："小竹是我的小家长。"

雪竹没有回答，并不是她不赞同他的话，而是因为现在她突然说不出话来了。

立夏时分的空气已是燥热至极，从地面升腾而起的蒸汽使她眼前所有的画面突然变得扭曲起来，场上绯红色篮球的落地声就如同她此刻的心跳，一下一下掷地有声。

扑通！扑通！

Chapter 06

她的眼里有光

这天回家后，雪竹趴在桌前发了一下午的呆。

妈妈喊她练琴她也不练，叫她写作业她也不写，整个人像只毫无生气的木偶娃娃，始终坚定地保持着一种姿势，双目呆滞地望着窗外已经长到了她窗边的大榕树。

后来外面突然下起了雨，太阳正当空，这是一场淅淅沥沥的太阳雨。

她也没关窗，热雨顺着树叶落进房间里，打湿了地板。宋燕萍进来看到她跟个傻子似的连窗户都不关，叹着气捶了她两下，匆匆忙忙关上窗，丢下句“跟你爸爸一样懒”便干脆眼不见为净地随她怎么样。

雪竹盯着雨，黑白分明的眼珠里装满了情绪，脸发烫，身体也像是生了病，浑身无力，什么都不想干。

后来宋燕萍实在忍不住了，站在房门口警告她再不写作业今天晚上就别想看电视。

雪竹这才拿起笔，摊开草稿纸，看似在写作业，实则在草稿纸上一笔一画地写出孟屿宁的名字。

以前怎么没发现自己这么爱写哥哥的名字。

无论写多少遍也写不腻。

这样浑浑噩噩的状态一直持续到第二天。

八点多的时候，宋燕萍叫雪竹起床吃早餐，雪竹没动，等了一个小时宋燕萍又来叫，雪竹还是没动。

“小孩子就要早睡早起，赖床长不高的知不知道？”

这种话就跟“在室内打伞长不高”“玩火会尿床”差不多，用来骗小孩儿的，但雪竹深信不疑，今天不知怎么，就算宋燕萍这么说了，她仍是坚决不起床。

宋燕萍实在没法了，端着早餐进来让雪竹坐起来在床上吃。

“我不想吃早餐。”

“不行！必须吃早餐！不吃早餐对胃不好的知不知道？你这么小就想得胃病吗？”

雪竹吃了几口，紧接着又懒洋洋地躺下了。

宋燕萍担心她生病，找出体温计给她量了下温度，结果她压根就没发烧。

“下午的钢琴课一定要去上知道吗？”

最后嘱咐一遍，宋燕萍叫不动，只好随她躺着。

雪竹闭眼，心想耳根终于清静了。

没承想快到中午的时候，宋燕萍又过来叫她。

妈妈真的好烦啊。

雪竹心一狠，将被子蒙住头，把自己牢牢裹成一团，隔着被子对妈妈喊：“还没到上课的时间你就让我再睡一会儿不行吗！”

现在天气已经暖和了，所以宋燕萍没办法用掀被子这招逼她起床。

妈妈又气又笑地说：“懒虫，宁宁哥哥来找你了！还不起来！让哥哥看到你这么晚了还在赖床你自己好不好意思？”

雪竹喊了一声：“别骗我了，宁宁哥哥星期天也待在学校的。”

“我实在拿她没办法了。”宋燕萍无奈说。

这句话听上去不像是对她说的，雪竹心想也许是跟爸爸抱怨，紧接着下一秒，温和清越还带着点笑意的声音从被子外传进来：“小竹，我真回来了。”

她蓦地在黑暗中睁大眼，手脚尴尬，整个人蜷缩起来。

有只手隔着薄薄的春被轻轻点了点她的头：“还不起床吗？”

被点到的地方就像是起了小火星子，又烫又痒。

这一瞬间，她很想掀开被子与他直视，心里又有个声音告诉她，不要不要，丢死人了。

但躲在被子里也不是办法，雪竹慢慢从头顶掀开被子，先是露出了乱糟糟的头发，再然后是一双忽地被日光照亮的大眼睛。

孟屿宁的脸正在她的上方，见她终于肯露出半个头，眨眨眼冲她微笑。

她喃喃叫了声哥哥。

“你今天怎么回来了？”

“把同学录拿给你，”孟屿宁说，“钟子涵他们班今天临时小考回不来。”

宋燕萍站在孟屿宁身后说：“快起来刷牙洗脸，准备吃饭了。”

“哦。”

她慢慢坐起来，下意识地伸手抓了抓头发。

“你看你那头发乱得跟鸟窝似的，等下洗完脸把头发梳好。”宋燕萍简直没眼看。

雪竹突然窘迫地抿起唇，赌气般地丢开被子，向妈妈抱怨：“整天就知道说我，妈妈你都说不腻吗？”

“你以为我想浪费口水？还不是因为你不听话，”宋燕萍啧声，最后又催了句，“快把睡衣换下来，哥哥看着你呢，像什么样子。”

妈妈终于出去了。

雪竹低头看了眼自己身上的草莓睡衣，下巴突然绷得老紧，鼻尖和脸颊悄悄红了。

好在孟屿宁此时已转过头，只轻声催促：“快点，我去外面等你。”接着起身离开房间，留下她换衣服。

雪竹没急着换衣服，从床上爬起来跳到房门后的全身镜前打量自己现在的模样。

一头乱糟糟的长发，昨天因为睡得太晚而苍白的脸色，松垮垮皱巴巴的睡衣，肩膀一侧的小背心肩带居然还露了出来。

她赶紧理好衣领，肩带刚刚不知道有没有被哥哥看到。

保佑他没看到。

换好衣服出来，雪竹悄悄打量孟屿宁，发现他脸色如常，正在帮妈妈摆筷。

应该是没看到她的肩带。

洗漱完毕已经是五分钟后的事，爸爸妈妈没等她，已经吃了两口饭。

裴连弈调侃她："闻到饭香终于舍得起床了？"

雪竹没理爸爸，夹了块肉丢嘴里使劲嚼。

电视机开着，雪竹头一次没有闹着要看自己喜欢的，安安静静地吃饭。

反倒是没人跟裴连弈抢电视，他看个午间新闻都有些心不在焉，新闻里正在直播北京市的盛况，离奥运会开幕式还有几个月，北京城已是热闹非凡，无论是记者，还是随机采访的当地居民或外来游客，每个人脸上都是笑意盈盈。

裴连弈看看老婆，看看女儿，最后又看看宁宁。

这样四个人围在一块儿吃饭就好像又回到了小竹刚上小学那会儿。

转眼小竹都快要小学毕业了。

那时候国家刚申奥成功，所有人都在期盼 2008 年的到来，掰着指头数日子，还说要带全家人去北京旅游看奥运，转眼间 2008 年真的就这么到了。

男人突然没头没脑地问了句："你们想不想去北京看奥运会？"

三个人齐齐转头看他。

"我们国家的大喜事啊，小竹和宁宁想不想去凑个热闹？八月份的时候你们正好放暑假。"

宋燕萍："他们放暑假，你又没假。"

裴连弈："请个假不就行了。"

宋燕萍："在家里看看电视就行了，北京现在人就这么多了，等八月份那还不人挤人挤死人？"

裴连弈："放长假去哪里旅游不都是人挤人？你要是不想请假就留在家里看电视好了，我带小竹和宁宁去玩。"

宋燕萍立马低声说："我又没说不去。"

裴连弈哼笑："那你就直接说去不就好了？总跟我抬杠干什么？"

雪竹看着电视里人山人海的首都。

她还隐隐记得，在上小学的前一年，她和月月姐姐、子涵哥哥，还有他们各自的爸爸妈妈一起坐在客厅里看电视，当屏幕里的外国大叔用不标准的普通话念出“Beijing”的那一刻，整个家都震了起来，紧接着有叔叔在楼下像个孩子似的欢快大喊。

“我们国家申奥成功啦！”

那天晚上，爸爸妈妈难得没有在八点钟的时候催她上床睡觉，小区所有的孩子和大人都买了烟花棒在楼下玩，整条街道的烟花就这样一直放到了半夜。

彼时雪竹还太小，感受不到大人们的这种欢欣雀跃，可随着渐渐长大，她也渐渐明白，这是一件多么光荣、多么骄傲、多么令人振奋的大事。

“去吧！我想去！”雪竹用力点头。

她想去北京玩。

裴连弈满意地点头：“好，小竹一票。”接着他又看着孟屿宁，“宁宁呢？想不想去北京玩？叔叔请你去玩。”

“宁宁那时候已经考上清华北大了吧，提前去北京看看也行。”宋燕萍突然来了兴致，好奇地问少年，“宁宁你打算考清华还是北大啊？”

仿佛清华北大对他来说不是考不考得上的问题，而是选择哪一个的问题。

孟屿宁还真没考虑过这个问题，摇头：“不知道。”

“宁宁是学理科的，去清华好一点，”裴连弈认真地分析，“清华的理工科比较强。”

“学理科到时候也可以读文科专业的嘛，这不一定的。”宋燕萍笑呵呵地说，“反正对我来说清华北大读哪个都一样，都是名校，读哪个都是光宗耀祖。”

雪竹插不上嘴，反正在她心里清华北大也同样没什么分别。

新闻结束后，就连广告都在大肆宣传奥运会，五个福娃分列站好，雪竹立马找到她感兴趣的新话题，用筷子指着电视里的吉祥物们说：“爸爸给我买这个福娃吧。”

裴连弈宠女儿，当然不会拒绝：“行，过几天带你去超市看看有没有卖，你喜欢哪个？”

“啊？不能全买吗？”

“你床头都放了那么多娃娃了，买一个就行了。”

没办法，雪竹只能选一个：“那我要买妮妮。”

“哦？喜欢雨燕啊？”

因为妮妮的形象就是一只小雨燕。

“不是。”雪竹摇头。

“那你为什么说要买妮妮？”

雪竹转了转眼珠，理直气壮地说：“没有为什么。”

小孩儿的心思谁也别想猜到，裴连弈才不想浪费口舌，又问另一个在他眼中仍是孩子的孟屿宁：“宁宁喜欢哪个福娃？”

孟屿宁想了想说：“晶晶。”

晶晶是一只大熊猫。

雪竹突然想到，孟屿宁的 QQ 头像就是一只黑白色的熊猫。

原来哥哥喜欢熊猫。

吃过饭，雪竹小睡了个午觉，起来时刚好到时间去上钢琴课。

她已经很熟悉从家里到琴行的路程，出发前看着正和爸爸坐在沙发上闲谈的孟屿宁，突然心生一计。

“哥哥，”雪竹跑到他背后，撑着沙发垫歪头看他，“你什么时候回学校？”

“晚自习之前。”孟屿宁将手中刚剥好的荔枝递给她，“吃荔枝吗？”

雪竹没伸手，张开嘴：“啊。”

孟屿宁轻笑，顺从地喂她吃。

冰凉的荔枝肉入口，雪竹鼓着一边腮，满足地边享受着汁水边含混不清地问：“反正你也没事做，要不要送我去琴行？”

裴连弈也在吃荔枝，和女儿如出一辙鼓着左边腮帮说：“你自己不是会去吗？干吗还要让哥哥送你去？”

“不行吗？”雪竹反问。

倒也不是不行。

裴连弈就觉得女儿好像格外麻烦孟屿宁。

做父亲的觉得麻烦，做哥哥的不觉得，反正这个下午在家他也不怎么想看书，还不如出去走走。

两个人出发，等走到公交车站那儿，雪竹才突然想起："同学录你还没拿给我！"

"在我书包里，现在拿给你。"

雪竹发现他居然是背着书包出来的。

"哥哥你干吗背着书包啊？"

"等送完你去琴行，我就直接回学校了。"

"你不回家吗？"

"不回了。"

雪竹聪明地没有继续问下去。

孟屿宁从书包里给她找那张同学录时，意外翻到了学校一个月前就给高三生们发的"告家长书"。

临近高考，学校打算最后召开一次家长会，如果家长临时不能到的，需要在纸上写明理由并签字。

下个星期就要交。

看来待会儿还是要回去一趟了。

孟屿宁不动声色地抿起唇，将同学录拿给雪竹。

走路的时候不方便看，雪竹一直拿着，等上了公交车坐上了座位才捧着孟屿宁给自己写的同学录细细端详起来。

"哥哥，原来你最喜欢的颜色是蓝色啊？"

"嗯，天空的那种蓝色。"

"你最喜欢的食物是，嗯？煎饼果子？"

"对，我们学校门口卖的那个。"

"很好吃吗？"

"好吃，"孟屿宁笑着说，"下次有机会请你吃。"

雪竹立刻期待地点头："嗯！"

拿着这份同学录，看着孟屿宁清秀有力的字迹，雪竹似乎又多了解了一点他。

孟屿宁在背后送给她的祝福语是"希望小竹永远都能像个小太阳那样温暖明亮"，旁边还画了个带着笑脸的太阳。

她美滋滋地将同学录小心翼翼地夹在《车尼尔 299》里，没一会儿就又拿出来看看。

孟屿宁将她的小动作尽收眼底。

“看了这么久还没看完吗？”

“看完了。”

雪竹又急急忙忙将书收进提袋。

“怎么慌慌张张的，”孟屿宁摁住她的头，眯起眼，“是不是做了什么坏事？”

她抿唇，语气僵硬：“没有。”

孟屿宁挑眉问：“那你怎么不敢看我？”

“我作业还没写完。”雪竹胡乱编了个理由。

孟屿宁温声说：“那睡觉前一定记得写完。”

“哦。”

公交车行驶平缓，又开到了一个新的站点。

“孟屿宁！”

是个惊喜的女声。

不光是孟屿宁，连带着雪竹也被吓了一跳。

穿着和孟屿宁同一款校服的女高中生出现在他们面前。

孟屿宁目光看向女生，眉眼清高，沉默着似乎在思考她是谁。

“我是隔壁班的汪莹。”女生的声音突然变小，“我托你们班的陈莉给了你一封信，你不记得了吗？”

“啊，”孟屿宁礼貌地笑道，“是你。”

“对，好巧啊，没想到在这里能碰见你，你这是要去哪里啊？”

女生在他前面的空位上坐下，转过身子问他。

孟屿宁说：“送我妹妹去学琴。”

“妹妹？”女生往旁边的座位看去，“这是你妹妹？”

“对。”

雪竹适时开口：“姐姐好。”

“你好，你跟你哥哥长得真像。”女生语气欢快，没有将注意力放在雪竹身上，紧接着又看回孟屿宁，神色开始期待起来，“我知道你一定会考北京的大学，我也打算报那里的大学。”

孟屿宁蹙眉，无意间瞥见雪竹睁大眼正天真无邪地看着他，他面色微窘，抬手捂住了她的耳朵。

捂住耳朵之前，他说："小孩子不能听。"

雪竹撇撇嘴。

公交车又开到下一个站，女生站起来："我要转车了。孟屿宁，高考加油。"

"你也是，高考加油。"孟屿宁微笑，"如果有想去的城市，就报那里的学校吧。"

女生失落地垂下眼。

纵使少年的拒绝得体又温和，可仍是无法缓解这一秒被拒绝的少女那倏地坠入谷底的心意。

"嗯。"

直到她下车，孟屿宁才放开雪竹的耳朵。

这段简短的对话很快被车上所有的人遗忘。

雪竹却一直在回想刚刚发生的那一幕。

"哥哥，你不喜欢那个姐姐吗？"

孟屿宁挑眉，语气里并没有多少惊讶："不是让你不要听吗？"

"那你刚刚应该这么捂我耳朵才对。"

雪竹将食指插进耳洞里。

他轻轻叹了口气，点头："对，不喜欢。"

"那你喜欢谁？"她继续追问。

孟屿宁为她这么小年纪就这么八卦的行为感到无奈："我就一定要喜欢谁吗？"

"你没有喜欢的人？"

"没有。"

雪竹明显不相信："为什么没有？你们学校那么多女生，而且你学习成绩那么好，肯定有很多人喜欢你。"

小女孩挺早熟。

孟屿宁眼里划过笑意，嗓音低沉舒缓，柔声对她解释："小竹，我不是天才，并不是那种上课不用听讲，作业不用做，毫不费力就能拿到好成绩的人，我需要心无旁骛地学习，没有心思再分给其他人或是其他事，我这么说你明白吗？”

雪竹还是不信：“你真的没有喜欢的人吗？”

她一脸“不问出个所以然就不罢休”的表情让孟屿宁有些头疼。

“喜欢你，这个回答满意吗？”

孟屿宁靠着公交椅，懒洋洋地伸手刮了下她的鼻子，逗弄着眼前的小姑娘说。

雪竹知道这是玩笑，嘁了一声，没再理他。

送雪竹到琴行后，孟屿宁准备离开。

阳光正好的下午，空气中弥漫着午后悠闲的自在倦懒，不绝于耳的街边车笛声与行人三两笑言，雪竹突然很不想看到他迎着光就这样离开的背影。

她拉住他说：“哥哥，你以前不是跟我说你想听《卡农》吗？我已经会弹啦，现在还没到上课时间，你先跟我上楼，我弹给你听完你再走，好不好？”

雪竹想不出更好的更自然的缘由叫住他。

孟屿宁也想不出什么好理由来拒绝她。

上到二楼，有几个跟雪竹一起学琴的小女孩冲她招手：“裴雪竹你来啦！”

雪竹匆匆跟她们打招呼，趁着还没上课赶紧坐上琴凳。

如流水倾泻的琴声从她面前的三角钢琴中传出，一分不差地落在孟屿宁耳里。

接近豆蔻年华的女孩已经从当年他印象里天真烂漫的形象中蜕变出来，如同白栀子花盛放般，身量渐渐拔高，背脊挺拔，覆在琴键上的手依旧柔软，却也变得细长，五官还保留着从前的可爱，只是随着年龄的增长，更加精致漂亮，她的眼睛里盛满了光，脚踩着踏板时，每一步似乎都踩在干净的云上。

只在耳机里听过的《卡农》，如今有人就这样近在咫尺弹给了他听。

坐车回家的路上，孟屿宁塞上耳机，选择对这首钢琴曲单曲循环。

一直到家门口，他才拔掉耳机。

站了有两分钟，孟屿宁掏出兜里的钥匙开门，刚打开门，熟悉的烟味混杂着香水味道灌满鼻尖。

穿着花裙子、烫着时髦鬈发的女人正跷着腿坐在沙发上看电视，紫色的尖头拖鞋被她脚趾勾得一甩一甩，听到门口动静后偏头，迅速看了孟屿宁一眼，冲里屋喊："孟云渐，你儿子回来了。"

许琴离过一次婚，和前夫没孩子，离婚之后就彻底断了联系。

她想得开，索性一个人自在，平时下班没事就去迪厅跳跳舞，要不就是去逛街。

直到厂里来了个男人，就是孟屿宁他父亲，性格五大三粗的，脾气暴躁嗓门也大，长相却硬朗俊毅。许琴是厂花，人也大胆热情，对孟云渐主动出击，孟云渐刚开始对她爱答不理，后来不知怎么就开始试着跟她交往，到现在她成了孟屿宁的后妈。

老孟从里屋出来，父子俩对视片刻，老孟不自在地说："回来了？"

孟屿宁淡淡应了声，放下书包，从里面抽出那张告家长书给老孟。

老孟接过扫了两眼："开家长会啊？什么时候？"

孟屿宁："下个星期五。"

"星期五？"老孟皱眉。

正在看电视的许琴突然说："星期五我们约好了蒋主任他们一块儿去滨海公园搞烧烤。"

"哦，那你去吧，我去趟家长会。"

"到时候所有人都是两口子一起，就我一个人去，孟云渐你有没有点良心啊？"

老孟啧声："那我一个人去，你去开家长会，这总行了吧？"

"我这个做后妈的去家长会？亏你说得出来，"许琴讥笑道，"还有你别忘了这次是蒋主任做东请客，你不来，下半年厂里人事调动，你要是被调走了，别指望让我帮你送钱走关系。"

老孟小声骂了句脏话。

许琴转过头继续看电视。

孟屿宁漠然地听他们说完话，撩起眼皮淡淡说："如果不能来的话，在下面写上理由签个字就行。"

老孟犹豫片刻，又看儿子压根没坚持让他去，随即甩甩手中的纸，深吸口气说："行吧，拿支笔给我。"

见父亲写好，孟屿宁松了一口气，也算是能跟班主任交差。

孟屿宁接过纸，看上面父亲用潦草的字迹写明不能去的理由：

工作繁忙。

他无声笑了下，转身回房。

他收拾了几件衣服准备拿回学校，衣柜里满满都是灰尘的味道，冬天的大衣还没收好，沉甸甸地压在春秋的薄衣服上，他叹口气，只好先将冬天的衣服一一叠好收进衣柜上方的储物空间。

去年穿过的一件羽绒服帽领处有些脏，他放在一边，打算待会儿拿到卫生间去洗。

他正收拾着，老孟敲门进来。

“你吃中饭了吗？”

孟屿宁没有停下手中的动作，用背影回答父亲：“吃了。”

“那好，我和许琴要出去逛街，你自己在家看书，晚上回学校别迟到。”

“嗯。”

许琴的声音从玄关处传来：“孟云渐，你快点，是不是后悔不想给我买衣服了？”

“来了来了，催个屁。”

老孟想起什么，突然从外套内衬里掏出钱包，抽了几张钞票出来。

“你又长高了点吧？衣服要是穿着不合适就约同学陪你去买几件新衣服。”老孟将钱放在儿子书桌上，“我走了。”

大门一声响，这个家终于安静下来。

孟屿宁拿上衣服去卫生间洗。

羽绒服吸了水后千斤般重，过水时不小心打湿了孟屿宁身上的校服。

他干脆将校服脱下，顺便把校服也一并洗了。

少年勉强屈着腿，蹲在水盆前搓洗最容易弄脏的衣领和袖口，耳里塞着耳机，MP3 里放着《卡农》。

耳机似乎早已成为他的必需品。

耳朵里总要听到点声音，才不会显得那么空旷。

不想听外界的声音时，戴着耳机听歌就能隔绝掉那些声音。

夏季校服青白色交加，很清爽干净的颜色，但也非常不耐脏，孟屿宁过了两遍水，这才将泡沫都冲掉，起身时裤子侧兜里的 MP3 掉了出来，结结实实落在了水盆里。

孟屿宁快速捞起MP3，播放键暂停键一路按过去，蓝色屏幕最后挣扎地闪烁两下，很快熄灭变黑，耳机里再也没有声音响起。

他站在原地发了好几分钟的呆。

手上的肥皂还没冲干净，骨节分明的指缝中粘着泡沫，孟屿宁咬紧内唇，下颚紧绷，侧过头深吸一口气，缓了好一会儿后，抬起胳膊使劲擦了擦眼睛。

雪竹学完钢琴回家，本来以为孟屿宁这会儿肯定已经回学校了。

结果在孟叔叔家门口看见了他的白色板鞋。

“咦？”

她试着敲门。

“哥哥，你在家吗？”

孟屿宁是被敲门声叫醒的。

他迷迷糊糊地睁开眼，发现自己躺在客厅沙发上，蜷着身子，小半条腿委屈地搭在扶手上，用这样的姿势入睡，一动就全身酸胀。

都不知道自己是怎么睡过去的。

他抬眼看钟，离晚自习开始还有一个小时。

他打开门，正撞上雪竹惊讶睁圆的眼睛。

孟屿宁明显是刚睡醒，睡眼惺忪，整个人没什么生气，懒洋洋的。

“你真的在家啊？晚上不用上晚自习吗？”

“不小心睡着了，”孟屿宁轻按眉心，“现在就回学校。”

雪竹语气失落：“哦，我还以为你今天晚上不用回学校呢。”

她送孟屿宁到公交车站，发现他从头到尾都没拿出MP3来听歌。小女孩观察力敏锐，立刻问：“哥哥，你怎么没听歌？”

孟屿宁一愣，说：“MP3坏了。”

“啊？怎么坏了？”

“掉水里了。”

雪竹一副惋惜到不行的样子说：“那怎么办啊？”

孟屿宁摇头：“没关系，也不是很必要。”

雪竹知道他有多爱听歌，于是很积极地给他想办法出主意：“你们学校附近有没有修MP3的，修的话肯定比买个新的便宜。”

“不用修了。”孟屿宁说。

学校附近的数码店都是私人小店，无论是修东西还是卖东西都是漫天要价，专门坑骗那些刚进校什么都不懂的高一新生，高二和高三的学生压根连眼神都懒得给。

“这样吧，你把 MP3 给我，我帮你拿到街上的数码店去修，下个星期我让子涵哥哥拿给你。”

也不等孟屿宁说什么，雪竹自我感觉良好地觉得自己这个主意真棒，兴致勃勃地向他伸出手：“给我吧。”

孟屿宁不忍心拒绝她的好意，遂将坏掉的 MP3 拿给她，又给了她一百块钱，算是修理费。

“如果钱不够的话就不修了。”

“够的够的。”

雪竹想也不想就说。

公交车到了，她冲他挥手：“哥哥你快上车吧，迟到就不好了，拜拜。”

孟屿宁被她催上了车。

晚上六点钟的夕阳浓郁无比，将公交车站旁目送他离开的雪竹映得红彤彤。

雪竹揣着哥哥的 MP3，像是接到了拯救地球的任务。

周一下午放学，雪竹叫祝清滢陪她去数码店修 MP3。

“啊？小竹你什么时候买的 MP3？”

“不是我的，是宁宁哥哥的，他的掉水里坏了，我帮他拿去修。”

“这样啊。”

两个小女孩结伴去了离学校最近的一家数码城。

数码城里什么都有得卖，凡是能用电的，这里都有。

刚进去，她们立刻就成了所有老板眼中的香饽饽。

“小妹妹买东西啊？来我这里看看呗！”

“买手机还是买学习机？看你们还是学生可以给打八折。”

雪竹和祝清滢互相挽着胳膊，当作什么都没听见，径直走到一家维修店门口。

老板是个五十多岁的大叔，收银台前坐着个跟雪竹她们年纪差不多大的小女孩，正在写作业。

雪竹和祝清滢觉得这个老板应该不会骗跟她女儿同岁的小学生。

“不行了，里头已经彻底短路了，修的话只能换个内芯，都跟买个新的差不多了。你还不如直接买个新的。”

老板把外壳拆了，研究一番后对她们说。

“啊？”雪竹窘迫地挠挠头，“也就是修的话也很贵？”

“对的。”老板说，“而且这 MP3 内存也小了，现在都是用 2G 的了，小妹妹你要不干脆买个新的吧？”

“2G 的多少钱？”

“你手里这个牌子的话不到两百吧，也不算贵咯，你要是喜欢听歌就买个内存大点的，可以下好几百首，随便听。”

老板从玻璃柜里翻了翻，找到个同品牌的 MP3。

“你看，跟你这个坏掉的外观是一样的，但是内存大多了。”

祝清滢凑到雪竹耳边小声问：“小竹你身上有带这么多钱吗？”

雪竹用唇语悄悄告诉她没有，也小声问：“你带了多少钱？借我点。”

祝清滢翻遍了兜，只掏出张皱巴巴的五块钱。

“我今天在小卖部买了零食吃，只剩这么多了。”

没钱，雪竹只好遗憾告别了老板。

离开的时候她低着头无精打采，祝清滢看了不忍心，拍拍她的肩安慰她：“没关系，你哥哥肯定不会怪你的。”

雪竹嗯了声，表情还是不高兴。

她知道宁宁哥哥一定不会怪她。

她只是怪自己。

夸下海口说要帮宁宁哥哥修好，结果没这个金刚钻，还自大地揽下了瓷器活。

回到家后，雪竹找出自己的小钱包。她还是有小金库的，虽然每年妈妈都会替她保管压岁钱，但还是会可怜雪竹，给她留下个两百块当作平时的零花钱用。

只可惜，百元大钞早就被找散，一块的五块的十块的，加起来数了一遍，还不够一百块，加上宁宁哥哥的一百块，差不多可以买个新的了。

但是这就超支了。

这一百块是宁宁哥哥从他自己生活费里抠出来的，怎么能随便花光。

雪竹此刻无比懊悔自己平时老爱买一些乱七八糟的小东西，到关键时刻就没钱用。

如果跟爸爸说，爸爸肯定愿意掏钱送宁宁哥哥一个新的。

可是宁宁哥哥一定不会要。

雪竹想了一晚上办法，到第二天上学，祝清滢问她想出办法没有时，她趴在课桌上，没精打采地摇头："没有，我根本没那么多钱买个新的。"

"要不你买个二手的吧？"祝清滢说，"我昨天看数码城里好多店都有卖二手的。"

雪竹又摇头："我爸爸说数码城里的都是黑心老板，最喜欢骗我们这种学生了，万一花了钱买回来一个坏的怎么办？"

她不懂这些电子产品，最好还是不要去自讨苦吃。

两个小女孩正眼对眼冥思苦想有什么其他的好办法时，上方突然伸出一只手，不轻不重地敲了下雪竹的头。

"哎！"

雪竹抬头，是迟越那张讨厌的脸。

刚因为同学录的事对他改观，他又这样了！

"干什么啊你！"

迟越哼了声，雪竹的同桌去小卖部买零食去了，位置空着，他也不客气地一屁股坐下，反教训起她来："我上个星期加你QQ，你怎么还没同意？"

雪竹撇嘴。

她上个星期六给哥哥送饭，星期天又替哥哥操心MP3的事情，哪有空登QQ。

不过这个理由没必要告诉迟越，雪竹硬邦邦地说："我同不同意关你什么事？用得着打人吗？"

"谁打你了？"迟越莫名其妙，"刚刚我那么轻，也叫打人？"

"哦，力气轻点就不叫打人了啊？"

两个人眼见又要吵起来，祝清滢叹气，只得打断他们："小竹，MP3的事你还没想出解决办法呢！别吵了。"

迟越顺口问："什么MP3？"

雪竹撇过头没理他，还是祝清滢帮忙解释："就是小竹答应帮她一个哥哥修MP3，但是那个修理店的老板说修的话划不来，让小竹直接买个新的，可是小竹又没有那么多钱，我让她买个二手的，她怕被数码城的老板坑。”

迟越垂眼看雪竹，小女生有些窘迫地躲开，软巴巴瞪了眼祝清滢，似乎在责怪她跟自己的死对头多嘴。

小男生撇嘴，懒洋洋地问：“什么牌子的 MP3？”

雪竹从书包里掏出那个坏了的 MP3 给他看。

“嗯？跟我的一样，”迟越拿起来仔细看，“这也是 2G 内存的吗？”

“你不用炫耀你有个大内存的 MP3 了。”雪竹没好气地从他手里抢过 MP3，又赶紧塞回书包，生怕他跟老师告状自己带电子设备来学校。

迟越鼓着腮帮哼哼道：“小气鬼。”紧接着重重撇头不屑地离开。

这个小插曲并没有被雪竹放在心上，下午放学祝清滢说再陪她去数码城找老板讲价，但是雪竹今天要留下来做值日，没办法，只能再约明天。

教室里只剩下她和另一个一起做值日的女生。

红澄澄的阳光洒在教室里，雪竹负责最后的值日任务并锁教室门，一起值日的女生直接背上了书包，倒完垃圾后就准备回家。

“裴雪竹，我先走了啊，你走的时候记得锁教室门，拜拜。”

“嗯，拜拜。”

雪竹独自提着垃圾桶爬上楼。

好不容易到了，她叉着腰站在原地大口喘气。

“喂，你怎么这么慢？”

这个欠揍的声音听着怎么就那么刺耳。

雪竹朝声音看过去，果然是迟越。

放学已经很久，他不知道为什么还没走，校服也不好好穿，衬衫领口皱皱巴巴，校裤一边的裤脚被卷起，露出小男生劲瘦的踝骨，脚下的回力白鞋脏兮兮的，胳膊上抵着个足球，像个二流子似的手插兜站在教室门口不满地看着她。

她莫名其妙：“你怎么还没回家？”

“有事跟你说，”迟越嫌弃地看了眼立在她旁边的垃圾桶，“你先去洗个手。”

“贼。”

劳动人民最光荣，他一个男生居然还嫌脏。

洗过手，雪竹没理会迟越，回教室自顾收拾书包准备回家。

迟越敏捷跳上课桌坐着，居高临下地看着她说：“我这个 MP3 都没怎么用过，卖给你怎么样？”

雪竹收拾书包的动作一顿。

她抬头，像看鬼似的看着他：“你有什么阴谋？”

“阴你个头啊，”迟越语气凶巴巴，“我做好事你说阴谋？”

雪竹还是不相信，嘴里嘟囔道：“你有这么好吗？”

“我好的地方多着呢，你就说你要不要吧？”

雪竹咽咽口水，语气有些不信任：“你的 MP3 不会是坏的吧？”

“你要不相信你就检查。”

他将 MP3 丢给她。

雪竹检查了好几分钟，确定这 MP3 各方面都是好的。

俗话说富贵不能淫，可人在屋檐下，不得不低头。

再说，她确实很需要这个 MP3。

最终，雪竹只能心不甘情不愿地软下态度折腰问他：“那……多少钱？”

迟越反问：“你有多少钱？”

“八十五块。”

雪竹前几天才数过钱包里的钱。

“那就八十五块。”迟越说。

“啊？”

这人有这么好吗？雪竹仍旧对这个死对头不放心。

“难道你最近缺钱？就这么把 MP3 卖给我，你爸爸妈妈不会骂你吗？”

迟越勾起嘴角，语气骄傲中带着几分不屑：“我爸妈前不久才给我买了个新的 PSP，他们注意不到一个小小的 MP3。”

雪竹心里酸酸的，她想买个步步高学习机妈妈都不给买，迟越的爸妈居然连游戏机都给他买。

人和人的差距真大。

迟越看她发呆，以为她不愿意，像看傻子似的看她：“这么划算的生意你都不做？你是不是傻啊？”

“这么亏的生意你都做，”雪竹伶牙俐齿地回驳，“你是不是傻？”

迟越：“你！”

“喂，两位同学，这么晚了还不回家在教室里干什么？”

值班大叔不知道什么时候出现在教室门口的，挥手催促他们离开：“快回家了，学校大门都要锁了。”

雪竹和迟越这才发现他们掰扯了这么久。

两个人一起走出校门，又是那首熟悉的萨克斯曲，还在学校逗留的学生们都已经养成了条件反射，只要这首曲子一从广播里响起，就代表他们要因为太晚回家被爸妈骂了。

从教室走到校门口，雪竹又拿耳机试听了几首歌，才真的相信迟越是真心要把这个 MP3 卖给她。

“那好吧，明天我把钱拿给你。”

“嗯。”迟越说，“不过我还有个条件。”

果然，她就知道没好事。

雪竹眯眼警惕地看着他：“什么条件？”

“唔，你回去登 QQ 记得通过我的好友验证。”

小男生说完这句话，手攥着书包两边垂下来的侧带观察她的反应。

雪竹皱着鼻子，一脸无语地看着他，小鹿般圆圆的眼睛里写满了“你也就这点出息”。

狗咬吕洞宾，不识好人心。

迟越气急败坏：“裴雪竹，你再这么看着我 MP3 别想要了！”

雪竹立刻无辜地眨眨眼，佯装什么都没发生过的样子。

迟越看她这副嘴脸，心想一定要教训她，夸张龇起牙伸手掐了下她的脸。

手指碰到的肉软乎乎的，迟越手指滚烫，没敢多停留。

雪竹大惊，立刻后退两步，捂着脸吼他：“你神经病啊！”

报复成功，迟越露出狐狸般狡黠的笑容，往一边跑开，嘴里念着顺口溜：“神经病，有毛病，你妈带你去看病，医生说，没有病，原来是个神经病！”

雪竹气得跺脚。

第二天，雪竹如约将八十五块交给了迟越，还有她从家里带过来的珍藏零食。

她可不想欠他的，她知道八十五块钱买不来这个 MP3。

“你少收的钱，等我存钱慢慢还给你，这些零食先暂时拿给你抵债。”

迟越胡乱把钱塞进书包里，想起什么似的问她："昨天听祝清滢说，你这个 MP3 是买给你哥哥的？"

"嗯。"

迟越："你不是独生子啊？"

"是住在我对门的哥哥。"

"哦。"迟越点头，又说，"不是你亲哥哥的话，你干吗对他这么好，还用自己的零用钱给他买 MP3？"

雪竹一愣。

她为什么对孟屿宁这么好？

不为什么。

就是想对他好。

他脾气好，玩什么游戏都会让着她，就算她偶尔耍赖，他也只是嘴上说这样不行，然后任由她拟订新的游戏规则。

可是雪竹一旦想偷懒不做作业，他就会原则性特别强地要求她必须把作业写完了才能玩。

这也是雪竹为什么从那次和孟屿宁一起去爷爷家过暑假后，再也没有在新学期开学前一天疯狂补作业的原因。

这次给孟屿宁买 MP3，虽然把零花钱都给用光了，可是只要想象到宁宁哥哥在收到这个 MP3 时的样子，她就觉得这八十五块用得太值得了。

"不为什么。"雪竹闷声说。

迟越盯着她缓缓垂落的眼睫，也跟着闷声说："不说算了，反正也不关我的事。"

雪竹默默坐回自己座位，拿出下节课要用的书摆在课桌上。

迟越看见祝清滢蹦蹦跳跳跑向她，笑容满面俯在桌前跟她说什么，裴雪竹却难得没跟她一起疯闹，安静得出奇，撑着下巴像个不会动的娃娃，蒙蒙地不知在想些什么。

一个男生跑到迟越课桌旁，本想跟他聊天，却看到满桌子的零食，眼睛发光，毫不客气地伸出手："迟越，你今天怎么带了这么多零食来学校啊？"

罪恶之手被迟越狠狠打了下。

"干吗啊？"

"我让你吃了吗？"

男生撇嘴："干吗这么小气？"

"等下课我请你去小卖部，随便你买什么吃。"迟越漫不经心地说，将桌上的零食通通塞进课桌。

终于等到周末，雪竹不知为什么，原本打算去一中亲自把 MP3 送给孟屿宁向他邀功，却在临门一脚时退缩了，满心的期待全都化成了胆怯与忸怩，还是将 MP3 交给了钟子涵，请他帮忙带给孟屿宁。

童州一中的夜间晚自习安静而压抑。

高三这一层楼的日光灯连成线，教室里乌压压的一片都是正奋笔的学生。

钟子涵站在孟屿宁班级门口，礼貌地敲了敲坐在门边的同学的课桌。

"麻烦帮我叫下孟屿宁。"

同学已经对钟子涵很熟悉了，虽然是隔壁班的但是经常来找孟屿宁，听说是从小在一个小区里长大的，所以关系特别铁。

"孟屿宁，有人找你。"

同学只是轻声一喊，整个教室的人瞬间抬起了头同时看着他，看到来人是谁后，又了然地低下头继续做自己的事。

孟屿宁往门口看去。

钟子涵冲他挥了挥手。

他出来，言简意赅："什么事？"

"MP3。"钟子涵将手里的小东西丢给他，"小竹托我还给你，说已经修好了。哦，还有钱，"又从校服兜里掏出了一把零钱，"小竹说是修完 MP3 后剩的钱。"

孟屿宁用眼睛数了下。

九十块。

"我记得之前我那个 MP3 就是个耳机插口坏了，就花了三十多块，你这个都掉水里了，怎么才花了十块钱，"钟子涵努嘴，"难道现在物价越来越低了？"

孟屿宁很轻地笑了一下："不知道，下个星期我回家问问小竹吧。我回教室了。"

"别，我们班主任在讲台上训话呢，我借口上厕所溜出来的，现在可不想回去。”钟子涵冲孟屿宁的教室看了眼，“反正你们班主任也不在，走，陪我去趟小卖部买点东西吃。”

孟屿宁妥协：“行吧。”

钟子涵笑开：“好兄弟，让我们一起轰轰烈烈地把这节晚自习逃了吧。”他勾着孟屿宁的肩大摇大摆地下教学楼往小卖部走。

路上碰到几个同年级的女生，昏暗的路灯只勉强照清楚了两个男孩子高挑的身形，却仍旧被女生们有意无意地看了一路。

“高三啊，然而我连最后的机会也没抓住。”钟子涵感叹。

孟屿宁没理钟子涵，但凡是钟子涵谈起这种话题，他向来是装作没听见。

“你知道吗？筝月姐她说等她明年大学毕业，要和她男朋友一起去上海工作。”

这下孟屿宁终于不装聋了，点头：“知道。”

“听我妈说她要去那么远的地方工作，贺叔叔都快气死了，”钟子涵饶有兴味地说，“我记得小时候姐姐成绩不好，贺叔叔总说以后她就只能在我们小区楼下的超市打工，谁知道她会到那么远的地方去。”

远吗？

其实也不算很远，可对于还未离家的他们来说，这已算是从此与父母天各一方的远行。

到了小卖部，钟子涵买了根旺旺碎碎冰，掰了一半给孟屿宁，嘴里没正经地开玩笑：“来，你一半我一半，你是我的另一半。”

孟屿宁以沉默拒绝他的碎碎冰。

“怎么那么开不起玩笑呢。”钟子涵嘬着冰棒说。

孟屿宁静静睨他，干净的眼里显出几分嫌弃，没说话。

对钟子涵这类给点阳光就灿烂的人，不理会是最好的对付手段。

带着零食当然不能回教室，两个人找了个僻静的地方瞎聊。

碎碎冰是柠檬味的，咬进嘴里酸甜酸甜，牙齿被冻得发颤，正好适合这闷热的夏夜。

之所以买这个口味，是因为雪竹老是在钟子涵耳边念叨碎碎冰就这个口味的最好吃。

他刚刚往冰柜里找的时候，也不知怎么就想起雪竹的话，信了她的推荐买了这个口味的碎碎冰。

“你肯定是去北京吧？”钟子涵咬着冰含糊说，“干脆我到时候也报北京的大学算了，等开学还能跟你一起去报到。”

孟屿宁含着冰棒，声音轻悠悠：“北京挺远的，你舍得你爸妈吗？”

“这有什么舍不得的，我巴不得越远越好，他们管不到我才好，你都不知道这些年我有多惨，尤其是你搬过来之后，我妈天天拿你作例子逼我上辅导班，我快烦死了，”钟子涵满脸怨言，又怕孟屿宁不高兴，急忙澄清，“我没怪你的意思啊。哎，反正我到时候很大概率会跟你一样去北京吧。”

孟屿宁挑起一边眉，点头：“那好啊。”

“那要是我们都去北京，筝月姐去上海，家里岂不是就只剩下小竹了？”钟子涵突然说，“哎，好可怜，以后她跟别人玩游戏，都没人愿意让着她了。她还能去哪儿找我们这么好的哥哥姐姐哦。”

四周静悄悄的，没有人回应他的话。

孟屿宁向来习惯了做倾听者，钟子涵也不觉得被冷落，像个老头子似的感怀伤秋起来：“你觉不觉得时间真的过得好快？就感觉你好像昨天才搬到我们小区，今天咱们就快要高考了。还有筝月姐，我还记得她以前老是念叨以后要找一个像流川枫那么帅的男朋友，结果上次聊 QQ 的时候，她给我看她男朋友的照片，一点都不像流川枫。还有小竹——”

钟子涵顿了几秒，语气又变得幽怨：“我记得小竹小时候很喜欢跟我玩的，后来我周末也要上课，她就跟你越来越好了，她小时候还不会走路的时候坐在学步车里，还是我推着车带她到处玩的呢，小孩子就是没良心。”

他们这一代大多都是独生子女，亲戚家的兄弟姐妹，邻里间年纪相仿的孩子，就已是整个童年最记忆尤深的玩伴。

十七八岁正是青春尚好的年纪，却也最容易陷入莫名的惆怅，时常想起小时候的事，那时候学业压力没这么大，玩玩闹闹就是一天，一想就只剩下美好，这或许是少年人独有的早熟方式。

即使是没什么大烦恼的钟子涵也逃不脱这种规律。

这时候就适合听一首悲伤的歌升华下情绪。

“来，借你 MP3 放首歌听听。”钟子涵朝他摊手。

孟屿宁拿出小玩意，又分了只耳机给他，问：“你想听什么？”

“随便。”

等了半天也没听见歌，钟子涵转头催促：“怎么还不放？”

孟屿宁仿佛没听见，低头仍在摆弄MP3，幽幽的蓝光照得少年夜色下的侧脸安静柔和。

钟子涵又推了推他的胳膊。

他回过神，按下播放键。

鼓点强烈的前奏瞬间响起。

就像阳光穿过黑夜——

黎明悄悄划过天边——

谁的身影穿梭轮回间——

……

奇迹一定会出现！

上一秒还是忧郁少年，下一秒就开始变身拯救地球。

说实话，高三生听这个确实是挺鼓舞人心的，听之前还在担心自己上不了重本分数线，听了之后瞬间感觉清华北大信手拈来。

钟子涵实在对孟屿宁这童真的听歌爱好表示佩服："你每次学不下去了是不是都会听这首歌？"

孟屿宁被他逗笑，笑着笑着就开始叹气，俯身将头埋在膝间。

钟子涵不知孟屿宁这是怎么了，凑过去悄悄打量孟屿宁，只可惜教学楼的小后山上并没有安装照明灯，于是他只能勉勉强强听见孟屿宁发出无可奈何的喟叹。

与此同时，雪竹正在收拾书包准备第二天上学需要的课本。

她心想"修"好了哥哥的MP3，也不知道他会不会开心一点。

老师在上课的时候总爱教学生们"给予永远比索取更快乐"的道理，之前觉得哪可能呢，明明父母给买零食和新衣服的时候是最快乐的。

现在才知道原来这句话是真理。

雪竹比孟屿宁还开心。

她带着这份好心情迎来了星期一，却被遥远地方传来的噩耗再次让情绪从高处跌落。

晚上吃饭的时候，雪竹没有闹着要看卡通频道，而是乖乖跟着父母看新闻。平日里总端正淡定的主持人竟然也情绪失控，跟着新闻通稿一个字一个字地念，语气慢慢颤抖起来，最后咬牙勉强念完整则新闻。

裴连弈和宋燕萍也跟着红了眼眶，叹气说：“哎，天灾啊。”

学校连续三天要求全体学生在课间起立，为在汶川地震中失去生命的同胞们低头默哀。

爸爸给了雪竹两百块让她交给老师，雪竹自己也将这些天好不容易存下来的零钱一并捐了出来，本来答应了要存钱还给迟越，只能跟他商量再推迟些日子。

迟越难得没跟雪竹吵架，吸着鼻子说：“都捐了就都捐了吧，反正我也不缺你这点钱。”

小升初这年，雪竹想，在发生地震的那几个城市，也有很多的小朋友跟她一样，在期待即将到来的初中生活，也有很多哥哥姐姐跟宁宁哥哥和子涵哥哥一样，在期待一个月后的高考，开始他们新的人生旅程，可是这些期待都随着天灾的发生短暂地消失了。

无法感同身受他们的苦痛，捐出她微薄的零用钱，是雪竹唯一能做的。

幸福原来并不是坚不可摧的，谁也不曾想万众期盼的2008年，噩耗会比奥运早一步到来。

短暂的沉寂过后，六月的高考如期来临。

每年的“书雨”都不会迟到，最后一场考试结束后，朝考点外飞奔的高三生们露出了久违的松懈笑容，无论成绩如何，他们都已迈过了人生的这道小坎，紧接着到来的就是全新的、作为大人的人生。

15号起开始填报志愿，雪竹从爸爸妈妈那里听来子涵哥哥的第一志愿是协和，第二是首医，之后也全是北京的大学，专业都是临床医学，以至于其他人一听，就明白他将来的目标职业是什么了。

这里是教职工小区，医生算得上是大人们心中比老师这份职业还要光荣些的工作了。

于是，整个小区里的人都在夸子涵好志向。

只有雪竹知道，这不是子涵哥哥自己选的。

因为他的QQ签名在高考完后改成了“考得还不错~男人的浪漫是机甲，机械工程我来啦哈哈哈哈/得意/得意/得意”。

比起拿手术刀，子涵哥哥明明更喜欢拧螺丝。

不过既然志愿已经填好，想必这个决定他本人也是接受的。

雪竹当然也关注了孟屿宁的签名，他本来就很少发签名，空间也不怎么打理。比起雪竹好几个同学特意充了黄钻把空间装饰得花里胡哨，孟屿宁的空间简直是朴素到了极致。

难得高考这么大一件事，他更新了签名。

【北京你好。】

言简意赅，雪竹明白两个哥哥都是要去北京上大学的。

他们和当年贺箏月刚高考完那会儿一样，每天都有同学聚会，一日三餐都是在外吃，到了晚上就去卡拉 OK 唱歌。雪竹心里有些小小的不开心，每天晚上在房间里做作业时就会不由自主地想起他们这时候正在外面吃香的喝辣的，觉得命运对她好不公。

一直到 22 号出高考成绩那天，一中张贴出喜庆的红色横幅。

【热烈祝贺我校孟屿宁同学以高考总分 692 分的优异成绩荣获 2008 年省高考理科状元！】

【热烈祝贺童州市一中 2008 年高考一本人数上线 907 人，上线率位居全市第一！】

图片不知道最早是被谁上传到空间相册的，后来出现在雪竹的空间动态里。

【/棒/棒/棒！今年的省高考状元出炉！文科状元清河市英才中学高中部文科十一班徐南烨，理科状元童州市一中高三理科二班孟屿宁，都是帅小伙哦！我省骄傲，转发走起来！】

原动态下面的评论相当热闹。

【晕，人和人之间的差距怎么就这么大。】

【哇，都好帅！】

【偶只是打酱油路过滴 ~0~。】

【嘿嘿踩踩 ~~~！！】

【不知道这两个帅 GG 有没有女朋友呢 / 花痴】

【我喜欢那个戴眼镜的 GG！】

【好厉害啊 / 鼓掌】

月月姐姐：【理科状元是我弟弟！想加我弟弟的 MM 快来找我要联系

方式 / 坏笑】

子涵哥哥（大爱高达）：【孟屿宁强！】

滢滢（安琪儿的翅膀）：【@ 可爱公主，你哥哥好厉害！】

就是这几个熟人把动态转发到雪竹空间里的。

但是当事人的动态一片沉寂，十分低调。

雪竹没忍住点开了孟屿宁的头像。

可爱公主：【呵呵，在吗？】

孟屿宁的头像永远都是灰灰的，雪竹发完后没指望他会回。

结果，灰灰的头像居然跳动起来，伴随着消息提示的“嘀嘀”声。

岛屿：【在的。】

可爱公主：【哥哥，你怎么在线啊？】

岛屿：【一直在，我在隐身。】

可爱公主：【干吗老是隐身？害我以为你不在线 / 生气】

岛屿：【总有人找，隐身比较方便。】

可爱公主：【啊？都是谁找你啊？】

岛屿：【同学，还有些不认识的】

可爱公主：【好吧，那我找你没关系吧？】

岛屿：【你说呢。】

岛屿：【/ 敲打】

雪竹心里顿时甜滋滋的。

可爱公主：【哥哥，你是在哪里上网的啊？】

岛屿：【网吧，在打游戏。】

可爱公主：【那 886，等你打完我们再聊 / 微笑】

岛屿：【已经打完一局了，你说吧。】

雪竹将空间动态截图下来发给他。

她也不知道该说什么，发了一连串恭喜过去。

岛屿：【哈哈，谢谢小竹。】

可爱公主：【你考得这么好，会请我们吃饭不？】

岛屿：【你想吃什么？肯德基吗？】

可爱公主：【我是说你爸爸请我们所有人吃饭啦。】

秒回的孟屿宁停顿了几秒。

岛屿：【应该不会，你想吃的话我请你吃。】

考得这么好也不请客吗？

雪竹想起还没出高考成绩刚填志愿那会儿，妈妈向孟叔叔打听宁宁哥哥报了什么学校什么专业，孟叔叔只是淡淡说他不知道，学校和专业都是宁宁哥哥自己选的。

宋燕萍当时很惊讶："高考志愿啊，这么大的事你就让宁宁自己决定啊？"

"不然呢？我和许琴又不懂。"

如果孟叔叔不给他庆祝，那么她应该给他好好庆祝。

雪竹很想吃肯德基，爽快地和孟屿宁约定了过几天一起去吃肯德基。毕业生大忙人终于有空陪她，雪竹心想要不要叫上贺筝月和钟子涵，他们四个一起去吃更热闹。

岛屿：【筝月姐前几天去上海了，子涵这几天都有聚会，我先带你去吃肯德基，等他们有空再一起请你们吃饭。】

可爱公主：【那只有我们两个去吃肯德基吗？】

岛屿：【嗯。】

雪竹说不出来自己现在是什么心情。

该怎么说，非常矛盾，又有些心神不宁。

岛屿：【小竹？怎么不说话？】

手指在键盘上无意义抽搐，她深吸一口气，告诉自己淡定点，平常些。

可爱公主：【那你请我吃两顿，你不是很亏吗？/晕】

岛屿：【不会的。】

岛屿：【24号是你生日，我请你吃肯德基。】

雪竹先是兴奋了几秒，但很快又冷静下来。

就是说她今年的生日礼物就是一顿肯德基了？没有生日惊喜了？

她想问孟屿宁自己还有没有礼物拿，但不敢问，自己也觉得这么问有点过于厚脸皮了。

可爱公主：【那等你生日的时候我也请你吃。】

岛屿：【哈哈，可是那时候我应该在上大学了。】

他那时候已经去北京了。

还没等雪竹表达失落，孟屿宁说同学叫他打游戏，暂时先不聊了。

突如其来的空旷感袭来，雪竹点开他的个人资料反复看了好几遍，又去他空荡荡的空间逛了好几圈，看他的每一条信息，包括留言板上谁或谁给他的留言，虽然大多雪竹都不认识，可她仍是津津有味从头翻到了底。

翻完空间，雪竹最后将目光锁定在了他刚刚说的生日上：1990.10.28。

是他的出生日期。

雪竹从电脑桌旁边的抽屉找出纸笔，在空白的纸上写上他的名字和出生日期，接着在下面写上自己的。

虽然年和月不同，但日期只隔了四天，这算不算是一种很接近的缘分呢？

资料栏自动显示星座，她看到他是天蝎座。

雪竹又查了自己的，是巨蟹座。

班上有些女生很爱买星座杂志，包括雪竹的好朋友祝清滢，经常在她耳边给她灌输各种星座知识，雪竹原本不在意，可现在她突然来了兴趣，忸怩地打开网页搜索相关的星座信息。

她先将自己星座的性格分析认真看了一遍，居然还挺准的。

雪竹顿时就相信了七八分。

她又赶紧搜索天蝎座的相关信息。

冷淡，善妒，占有欲极强，稍有些偏执，脆弱敏感。

不准啊。

没一项是准的。

雪竹一时间又不知道该不该相信这个，不一会儿又被网页上其他东西吸引了注意力，顿时将这个不准的星座信息抛之脑后。

Chapter 07

恍若年少时

到了 24 号这天，早上七点，宋燕萍把雪竹叫起来给她做了碗放了鸡蛋的寿星面。

裴连弈今天有事忙着赶去单位，走之前匆匆对雪竹说了句生日快乐。

比起上班族，还是小学生的雪竹明显优哉得多，慢吞吞吃完后才准备出发去学校。

“爸爸给你订了个生日蛋糕。”宋燕萍边收拾碗边说，“今天在学校别吃太多零食了，等下午回家吃不下蛋糕。”

雪竹说：“我跟宁宁哥哥说好了，下午放学他要先带我去吃肯德基。”

“知道，宁宁跟我提前讲过了。不能乱花哥哥的钱，别看到什么都想点，少吃点，肯德基的东西都是油炸的，吃多了对身体不好。”

“哦。”雪竹站在鞋柜边换鞋，穿好后往地板上一蹬，“我走了。”

“嗯，快去吧。”宋燕萍头也不回地说。

雪竹嘟嘟囔囔地说：“妈妈你怎么没跟我说生日快乐？”

“哎呀你还在乎这种形式主义，寿星面都给你做了。”宋燕萍没辙，哭笑不得，“生日快乐，行了吧？”

“好敷衍，没诚意。”雪竹不满。

宋燕萍差点没笑死，半威胁道：“怎么那么多要求？还不快走？想迟到被老师骂？”

“走了走了。”

雪竹拽着书包带跑下楼。

可能因为今天是她生日，所以上学路上的空气闻起来格外清新，连同四周的景色也比平常鲜艳些。

早读课的教学楼书声琅琅，童声清脆，比楼旁栖息在树间的鸟叫还明快。

雪竹刚走进教室放下书包，祝清滢立刻跑过来递给她一个精美小盒子和一张生日贺卡，咧嘴欢笑：“小竹，祝你生日快乐！”

“谢谢。”

她欢欢喜喜地接过。

另外几个和雪竹关系好的女生也过来送上了礼物，关系稍微普通点的也都送了生日贺卡。

这是女生们彼此心照不宣的约定，只要不是关系太差的同性，雪竹都会在她们生日的时候送上贺卡，这样谁过生日都能收到不少贺卡，营造出一种人缘很好的现象。

祝清滢的贺卡是最用心的，不但打开会自动播放《生日歌》，内页还被她用彩笔画上了漂亮的爱心。

小女生用方方正正的字写道：

【祝最最最最最好的朋友裴雪竹生日快乐！天天开心！万事如意！】

下方是她画的两个穿着公主裙戴皇冠的小女孩手牵着手。

不用说，雪竹也知道这画的就是她和祝清滢。

雪竹一张张贺卡看过去，虽然很多都是礼尚往来的贺卡，可上面一笔一画认认真真写下的祝福都是真的。

她止不住高兴，虽然生日这天还要来学校上课，但能收到同学们的生

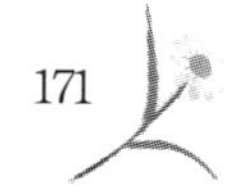

日贺卡也不错。

早读课结束，第一节是语文课，她忙将礼物和贺卡收进课桌里。

“裴雪竹。”

突然有人从背后戳她。

裴雪竹转过身，后桌的女生小声说：“迟越叫我传给你的。”

她低头一看，是个头戴着红色蝴蝶结的米妮娃娃。

雪竹还没来得及接过来藏好，就被鹰眼般的语文老师抓了个正着：“裴雪竹，许梦怡，你俩在下面干什么呢？”

比起还算冷静的雪竹，另一个叫许梦怡的女生心理素质显然没这么好，立刻把迟越给出卖了：“老师，不关我的事，是迟越让我把娃娃送给裴雪竹的。”

此话一出，班上立刻热闹起来。

雪竹脑子一炸，瞬间从脚底热到脸。

“都安静，还上课呢，想让校长听见我们班最吵是不是？”语文老师轻咳几声，语气严肃，“我理解快毕业了同学们之间舍不得想送小礼物给对方，但现在是上课时间，要送什么也要等到下课，知道吗？”

雪竹手缩在课桌下，难堪得说不出话来。

坐得老远的迟越懒懒认错：“老师，对不起。”

“东西我就不没收了，裴雪竹赶紧收好，专心上课。”

语文老师嘱咐完，转头继续写板书，嘴角微微扬起笑容，用讲台下学生们听不到的声音轻嗤：“这帮人小鬼大的孩子啊……”

到下课，立刻有好事者围到了雪竹课桌前，围观迟越的礼物。

他们看戏一样的态度，让雪竹心生反感，她冷着脸不理这些无聊的男生。祝清滢粗暴地推开围在雪竹身边的男生，霸气地牵起她离开。

“别理他们，我们去外面玩。”

雪竹立刻扁嘴，可怜巴巴地看着祝清滢。

今天她生日，居然还碰上这种事，简直是倒霉到家。

都怪迟越，早读课不送非要上语文课的时候送。

不对，他就不该送。

他们又不是朋友，他简直是吃饱了没事干。

不过比起四年级时，六年级的雪竹处理绯闻显然成熟了许多，也不跟他们吵。当事人越是情绪激动，好事者的兴致就越是高涨，上课的时候大家不敢闹，一下课她就和祝清滢溜出去眼不见心不烦，还算是安稳度过了一天。

一直到下午放学，雪竹没和祝清滢结伴回家，而是选择坐在课桌上写家庭作业。

值日的同学问雪竹怎么还不回家，雪竹说待会儿有人来接她。

她和孟屿宁约好了时间，再写会儿作业就去校门口等他过来。

又在教室里待了十几分钟，雪竹将今天收到的礼物和贺卡通通装进书包，圆滚滚地背上准备离开。

路过操场的时候，男生们喧闹的声音划破傍晚的黄昏。

雪竹班上的几个男生还没回家，在操场上踢足球。

也不知道是谁先看到了雪竹，冲着雪竹的方向喊了声："来看迟越踢球啊！"

沾满灰的足球也不知是刻意还是无意，偏离原本的路线被踢到了雪竹脚边。

"帮忙捡下球咯！"

她会捡球才怪了。

雪竹没理。众人起哄下，迟越满头是汗地朝她跑过来。

"那个米妮娃娃是我去迪士尼玩的时候我爸爸给我买的，"他捡起球，眼睛没看她，快速说道，"穿裙子戴蝴蝶结的不适合我，就随便送你了。"

就算他说得那么随便，但也不能否认这确实是一件不错的生日礼物。

雪竹说："那你为什么不早读课的时候给我？害我被老师骂。"

"早读课你旁边围满了女生，难道我挤进去吗？"迟越翻白眼，抓抓脑袋不耐烦地说，"谁知道许梦怡会出卖我啊。"

"唉。"雪竹叹气，这件事也不是他愿意的，"算了，还是谢谢你。你什么时候过生日？"

礼尚往来，这点道理雪竹还是懂的。

"八月二十一号，"迟越问，"你要送我礼物？"

"总不能我单方面收你东西吧。"雪竹想了想说，"你这个米妮是在迪士尼玩买的，那等放暑假我去北京看奥运会的时候，我在北京买一个福娃送给你当生日礼物好了。”

迟越的爸爸暑假也会带他去北京玩。

小男生没说这个，点头到：“哦，那就这么说定了，你到时候别忘记了。”

“嗯。”

约定好，雪竹不由自主往校门口看去，心想这时候孟屿宁该来接她了。

“你看什么呢？”

迟越上一秒刚问出口，下一秒便知道她在看什么了。

或许是在校门口没看到雪竹，孟屿宁沿着路走进来找她。

身姿颀长的少年站在他们面前，对雪竹微微笑道：“等了几分钟没看你出来，还以为你被留堂了。”

雪竹立刻说：“怎么可能，我从来不犯错的。”

孟屿宁偏头和迟越互相对视。上次见都是两年前的事了，那时候孟屿宁个子还没蹿这么高，一眼望去还是小哥哥的样子，迟越心里想怎么才两年，雪竹这个哥哥突然变成了大人。

与此同时，在孟屿宁心里，小竹的这位同班同学，两年前还是熊孩子模样，两年后也变高变瘦，板寸头留长剪了个清爽的发型，和雪竹一样，从小孩儿长成了青少年。

“你好，”孟屿宁语气温和，“我记得你是小竹的同班同学，你叫迟越对吗？”

迟越一愣：“对，你怎么知道我叫什么？”

“听小竹提过你。”孟屿宁说。

“提过我？”

迟越不确定地看着雪竹。

雪竹撇嘴：“放心吧，不是说你坏话。”

迟越抿唇，稍显慌乱地缩了缩脖子。

他没意识到自己站在这里浪费了多长时间，还是一起踢球的同伴在不远处对他喊：“迟越，怎么聊了这么久啊？有什么话你们俩不能回家慢慢聊吗？哈哈哈！”

孟屿宁略显茫然地眨了眨眼。

雪竹和迟越同时头皮一麻，恨不得剁碎这人的舌头。

“小竹，你和你同学——”

没等孟屿宁说完后半句，雪竹立刻掩耳盗铃地拦在他面前蹦蹦跳跳，做起了自我催眠的广播体操：“哈哈哈，你刚刚什么都没听见，什么都没听见！我们快走吧，快去吃肯德基了。”说完也不等孟屿宁，先一步从操场逃离。

留下孟屿宁在原地。

迟越本也想赶紧逃，可惜没雪竹动作快，被孟屿宁叫住。

温柔的大哥哥眉梢眼角都藏着无害柔和的笑意，让迟越的眼恍了下，但下一秒，迟越确定大哥哥和那些喜欢看小孩子难堪的大人没什么两样。

“你是不是喜欢小竹？”

迟越吼着说：“我喜欢她我就是猪！”然后抱着球快速跑开。

裴雪竹他哥哥和裴雪竹简直没两样，两个人都无聊死了！

孟屿宁比雪竹晚一步走出校门，雪竹不知道他慢吞吞地没急着走是不是跟迟越说了什么，心里很想知道。

走去肯德基的路上，雪竹攥着书包带子问：“哥哥，你和迟越刚刚说了什么啊？”

“没说什么。”孟屿宁回答。

“你别骗我。”雪竹显然不信。

孟屿宁突然笑了笑，停下脚步冲雪竹勾了勾手指，雪竹乖顺地踮脚侧过耳朵听他说。

他弯下腰，气息拂过她的鬓角，清润明朗的声音在她耳畔响起，几分笑意几分戏弄，向她传递悄悄话：“你是不是早恋了？”

听到这句话，雪竹瞬间恼了。

“谁早恋了！哥哥你无不无聊啊！”

孟屿宁一愣，看她脸涨得通红几乎快要冒烟，整个五官皱在一块儿，像刚从蒸炉出锅的寿桃包，意识到这玩笑开得有些大，小女生心思敏感听不得这种话，很快反应过来低头温声说：“对不起，我开个玩笑。”

被人开这种玩笑，还是被他开这种玩笑。

雪竹撇过头不理他。

他绕到她面前：“小竹？”

她又偏头。

“小竹？”

于是经过的路人们便都看到，有个小女孩一副气鼓鼓的模样站在路边不说话，她的哥哥只好耐心地跟着小女孩赌气转身的姿势三百六十度转弯面对面哄她消气，哄了半天哥哥好像都口干了，小女孩这才勉强原谅他，高傲地抬起下巴将书包丢给哥哥。

“帮我拿书包。”

哥哥就差没喊一声“遵命”，顺从地被妹妹使唤，将那个印有迪士尼公主的粉色书包单肩背在了背上。

到了肯德基，雪竹全然忘记了妈妈的嘱咐，一口气点了好多东西。

她咬着可乐吸管幽幽瞪着面前的少年，显然在提醒他自己还没有完全消气。

直到孟屿宁将生日礼物送给她。

雪竹愣住，本来以为这顿肯德基就算是他送给自己的生日礼物了，没想到还有意外惊喜。

她也不等回家再拆，小心翼翼地揭开包装纸，是一台最新款的MP4。

求妈妈给买MP3已经好几年的雪竹压根不敢指望MP4这种有大彩屏的，不仅能听歌，还能看电影的东西。

孟屿宁看她整个人愣住，喉间溢出笑来。

“生日快乐，别生我的气了好吗？”

雪竹如获至宝地将MP4捧在手心里，明明很喜欢，但心里知道不好收下他这么贵重的礼物，小声说：“为什么送我MP4啊？你自己不用吗？”

孟屿宁从兜里掏出自己的MP3，笑着回答：“我有这个就不用别的了。”

“可是MP4明明好一些，是彩色屏幕的，还能看电影……”

雪竹想不通为什么他不给自己换一台新的MP4，现在的电子设备越做越高级，连手机都可以上网聊QQ了，MP3这种东西很快就会过时。

孟屿宁将小小的MP3握在手中，垂眼轻声说：“但在我心里没有什么比这个更好了。”

雪竹心想迟越这人不怎么样，但是他的MP3倒挺讨哥哥喜欢的，真是物不随主。

吃完肯德基回家，雪竹邀请孟屿宁陪她一起吹生日蜡烛。

爸爸给她买了个六寸的蛋糕，虽然不大，但大人们也就尝个奶油新鲜，剩下的小孩儿吃绰绰有余。

刚点上蜡烛，爸爸正要关灯，虚掩的大门突然被推开。

“给小竹过生日呢？”

是贺叔叔。

“老贺你怎么来了，来，过来吃蛋糕。”裴连弈忙起身招呼他进来。

“不了，我已经吃了晚饭了。”老贺笑盈盈地将手中的盒子递给裴连弈，“月月特意从上海寄回来给小竹的生日礼物，我上来拿给小竹。”

雪竹瞬间惊喜地站起来，没想到月月姐姐去上海了还记得送她生日礼物。

“姐姐对你真好啊。”裴连弈将礼物交给小竹，提议说，“要不要打个电话给姐姐道谢？”

雪竹猛点头：“要要要。”

雪竹借了贺叔叔的手机给贺筝月拨过去电话，头一句就说：“姐姐，是我。”

“小竹啊，”贺筝月听出她的声音，语气也跟着欢快起来，“生日礼物收到了吗？”

“嗯嗯，收到了，但是还没打开。”

“你肯定喜欢的，”贺筝月说，“我在精品店挑了好久。”

“嘿嘿。”

“生日快乐，十二岁了哦，是大姑娘啦。”

雪竹仍然傻笑。

贺筝月：“我现在还在上海暂时回不来，等回来了请你去吃肯德基。”

雪竹并不介意：“宁宁哥哥今天已经请我吃过了。”

“宁宁请你吃是他请你，我请你那是另外一回事啊。”贺筝月笑着说，“今年暑假我会带男朋友回来，到时候我和我男朋友一起请你吃，你觉得怎么样？”

“哇！男朋友！”

之前只见过照片，没想到今年居然能见到真人。

雪竹这声惊叹不小，旁边的裴连弈听到立刻捅了捅老贺的胳膊：“可以啊老贺，这么早女婿就上门来看你了。”

老贺神色复杂，小声说：“本来没让她大学就交男朋友的，太早了，但这丫头管不住啊，没办法。”

“现在不交以后总要交的啊，总有这么一天的。”裴连弈知道老贺在不高兴什么，拍拍肩膀安慰他。

老贺看向一旁正欢快打电话的雪竹，撇嘴说：“你倒是说得轻松，我看等小竹长大了带男朋友回来给你看，你还笑不笑得出来。”

裴连弈耸肩，满不在乎：“小竹还早着呢。”

“那你别这么说，日子可快着呢，小孩儿一转眼就长大了，你都没反应过来就变老头了，”老贺哼哼道，“月月就这样，一转眼大学都快毕业了。”

裴连弈仍是没把老贺的话放在心上。

打完电话，雪竹把手机还给老贺。

两口子再三让老贺留下吃块蛋糕，老贺推辞，摸着肚子说：“我这肚子还吃这奶油蛋糕，明天皮带都扣不上了。行了，礼物带到了我任务也就完成了，我走了。”临走前不忘对雪竹说，“小竹生日快乐啊。”

送走老贺，没过几分钟，又来了人。

这回是老钟。

他是拿着正在通话的手机过来的。

“子涵在外面和同学玩回不来，打个电话过来说要亲口祝小竹生日快乐。”

宋燕萍乐得眉开眼笑：“难为子涵在外面玩还要特意打个电话回来说生日快乐了。”

“小竹和子涵都是独生子女又没亲兄弟姐妹，又是一栋楼里一起长大的，关系跟亲兄妹一样，妹妹过生日在外面玩也就算了，生日快乐肯定要说的。”老钟把手机递给雪竹，“来，跟你哥哥说两句。”

雪竹接过手机，里头声音特别嘈杂，钟子涵几乎是扯着嗓子说话的。

“喂？小竹你能不能听到我说话啊？”

雪竹不由自主跟着钟子涵吼了起来：“能！”

“哦！生日快乐！我在外面唱歌呢！我同学不准我走，”钟子涵又吼，“给你买了礼物，今天送不成了，明天下午等你放学回家我拿给你啊！”

“好！”

“嗯嗯！生日快乐！吹生日蜡烛许愿没有啊！”

“还没呢！”

“哦！那你许愿记得带上我！”

“你想我帮你许什么愿！”

“就许我志愿录不上，”钟子涵说着说着笑起来，“复读重新读高三。”

雪竹不确定地问：“真的假的？”

“假的啦，刚喝了点菠萝啤胡言乱语。你生日就许你自己的愿望好了，挂了啊，我要唱歌了。”

老钟走后，关了灯总算可以许愿吹生日蜡烛了。

雪竹虔诚地双手交握，在心里许愿：

第一个愿望，希望我的家人和朋友们永远开心快乐。

第二个愿望，希望月月姐姐能和喜欢的人永远幸福地在一起。

第三个愿望，希望子涵哥哥能做自己喜欢的事。

通常三个愿望就已足够，可雪竹忍不住贪心了点。

第四个愿望，希望宁宁哥哥能一直陪着我。

愿许完，雪竹准备切蛋糕，蛋糕坯上有厚厚的一层白色奶油，吃肯德基已经吃饱了的雪竹看着稍微有些腻，她灵机一动，也不顾会不会被妈妈骂，手指往上抹了一点奶油，抹在了身边的孟屿宁脸上。

被偷袭没反应过来的孟屿宁整个人微怔，哭笑不得。

“干什么啊你？”

宋燕萍无语，不出所料地教训她：“小竹，谁让你把吃的东西抹哥哥脸上的！”

比起不赞同这种行为的妈妈，爸爸的态度却截然相反——裴连弈哈哈大笑几声，也学着女儿往手上抹了层奶油，一半抹在了雪竹的脸上，一半又抹在了宋燕萍脸上。

宋燕萍诧异地睁大眼，气笑了：“裴连弈你都多大了，还以为自己是小孩子啊？”

“今天小竹生日玩玩嘛。”裴连弈毫无负罪感地耸肩。

“玩你个头！”宋燕萍瞪了眼丈夫，此时也顾不得什么形象了，就想着报复回来，抓了奶油往裴连弈脸上抹，“来，我也给你抹点！”

裴连弈这几年虽然啤酒肚大了不少，可身手还跟年轻时一样敏捷，起身迅速躲开。

“来啊来啊。”

爸爸妈妈像小孩子似的打闹，雪竹在一旁观战笑得欢畅，拍着巴掌添油加醋喊：“爸爸加油！妈妈加油！”

裴连弈：“你到底哪边的啊，墙头草！”

宋燕萍：“不许给你爸爸加油！”

雪竹一边脸颊顶着奶油观战，蓦地另一边干净的脸颊也被抹上了层奶油。

她侧头看向“犯罪嫌疑人”。

“犯罪嫌疑人”孟某人慢条斯理地说：“这边也抹上看着对称些。”

雪竹当然不会听他的狡辩之言，抓起奶油就要报复回去。

孟屿宁认真玩闹起来雪竹压根打不过他，最后也只能被人捧着脸颊，任人宰割般被抹上满脸的奶油。少年饶有兴趣地用手指在她脸颊上作祟，边捣乱还边没什么诚意地说：“别乱动，让我给你化成一个小雪人。”

好好的蛋糕成了武器，结束时家里已经混乱不堪，墙上地上到处都是奶油。

负责搞卫生的宋燕萍差点没崩溃。

“不能我一个人收拾，你们父女俩也要帮忙。”平常对孟屿宁无底线偏心的宋燕萍破天荒地说，“宁宁，你今天也不许走，帮阿姨把家里收拾干净了才准回家。”

收拾了整整快两个小时，这家人终于后悔刚刚玩得太疯，纯属自作自受。

生日后没多久便是小升初考试，拍完小学毕业照，考完试后的雪竹迎来了小学时期的最后一个暑假。

到七月底，各大高校的录取结果陆续而来，童州市一中再次挂出横幅，庆祝他们今年的理科状元顺利被北京大学录取。

雪竹的空间动态再次热闹了一番。

他们小区今年出了个状元，家家户户不论熟的还是不熟的都爱上门恭贺，有小孩儿的带着小孩儿顺便沾沾状元的福气，争取等到他们的小孩儿高考时也下笔如有神考个状元回来。

状元宴和喜宴一样，大家都想沾福气，因而问的人也多，今天问什么时候摆酒，明天问在哪个酒店摆。

为了堵邻居的口，老孟只得安排在酒店里为儿子摆酒。

于是儿子摆宴席这天，来的宾客比老子二婚那天还多。

雪竹这天清早起来，特意让妈妈给她编了头发，甚至比之前跟着少年宫舞蹈班去参加文艺会演还要隆重一些，散下尾端的长发，花苞般蓬松柔软，就差在头顶戴上一顶小皇冠。

做好发型，雪竹从抽屉悄悄拿出贺筝月送自己的生日礼物。

是一对镶满了水钻的发夹，六瓣雪花形状，每个角度都闪着耀眼的白光。

她现在这个年纪，正是对这些事物充满兴趣的时期，小女生爱美，喜欢闪亮的饰品，只是喜欢之余，又觉得有些夸张，怕被人觉得自己臭美。

思来想去，雪竹还是将发夹收进了抽屉，这些亮晶晶的东西，哪怕只是躺在抽屉里蒙尘，偶尔拿出来看一眼她心里也觉得满足。

从房间出来时，裴连弈如往常般早就坐在客厅里等老婆弄好。

“妈妈还没好？”

“你妈那速度你又不是不了解。”

雪竹走到父母房间门口，宋燕萍正对着化妆镜涂口红。

她看着化妆桌上那满目琳琅的化妆品，有抹眼睛的，有擦脸的，还有涂嘴上的，每一样都跟画笔似的神奇，将妈妈的脸一点点变得精致。

“好了。”

宋燕萍收好口红，起身冲她挑眉：“准备出发。”

雪竹没急着走，听到客厅里爸爸对妈妈抱怨她化妆时间太长。她慢慢走到镜子前，盯着妈妈刚用完的口红，突然起了个念头。

拿起口红，雪竹笨拙地抿唇，学着妈妈平常那样旋出口红膏体，想给自己也擦一点口红。

这样她看上去会不会也更好看一些。

动作还没来得及实施，宋燕萍催促她：“小竹你在干什么，走了去吃饭了。”

雪竹如梦初醒，匆忙放下口红，生怕被妈妈发现。

出门时，雪竹又看到妈妈娴熟地踩上几厘米的高跟鞋，她看了眼自己平底的小皮鞋。

妈妈的高跟鞋太长，自己穿上去长了一大截，雪竹忽略这些，想象自己穿上高跟鞋优雅走路的模样，有些渴望，又很有满足感。

雪竹兀自沉浸在自己长大后成熟的样子里，连什么时候走到酒店的都不知道。

来吃宴席的人很多，老孟和许琴站在门口招呼客人，裴连弈两口子给完红包和人在门口聊了起来。雪竹向来对大人们的家常话题不感兴趣，绕过父母往里间跑去。

小区里熟悉的同龄孩子们基本都来了，雪竹一眼就瞧见被人众星捧月式簇拥着的孟屿宁。

男生和女生不同，女生可以用漂亮的裙子、精美的发饰吸引众人的目光，而孟屿宁则是简简单单，无须任何装饰，仅仅是一身干净清爽的衣着，以及那立于人群中仍然优越的身形轮廓和气质，就能够简单抓住其他人的视线。

包厢里没有聚光灯，到处都是人，没有人刻意说这场宴席是为他设的，可所有人都知道，他是今天的主角。少年眼里有温蔼的光，他在哪里，光就在哪里。

他在闪闪发光，比雪竹珍藏的那对水钻发夹还要闪耀。

“小竹，你在发什么愣？”

雪竹回过神，抚着胸口有些责怪地看着眼前人：“哥哥，你差点吓死我。”

“你自己不知道在想什么还怪我吓到你？”钟子涵不跟她计较，稍低头好奇地打量她的发型，“这头发没看你编过，还挺好看的。”

雪竹顿时骄傲地扬起下巴：“那当然，妈妈给我编了半个小时才弄好。”

“难怪难怪，漂亮死了。”钟子涵毫无灵魂地点头，不想理会小女生这突如其来的优越感。

雪竹也不理他，左顾右盼：“月月姐姐呢？”

“正和男朋友腻在一块儿呢。”钟子涵懒懒说。

“姐姐她男朋友今天也来了？”

“嗯。”

“快带我去看看啊。”她立刻来了兴趣。

钟子涵显然不那么有兴致，一米八多的大老爷们走得像蜗牛似的慢，

嘴里嘟囔着："又不是明星，你至于这么激动吗？"

二十出头的青年相貌端正，说话也比钟子涵他们这些刚高中毕业的男生成熟许多。

总大大咧咧的贺筝月在男朋友面前，连说话声都细气了不少，温温柔柔地向雪竹介绍："小竹，这是我男朋友易正鹏。"

雪竹被姐姐的语气肉麻得不行，忍着笑和她男朋友打招呼。

青年的声音和他的长相一样，认真到严肃："总听筝月说她有个玩得特别好的妹妹，今天终于见到了。"

贺筝月骄傲地问道："我没骗你吧？我妹妹是不是长得超可爱？"

"可爱，"青年点头，"等再过几年会越来越漂亮的。"

贺筝月蓦地眯眼："哦，我妹妹越来越漂亮，那我呢？等年纪大了越来越丑？"

易正鹏终于笑了："不会。你一直很漂亮。"

贺筝月笑着捶了下男人："这马屁亏你也好意思说出口。"

年轻情侣之间的氛围压根插不进其他人，钟子涵带着雪竹悄咪咪地溜走。

"你觉得筝月姐的男朋友怎么样？"

雪竹没什么意见，在她看来年纪比她大很多的男人都差不多，自动被她分类到她爸爸那一栏。

"还可以，说话口气像我们数学老师。"

钟子涵又问："你觉得他跟流川枫比起来怎么样？"

流川枫是贺筝月少女时期的头号男神，天天挂在嘴边，现在她找了男朋友，当然要拿来跟头号男神比一比了。

这还有悬念吗？现实中的人怎么可能比得过动漫人物？

"那还是流川枫比较帅吧。"雪竹老实回答。

"所以筝月姐以前说的什么非流川枫不嫁果然是骗人的。"钟子涵嘟嘟囔囔地总结。

雪竹心想自己小时候还幻想过嫁给中华小当家呢，这样每天都能吃到各种各样好吃的菜，可现在想起来，当时的话无论再怎么信誓旦旦，过个几年连自己都嫌幼稚。

两个人走了半天才被从甜蜜氛围中回过神来的贺筝月重新叫到身边。

贺筝月从前是团体里的大姐姐，现在仍然是，一讲起小时候的事那唯吾独尊的姿态又出来了，向男朋友回忆起小时候和弟弟妹妹一块儿玩的情景，专挑让人尴尬的剧情说。

“就小竹，小时候天天看《还珠格格》，然后就非缠着我要玩扮格格的游戏，还让子涵扮太监喊‘奴才参见格格’，现在想起来真是笑死我了。”

雪竹窘得不行。

贺筝月越说越起劲：“哦，后来宁宁搬过来了嘛，两个人都给她当太监，有时候她想玩外国的公主游戏，让我演恶毒后妈，然后她就演公主，子涵和宁宁轮流当王子，不当王子的那个就当仆人。”

易正鹏也不禁被这有趣的童年趣事逗乐。

后来，孟屿宁看他们这边说说笑笑的很热闹，好奇过来听，没想到是在说小时候玩“扮嘎嘎酒”的窘事。

“宁宁，你还记得吗？小时候雪竹非让你给她演白马王子，还让你叫她公主。”

孟屿宁那时候都懂事好久了，怎么可能不记得。他眼中含笑：“啊，记得。但叫公主还不够正式，小竹是让我叫她公主殿下。”

钟子涵瞬间爆发狂笑：“哈哈哈哈，我的妈呀公主殿下，没想到小竹还挺严谨。”

“你笑什么笑，”雪竹张牙舞爪地朝钟子涵扑过去，“难道你小时候没扮演过奥特曼吗？”

“我扮演过但你没看见过啊，”钟子涵欠揍地说，“谁让你年纪最小啊。”

孟屿宁没说话，但雪竹从他翘起的嘴角就能猜到他心里肯定也是这么想的。

哥哥姐姐都在笑她。

雪竹突然觉得当老幺一点也不好，回忆过去的时候，哥哥姐姐们都比她成熟，那时候大家都让着她，如今天道好轮回，报应不爽，现在她能拿出来说道的丑事最多。

好在包厢内大人小孩儿们都在吵，除了他们几个谁也没听到这些。

十二点正式开席，雪竹被叫回到父母身边坐下。

老孟为了省事将谢师宴并作一起请客，班主任林老师举着酒杯发言，临近退休的老教师满脸都挂着骄傲，向到场的嘉宾夸奖自己的这位门生是如何优秀。

“我敢说，在学习自律这方面，屿宁绝对是我从业近四十年来遇到过的对自己要求最严格的学生，无论是哪一门科目都是做到最好，从来没让任何一科的老师担心过，聪明、谦虚，又能干，再加上——”林老师看向孟屿宁，浑厚有力的嗓音扬起，“长得也是一表人才，我知道有不少女同学下课的时候会偷偷到我班上来看他。”

少男少女之间这些羞涩的心事，其实做老师的又怎么会看不出苗头。

美好、青涩，令旁观者也恍若年少时。

现在已经毕业，老师们对这种事的态度早已转变，无论结果遗憾与否，提起来都是桩美好回忆。

果然，宾客们齐齐大笑。

被老师揭了短，孟屿宁无可奈何，只能垂下眼佯装什么都没听到。

气氛轻松，老孟也听得眉开眼笑。身边的许琴撇嘴掐了掐他的胳膊，小声道：“自己没读过几年书，倒是生了个考北大的儿子出来，你确定是亲生的吗？”

“不是我生的还是你生的？”老孟白了许琴一眼，“早跟你说了，他像他爷爷，他爷爷没退休前就是当老师的，脑子聪明。”

“那这么说都是你爸的功劳咯？”许琴勾唇，娇声问，“孟云渐，你看咱们要是生一个，会不会以后能考上清华啊？”

老孟扯唇笑：“拉倒吧。就你这种天天只知道去迪厅跳舞的妈，能教出上清华的儿子？”

许琴嘴边的笑容瞬间消失，狠狠推了把男人：“我教不出来？你以前那个老婆是什么知识分子吗？不还是跟你一样给老板打工的货色？孟屿宁难道不是你俩生出来的？今天连儿子的状元酒都不来吃，我看早就找了新男人，把你跟你儿子忘得一干二净了。”

“你有完没完？”老孟拧眉，失了耐心沉声咬牙道，“她今天要真来了你还不得闹翻天？你想孟屿宁叫你妈还是叫她妈？”

“你！”许琴说不过，藏在桌下的脚狠狠跺了跺，跺得她脚心发麻心里也恨，“我可没指望过你儿子叫我妈，到底是别的女人肚子钻出来的，我这个后妈他当然看不上，要是我自己生的孩子，我还愁没人叫我妈？”

说完又很是不满地瞪向老孟。

“领证那天我就跟你说清楚了，你要觉得跟着我委屈就散伙。”老孟抿了口酒，懒得再同许琴浪费口舌。

许琴顿时哑口，低头不知在骂什么。

此时班主任说完了话，将话头交给了老孟，让他这个做父亲的说两句。

老孟突然被点名，手里还拿着酒杯就这么茫然地站起来。

他憋了半天也没想出什么有文化的发言来，只能感谢亲朋好友今天过来，祝大家吃好喝好。

也不知道是谁喊：“老孟，给我们分享下你教育孩子的心得啊，让我们这些当爸妈的也跟着学习学习，争取把自己的小孩儿也送进北大！”

“对！分享下！”

“别小气！”

老孟只好说：“其实真没心得，我这个做爸爸的都没怎么管过他，就是他自己争气。”

宾客们都嚷嚷着不相信。和老孟一家熟悉的几个邻里没跟着起哄，彼此心照不宣地对视而笑，这笑里有深意也有无奈，只是谁都不好明说。

不深究这些，这顿状元酒办得还是相当热闹。

到下午一点半，宾客陆陆续续离开，一栋楼的老裴、老钟几口子留下帮忙跟酒店清账，保洁员拿着大塑料袋一桌桌收拾剩饭剩菜。

雪竹和哥哥姐姐们在收拾干净的桌子上玩二十一点，等大人们忙完。

宋燕萍将手里的发票递给老孟：“点一下看有没有出错。”

老孟刚喝了不少酒还晕着，甩甩手说：“让许琴点吧。”

“计算器有没有？”许琴接过发票。

“前台有。”宋燕萍说，“那你们点，我们几个就先带孩子回家了。”

“嗯，慢走啊。”老孟按着太阳穴说。

宋燕萍转身对正在玩扑克的女儿喊：“小竹，回家了。”

“子涵回家了。”

“月月，走了。”

几家人正要一块儿离开。

“每桌加零食饮料三百五十块一桌，今天来这么多人后面又加了两桌，”

许琴点着手里的计算器，不断归零归零归零，越算眉头越紧，“孟云渐，你一个月工资都不够给的！”

老孟叼着烟摆摆手说：“算了算了，一年才请几回啊。”

“我看有的人来一分钱红包都没打，白吃白喝呢。”许琴摊开手，“看看收了多少红包，能补多少补多少。”

老孟皱眉：“那红包是给屿宁交大学学费的。”

“哦，红包是给你儿子交学费的，那摆酒的钱就打水漂了呗。”许琴冷笑，“我早跟你说没钱就别搞这么大，什么都没捞到，还不如拿这些钱给你们主任买点烟酒送过去！”

“说什么呢，孩子考上大学请客这叫打水漂？”老孟语气渐高。

“那是你儿子又不是我儿子，我忙前忙后的准备这么多我有什么好处吗？”许琴伸手便往老孟衣兜里掏，“红包拿出来我点点。”

老孟一把揪开许琴的手：“说了是交大学学费的你动什么动？！”

许琴被推得后退几步，侧头又看见同一单元的几家人还没走，面子上一时过不去，气得手脚直抖，铁青着脸咬牙切齿地尖声道：“你儿子都快十八岁了，有手有脚大学学费不能自己挣？非要从你这里拿？前不久我还在他房间里找到数码城的发票，四百块的 MP4，比今天一桌酒还贵！谁知道你儿子自己偷偷攒了多少钱，钱又是从哪儿弄来的，说不定现在兜里比你这个当爹的还富呢。”

这话说得极其不好听，宋燕萍忍不住出声说话：“你们两口子有什么矛盾回家好好说，在外面吵也丢面子。”

“今天宁宁办酒都少说两句，别让孩子不高兴。”老贺也出面当和事佬。

“是他孟云渐先不要面子的。”许琴什么话也听不进，指着一旁安静的孟屿宁对老孟说，“孟云渐，你先问问你儿子那么多钱哪儿来的吧，有这么多钱也不知道拿出来补，光指着你这个当老子的出钱算怎么回事！只送你儿子去上大学就要花这么多钱，我要是再生一个你孟云渐还不得给我孩子喂米糠？”

“阿姨。”

孟屿宁突然开口，干净的声音在这情境下听上去有些违和。

“那些钱是我每年的压岁钱，我给自己用作了生活费，高三这一年我买了很多补习书，所以到毕业后还剩下那四百多块，红包你拿去补酒席的钱吧。”

他安静地陈述自己的钱是怎么来的，又是怎么花的，也给出了补偿的说法。

没有和后母争吵，也并没有计较红包究竟该用作何处。

许琴愣住。

“读大学可以兼职，学费的事不用你们操心，”孟屿宁讥讽般勾起唇，眼里淡淡的没有情绪，“你想生孩子就生吧，我爸养得起。”

他的退让让刚刚胡搅蛮缠的许琴瞬间变成了哑巴，从脚底升上一股难堪的情绪，又听见邻居们略带责备的叹息声，脸上温度滚烫，尴尬又窘迫，恨不得当场从这里消失。

都是楼上楼下，每天抬头不见低头见，这时候谁也不好开口责备。

在场唯一一个不谙世事的小孩儿这时候比在场所有的大人都有勇气，什么邻里和气什么面子不面子的，在雪竹眼里，都比不过她这时候想要为哥哥出气的念头。

雪竹松开妈妈牵着她的手。

“小竹，你去哪儿？”

下一秒，雪竹跑到孟屿宁面前，他还坐在椅子上，雪竹不用踮脚也能轻松捂住他的双耳。

她现在要跟哥哥的后妈吵架，所以哥哥不能听。

“阿姨，”雪竹深吸口气，她从来没在大人面前这么不知上下，口齿伶俐地大声说，“那个 MP4 是哥哥买来送给我当生日礼物的，如果你想要那我就送给你。还有那些红包，是其他人送给哥哥恭喜他考上大学的红包，就算不用来当学费，那也是他的钱，你没有资格拿。哥哥他是孟叔叔的儿子，我们老师上课说过，做父母的对孩子有养育义务，如果不养孩子那是犯法的，所以孟叔叔给哥哥花钱是应该的，你也没资格抱怨。就算你现在生了孩子，你生出来的孩子也不一定会有哥哥这么优秀，还能考上北京大学！”

小孩儿说的话没有太复杂的用词，语句简单非常容易理解，许琴几乎是立刻有了反应，不知是不是碍于雪竹的父母在场，只能站在原地接受雪竹的“教育”，半个字也说不出口。

这段话说完足足二十秒后，宋燕萍才不轻不重地开口教训女儿：“小竹，怎么跟阿姨说话的？还不快跟阿姨道歉？”

雪竹撇嘴，吐了吐舌头，小声说了句：“阿姨对不起。”

敷衍至极的道歉还不如不道歉，许琴的脸色更差了。

道完歉，雪竹放开孟屿宁的耳朵，转而牵起孟屿宁的手：“哥哥，你跟我们一起先回家。”

孟屿宁从她刚刚的话中恍过神来，被捂住的耳朵虽然并没有隔绝外界的声音，但刚刚许琴的话仿佛已被她小小的身躯通通挡住，手心中柔软的温度让他下意识地回握住妹妹的手，此刻与她角色对换，温顺地点了点头。

几家人这下是真打算离开了。

老孟用不冷不热的声音说：“许琴你自己想想丢不丢人吧。”

许琴并不甘心，嘟囔道：“大学学费贵着呢，他兼职能赚多少，还不是要我们交。”

“啧。”

这声音是钟子涵发出来的。

反正这里年纪倒数第二小的是他。

于是，他回过头，说：“阿姨你放心，我可以跟屿宁一起兼职赚钱挣学费，绝对不会花你一分钱。”

年纪倒数第三小的贺筝月也说：“明年我就毕业找工作了，宁宁是我弟弟，我乐意帮他交学费，阿姨你就别操心了哈。”

老贺和老钟敷衍“教育”了几句，让许琴别把孩子们的话放在心上。

留下许琴面色发白，一肚子哑火没地方发泄。

走出酒店，雪竹才发现今天下午的阳光当空，天气这么好。

这么好的天气，回家真是太没意思了。

她拽了拽妈妈的手。

宋燕萍低头：“怎么了？”

“就回家了吗？”她问，“下午没有活动了？”

并排走的贺叔叔听到她问，插了一嘴说：“你孟叔叔没安排啊。要不这样，月月，”他将走在前面的女儿喊住，“你们小孩子好久没聚在一块儿玩，你是姐姐，下午要不你请弟弟妹妹们去玩？把小易也叫上，正好让他跟弟弟妹妹熟悉熟悉。”

这主意好，贺筝月立刻点头：“行啊，我请客。”

“行，那你就负责弟弟妹妹的安全了，我们几个大人先回家，别玩太晚，早点回家吃饭。”老贺又招呼家长们，“下午都没事吧？去我家打麻将不？”

于是各自的行程很快定下来，大人们先回家，孩子们结伴去玩。

钟子涵问：“去哪儿玩啊？别又去卡拉 OK 吧，我都去腻了。”

市区里其实没什么地方适合他们这个年纪相差这么大的“孩子帮”结伴去玩的。

“那要不去溜冰场？”贺筝月提议。

雪竹最先摇头：“我不去，我不会。”

“你不会我可以教你啊。”贺筝月看只有雪竹一个人反对，于是拍板，“四比一，去溜冰。”

雪竹撇撇嘴。

他们去的是一家室内溜冰场，大白天里面不透光，硕大的天花棚上一颗旋转球灯就算是主要光源，各种乱七八糟的灯光明暗交替，妈妈平时是不准雪竹来这种地方的，但她心里其实对这种小孩儿不许来的地方非常好奇。

贺筝月替雪竹穿好适合她码数的溜冰鞋，雪竹刚站起就不会走路了。

“别怕，摔不死的。”贺筝月看她的鸭子站姿顿觉好笑，“我拉着你走，大胆点迈开腿。”

雪竹勉强迈开腿，前脚的轮子打滑，她惊慌地喊出声，差点当场来了个一字马，还好学过跳舞，平衡感不错，所以没拉到筋。

几个人走进溜冰池时，前一首抒情歌刚刚放完，接着很快地场内的气氛灯跟发疯一样满天乱飞，溜冰池里的人如人猿泰山般吼起来，又吵又晃眼。

灯光闪得人差点瞎眼，雪竹很快和哥哥姐姐们走散，一时间谁也看不见，惊慌失措地喊：“姐姐你在哪儿啊！”

回答她的是震耳欲聋的歌。

“不如跳舞！”

“谈恋爱不如跳舞！”

雪竹快哭了，她不想谈恋爱，也不想跳舞，她就想赶紧找到哥哥姐姐们。

寸步难行的雪竹抱着场地边缘的栏杆手足无措，试图从这闪瞎眼的灯光中找到贺筝月。

“小竹。”

有个力道拍了拍自己的肩膀。

雪竹回过头，眯着眼总算认清眼前的人。

仿佛多年未见般，安全感瞬间回拢，她扁着嘴，差点没激动得当场抱住眼前的人。

“我带你去那边。”孟屿宁说。

有孟屿宁牵着，雪竹不用迈腿，像街边被吊车拉着的故障车辆任由他带自己穿梭在溜冰池内。

和钟子涵顺利会合后，雪竹使劲看了半天，发现两个哥哥在，姐姐的男朋友也在，唯独姐姐不见了。

“姐姐呢？”

孟屿宁和钟子涵对视一眼，气氛灯映照下两个人的神情都有些无语。

还是易正鹏好心指着溜冰池中央说：“你姐姐在那里。”

雪竹顺势望去，中央池内正在开火车，其实就是很多人站成一排，后面的拉住前面人的衣服，在池子里横行穿梭，贺筝月也不知道是什么时候当上的“火车头子”，后面跟着一溜儿十几号人，嚣张地在溜冰池中跟贪吃蛇似的溜来溜去。

路过他们这边时，贺筝月还兴致颇高地冲他们几个招手：“来啊！开火车啊！”

难怪她说要来溜冰场玩，搞了半天是她自己想来这里开火车。

“我去看着她别摔了，”易正鹏起身往池子中央走，“你们玩你们的，别管你姐姐。”

雪竹抓抓脑袋，心想也不能因为自己不会溜冰就害哥哥玩不成，于是说：“要不你们也去玩吧？我在这里等你们。”

“我对开火车没兴趣，”钟子涵扯扯嘴角，冲她伸手，“来，我教你溜冰。”

被牵着一只手的雪竹仿佛瘸了，还是没安全感，钟子涵哭笑不得：“你是有软骨症还是怎么的啊？怎么腿都站不直的？”

雪竹欲哭无泪：“我怕摔嘛。”

语落，空出的另一只手突然被牵上，孟屿宁站在她另一边，笑着问：“我们两个一起扶着你就不怕了吧？”

雪竹两只手都被牢牢包裹住，暖乎乎的。

她再三强调：“那你们千万不能松手啊。”

“知道了，往前溜吧。”钟子涵说。

喧闹的溜冰场内，一小块新手区域似乎被有意划分开来，雪竹亦趋亦步抬起腿，试图控制脚下笨重的溜冰鞋，两个个子高高的哥哥一左一右牵着她护航，为她掌握好重心。溜了不久，雪竹便有种自己已经会溜冰的错觉，如鱼得水地绕着池子边缘溜了好几遍，速度越来越快，脸颊边竟刮起小小的风。

从刚开始的笨拙到渐渐的游刃有余，雪竹渐渐体会到溜冰的乐趣，DJ舞曲盖过她的笑声，脚下如生风般自在。

她的自信心顿时膨胀，说：“好像也不是很难嘛。”

钟子涵不明意味地笑了一声，仗着身高在雪竹看不见的地方冲孟屿宁眨了眨眼。

孟屿宁挑眉，算是回应。

在某个时刻，他们默契地同时松开雪竹的手。

猝不及防，往前溜的雪竹意识到左右都没了护卫，大脑瞬间宕机，双脚不受控制地罢工，张开的双臂猛地抱紧自己失去平衡的身体，害怕地闭上眼喊出声：“我要摔了！”

钟子涵在她身后喊：“不会摔的，掌握好平衡继续往前溜啊！”

“不行不行我要摔了！”

然后真的摔了。

前方的小影子倏地摔下，屁股墩子狠狠砸在地上。

摔倒的这一瞬间，雪竹竟然舒了口气，她知道自己一定会摔，比起害怕什么时候会摔倒，现在真的摔了反而不觉得意外。

紧接着是尾椎骨一阵剧痛。

哥哥们赶紧溜到她身边蹲下询问她有没有事。

还好她年纪小，摔一下也没事。雪竹捂着后腰冲两个人发脾气：“你们干吗突然放手啊！吓死我了。”

“一直牵着你你怎么学得会啊。”钟子涵叹气。

他越解释雪竹越是生气：“那你也要给我心理准备啊，突然就放手是不是想谋杀我？”

“好好好，我的错，”钟子涵投降认输，“下次放手前一定跟你说。”

雪竹扬起下巴，语气倨傲：“算了，原谅你，扶我起来。”

“喳，老佛爷。”钟子涵扶起她。

这边雪竹刚摔没多久，那边正看着女朋友别乱来的易正鹏过来，脸上表情有些好笑又有些担心：“筝月刚刚溜太快在池子中间摔了，你们谁帮我一起扶她出来？她好像摔到腰了。”

三个弟弟妹妹瞬间的想法是——

看吧，总算摔了。

“她还以为自己是小竹呢，摔多少下都没事，二十多岁的身子骨了，”钟子涵叹气，“我跟你去吧，屿宁你带小竹继续溜。”

因为刚刚有了心理阴影，雪竹生怕这次被哥哥坑，恨不得拿 502 强力胶将自己的手和孟屿宁的黏在一起，怎么抓都不放心，总觉得无论抓得再紧，他一放手，她就又会摔倒。

孟屿宁知道她在想什么，用另一只没被抓住的手安抚地拍了拍她。

“这次绝对不会放手了，我保证。”

得到了孟屿宁的保证，雪竹这才放了心。

不过，她还是不太敢往前溜，双脚畏畏缩缩的比走路迈的步子还小。

“你大胆往前溜，摔了也有我保护你。”

他真的说到做到，不厌其烦地陪她一遍又一遍绕着溜冰池边缘练习，直到她真的觉得自己会慢慢往前溜了，才带她去一边的椅子上休息。

溜得太久腿有些酸，雪竹弯腰给自己捶腿。

孟屿宁安静地看她捶腿，忽地问：“还怕吗？”

“不怕，有你牵着我还怕什么啊，”雪竹盯着自己的溜冰鞋对他道谢，“谢谢哥哥。”

没有听到他的“不用谢”，反倒听到他跟着她说了声谢谢。

雪竹以为自己听错了，茫然张嘴：“啊？”

孟屿宁以为这里太吵她听不见，于是倾下身凑到她耳边，扬高了声音说：“刚刚在酒店。”

顶撞长辈并不是什么光荣的事，雪竹挺不好意思：“啊？你听到了啊？”

孟屿宁轻笑，对她做出示范，用指头塞住耳朵：“如果不想让我听到，下次记得这样塞住我的耳朵。”

之前雪竹也说过同样的话。

光捂住耳朵是没有用的。

或许并不是真的不想让对方听见，其实听没听见又有什么关系。

他们绝不会说让对方不高兴的话。

雪竹突然傻笑起来。

思想品德老师在课堂上说过，当受到别人帮助时，要说谢谢。雪竹对谢谢俩字熟稔于心，却不太习惯听别人对自己说谢谢，尤其是关系亲密如爸爸妈妈，再如孟屿宁。

因为为他们做什么都是应该的啊，被说谢谢挺让人难为情的。

“嗐，”她故作成熟地咳嗽两声，“嗯，不用谢啦。”

小女生这挤眉弄眼并不自然的老成模样逗笑了眼前的人。

“我还想溜一小会儿。”雪竹突然站起身。

孟屿宁：“好。”说完也要站起来。

她却说：“让我自己溜吧，你休息下。”

“好吧，就在这附近溜，”孟屿宁点头，“别溜太远。”

“嗯。”

雪竹能够感受到孟屿宁投射在她背后的视线。

她想好好表现，只可惜手脚跟不上脑子的指令，马前失蹄，再次跌在地上。

孟屿宁刚起身想去扶她，却看见她像只企鹅般笨拙地爬起来，囫囵拍拍腿上的灰尘，很快继续向他的反方向溜远。

不知她为何突然变得这么笨手笨脚，一点也不像平常机灵学什么都快的她。

孟屿宁忍不住笑出声。

溜冰场内光线透不进来，让人分不清黑夜白天，还以为时间过得很慢。

因为伤了腰而只能坐在椅子上休息的贺筝月无聊得紧，拿手机出来上网，看时间才发现已经快六点了。

还肩负着带弟弟妹妹的重任，顾不上其他的，贺筝月扶着腰满场找人，终于找到了在角落里练习溜冰的雪竹和在后跟着她的孟屿宁。

“小竹，宁宁，六点了，走了回家了。”

小竹正在兴头上，一听要回家立刻失落地惊叹：“这么快就到六点了？”

“是啊，回家了。”

好在现在是夏天，傍晚六点的天空仍然明亮。

一行人坐公交车回家，贺筝月和男朋友坐前面，其他人坐在最后排。

孟屿宁最先在靠近车窗的位置坐下，雪竹踌躇两步，钟子涵先行坐上了他身边唯一的位置，又对雪竹招手：“还不过来坐？”

雪竹哦了声，在钟子涵身边坐下。

或许是都玩累了，三个人谁也没说话，孟屿宁扶着下巴盯着窗外发呆，钟子涵靠着椅背打了好几个哈欠，哈欠声传染给雪竹，她渐渐有了困意。

路上公交车颠簸异常，上上下下的行人不少，车窗外的光线随着时间渐渐湮落至昏暗。

还有两个站就到家了，贺筝月转过头：“准备下车了啊。”看清后面后突然咦了声，“这么吵小竹都能睡着？”

雪竹枕在钟子涵膝上，唇张着，睡得正香。

钟子涵嗯了声：“玩了一下午估计累了。”

公交车到站，他的腿酸得不行，轻轻拍了拍雪竹的脑门：“小竹，到家了。”

雪竹睁开困倦的眼睛，软着骨头跟着下了车。

公交车缓缓驶离站台，留下一摊尾气，雪竹被呛得咳了几声，街道对面渐渐亮起的LED灯有些刺眼，仍是没有赶走她的瞌睡虫，慢吞吞地走在后面。

她走得实在太慢，贺筝月不得不停下等她，看她的样子恨不得直接睡在大街上，有些哭笑不得：“就这么困吗？”

贺筝月看了眼因为腿酸还没缓过劲的子涵，又看了眼男朋友。

易正鹏和小竹还是第一次见面，让他背着小竹，估计小竹自己都不自在。

“宁宁，要不你背小竹吧？让她在你背上睡一下，不然我还真怕她就直接倒在这里了。”

雪竹瞬间清醒。

但下一秒，孟屿宁在自己面前蹲下身子让她上来，她又赶紧眯起眼做出困顿的样子。

她畏畏缩缩地攀上他的背。

孟屿宁发力起来时，雪竹心虚地问他：“重不重？”

“不重，”他笑笑，“睡吧。”

雪竹虽然不困，但做戏要做全套，所以她还是闭上了眼。

孟屿宁一步步走得极稳，后背宽厚，颈肩白皙消瘦，线条流畅有力，她用脸颊贴着他的背，安心且依恋。

闭上眼也并没有影响雪竹除视线外的其他感官，从公交车站到小区门口这短短不过一里的路程中，她闻到了街边臭豆腐摊的臭味，和烤面筋与麻辣烫混杂的香味，听到了小摊老板们为招揽生意放出录好的喇叭扩音器声，感觉到了四周浓浓的烟火气。

走完这条热闹的街道，又转入树荫茂密的小路，周遭突然安静下来。

昏黄的路灯将他们的影子拉成长长的几条。

“对了宁宁，我就听我爸说你考上了北大，还不知道你是学什么专业的。”贺筝月突然问。

“金融专业。”

“金融？”贺筝月有些惊讶，“我以为你会选理工科类的专业。”

孟屿宁：“这怎么说？”

“不知道，直觉吧。”贺筝月也说不出个所以然，只好又反问他，“你的理想就是金融吗？”

少年沉默半晌，自嘲地笑了笑，语气平静温淡：“赚钱。”然后离开父亲，再不需要依赖这个家。

不只是贺筝月，其他几个人也愣了。

就连今天才跟他第一次见面的易正鹏都觉得，孟屿宁不该是为五斗米折腰、俗不可耐的人，而该是那种飞遁鸣高，屹在山尖处，清高端方，眼高于顶的少年。

小时候上作文课，老师拟作文题目《我的理想》，每个人的理想五花八门，他们都觉得孟屿宁的一定是科学家、宇航员，或是物理学家这类理性与浪漫相互碰撞的职业。

可是孟屿宁的话却在告诉他们。

他不是站在山尖处的人，他是现实中再普通不过的人，他的抱负并无多伟大，他的未来也并不如他们想象中的那样陈列在精致的橱柜中，展示着其他人可望而不可即的昂贵物什，玫瑰与法丝绒，钻石与紫罗兰，这些别人认为他该拥有的装饰物，实则离他都太遥远。

高考前的最后一次家长会，班主任林老师看着通知单上简单的请假理由，不禁抱怨就连这最后一次的家长会都不来出席，到底有没有把孩子的高考放在心上。

孟屿宁垂在两侧的手忽地攥紧，又很快松开，像是看开了什么，也放下了什么。

孟屿宁的语气很轻，淡淡接过老师的抱怨。

大约没有吧。

他这么说。

林老师叹气，郑重而温柔地对他说：

“巴尔扎克有句名言，苦难对于天才是一块垫脚石，对能干的人是一笔财富，对弱者是一个万丈深渊。屿宁，你的人生是在你自己手中的，这世上只有百分之一的幸运儿一出生就什么都拥有。老师和你一样，是那百分之九十九中的一个，即使没有优越的条件，很多路都被堵死，但读书这条路对你来说是通畅的，是可以改变命运的，老师相信你，在不久的未来，你会成为那百分之一。”

理想这东西，只有在吃饱了饭后才有资格被拥有。

其实这些一起长大的玩伴，包括在他背上安睡的小竹都不知道，在搬来与他们相识之前，他的梦想是成为一名厨师，这样他就能在父母不在家时自己做好吃的饭菜，不会挨饿也不会渴望邻居家的饭菜。

仅仅如此而已。很简单，说出来都怕人笑话。

“金融好啊，又能赚钱听着又高大上。”贺筝月还是肯定了他的选择，“等毕业后加油赚钱，我等着以后抱你大腿了。”

听她这么说，孟屿宁敛下眼帘，拾起他最常露出的微笑。

钟子涵举手：“算我一个，我也要抱大腿。”

“你抱什么抱，好好学你的医吧。”贺筝月睨了眼这个没出息的弟弟，“你以后要是当不上主任医师，以后出去别说是协和出来的，也别说是我弟弟。”

钟子涵不屑一顾：“还稀罕谁当去。”

贺筝月对他的态度很是不满：“你不以这个为目标那你想干什么？”

钟子涵撇过头，不情不愿地说：“我压根就不想学医，你觉得逼一个人学他不喜欢的专业，他能学好吗？”

贺筝月不明所以："那你为什么还学医？"

"我爸妈呗，反正我学什么由不得我自己决定，他们觉得好的适合我的我就必须咬牙学。"钟子涵叹了口长长的气，"本来以为高考完了到大学就能选择自己喜欢的，结果还是我想多了。"

"那你喜欢什么？"

"机器人，高达那样的，"钟子涵垂眼，自嘲道，"是不是挺不靠谱？"

"这算什么，"贺筝月拍拍他的肩，"其实我当初选专业的时候想选动画专业来着，比你还不靠谱。"

钟子涵惊讶："姐，你大学不是读经管的吗？"

贺筝月一副你懂的语气："对啊，经管。"

一时间谁也没再说话。

他们长长的影子一直到小路最后一盏路灯口消失不见。

贺筝月看了眼仍在孟屿宁背上熟睡的雪竹，叹气说："希望小竹以后能学她喜欢的东西吧，裴叔叔看起来是那种会支持女儿决定的人。"

"希望吧。"钟子涵撇嘴，"反正只要不跟我一样，她的人生还是精彩的。"

贺筝月无语至极："要是所有学医的都像你这么消极，那咱们国家的医疗事业迟早得完蛋。"

钟子涵哼哼："我看你学了经管，我们国家的经济水平怎么也没变低呢？"

"钟子涵你想死！"

钟子涵嬉皮笑脸地喊："姐夫救我啊！"

贺筝月急得要打人："还没结婚呢，别乱叫！"

姐弟俩又像小时候那样差点打起来。

好在易正鹏稳重，牵过贺筝月，正儿八经地说："迟早的事，小舅子说话我不能坐视不理。"

刚刚还处于狂暴中的贺筝月突然安静。

她的话在责备，可谁也听得出她口气中真正的情绪，被男朋友这句情话哄得不要太开心。

"你什么时候跟我弟弟一样喜欢贫嘴了。"

钟子涵见这两人眼里没他了，吊儿郎当喊了声，转头也不再搭理他们，搭上孟屿宁的胳膊打算把这对情侣狠狠甩在背后："咱们电灯泡先走一步。"

孟屿宁皱眉：“慢点，别吵醒小竹。”

“这丫头也太能睡了吧，”钟子涵懒洋洋地开玩笑说，“小睡美人啊。”

孟屿宁低声笑：“是挺像的。”

哥哥们的小睡美人。

Chapter 08

时光悄悄

因为雪竹在睡觉，他们的声音压得很低，似乎还不如暗处夏蝉的分贝高昂。

夏夜如此轻柔动人，配上刚成年的忧愁，宁静而清凉。

一直在“睡”的雪竹突然凑到孟屿宁耳边叫他。

“哥哥。”

孟屿宁侧过头：“醒了？”

她生怕他放她下来让她自己走，连忙紧紧抱着他的脖子，这才悄声说：“我支持你。”

莫名其妙的。

孟屿宁语气困惑：“什么？”

“我支持你学——”那个专业叫什么来着，雪竹仔细想了下，“金融，你以后肯定能赚好多好多钱。”

少年失笑。

这小姑娘连金融是什么都不知道就这样肯定。

那他以后还真要好好学，不然要是长大后挣不到钱，岂不是辜负了她的一番期望?

他没有放小竹下来，明明知道背上的人早已经醒了，却还是像乌龟背着它重重的壳，慢慢将她背回了家。

走完小路，一行人终于到家。

将雪竹交给裴连弈的时候她还在装睡，孟屿宁失笑，没揭穿她。

裴连弈实在不好意思地看着几个护送女儿回家的大孩子，非要留他们几个人在家里吃西瓜。

宋燕萍在厨房切西瓜，嘴里絮絮叨叨着这个只会给别人添麻烦的女儿。

絮叨完后，她也没叫醒雪竹，对丈夫说：“老裴，你抱小竹回房间睡吧。”

裴连弈将雪竹抱进她的房间，打开风扇开关，替她盖上薄毯，轻轻阖上房门。

雪竹睁眼盯着黑夜中呼出阵风的吊扇叶，电扇风拂过浅花色的窗帘和她膝上布料轻盈的白色裙摆。

她想象中的长大，哥哥姐姐们比她早一步到达了终点，但是终点的风景似乎并不像她想象中的那么美好，反而充满了各式各样的烦恼和无奈。

到很晚很晚的时候，雪竹迷迷糊糊感到有人走进房间，用凉水沾湿的毛巾替她擦了脸和胳膊。

“小懒猪。”

是妈妈的声音。

妈妈最后替她掖了掖薄毯，又离开了房间。

这个暑假绝对是雪竹有史以来过得最难忘的时光。

爸爸履行约定带她去了北京。妈妈单位太忙请不到假，贺筝月和钟子涵都有自己的旅游行程，孟屿宁在便利超市找了份兼职，为了赚自己大学入学的生活费。

父女俩坐上绿皮火车，十几小时的路程，是雪竹出生以来坐过的最长铁路线。

但是，她一点也不觉得无聊。这一厢的乘客们几乎都是去北京的，旅游的占多数，难辨的各种乡音杂糅着交谈，感叹现在生活变化有多大，期待首都有多繁华。

有些人票买晚了只买到站票，买到坐票的人坐久了便站起对身边站着的陌生人说一句，来，咱俩换着坐。

小小的举动便让两个完全陌生的人很快熟稔起来，互相交换带上火车的各种家乡特有的零食干粮。

推着小车的乘务员穿过热闹的人海，厢顶的电风扇吱呀呀转动也解不了闷热，雪竹将头探出窗户任由风刮乱她的刘海，但下一秒又被爸爸呵斥不许伸头出窗户。

后来外面下起淅沥的对流雨，雨滴顺着窗打湿桌上用来打发时间的扑克牌，爸爸把窗关上了。

透过玻璃也能看到这四方世界，火车不知行驶到哪座城市，一眼望不到头的田野和远处隐隐从云层中透出影子的山峦，这一刻雪竹眼里似乎能装满整个天空。

嘈杂闷热的十几小时过去，雪竹跟着爸爸下了火车。

脚下的土地是想象之外的繁华和广阔，出站时一个穿着志愿服的姐姐送给雪竹一把上头印着奥运五环和福娃的扇子，还对她说，小妹妹，北京欢迎你。

雪竹格外珍惜这把免费得来的扇子，一直到回家都牢牢握在手里。

那个晚上，烟花燃了半个夜晚，几乎点亮了整个北京城内的天空。

雪竹跟着爸爸去了很多地方，父女俩没买到内场的票，两个人明明到了北京，却也只能站在体育馆外看大屏直播的比赛。

“冠军是属于中国的！刘子歌最终夺得这枚宝贵的游泳金牌！”

“女子 200 米蝶泳金牌，也是目前中国参赛选手累计所获得的第十八枚金牌！”

内场的声音传到场外，一时间场外乌压的人群也爆发出惊天的欢呼，爸爸兴奋得鼓掌大叫，雪竹拼命挥舞手中的小国旗，鲜艳的红色漫天飞舞，映红头顶碧蓝的夏日晴空。

雪竹和爸爸蜗居在三环外一家小旅馆内，有时候赶不到当天的比赛，便守在电视机前看直播，妈妈和父女俩通电话的时候抱怨他们来了北京还看电视，浪费钱。雪竹和爸爸却觉得，在北京当地看电视和在家里看电视，氛围是完全不同的。

不过除了奥运红，雪竹还在北京喜迎了她的初潮。

谁能想到初潮早不来晚不来，偏偏在只有爸爸带她出来旅游的时候来。

人生很多时候就是这样出其不意。

女儿很绝望，爸爸也是满脸的尴尬无措，手忙脚乱去帮她买来了卫生巾，对着说明看了半天看不懂，只好觍着脸叫来前台的小姐，让她教自己的女儿怎么用卫生巾。

父女俩当天晚上都是一脸生无可恋地和妈妈通电话。

宋燕萍在电话那头听到雪竹今天来初潮，非但没有同情，反而当即大笑出声。

雪竹气得脸色煞白，捂着肚子嚷："妈妈你没良心！"

"行了行了，这几天让爸爸好好照顾你。"宋燕萍止住笑意，又对丈夫说，"老裴，你拿张纸记下来，明天去街上给小竹买点东西给她补身体。小女孩第一次来月经要格外注意，别落下病来。"

裴连弈一听会落下病，立马找笔找纸，一一记下老婆交代他要买的东西。小时候帮女儿洗澡换尿布都没这么让人焦头烂额，如今女儿初长成，操碎了心的老父亲不得不恶补女性月经知识，生怕雪竹真落下病耽误了一生。

虽然是新手上路，不过老父亲从前照顾过老婆出月子，照顾女儿也没多大问题，总算恭恭敬敬送走了雪竹的初潮。

奥运会结束前几天，为了避开人潮，父女提前踏上回家的路。

回家后，雪竹向所有人分享她在北京的所见所闻，当然省略了她来初潮那件事。

裴连弈知道小女孩要面子，干脆也当作没发生过，父女俩默契地遗忘了这件事。

先是妈妈对雪竹每日叭叭个不停的嘴感到了厌烦，后来是周围和雪竹熟悉的邻居们，最后雪竹无人炫耀，干脆坐车去乡下的爷爷家玩，每天对爷爷奶奶进行洗脑式灌输。

爷爷奶奶年纪大了耳朵不太好，常常坐在摇椅上一发呆就是整个下午，雪竹搬了张小板凳坐在他们身边，说上好几个小时说得口干舌燥也不见他们不耐烦，于是雪竹终于找到了最棒的倾听者。

两个老人只是笑呵呵地看着小孙女手舞足蹈对他们形容首都的繁华，在她说累了后递给她一块冰凉清甜的西瓜解渴。

“等以后我长大了赚钱了，就请你们一起去北京玩！”为了感谢爷爷奶奶的倾听，雪竹许下豪言壮语。

“等你长大我和爷爷都走不了那么远的路了。”奶奶笑着说。

“不用走路过去啊，我们坐飞机过去，很快的。”

“老了就坐不了飞机了，”爷爷也笑，“吃不消。”

“啊？那我怎么带你们去北京呢？”

坐火车?

可是坐火车更辛苦啊。

爷爷却说：“你有这份心我们就很高兴了。”

奶奶也说：“是啊，我们两个反正也没几年了，电视里看看就行了。”

雪竹不知道，即使自己这么啰唆，爷爷奶奶也仍旧希望每年的暑假都能过得再慢一些，乡下的这间屋子，最好每天都能听到孙女清脆的童声。

在乡下的这段时间，雪竹每天推着爷爷的自行车爬上小山坡，又迎着风骑下，她已经长高了，不再需要哥哥带她骑，晚上的时候也会去天台上睡觉。每当做这些事的时候，雪竹都会想起曾坐在孟屿宁的自行车后座，两个人一起追赶迎面的浓烈骄阳的时候，以及两个人并排躺在凉席上，他帮她一起数星星的样子。

爷爷也问过雪竹，宁宁这个暑假怎么没来玩。

雪竹老老实实地告诉爷爷，哥哥要兼职替自己赚生活费。

老人家叹了一口气，眼神眺向远方，也不知是对孙女还是对早已故去的好友说：“这孩子一定会有出息的。”

这份遗憾一直持续到暑假结束，雪竹独自坐上回家的大巴车，爷爷嘱咐她开学就是初中生了，要更加努力学习，奶奶还是让她在家多吃点饭，小孩子不能太瘦。

八月底，雪竹送走了先开学的钟子涵。

后来，钟子涵的空间新动态发表了一则日志，标题是《无聊云云我的大学生活》。

他记录了二十九号在东单九号院举行的开学典礼。

雪竹很给面子地留言。

可爱公主：【沙发 / 得意】

大爱高达回复：【你也快开学了吧？ / 坏笑】

可爱公主回复：【嗯嗯 555555】

大爱高达回复：【汗。开个学有啥好哭的。】

钟子涵当然不懂。

新的九月再到来，雪竹穿上旭华中学的新校服，将小学时用过的迪士尼公主书包放进柜子，背上了妈妈帮她新买的没有印着卡通人物的大号书包。习惯在第一小学下车的时候，还好妈妈拉住了她，哭笑不得地对她说："过了个暑假脑子玩傻啦？你已经读初中了！"

雪竹只能脸热热地重新坐回座位。

热闹的小学校门，今年依旧有很多新入学的一年级新生被父母牵着来上学，雪竹想起自己当初也是这样。

只不过爸爸妈妈工作忙，所以她大多数时间都是和孟屿宁一块儿坐公交车来上学的。

上了几天课后，雪竹还没来得及习惯七门科目的书本，妈妈就告诉她宁宁哥哥也要去北京上学了。

这时正值开学高峰期，童州火车站的入站口到处都是人，大都是父母送孩子上火车去外地上学，雪竹一家的送行并不特殊。

"放假就回来陪妹妹玩，"裴连弈按着孟屿宁的肩膀说，"没人陪她玩，她以后就无聊了。"

宋燕萍也嘱咐："有空的时候就打电话回来，多跟小竹聊聊天，向她传授下学习经验，她前几天还跟我抱怨怎么上了初中要学这么多门课呢。"

雪竹老大不乐意，觉得妈妈拿自己的玩笑话当真，新学期刚开学有些不适应而已，怎么说得好像她学习不好似的。

"现在谁还打电话啊，长途那么贵，都聊 QQ 了，"雪竹对孟屿宁说，"哥哥，我们发 QQ。"

裴连弈给面子地挑眉："哟，这么时髦啦。"

宋燕萍一眼识破雪竹的伎俩："就是想找借口玩电脑，你现在读初中学习紧张了，只有周末才能玩电脑知不知道？"

雪竹装作没听见。

火车站的女声广播提示从童州开往北京的K次列车开始入站检票，孟屿宁弯下腰摸摸她的头。

“小竹，我走了。”

头顶的手掌有重量，雪竹低下头：“嗯，拜拜。”

少年背着包，拖着行李箱的身影消失在人流中。

离开生活这么多年的家去外地求学或工作其实是件挺令人不舍的事，可刚离家的年轻人们都是兴高采烈，好奇和激动的心情远远超过离家的伤感，最不舍的，往往是看着他们的背影眼见他们离开的亲人。

或许是因为亲人知道，他们这一离开，从此朝夕相处的日子就只能从回忆里找。

“时间真的过得好快，这一转眼，宁宁和子涵都上大学去了。”

开车回家的路上，爸爸裴连弈感叹。

宋燕萍点头附和：“是啊。”

“不过能去北京上大学真的是件好事，”裴连弈说，“我带小竹去了趟北京才感受到这些年发展得有多快，要是我年轻的时候多去外地见识见识，指不定现在什么样了。”

宋燕萍对丈夫这莫名的遗憾感到无语：“行了，快四十岁的人了就别做这些梦了。”

裴连弈不服气道：“快四十岁也不老啊，现在开始努力也是来得及的。”

宋燕萍嗤了声，没再搭理丈夫。

裴连弈见老婆这副不屑的表情，也冷下了脸，不再说话。

雪竹坐在后排听他们说话，不知不觉就到了家。

回到家后，宋燕萍让她回房写作业。

雪竹不情不愿地哦了声。

走到房门那儿，无意间瞥到门框上的身高刻度，时间停留在暑假。

【183——宁宁，2008.6.18】

【149.2——小竹，2008.6.18】

雪竹叫沙发上正在看电视的爸爸过来给她量身高。

“又长高了点。”裴连弈记录下新的身高，写上日期。

但更新的只有雪竹的身高。

雪竹问：“宁宁哥哥的怎么办？”

“宁宁哥哥已经长大了，应该不会再长高了，所以就不用量了。”裴连弈说。

“哦。”

雪竹转身进房。

她在房间里写作业，一直写到妈妈喊她出来吃饭。

一家三口边看电视边吃饭，爸爸在看新闻，雪竹的注意力不在电视上，心想这个时候宁宁哥哥搭上的那辆火车不知道开到哪座城市了。

“今年还是难啊，又是地震又是南方冰灾，广州的房价又下来了。”裴连弈看着电视煞有介事地说，“前几年都涨了多少，1998 年老李刚去广州的时候天河区也才三千多一平方米，啧啧。”

“广州房价涨没涨跟你又没关系。”宋燕萍说。

裴连弈放下筷子，犹豫半晌后说：“前几天和老同学吃饭，说今年特殊情况，到明年估计会反弹回来，要是手头有钱拿去炒股票还不如去买房，更稳。”说完便等老婆的回答。

宋燕萍淡淡问：“你跟我说这个什么意思？”

“现在珠三角发展越来越好，老李今年跌这么惨还咬牙在深圳买了套房，深圳现在势头猛，虽然不是省会但是是经济特区，买一套小的以后肯定也不会亏。”裴连弈赔笑着说。

“那我问你，”宋燕萍也放下筷子，“你哪儿来的钱？就算房价跌了一套也是小一百万，你拿得出来？”

“房贷政策你没听过吗？”

宋燕萍深深叹气，一长串略带讥讽和不赞同的话脱口而出：“一个月四五千的房贷，你一个月工资才多少？别人贷款买房是有那个能力还，你有吗？现在我们家两套房住着，你单位那里还有套房子等分下来就是三套，又不要还贷款，我们俩工资又稳定，一个月赚这么多钱也足够了，你还想怎么着？卖了房子去大老远的广东再贷款买房？快四十岁的人了还做梦想靠炒房炒成百万富翁啊？”

裴连弈沉默好久，最终撂下碗起身：“你没远见我懒得跟你说，反正房子是我的，我要怎么处置不用经过你同意。”

宋燕萍气得连连点头：“行。你有远见，你有远见也不会放着现在的安稳日子不过想着那些不切实际的事。”

“随你怎么说。”

裴连弈饭也不吃了，走到玄关处换鞋。

宋燕萍起身：“裴连弈你又去哪儿？饭不吃又去喝酒？”

没有应答，裴连弈直接头也不回地走出家。

雪竹小心翼翼地出声：“妈妈……”

“小竹你别管，吃完饭回房间写作业，”宋燕萍匆忙对女儿说，紧接着也换鞋跑出家，“裴连弈我跟你说话呢！”

雪竹只好继续吃饭，又将电视换了台。雪竹平常最爱看的就是这个节目，星期六晚上无论妈妈怎么叫她去睡觉也坚持要看完才肯回房，但今天怎么也看不进去。

从前无论有什么不开心，只要一到周末打开电视，再多的不愉快也很快一扫而空。

现在长大了些，这法子没那么管用了。

也不知道是她笑点高了，还是电视节目不好笑了。

雪竹勉强吃完饭，将碗筷收进厨房水池，回房一个人发呆。

写不进作业，雪竹溜到书房开电脑玩，装扮了一整个下午的 QQ 空间，因为没开通黄钻保存不了装扮，只好将装扮都删掉。

她打开 QQ 宠物，发现这东西又生病了，而她的粉钻刚刚过期。

她又去玩了《连连看》，连赢了几局后，被同房间的尊贵蓝钻给踢出了房间。

该死的 QQ，看不起没钱的初中生是不是。

她想出去玩，但哥哥姐姐们都去外地念书了，不在家，没人陪她。

遭遇连续打击的雪竹只能将满腔的委屈往肚子里咽，继续屈辱地玩电脑。

爸爸妈妈自那日争吵后，已经鲜少再在雪竹面前吵架。

但是雪竹能感觉到，他们不再吵架不是因为和好了，而是因为在和对方赌气，就像她和祝清滢吵架那样，不想看见对方，也没有消气，用赌气的方式试图让对方先软化下来主动道歉。

开学一个月后，十月二十八号那天是星期二，雪竹晚上等到爸爸妈妈都回房睡觉后，悄悄从被子里钻出来跑到书房去开电脑。

她登上 QQ 想给孟屿宁说声生日快乐。

他的头像仍旧是灰的。雪竹心里有些失落，等他第二天看到她的生日祝福时已经是二十九号。

生日祝福就算迟到了。

发完消息，又配上小蛋糕的表情，雪竹还不想这么快关电脑，点进了他的空间。

他的空间其实很空旷，就连日志也只有寥寥几篇，还都是从网站上下载来的学习笔记。

唯一丰富的就只有他的留言板。

光是今天，他的留言板上至少有七八十条新留言。

大多都是今天十二点踩点发送的生日祝福。

留言的这些人，她只认识钟子涵和贺筝月。

月月姐姐：【弟弟生日快乐！越来越帅，早点找到女朋友哦 / 坏笑】

子涵哥哥：【兄弟生日快乐！上次去找你玩发现你们系美女超多哦！】

其余的应该都是孟屿宁的大学同学，男生女生都有。

有叫他学弟的，有叫他团支书的，还有叫他男神的。

其中有条留言吸引了她的注意。

绕着岛的江：【当当当！零点祝福准时到来！孟屿宁同学生日快乐哦！】

很简单的留言，没什么特别。但这条留言下面有很多的评论。

【熬夜踩点送生日祝福，浪漫！】

【孟男神你看我们江同学这么热情就答应了人家吧 / 坏笑】

【就是就是。】

【女神好主动，我真是好羡慕嫉妒恨啊！】

翻完所有的留言，雪竹关上电脑回房睡觉。

不声不响在大学里交到了那么多好朋友，不声不响吸引了女生。

雪竹任性地将他的行为视作一种背叛。

但她知道没人会理她。

几天后的周末，雪竹重新登录上 QQ，看到了孟屿宁几天前给自己的消息回复。

【谢谢，但你怎么这么晚了还没睡？】

【小孩子要早点睡觉。】

雪竹看到他的回复心里的气又上来了，她非周末不许玩电脑，冒着被妈妈揍的风险大半夜悄悄开电脑给他送生日祝福，结果他就是这种反应？

有气的雪竹语气也不好。

【那么多人十二点给你留言你怎么不说他们睡得晚？】

【= =但你是小孩儿。】

【哦。】

【你还在长身体，不能太晚睡。】

【哦。】

两个“哦”下来，孟屿宁总算发现她心情不好了。

【你怎么了？】

【没有。】

【心情不好吗，谁惹你不高兴了？】

雪竹心里喊是你就是你啦！

她面上当然是岿然不动，敷衍地说没有。

没过多久，电脑音响里突然传出刺耳的来电声。

雪竹吓了一跳，一开始还以为是家里来电话，定睛一看才确定是孟屿宁给她发来的语音通话请求。

家里没有安装麦克风，雪竹紧张接起，书房里响起孟屿宁清冽的嗓音。

“喂？小竹？”

雪竹慌忙给他发文字消息。

【我家的电脑没装麦克风】

“这样，那我先挂了。”他说。

【你说话，我打字就行了。】

“你打字有这么快吗？”孟屿宁的声音带点笑意，似乎是不相信她。

雪竹立刻为自己正名。

【你以为我在学校的电脑课是白上的吗！】

“好，明白。”他妥协，随即又进入正题，“在学校和朋友吵架了吗？怎么不高兴？”

【没有不高兴啦。】

雪竹还是一味地否认。

她小心眼是因为他交了新朋友就生气的事怎么可能对他说，肯定会被他笑的。

但孟屿宁显然没这么容易相信，语气温和："有心事了是不是？"

雪竹不知道该怎么回答。

"是不是不能跟哥哥说的心事？"孟屿宁又问。

雪竹挠挠头，想要再次否认，但又架不住他问，不想被他知道的同时又希望他能够洞察到什么，然后哄她开心。

【大概是吧。】

孟屿宁那边沉默几秒。

"如果不方便对我说，可以跟筝月姐说。你们都是女生，交流起来会方便些。"孟屿宁轻咳几声，敛去笑意，语气仍然温柔，像说道理般安慰她，"你这个年纪有心事是正常的，但不能耽误了学习，好吗？"

【我不会的。】

音响里又响起其他人的声音，混着通讯刺耳的杂音。

"干吗呢，干吗呢，趁我们不在宿舍和谁语音呢？这么快就被江同学追上啦？"

孟屿宁笑骂了两句，接着说："小竹，我室友回来了，我先挂了。"

语音通话戛然而止，书房重新安静下来。

第一个学年转眼而过。

这期间的冬天远没有去年冷，暖烘烘的阳光驱散了寒冷。

雪竹回乡下爷爷家舒舒服服地过了一整个寒假，冬天的时候没有那么多夏天专属的娱乐活动，她懒洋洋地窝在室内，和两个老人家不厌其烦地将重播的春节晚会看了一遍又一遍，开口闭口都是那句"不差钱儿"。

最后寒假结束回家，妈妈问她领了多少压岁钱，让她交出来帮她存银行。

雪竹摸着鼓鼓的棉衣兜儿，贱兮兮地挑着眼说："咱不差钱！"

宋燕萍无奈。

暑假时雪竹又去了爷爷家，还是一个人去的。

雪竹不再期待孟屿宁会有时间陪她去爷爷家玩。她知道他不愿意回来，孟叔叔气得在家捶桌子，大喊养了只白眼狼，骂到最后儿子非但没骂回来，反倒把自己骂得胸口生疼，嘴唇发白，最后不得不去医院看病。

裴连弈、宋燕萍两口子劝了他好半天才安静下来。

雪竹想，或许哥哥在去北京前，就已经放弃了什么。

其实她也想骂哥哥是白眼狼，放假也不回来看她，好歹子涵哥哥还知道回来。

可是长大就是这样的啊。

会慢慢地疏远儿时的玩伴，形成自己新的圈子。朝夕相处的不再是家人和邻里，而变成了同学和朋友。

就连雪竹自己也是这样。

初二开学，经过一年的磨合，雪竹熟悉了初中生活，融入了新的班级，交到了新的朋友。

最好的朋友祝清滢没有跟她分在一个班，她们是隔壁班，为此两个女孩难过了大半个学期。

巧的是，迟越和祝清滢分在一个班，雪竹想这两个人真是有缘。

小学毕业那年的暑假雪竹从北京回来，履行约定送了迟越一个福娃，还帮他写了张生日贺卡，迟越破天荒对她说了谢谢。

这是他们最后一次对话。

有时候在走廊上碰见，雪竹和自己班上的女生一起，迟越和他新的朋友们一起，两个人淡淡看了对方一眼，很快擦肩而过。

曾经一见面就吵架，现在上了初中，各自都成熟了不少。

不过庆幸的是，她和祝清滢还是最好的朋友。

两个人即使分在不同的班级，除了上课时间外，仍是亲密无间。

初二的第二学期开学，雪竹发现祝清滢来找她的频率突然高了起来，看上去跟她关系更好了。

可又有些不对劲。

虽然课间总霸占着雪竹同桌的座位，但雪竹跟她说话时她又显得心不在焉，眼睛总不老实往别的地方瞅。

终于，在某次雪竹趁祝清滢分心的时候顺着她发呆的方向去看。

祝清滢的视线正集中在和雪竹同班的一个男生身上。

这个男生叫梁嘉正。

是雪竹班上的数学课代表，学习成绩很好，下课的时候很少出去玩，通常都坐在自己的座位上看书。

雪竹跟他说过几次话，她觉得这个梁嘉正太闷了，她是个话痨，最不适合跟这种性格的人打交道。

“你盯着梁嘉正干什么？”雪竹冷不丁地问。

祝清滢明显心虚地躲开她探究的视线。

“我没有啊。”

“我明明看到你往他那个方向盯着看了，而且我跟你说话你也不理我。”雪竹觉得自己被忽略，有点生好朋友的气，嗓音不自觉大了几分。

或许是声音太大吵到了只和她隔了一条过道的梁嘉正，男生缓缓侧过头看她。

雪竹刚想说什么，嘴巴忽地被一只手捂住，还没等她反应过来，祝清滢已经捂着她的嘴强行将她从座位上拉了起来，嘻嘻哈哈地说：“走，我们去小卖部买东西吃去！”

然后，祝清滢扯着雪竹就往教室外跑。

梁嘉正莫名其妙地看着雪竹和祝清滢匆忙逃走的背影，很快又继续低头看自己的书。

两个人还真去了小卖部，雪竹挑了包辣条让祝清滢请客，祝清滢认命地帮她付了钱。

嘴里嚼着辣条，雪竹含混不清地问：“你刚刚跑什么啊？”

祝清滢装傻：“谁跑了？”

还不承认。

“就刚刚啊，你当我瞎子啊？为什么梁嘉正一看你你就跑？”

祝清滢哎呀了一声，含糊说：“就那个呗……”

“哪个？”

“那个……呗。”祝清滢的声音越来越弱。

雪竹突然被辣油呛到，痛苦地咳了好几声，喉咙火辣辣地疼，脸也红了。

祝清滢帮她拍背顺气，脸比她还红：“帮我保密啊。不许告诉任何人。”

“嗯。”

缓过神后，雪竹不确定地问：“为什么是他啊？”

明明他们都没说过话，估计梁嘉正都不知道她叫什么名字。

“不知道。”

“啊？”

“就那次来你们班上找你，他在做作业，突然觉得他好好看，像小说杂志里的男主角一样。”祝清滢挠挠头，也想不出来什么文艺句子，“就这样。”

雪竹问：“那你对他是像追韩国男团那种吗？”

韩流这阵风也不知道是什么时候刮起来的，雪竹班上至少有一半的女生喜欢韩国明星，沉迷韩流杂志，听那些听不懂歌词的韩文歌，足足听了几百遍，用中文拟音写在本子上学着唱，慢慢地不会说韩文竟然真的能跟着唱了。

祝清滢也中了招。

“这哪能一样啊。”祝清滢说。

“哪儿不一样？”

“我打个比方，你妈妈喜欢听刘德华的歌，看他的电影，难道她会为了刘德华抛弃家庭吗？”

这比喻不好，雪竹面色有些恼，冷声说：“你怎么不拿你妈妈打比方？”

“好吧，打错比方了，别生气，反正就不一样。”意识到雪竹不高兴，祝清滢语气变得有些小心。

雪竹没理她。

祝清滢在心里叹气。

早知道就不拿雪竹妈妈开玩笑了，她还没消气。

两个人回到教室，这时候已经快上课，雪竹想回教室等着上课铃响，祝清滢却叫住她，语气有些讨好：“我买了昨天刚出的杂志，我借给你看吧？”

雪竹用鼻子嗯了声，有些傲娇地接受了朋友的示好。

祝清滢舒了口气，跑回教室将新买的杂志借给她。

“我们班女生找我借我都没借给她们呢，”祝清滢强调这点，潜台词就是想告诉雪竹她们是最好的朋友，“我自己都还有几个短篇没看完。”

雪竹气消了些，鼓嘴说：“知道啦。”

下午放学，雪竹飞快赶回家，佯装进房间写作业，其实是打开了祝清滢借给她的青春杂志津津有味看了起来。

其实一开始她也对这种杂志不感兴趣，她喜欢看剧情更简洁的漫画，那样不费脑子。

可看了几本后，雪竹渐渐陷入这种用文字构建出的美妙故事中。

这些写小说的人写出来的故事一点也不像他们写作文那样，干巴巴才挤出几百字，忧伤凄美的故事配上诗句一般的形容词，故事中的男女主角互相吸引，可恋爱的情节有多甜，结局就有多悲惨。

雪竹不明白为什么大家都喜欢写悲剧。

一本杂志大约七八个小短篇故事，偶尔运气好才能看到那么一个写圆满结局的。

每次看完心里都空落落的，为男女主角的错过而感到可惜。

又看完一个故事，女主角最后出车祸死了，而男主角和女配角订了婚。

雪竹被这个结局弄得心情相当郁闷，看完后，脑子里都回荡着刚刚的故事情节。

“小竹，吃饭了。”

妈妈的声音将她唤回了神智。

雪竹立刻用练习册盖住杂志，拿起笔佯装认真写作业的样子。

好在宋燕萍没走过来，而是站在房门口对她说：“吃完饭再写。”

“哦。”

雪竹心里松了口气，起身离开房间。

餐桌上摆着三双筷子，雪竹有些惊讶：“爸爸今天会回来吃饭吗？”

宋燕萍在厨房端菜：“不是你爸爸，待会儿宁宁哥哥会来吃饭。”

雪竹心里一咯噔，差点以为自己听力障碍，脑子糨糊般转了半天，还是觉得自己肯定听错了。

“哥哥不是在北京吗？”

“你孟叔叔前几天生病住院了，哥哥回来看他。”

“住院？孟叔叔生病了吗？很严重吗？”

“算是吧。”宋燕萍含糊道。

她真没听错。

好久不见，谁能想今天一点心理准备都没有就能见到。

当然老天不会给雪竹准备的机会，她还在想等看到哥哥了该怎么打招呼，孟屿宁的声音在门口响起：“阿姨，麻烦你了。”

“不麻烦，快换鞋进来吃饭。”宋燕萍说。

雪竹愣愣地看着门口。

穿着白衬衫的孟屿宁先冲她笑了笑："小竹。"

通常雪竹这时候都会回一个灿烂的笑容，再甜甜地叫一声哥哥。

孟屿宁换了拖鞋朝她走过来，他头发剪短了些，不再是高中时那样充满了少年气息的蓬松柔软，戴上了眼镜，眉眼清隽，眼微弯着细长舒扬。

他也不再穿宽松的运动校裤，简单修身的黑色休闲裤，显得腿很长。

孟屿宁弯下腰摸她的头，温声说："你长高了啊。"

宋燕萍提醒她打招呼："叫哥哥啊，怎么越大越没礼貌了。"

雪竹讷讷像个复读机似的说："哥……哥。"

整顿饭雪竹吃得像个机器人，表情机械呆滞，宋燕萍问了孟屿宁不少有关学校的事，孟屿宁唇边始终扬着笑，耐心地一一回答。

"在北大念书是不是压力挺大的？学习还习惯吗？"

"山外有山，优秀的人很多，"孟屿宁说，"不过有压力才有动力。"

宋燕萍立刻露出欣慰的神情，对身边只会傻乎乎吃饭的女儿说："小竹，要多向你哥哥学习知道吗？"

雪竹咬着筷子说："知道。"

"小竹现在学习不太专心，上次我还在她房间里找到了漫画书，"宋燕萍又对雪竹说，"你说老师教的那些东西你都学好了吗？就有空看漫画书了？下次要是再让我看见你买漫画，我就直接没收卖给楼下收废品的，你听见没有？"

看个漫画妈妈就这么激动，要是被她发现她看有恋爱情节的青春杂志那还了得。

雪竹心里打了阵哆嗦。

吃过晚饭，雪竹想回自己房间待着，本来在帮忙收碗筷的孟屿宁被宋燕萍拦下动作："阿姨来收拾就行了，你去小竹房间坐吧，顺便教教她物理题，她这个学期刚学物理，上个月月考那个成绩我都不好意思跟你说。"

雪竹心想怎么什么丑事都往外说啊，但又不敢反抗妈妈，只能用沉默对抗。

孟屿宁倒没觉得这事有什么丑的，拍了拍雪竹的肩："走吧，我帮你看看题目。"

雪竹抿唇说："今天没有物理作业。"

“那就看数学题嘛，你总不可能也没有数学作业吧？”宋燕萍的声音从厨房传来。

进到房间，孟屿宁发现她房间里大件家具都没怎么变，只是墙上那贴满的海报变了。

犹记得几年前还是各种动画片的海报。没过几年，已经都成了真人海报。

这个房间一点点从孩童的气息转为少女的小心思。

只有床角处贴着张宫崎骏电影的海报，是移动城堡立在田野上眺望远方的天空，温暖清新的笔触让孟屿宁多看了几眼，又看到床边被防尘布盖着的立式钢琴，问她：“你现在还有在学钢琴吗？”

“有啊，已经考了八级了。”

雪竹打开数学作业，用笔帽蹭了蹭下巴，有人在房间里她写不进去。

孟屿宁走过来，站在她背后俯下身看她的作业：“怎么还不写？”

没等雪竹反应过来，孟屿宁无意看到了她盖在作业下的杂志。

花哨的插画，画风十分唯美，上面的主角是一男一女。

一看就不是正经教科书。

“这是漫画？”

似乎是好奇，孟屿宁抽出那本杂志。

“啊！”

她赶紧去抢，孟屿宁反应比她快，淡定地将杂志举了起来，她踮脚跳也拿不到。

雪竹急了，顾不得其他，抓着他的腰挠了两下。

孟屿宁怕痒，笑出了声，一只手仍高举着杂志，垂下另一只手去挡她。

雪竹铁了心要把杂志抢回来，两个人拉锯了好几分钟，最后孟屿宁实在无奈，叹着气说：“好好好，我还给你。”

她这才收起到处乱抓的猫爪子。

孟屿宁上一秒答应还给雪竹，结果下一秒雪竹刚听话不闹了，他又立马反悔，转过身背对着雪竹翻开杂志，眼睛迅速地扫过几行字。

他怎么这样啊！

“你骗我！”

雪竹气急败坏，又去扯孟屿宁的衣服。

孟屿宁这回是真的把杂志还给了她，虽然没来得及看全内容，但他大概猜到了这本杂志上写的是什么玩意儿。

雪竹抢回杂志，立刻打开抽屉将书丢了进去。

她心虚不敢说话，孟屿宁也没说话。

这气氛压抑得让雪竹有些受不了，她试探般抬起头偷看他，正好撞进他意味不明的眸子里。

她又赶紧低下头来。

“小竹，你平常就是在看这些东西？”他开口问她。

他果然还是看到了杂志的内容。

雪竹无地自容，比上课被老师抓到看漫画书还丢脸。

她还记得班上的女生被老师抓到看这种杂志时，全班男生那不怀好意的嘲笑声。

雪竹生怕孟屿宁笑她。

她不知道该怎么解释，闭着嘴装哑巴。

孟屿宁敲了她的头，温声威胁：“你要不说话我就去告诉阿姨了。”

“千万不要！”雪竹被捏住把柄，只能硬着头皮喊。

孟屿宁垂眼安静地望着她。

她低着头，眼睫乖巧地耷拉着，双颊粉红，因为刚刚的拉锯战，还没喘过气来，胸口微微起伏。

孟屿宁淡声拷问：“老实告诉我，只是看书而已，没付出实际行动吧？”

雪竹蒙道：“什么实际行动？”

“装傻是不是？”孟屿宁指了指她的抽屉，“我不信你不知道我在说什么。”

她刚刚确实没反应过来，等想明白他指的是什么后，想也不想立马回答：“没有，怎么可能！”

孟屿宁又盯着雪竹看了半天，雪竹脑袋都快被盯得冒烟，只好双手推搡他走开：“你好烦啊，别打扰我写作业了，你去客厅看电视吧。”

他向来愿意迁就雪竹某些任性的小要求，只是这次没再像小时候那样纵容她，而是抓住她的手腕，语气低沉：“我看着你写完作业。”

雪竹：“不要！”

“听话。”他不容置喙地说。

雪竹觉得他跟平时不一样，人变成熟了也变凶了，满腹委屈和不满，

还没等大脑发出指令，眼眶先不争气地红了。

孟屿宁语滞，哭笑不得，掐掐她的脸：“哭什么？”

“没哭。”雪竹用力吸吸鼻子。

越是倔强地表示自己没哭，那模样看上去越是可怜兮兮。

孟屿宁简直服了她了。

他没打也没骂她，始终在跟她好好说话，反倒是他的衣服被她扯皱了，眼镜刚刚差点都被她拽下来。

孟屿宁一脸没辙，只好说：“好，我出去，你自觉点写作业啊，不许看那种书了。”

雪竹闷声：“嗯。”

“你啊。”孟屿宁摁她的头，丢下声叹息。

他出去后，雪竹好半天没缓过神来。

孟屿宁是因为老孟生了病住院才临时决定回来的，很快又回北京了。

孟叔叔到底生了什么病，雪竹也不知道，只是听妈妈和邻里聊天时隐隐约约说：“还好发现得早，只是二期，做个手术切掉就行了，但听说并不是百分百的治愈率，他那个身体……我都怀疑他是故意糟蹋的。”

“要是他儿子在身边还能管管他，许琴什么事都听老孟的，压根管不住。”邻里也摇头。

因为雪竹在旁边听，两个女人只是隐晦地聊了一会儿就收了口。

雪竹好奇地问妈妈到底是什么病。

宋燕萍敷衍道：“告诉你你也不懂。”

大人总是喜欢用这个理由敷衍小孩儿。

雪竹觉得大人真是太小看他们了。

他们这个年纪，其实已经懂得很多了。

比如她现在已经能充当祝清滢的情感顾问，屁大的小女孩装作老成的模样头头是道地帮朋友分析。

为了帮朋友，她甚至特意去找没说过几句话的梁嘉正打听。

早读课的时候，英语老师让雪竹去办公室拿新一期的英语周报发给同学们，正好碰上从数学老师手里拿过上周考过的数学周检测试卷准备回教室发的梁嘉正。

两个人不熟，本来一前一后地走着。雪竹想了半天快步跟上他。

梁嘉正侧头看她："什么事？"

"哦，没什么，就是想问你认不认识祝清滢。"雪竹尽量让自己的语气听上去随意些。

梁嘉正嗯了声："隔壁班总是过来找你的那个女生。"

"你怎么知道她叫祝清滢？"雪竹惊讶道。

男生想了会儿说："早读课的时候经常听到他们班的班主任在门口训她。"

祝清滢老迟到，所以早读课通常都是在走廊上度过的。

虽然每次梁嘉正路过时，祝清滢总会用书挡着自己的脸，她哪知道自己这样做反而掩耳盗铃，一排迟到的学生，就她一个人用书挡着脸生怕被人看见，梁嘉正不注意她注意谁。

他和裴雪竹坐隔壁，每回下课这女生总是准点过来找人，久而久之也就记住了。

雪竹再接再厉："那你觉得她怎么样啊？"

"什么意思？"梁嘉正没懂。

雪竹又问得明白了些："就是你觉得她是个什么样的人。"

梁嘉正如实回答："爱迟到的人。"

这话雪竹原封不动告诉了祝清滢，一开始说到梁嘉正知道她名字时，祝清滢一双眼睛都在发光。

紧接着一盆凉水当头浇过来。

从脚心直直涌到头顶的羞窘登时将她的理智打了个七零八落，祝清滢头顶着墙不断地往上撞，边撞还边自言自语："让我死了算了。"

雪竹上前劝阻："你冷静啊。"

"我以后一定早点起床，"祝清滢语气绝望，"再也不迟到了。"

不迟到是好事，雪竹点头："我支持你。"

"可是，"祝清滢欲言又止，"如果我不迟到，以后早读课就看不到梁嘉正了。"

祝清滢知道他每天早读课的时候都会送数学作业去办公室，而从他的班级到办公室，一定会经过她的班。

这短短的早读时间，祝清滢能看到他一来一回整整两次。

“至于吗？”雪竹问。

“你不懂的。”祝清滢故作成熟地耸耸肩。

雪竹沉默不语。

她才不是不懂。

装扮空间一直受到小女孩的喜欢，雪竹为此还特意省了几天的早饭钱，去充了个黄钻，花上一整天的时间布置空间，在网上搜好看的 Flash 动画代码，四处找有效的音乐链接为空间添上背景音乐，常常为一个飘浮的特效纠结上大半天，到底哪种比较配她的空间背景，过不久后又嫌不新鲜，再花上一个周末重新再布置一遍，乐此不疲。

这天照常逛空间时，雪竹在孟屿宁的留言板上发现了新的留言，看头像和网名应该是个女生。雪竹立刻点进对方的空间，结果发现对方的空间装扮比她漂亮，其中有很多特效挂件甚至是她没见过的。

该死的攀比心起，雪竹正准备大干一场，结果被妈妈喊去洗澡睡觉，明天还要上学，她今天不能玩太晚。

躺在床上，雪竹还在想那个女生的空间。

今天要是不让她重新装扮空间她心都不安，翻来覆去大半天，最后还是决定冒险起床去开电脑。

雪竹连拖鞋都不敢穿，摸着黑扶墙走到书房。

电脑幽蓝蓝的光照亮了雪竹黑夜中仍然如炬般的好奇眼神。

她打开 QQ 空间去找那个好看的挂件，结果发现这个挂件是只有年费黄钻才能用的，雪竹一个每月省吃俭用省下十块钱才能充黄钻的穷鬼初中生立刻感到了这个世界的恶意。

正沮丧着，书房的灯突然被打开。

雪竹猛地转头，以为今天自己就要交待在这儿了。

站在书房门口的不是妈妈，是爸爸。

她顿时松了口气。

虽然是爸爸，但爸爸显然也没那么好打发，皱着眉问雪竹：“都一点了你不睡觉在干什么？”

雪竹只好老实交代：“玩 QQ。”

“你要是学习有这么热情也不至于每次月考出成绩都被你妈念叨。”裴连弈摇头，挥手赶人，“赶紧去睡觉，小孩子这么晚还不睡长不高的知不知道？”

爸爸果然比妈妈好说话一万倍。

雪竹关掉网页，悻悻站起来准备去睡觉。

结果，裴连弈又代替她坐在了电脑前，手握上鼠标。

雪竹问：“爸爸，你明天不要上班吗？”

“要。”

“那你怎么还不睡？”

“我偷个菜，偷完就去睡。”

她就说她的 QQ 农场为什么每次还没收成就已经被偷得荒芜不剩了，原来就是这群半夜设闹钟起来偷菜的中年人搞的鬼。

Chapter 09
治愈他的不开心

生活似乎并没有发生多大变化。

虽然爸爸妈妈的关系不再像她小时候那样要好，但争吵总归是争吵，雪竹始终相信争吵不会改变这个家。

就像她和祝清滢。

吵完冷战几天，和好后她们还是最要好的朋友。

初三上学期的结束，预示着雪竹即将结束初中生的身份，迎来人生最重要的阶段之一——高中。

比起小学毕业的玩玩闹闹，所有人显然对雪竹的中考关注多了些。

雪竹从下学期开始，暂时不用去少年宫学舞蹈，也不用去琴行学钢琴了，妈妈帮她跟老师请了长假，全力复习备战中考。

这个寒假，妈妈没让她去爷爷家玩。

原因也是要留在家复习。

之前那么多寒暑假，雪竹没几次是在家度过的，她早已习惯了乡下爷爷家寒暑期时的风景，也想念乡下奶奶养的大黄狗和老母鸡。

为此，她不高兴了好几天。

妈妈并不理解。

“又不是永远不许你去爷爷家玩了，等你中考完你想怎么玩就怎么玩还不行吗？”

“反正还有一个学期的时间复习，急什么。”雪竹也不理解妈妈。

宋燕萍苦口婆心地说：“你要是成绩好我肯定不急，问题是你现在物理和化学成绩不太好。你看看你哥哥，一个读协和一个读北大，要是你连一中都考不上，那以后在小区里看到叔叔阿姨们好意思打招呼吗？”

这有什么不好意思的。

一中每年招生名额才多少，全市又有多少个初三生，难道考不上重点高中的都没脸见人了？

雪竹腹诽应该是你和爸爸不好意思跟人打招呼吧。

一单元里一起长大的孩子，结果学习的差距这么大，做父母的好面子，肯定接受不了。

宋燕萍看女儿一副不服管教的模样，知道她这是叛逆期到了。

没办法，只好找人来开导她。

雪竹听不进父母的话，听得进去哥哥姐姐们的话，尤其是和她关系最亲的宁宁。

临近过年，大孩子们总算都得空回来了。

连已经毕业工作的贺筝月都提前从上海回来过年。

才回来没几天，家里的沙发还没坐热，他们就被宋阿姨召唤到她家里头给雪竹做思想工作。

“阿姨，我们来找小竹了。”

大孩子们如约而至。

宋燕萍摆上了好大盘的瓜果点心招待他们。

“阿姨给你们削个橙子吧？”

三个大孩子将手塞进桌下暖炉取暖，围坐在暖炉边吃冰凉凉的橙子大概是冬天的必备日常。

宋燕萍给他们一人削了个橙子，然后又削了两个，要拿进雪竹的房间。

“你们先看电视，我拿橙子给小竹吃，等她写完试卷就让她出来和你们聊天。”

隔着房门，哥哥姐姐们听到雪竹赌气的话：“我不吃。”

已经熬过苦日子的三个人互相对视。

闷在家里面对面训话反而会让雪竹更反感，贺筝月年纪最大，说话最有分量，等宋燕萍脸色很臭地从雪竹房间出来时，她第一时间建议：“阿姨，还有几天就过年了，就别逼小竹成天窝在房间里写作业了，让她出来透透气吧。”

“我不是不让她玩，但是她真的太不用心了，一张试卷你们平时在学校考试最多两个小时就写完了吧？她写了一个上午连一面都还没写完，也不知道是不是在房间里偷偷看漫画书。”

“没心思写的时候怎么逼都没办法的。”钟子涵说，“我们带小竹去街上逛逛，保证她回来唰唰两下就写完了。”

宋燕萍好笑道：“真的假的？子涵你别骗阿姨。”

钟子涵拍着胸脯说：“阿姨你相信我。”

为了让阿姨信服，他又悄悄在桌底下戳了戳孟屿宁的大腿。

省高考状元的话最管用：“如果还让她这样闷着，她心情不好，就算我们说话也未必有用。”

“行吧，那试卷就先不写了，放她出去逛逛。”

宋燕萍被说服，又返回雪竹的房间说：“小竹，你哥哥姐姐放假回来看你了，跟他们出去玩吧。”

被逼着在书桌前坐了一上午的雪竹总算挪开了已经坐麻的屁股。

“外面冷，不许敞开衣服听到没？别感冒了。”宋燕萍打量了几眼女儿，又去房间替她拿出一条围巾，结结实实将她的脖子包严实，最后终于放心地点了点头，“行了，记得穿那双新鞋子。”

雪竹站在那里任由妈妈摆布。

等下楼时，外头寒风阵阵，刘海被吹得乱七八糟，雪竹从脚心到脖子都是暖和的，一点儿也不冷。

“哇，过年了换了一身新的行头啊。”

贺筝月是女孩，最先发现雪竹身上穿的羊角扣外套和裤子，以及脚上的鞋子都是新的，尤其是鞋子，鞋头连一点灰都没有，锃亮锃亮的，一看就是今天刚穿出来。

钟子涵赶紧附和姐姐的话："在家就是好啊，过年了什么都给买新的。"

雪竹本来心情不好，听他们拍马屁又很快多云转晴。

其实妈妈对她还是不错的。

这衣服要好几百呢，都赶上妈妈的衣服价格了。是妈妈带她去商场买的，因为是今年的新款所以都不打折。

雪竹皮肤白，穿这种厚实的大衣只露出一张小脸时最像个瓷娃娃，最后也不知是售货员阿姨不停夸她漂亮的话打动了宋燕萍，还是宋燕萍觉得反正是过年，给买新衣服当然要买最好看的，即使没打折也给她买了。

那天逛街，母女俩脚都快走断，战利品自然是雪竹这一身新行头。

雪竹问："那你们觉得我新衣服好看吗？"

贺筝月："好看，当然好看。"

钟子涵："小美女。"

雪竹又望向孟屿宁。

孟屿宁笑着反问："你说呢？"

雪竹觉得他在逗自己玩，别过头说："不想说就算了。"

"好看。"孟屿宁没想到她这么没耐心，伸手拉过她，刮刮她的鼻子，"长大了开个玩笑也开不起了？好看。"

雪竹用手搓搓鼻子，哼了声。

眼见她心情好起来，哥哥姐姐们放下心，带她坐公交车去市区街上的大商场玩。

因为是过年，商场的人格外多，各个店面都在打折，录音喇叭里吆喝着"全场八折"或是"买一送一"，有的甚至打对折，就为了年底最后冲一波业绩。

贺筝月径直带雪竹来到商场内开的电玩城。

还是姐姐了解雪竹，比起逛街，雪竹明显对这种地方更感兴趣。

工作了的贺筝月豪气地买了几百个游戏币分给弟弟妹妹，让他们想玩什么就玩什么。

钟子涵拍拍孟屿宁的肩："走，我们去玩打僵尸的游戏去。"

“你们去，我对打僵尸没兴趣，我带小竹去玩别的。”贺筝月问雪竹，“小竹你想玩什么？”

电玩城里的游戏机琳琅满目，从前和朋友们过来玩，都是几个人分几十个币，玩什么都要考虑再三，生怕浪费了一个币，如今突然富有，手握一把游戏币，反倒不知道该先玩什么了。

“我还没想好。”她老实说。

“那行吧，你慢慢想，想好了告诉我，我们先看他们打僵尸。”

贺筝月其实对这种地方不太感兴趣，她对楼下在打折的品牌女装比较感兴趣，但是没办法，今天是带弟弟妹妹过来的，只能先忍着。

两个弟弟一看就是没少去电玩城，尤其是钟子涵，姿势娴熟地投币拿起枪。

“争取创纪录啊。”钟子涵说。

孟屿宁：“嗯。”

贺筝月抽了抽嘴角，觉得这俩弟弟故意耍帅，说不定还没打完第一关就双双阵亡了。

反正她自己和男朋友来电玩城玩的时候，两个人游戏水平都烂，连第一关都很难过。

结果这俩弟弟还真不是故意耍帅。

两个人无伤打完第一关，很快又来到第二关，周围的小朋友越聚越多，眼睛动也不动地盯着这两个拿枪打僵尸的大哥哥。

贺筝月和雪竹的身边不知不觉围了好多人。

慢慢地，又有女孩子围过来看。

都是些年轻时髦的女孩子，比小朋友们还激动，就差没给他们鼓掌。

本来两个个高又清秀的男生就容易引人注目，再加上配合默契，拿的虽然是游戏枪，但架不住姿势帅气水平高超，打到最后一关比较难，两个人也没空注意周围的人，全神贯注地投入在游戏当中，等新的纪录出现后，还没等他们交换胜利的眼神，身边的人先起起伏伏地哇出了声。

孟屿宁放下枪在人群中找他熟悉的人。

雪竹正呆愣愣地看着他。那傻乎乎又崇拜的目光让人很难不虚荣，孟屿宁也架不住她用这种目光看着自己，微抿起唇，用扬起的眉梢自我消化了这份暗喜。

他倾身挑眉冲雪竹笑：“看呆啦？”

“没有，你少自恋了。”她小声说。

这时有个胆子比较大的女生上前试探，目标还不止一个：“两位帅哥，能不能交换下手机号码？”

钟子涵呃了声，求救般地看向一旁的贺筝月和雪竹。

贺筝月一脸八卦地看着他俩，看那样子就不会帮忙，雪竹干脆侧过脸一脸“找谁也别找我”的表情。

还是孟屿宁比较淡定，直接说：“不好意思，没带手机出门。”然后冲钟子涵挑了挑眉，“走了，去玩别的。”

钟子涵立马勾上孟屿宁的肩蹿出了人群。

“我的天，打个游戏至于吗？”钟子涵嘴上虽然是这么说，但那副得意的样子，显然心里不是这么想的。

孟屿宁没理他。

刚刚玩了这么久手指也酸了，这会儿想玩点轻松的放松放松，电玩城里到处都是人，最后几个人的目光停留在那一排闪着彩灯的娃娃机上。

“玩抓娃娃吗？”钟子涵问。

贺筝月一脸无语：“你都多大了还喜欢娃娃？”

“抓给小竹嘛。”钟子涵倾身问妹妹，“小竹想不想要？”

说不想要那是假的，没哪个小女孩不喜欢抓娃娃，无奈雪竹抓娃娃的技术太差，所以每次来电玩城都不玩抓娃娃机，怕浪费游戏币。

她诚实地点点头：“想要。”

钟子涵活动了下筋骨：“看哥哥给你大显身手啊。”

平时来电玩城，都是看别人在抓娃娃机前大显身手，最后提着一篮子娃娃回家，没想到高手就在身边。

钟子涵玩游戏是真的有一套，他懂娃娃机的抓取概率，虽然费了不少币，但最后真的让雪竹收获了满满一怀抱的娃娃。

“太没挑战性了。”钟子涵叹气，将剩下的游戏币都扔给孟屿宁，“你来吧。”

孟屿宁接过，也没像钟子涵那样到处乱抓，先问雪竹：“想要哪个？”

雪竹指着最大的那个说：“想要这个。”

钟子涵笑：“这个有难度啊。”

孟屿宁倒是没嫌难，轻声说：“好，等我给你抓。”

抓了十几次没抓到，他也没不耐烦，论概率论他比钟子涵学得更透彻，知道不费这么多币不可能抓到最大的那个娃娃，所以也不心疼。

就连雪竹都说：“哥哥，要不我们换一个抓吧，我不要这个了。”

她话音刚落，最大的娃娃被牢牢抓住。

抓娃娃机突然唱起胜利的歌来。

一时间周围的人都被吸引过来视线。

于是那一刻，大家都知道娃娃机里最大最漂亮的那个娃娃被抓到了。抓到娃娃的男人从机子的掉落口拿出那个和几岁小孩儿差不多高的娃娃，然后递给了身边的小女孩。

周围人羡慕的眼神让雪竹一时间心里比吃了蜜还甜，同时又充满了骄傲。

钟子涵的胜负欲莫名被这个最大的娃娃给激起，又去买了几十个币。

刚刚还帅气拿着枪的两个青年这会儿就像是脚黏在了娃娃机前，那神情不比刚刚打僵尸的时候敷衍多少，抓到一个就送给身边的女孩。周围的小朋友们都看着这个女孩子，别提有多羡慕她有两个这么会打游戏的哥哥了。

玩到最后，雪竹已经完全抱不下这么多娃娃，只能拜托哥哥姐姐们帮她拿着。

四个人走出电玩城，走在商场里，活生生走出了十几个人的气势。到哪里都是焦点，甚至还有人回头看他们。

贺筝月年纪最大脸皮也最薄，忍不住教训两个弟弟：“我就说不要抓这么多，抓这么多干什么？小竹的房间放得下吗？”

钟子涵直接把责任都往雪竹身上推：“小竹她要啊，关我什么事。”

雪竹反驳：“我说要，我又没说要这么多。”

钟子涵一副狗咬吕洞宾的口气：“我花那么多钱给你抓了这么多娃娃，你不谢谢我就算了，还怪我给你抓多了？”

雪竹不服地喃喃：“本来就是……”

“反正别怪我，要怪就怪孟屿宁，谁让他抓到了那个最大的，这关乎男人的尊严，我当然不能认输。”

钟子涵见姐姐妹妹都怪他，立刻又扯到了孟屿宁头上。

孟屿宁哭笑不得：“你幼不幼稚？”

“难道你不幼稚？本来我刚刚已经收手了，是谁又去买币的？”

如果钟子涵对抓的娃娃没他抓的个头大这个事实老实认输，而不是欠巴巴地说虽然我抓的娃娃没你抓的大，但是我抓的数量多，孟屿宁也不至于一时冲动真跟他比起来。

平时最好说话最讲道理的男人第一次露出不讲理的神情，用带点无赖的语气淡声说：“反正不关我事。”

钟子涵立刻跟贺筝月告状：“姐，你看孟屿宁这无赖样。”

“你俩都无赖，都幼稚！还以为自己高中生年纪小呢？”贺筝月一脸烦躁，“拿这么多娃娃怎么坐公交车啊？回家的打车钱你俩平摊听到没？”

孟屿宁和钟子涵互相对视，只好听从：“哦。”

玩累了，再加上这么多娃娃实在重，最后贺筝月决定先去肯德基坐坐休息一下。

来坐坐肯定要点东西吃，贺筝月知道雪竹最喜欢吃这种快餐，直接将选择权交给了她：“小竹，你去点吧，想吃什么就点什么。”

雪竹立刻兴高采烈地冲去点餐台。

“你不怕小竹给你吃到破产啊？”钟子涵被贺筝月今天的豪气给震惊到了。

“吃一顿肯德基能花多少钱，等你们出来工作就知道吃这个其实比去饭店吃便宜多了。”贺筝月满不在乎。

钟子涵：“听你这口气，在上海似乎混得不错啊。”

贺筝月：“得了吧，买不起房什么都白说。”

“你要在上海买房？”

“谁不想在上海买房，现在不买以后还不知道房价会涨成什么样，早买早放心。”

“那你男朋友呢？”

“一起存钱呢，也不知道什么时候才能存够首付的钱，可能等结婚都没存够。”

钟子涵语气惊讶：“姐，你就打算结婚了？”

“看他什么时候求婚吧。”贺筝月抿唇，“反正都见过他爸妈了，也确定是他了，就这几年了吧。”

太快了。

这一转眼，最大的姐姐竟然都要结婚了。

钟子涵哑语片刻，轻咳两声生疏地说出那句恭喜：“那就提前祝你新婚快乐。”

“还没求婚呢，到时候再祝福也不迟。”贺筝月扶着下巴笑，“你们俩呢？找女朋友没？”

孟屿宁摇头：“没有。”

“你怎么还没找？你应该不愁找不到女朋友吧？”

“他哪有空啊，平时不是在学校上课忙系里的事儿就是出去兼职赚生活费。”钟子涵说，“他们系有个女生追他已经追得尽人皆知了，结果孟屿宁看都没看人家一眼。”

“啊？那女生漂亮吗？”贺筝月立刻来了兴趣。

“蛮漂亮的，她爸爸还是他们系的教授，条件很不错了。没办法啊，我们孟同学眼高于顶看不上。”

孟屿宁无奈：“少说两句吧你。”

贺筝月接着追问：“条件这么好宁宁你都看不上吗？”

孟屿宁语气很轻地道：“跟条件好不好没关系，我不打算在大学里找女朋友。”

“行吧，大学不打算那就毕业再说。”贺筝月也没劝，反正他够优秀多得是时间物色，又问另一个弟弟，“子涵你呢？”

钟子涵：“没。”

“你俩都没有？你俩这是说好了不找女朋友一起打光棍？”

“学医的哪有空啊，忙得要死，能活着就不错了。”

“啧，找不到就找不到，别找借口了，小时候都看过你穿开裆裤在小区楼下跑来跑去，真以为我不知道你心里那点小九九呢。”

贺筝月抬起胳膊玩笑般揉乱钟子涵的头发。

他个子高，坐着的时候也比她高不少，她想要揉他头属实有些费劲。

比起十二岁搬过来的宁宁，子涵显然更像是她的亲弟弟，一起长大，也看着他从小婴儿长成现在青年挺拔俊秀的模样。

钟子涵不耐烦地打掉她捣乱的手：“别搞乱我发型。”

贺筝月嘻嘻笑："小屁孩还知道注意发型了。"

"头可断，血可流，发型不能乱没听过？"钟子涵懒洋洋睨她，"要摸摸你男朋友的去，摸我的除非给钱，一秒钟一百块。"

"这么贵，你个奸商，"贺筝月恨恨道，"不摸了，回上海摸我男朋友的头去。"

钟子涵挑起细长的眼，不屑道："那我真是谢谢你了。"

雪竹这时候端着满满一盘吃的过来。

几个人没再继续刚刚的话题，太成熟不适合小竹。贺筝月将话题转到雪竹身上："小竹，你今年下半年就要读高中了吧？有没有想过将来念什么学校？"

"还有三年呢，问这个有点早了吧。"钟子涵说。

"不早了，我高一的时候就在想以后是去清华还是北大，虽然理想是美好的，现实是骨感的。"贺筝月说到这儿狠狠咬了口汉堡，紧接着又笑起来，"还好你们俩一个协和一个北大，也算是替我完成了梦想。小竹你呢？想去哪个城市读大学？"

雪竹下意识地看了眼正咬着吸管喝可乐的孟屿宁，摇头道："我还没想过。"

"那要不要考虑考虑上海？来上海我罩着你。"

"你还没买房子呢。小竹，来北京，我和孟屿宁都在北京，两个人罩你更爽。"钟子涵毫不给面子。

贺筝月立刻不乐意了："喂，那你们三个都去北京，就留我一个人在上海？"

钟子涵努嘴说："你要不乐意你也来北京发展呗。"

"不去。"贺筝月满口不屑，"而且我都已经打算在上海买房了。"

钟子涵对她这莫名的决心感到不解："买什么房？背那么重的房贷你不累啊？现在跟你男朋友同居租房子住不也挺好的吗？干吗给自己施加这么多压力？"

"现在除了会投胎的，谁身上还没背个几十年房贷啊？而且租房你知道多不方便吗？尤其是碰上那种又小气又喜欢斤斤计较的房东，"贺筝月提起房东就是满腹的抱怨，"我刚搬进去的时候厕所里马桶是坏的，上完厕所冲不下去，喊了半个月也不给换，最后扯皮扯了半天还是我自己掏了一半的钱才给换的新马桶，你说换你你受得了？”

住宿舍的钟子涵无法体会，但他的重点不在这上头：“吃东西呢，别说厕所行吗？”

“抱歉。”贺筝月摇头，“哎，反正等你们出来工作就知道了，这个社会上什么人都有，不是每个人都会无条件对你好的，大家都是利己主义。不过以你们俩的学历，肯定不会比我惨就是了。”

钟子涵扯着嘴角说：“谁说的，就我这专业能不能活到毕业那天都说不准。”

他们说的话雪竹听得云里雾里，她现在最主要的烦恼就是即将到来的中考，哥哥姐姐们聊的那些未来，什么工作啊买房子啊，对她而言都是很遥远的事。

插不上话，雪竹默默干掉了两对辣翅，一杯可乐。

吃完肯德基，四个人叫了辆出租车回家。

街上热闹纷呈，过年的气氛很浓厚，热情的司机大叔在车里也挂上了中国结，一听他们几个都是从外地回来过年的，连连点头称赞：“你们孝顺啊，不像我儿子，去广东打工三年都没回家过年。”

司机大叔健谈，出租车很快就开到了家。

贺筝月住一楼，最先进屋。

雪竹和孟屿宁其次，进门时宋燕萍看他们抱着一堆娃娃，整个愣住。

“怎么买了这么多娃娃？”

“都是哥哥他们抓给我的。”雪竹说，“妈妈你帮我拿一下。”

“哎呀，花这么多钱，真是浪费。”宋燕萍说，“宁宁、子涵你们等一下，阿姨拿钱给你们。”

“不用了阿姨，都是我们送给小竹的。”

钟子涵说完立刻替雪竹家关上了门，丝毫不给宋燕萍给钱的机会。

“我先上楼了。”

和孟屿宁道别，钟子涵一步两阶楼梯上了楼。

楼梯口安静下来。

孟屿宁用钥匙打开门，其实没打开门之前他就已经猜到里面是什么状况。

果然整个家到处悬浮着灰白色的烟气，客厅里立着一张麻将桌，他父亲坐在庄家，嘴里正叼着烟甩骰子。

许琴坐在他下家，听到动静侧头看了他一眼，踢了踢老孟的脚："你儿子回来了。"

"回来就回来呗，"老孟说，"反正他当这里是宾馆，想住就住，把别人家当家似的待着，连老子生病住院都只是回来个一两天就走了，哪有把这里当家？"

毫不给面子的讥讽，孟屿宁眉宇轻拧，没有说话。

一个牌友敲了敲桌子劝道："老孟，我说句实话，你别不爱听。屿宁在北京念书本来就没什么机会回家，你生病住院那段时间他还特意请假回来看你，这份心就已经足够了，你总不能因为自己生病就耽误自己儿子读书吧？"

"他读书？"老孟冷笑，"我辛辛苦苦供他考上了北大，北京多热闹啊，他哪还愿意回来？让他屈尊回来过年都是委屈他这个高才生了，回来也是往别人家跑，也是，人老裴两口子都是公务员，又有文化，他哪里还看得上我这个亲生老子？"

"行了，少说两句。"牌友又劝。

"少说也行。"老孟手指捻着烟头，冲孟屿宁不耐烦地甩了甩手，"你去外面过吧，别回家碍我的眼。"

孟屿宁从进门后就没说过话，到如今也仍是沉默。

这样的沉默让老孟更是恼怒："我跟你说话呢孟屿宁？！你哑巴了？"

"要是不想我回来就说清楚，"孟屿宁淡声说，"以后过年我不会回来碍你眼。"

老孟瞪眼，蓦地又笑了，咬牙切齿道："你！好好好，行！可以！你过年爱去哪儿就去哪儿，我还懒得管你！"

孟屿宁也笑了："你本来也没怎么管过我。"

"孟屿宁，你别以为你现在大了我就不敢揍你了！"

老孟直接抓起几个麻将往孟屿宁的方向丢去。

麻将打在了孟屿宁的额头上。

男人微愣，没想到儿子竟然没躲。

孟屿宁被打得侧过头，额头被打到的地方迅速泛起红。

他安静承受着，也没说一句话，转身回房，关上门。

“儿子都这么大了怎么还动手呢！”牌友啧声，“快进去和你儿子好好谈谈。”

老孟一时间也有些无措，最后撂下麻将，也没敲门直接进了孟屿宁的房间。

孟屿宁平静地看着他：“有事吗？”

“我……”老孟语塞，被他冷静的模样稍微吓住，小时候喝醉了酒打他，他还会躲还会反抗，后来慢慢地就不躲了，乖乖地站着任自己打完后躲在厕所里哭，现在长大了连哭都不哭了，就像是什么都没发生般。

老孟不说话，孟屿宁默默拿出行李箱，准备收拾衣服。

“你这是干什么？”老孟厉声问。

“不碍你的眼。”孟屿宁轻声说。

他越是冷静，老孟的脾气越是上来：“那你要去哪儿住？又住到对面去？到底对面是你家还是这儿是你家？”

孟屿宁停下手中收拾衣服的动作，转身反问父亲：“那你告诉我，这里哪像是个家？”

“怎么不像是个家？我是你爸，还有你许阿姨，我们三个就是个家！”

“不是。”孟屿宁否认。

老孟愣住。

“你和她是一个家，将来等阿姨怀了孕，你们和孩子又是一个家。”

老孟下意识地问：“那你呢？你和谁才是一个家？”

“谁和我都不是一个家。”孟屿宁语气淡漠，像淬满了被磨成尖刀状的冰块，“你和我妈没离婚前本来是，后来离了婚就不是了，爷爷还在世的时候我其实也有家，但后来爷爷过世了，就没有了。”

“我把你生出来，你说不是家就不是了？”

“爸，如果我能够自己做选择，我宁愿不要出生。你总说我喜欢裴叔叔家，”孟屿宁顿了顿，苦笑道，“有时候我也很希望我是裴叔叔的儿子。”

“你说什么混账话呢？！”

“那就不说了。”孟屿宁深吸口气，继续收拾行李，“我收拾好就走。”

“你走你走，爱去哪儿去哪儿！这个年也不要过了！”

老孟直到儿子走出家门的那一刻之前，还在以为儿子只是赌气，还是牌友死命拦着孟屿宁不让他走。

做父亲的看着儿子冷漠决绝的神情，突然意识到这次并不是小孩儿在赌气，孟屿宁早长大了，二十一岁的青年，明白自己做每件事的后果，还有几天过年，他这时候离开，明显是一种变相的了断。

“你要走，就先把这些年我在你身上花的钱还给我！”除了这个，老孟想不出任何挽留儿子的方式。

孟屿宁嗯了声，平静地道：“给我点时间，等我毕业以后，我会慢慢还给你。”

老孟没想到他连这个打算都做了，颤着嘴唇吼：“快过年你这时候走，你就是这么当儿子的？”

孟屿宁轻轻笑了，语气讥讽：“爸，你不是个好儿子，也不是个好父亲，这样的你有什么资格说我？”

这句话突然戳到了老孟。父亲孟长风的憾然离世，一直是他心中的刺。

牌友最后也没劝住孟屿宁，他提着行李头也不回地下了楼离开。

老孟想，如果这是儿子对父亲的报复，那在这一刻，孟屿宁成功了。

忽地一阵气血上涌，男人突然大声咳了起来，咳了足足半刻钟也不见停，直咳得脸色发白，浑身脱力地坐在沙发上任由许琴帮他拍胸口顺气，最后艰难地闭上眼，胸口像被钢针扎着似的剧痛无比，为缓解这种痛苦而不得不猛烈起伏。

他一直知道自己不会当爸爸，心里又何尝不知道儿子为什么喜欢老裴家，只是每次见儿子对别人家露出那个年纪该有的温柔模样，回头见他这个亲爸爸又只有沉默和冷淡，心中郁结万分，却又不知道该怎么和儿子沟通，只能用阴阳怪气的话逼儿子生气，变相地发泄心里的郁闷和气恼。

以前当儿子的时候，也不知道该怎么和父亲沟通，只会用逃学打架和父亲作对，等父亲走了才后知后觉地悔恨。如今当了父亲，依旧是不合格，直到儿子走了才知道自己的沟通方式有多失败。

其实孟屿宁是个脾气挺好的孩子。

长到三四岁的时候，儿子渐渐长出漂亮清秀的轮廓，那时候儿子就爱笑，见谁都笑。

和前妻没离婚前，儿子也是个会跟在父母屁股后面喊爸爸妈妈要抱抱撒娇的孩子，妈妈不给他买奥特曼的模型，他还会过来求爸爸给他买。

儿子听话文静，每次考试都是第一名，从来不用他和前妻操心。

直到和前妻感情破裂，儿子渐渐变得沉默，却又比家庭美满时更听话了。

好像无论做父亲的多不合格，儿子永远是那个优秀的儿子，不需要任何人为他担心，自己就能做好所有的事。

于是，孟云渐理所应当地认为儿子就是这样的性格，无论做父亲的怎样忽视，儿子永远是儿子，永远不会离开他，就像曾经他觉得自己的父亲无论如何都不会抛下他这个做儿子的，于是肆无忌惮地叛逆着。

直到父亲死了，彻彻底底撒手抛下了他，孟云渐再想认错，也只能等死了以后去向父亲恳求原谅。

孟云渐想了很多事。

心中也不是没有良知的，只是多年的性格使然，良知远远被冲动暴躁的性格压抑在内心深处。

“老孟？老孟你不对劲啊，”许琴拍了拍丈夫的脸，最后急得吼出来，“快，打120！”

大年二十九那天，雪竹才知道孟叔叔又住院了。

她和爸爸妈妈一起去看孟叔叔，病床边只有许阿姨在守着，却不见宁宁哥哥。

“宁宁哥哥呢？”女孩好奇地问出口。

这个问题却突然让病房里的两个大人沉默了。

“不知道。”孟云渐说。

许琴表情复杂，替丈夫解释：“那天父子俩吵了一架，他儿子出去了，然后就不知道去哪儿了，到现在也没回来。”

宋燕萍不可思议地睁大眼：“宁宁离家出走了？”

“让他走吧，”孟云渐有气无力地说，“反正他也大了。”

“大了难道就不是你儿子了？”裴连弈语气激动，也顾不得面前病床上躺着的是病人，“这么好的孩子，生在别人家宠都来不及，老孟你怎么就不知道珍惜呢？！”

孟云渐没说话。

他向来不知道珍惜。

其实他有一个很好的父亲，有一个很好的儿子，老天算是对他不错的。

都被他自己糟蹋了。

对于孟云渐的种种行为，从前不说是因为不好插手别人家的事儿，如今还有一天就过年，孟屿宁不知道在哪儿孤孤单单一个人，这让裴连弈、宋燕萍两口子实在无法忍受，当即数落起老孟的种种不是来。

许琴听不得这两口子对着个病号吼，出声替老孟说话：“孟屿宁又不是你们的儿子，少说两句行不行？医生说老孟他需要静养。”

“许琴，你也别说话。”宋燕萍深吸口气，再懒得维护什么邻里面子，指着她的鼻子说，“你是宁宁的后妈，当初你和老孟结婚我也不指望你对宁宁能有多好，他们父子俩有矛盾你不帮忙解决反而看热闹不嫌事大你是什么心态？把宁宁逼走然后你们俩好自己再生个孩子是不是？”

许琴面对这单刀直入的指责一时无措，没料到平日里还一起打牌闲聊的邻居现在会这么说她。

“我懒得和你们说，等把宁宁找回来，我带他去小竹爷爷家过年，你们也不用操心了，老孟你先把自己身体顾好吧。”

宋燕萍放下水果篮，对丈夫和女儿说：“走吧。”

一家人离开病房。

“小竹，”裴连弈问女儿，“你知道你哥哥可能会去哪儿吗？”

雪竹摇摇头：“不知道。”

“唉。”

裴连弈两口子同时叹了口气。

原本得到老孟住院的消息赶过来前他们还在吵架，现在心里都担心着宁宁，再怎么也吵不下去了。

“你们是孟云渐的家属吗？”

一家三口愁眉苦脸之际，医生拿着病历不知什么时候站在他们面前。

裴连弈收拾心情说：“不是，我们是他邻居，他老婆在病房里。”

“哦，那他子女呢？”

“有事没过来，怎么了？”

“那麻烦你们通知下他的子女来趟医院吧，孟云渐情况不太好。”医生说。

宋燕萍心里一咯噔：“什么意思？”

“肺癌晚期了，肿瘤已经出现胸膜扩移的症状，往全身多个器官转移。之前早期的时候就已经给他做过切除手术，当时就让他多注意身体了。不是说肿瘤切了以后就能百分之百痊愈的，”医生说到这里也是一脸的恨铁不成钢，“快五十岁的人了怎么连这点都不懂。”

裴连弈两口子一时难言。

后来，医生把这个情况如实告诉了孟云渐。

许琴趴在病床前不停骂，像个泼妇似的，骂孟云渐骂医生骂医院，骂着骂着就哭了。

反倒是孟云渐自己听到这个消息后淡定许多，笑笑说：“报应吧。”

雪竹跟着父母回家。

裴连弈坐在沙发上也不知道该干什么，沉默了许久，最后从兜里掏出一根烟打算点燃。

宋燕萍立刻从他手中抢过烟：“还抽！老孟什么病你刚刚在医院没听到医生说吗！你是不是也想得肺癌连命都抽没啊！”

裴连弈尴尬地蜷起手指，最后将整包烟丢在茶几上，仰头靠着沙发不说话。

雪竹什么话也没说，爸爸妈妈都坐在客厅里发呆，她悄悄溜到了书房。

绝不是因为想玩电脑，她还不至于那么没心没肺。

雪竹想，哥哥不接电话也不回短信，有没有可能用 QQ 联系到他，他的 QQ 联系人里没有孟叔叔和许阿姨，也许他会上线也说不定。

雪竹登上 QQ，他的头像是灰色的。

雪竹知道他经常隐身，抱着百分之一的希望给他发送了一条消息。

【哥哥，你在吗？】

好几分钟都没有回应，雪竹想自己或许把事情想得太简单了。

这时，灰色的头像突然跳动起来。

“嘀嘀！”

是消息的提示音。

她连忙打开聊天框。

【在。】

【哥哥你在哪儿啊？我能来找你吗？】

将近十分钟没有回答。

等再发过来消息时，是一个网吧的名字，还有一句请求。

【别告诉他们。】

雪竹知道孟屿宁说的“他们”是指谁。

【好，我先下了，我马上过来。】

【嗯。】

雪竹二话不说披上外套准备出门，临走前妈妈在身后问她去哪儿，雪竹也只是敷衍地说去一个地方。

街道上冷冷清清的，临近过年，已经有不少店面拉上了卷闸门休业，雪竹站在街口等了半天。她出来得急，忘了戴手套，摇车的手被风刮得通红，终于叫到了一辆出租车。

司机说过年不打表，雪竹从兜里掏出一张五十块给他看，语气急切：“我有钱！”

顾不得这个时候打出租车有多贵，刚坐上车，雪竹边搓手取暖边报出网吧的名字。

她不停地让司机叔叔开快点再开快点，司机有些无奈，不知道为什么小姑娘去个网吧还这么着急。

难道是害怕去晚了没有机子玩？

“小姑娘不要去网吧，那里面混子很多的，不安全。”司机好心提醒。

司机越是这么说，雪竹越是想快点找到孟屿宁。

到了地方，雪竹站在网吧门口，也来不及细想，直接掀开帘子走进去。

一进去就被香烟味呛到，雪竹捂着鼻子咳了几声。

坐在柜台边的老板瞅了她一眼：“小妹妹你成年了没有？我这儿不是黑网吧接待不了你啊。”

“我不上网，我找人。”

“找谁啊？”

“孟屿宁，他是我哥哥。”

老板打量她半天，看她的样子不像是来讨债打架的，也不像是寻滋生事的，于是帮她查了下登记信息，然后指着尽头的包厢说：“你哥哥他开了个包厢，在里面。”

“谢谢老板。”

雪竹匆忙道谢，直接往包厢跑去。

打开包厢门，外面的烟味一下子闻不到了，干干净净的网吧包厢里，孟屿宁就坐在电脑前打游戏。

她也不知道他在打什么游戏，只看到电脑屏幕里的画面有些恐怖血腥，孟屿宁修长的手指放在键盘上，有些焦躁地反复按动着。

“哥哥。”雪竹轻声叫他。

孟屿宁放在键盘上的手动作一滞，背对着她嗯了声。

雪竹走到他身边，也不知道这时候该说什么话，张嘴酝酿了半天，最后一个字也没说出来。

一局游戏结束。

孟屿宁摘下头戴式耳机，转身仰头看她，声音极轻：“自己坐公交车过来的吗？”

“我打出租车过来的。”她说。

孟屿宁皱眉，叹了口气，说：“对不起，我不应该让你一个人过来，太危险了。”

雪竹故作幽默地说：“没有，司机人很好，我让他开快点他就开快点，不然我也不会过来得这么快。”

孟屿宁笑了下。

雪竹以为他是被她的话逗笑的。

“吃饭了没有？”他又问，“这附近没有肯德基，只有一家麦当劳，我带你去吃好不好？”

麦当劳里人特别多，连落脚的地方都没有，没办法，到了过年哪儿哪儿都是人。

他们只好打包回网吧吃。

孟屿宁将椅子让给雪竹坐，雪竹没拒绝，坐在椅子上低着头安静地吃汉堡。

其实来之前想了好多话要说，但不知道为什么，到了这里看见他，那些安慰的话就说不出口了。

再深入人心的安慰，她也无法和他感同身受，她不想以一个旁观者居高临下的姿态安慰哥哥。

最好的安慰，其实是做出比对方更低下的姿态，用自己的悲惨去换得对方的感同身受。

你看我，我比你还惨。

雪竹终于明白，为什么妈妈总说小孩儿不要插手大人的事。

因为她根本想不出十全十美的方法去帮大人解决这些。她只会比大人更难过，更失望，更不知该如何是好。

“哥哥，我悄悄跟你说，”雪竹突然扬起笑脸说，“我爸爸妈妈最近老吵架，前几天我晚上MP4没电，听到他们吵架的内容了，原来我爸爸偷偷卖了一套家里的房子，托他在深圳的朋友帮他在深圳贷款买了套房。”

莫名其妙的开场。孟屿宁没有问她为什么突然说这个，只是顺着她的话问：“然后呢？”

“然后我妈妈就骂他啊，说也不知道那个朋友靠不靠谱，就把那么多钱给了朋友，我爸爸说那个朋友是他的同学不会骗他，我妈妈又说亲兄弟都有反目成仇的，更不要说只是同学。我爸爸说，他想趁着现在还拼得动的时候再赌一把，如果成功了，就可以给我们更好的条件，但是我妈妈觉得，他放弃现在的生活去冒险买房简直是个神经病。”

其实不是神经病，是别的脏话。但是雪竹知道大人的脏话不能学，就改成了神经病。

“他们说要离婚，然后说离婚以后我跟着谁，”雪竹说着说着语气就不自觉哽咽了起来，“我自己也不知道如果他们真的离了婚该跟着谁。”

这些事雪竹从来没对爸爸妈妈说。

她装作没听见过，爸爸妈妈也瞒着她，但偶尔一个人睡在房间里，她还是会止不住去想他们说要离婚的事情。

雪竹说完这些话，也不确定有没有安慰到孟屿宁。

他的心情有没有好一点?

一道阴影落下来，嘴里的汉堡只嚼了一半，雪竹突然被他干净清冽的气息包围。

孟屿宁小心翼翼地将她揽进怀里，手覆在她的后脑勺上，轻轻拍了拍。

他心思剔透，又怎么会不知道她说这些话的目的。

她在安慰他。

用自己的不开心来治愈他的不开心。

其实孟屿宁心里是给过父亲机会的，从父母离婚后，不想给父亲太多负担，所以一直学着做一个听话的孩子，在同龄人大都叛逆的十几岁，唯有他安安静静，在学校做个好学生，回到家后自己买盒饭吃，自己洗衣服叠被子，争取不用让父亲上夜班后回来还要照顾他。

他不想用叛逆和学坏来获得父亲的关注，而是乖巧地用温柔的方式希望能让父亲少操心一些。

失望是层层叠加到今天这个地步的，就在他知道父亲打算和继母生一个孩子后，他觉得，自己无数次的退让和忍受，再听话再优秀，其实也无法阻止父亲组建新的家庭，一个将他刨除在外的新家庭。

高三的时候他学得很辛苦，每次看到其他同学的父母想尽了办法让自己的孩子吃得好，而有的同学却还嫌弃父母做的菜不好吃，他心里也是有些生气的，生气之外，又是更多的无力和羡慕。

父亲不管他，他就自己管自己。他努力学习，即使学累了学烦了也还是咬咬牙继续学。他不是生来的天之骄子，没有资格去对抗既定的命运，更没有资格眼高于顶地去俯视一切，只能通过这唯一的方式改变人生，逃开父亲，避免落入和父亲一样的下场。

他已经很努力去改变。

但他实在觉得父亲太过分，过分到他无法忍受。

终于累积到今天，孟屿宁选择离开，任由父亲去组建他新的家庭，从前的渴望不复存在，也就不再有任何期待。

“小竹，其实你比我好，我很羡慕你。”孟屿宁抱着她轻声说，“无论你的爸爸妈妈怎么吵，但有一点你不可否认的事实，那就是他们都爱你。”

又成了他安慰她，方式竟然是相同的。

两个温柔到骨子里的人都选择这样自嘲的方式安慰彼此。

从第一次见她的时候，孟屿宁就知道她是个被爱包围着长大的孩子。

因为被爱着长大，所以对周围的一切都充满了善意，总是乐观地看待所有问题。宋燕萍为了女儿的成长操碎了心，送她去学钢琴学跳舞；裴连弈对女儿则是宠溺万分，人到中年仍是想拼搏一把，就为了给她带来更好的家庭条件。夫妻俩共同将她从一个小瓷娃娃养成如今亭亭玉立的少女，虽然有时顽皮，也会任性，但大多时候她都是善良体贴的。

会在第一次见面时就请他这个陌生人吃泡泡糖，带他去她的爷爷家过暑假，还会给他送饭，送他一个 MP3，这些记忆每次只要想起，都会忍不住笑。

每次都在最恰好的时候，用童真可爱的行为抚平他的难过。

现在又用爸爸妈妈背着她吵架的事来安慰他。

他不知道该怎么形容眼前的女孩。

她特别好，好到他即使比她大六岁，都忍不住去依赖她，在网吧不知日夜地通宵玩游戏，当看到她发过来的消息时，那一瞬间也不知该做何反应，忘了让她一个小女孩来网吧有多危险，只是想快点看到她。

好像看到她后就能心安。

雪竹被孟屿宁抱着，他靠着她，将头埋进她的颈窝里。

他以为自己已经长大了，不会再这么脆弱了。

所有人都觉得他端方清正，其实他根本就是从泥泞中长大的孩子，因为不愿意将脆弱示人，也不想让其他人看到他敏感自卑的一面，那样的话会让他觉得自己连最后一层体面的保护壳都失去了。

孟屿宁还是像自己少年时期那样，很多时候在别人看不到的地方，会悄悄窝在一个安全的角落，偷偷抹掉眼泪。

一点没变。

雪竹突然觉得颈窝一阵温热。

“小竹，你看我，”孟屿宁用极不易察觉的哭腔安慰她，“……没有人爱我。”

雪竹的眼睛也红了。

她安安静静地，像个不会动的娃娃任由他抱着。

冷静过后，孟屿宁知道不能带雪竹在这里过夜。

他叫了车打算送她回家。

雪竹扶着车门，有些不愿意走：“那你呢？”

“我住宾馆。”他说。

“为什么不回家呀？”她又问。

他的回答听上去很任性也很坚定：“不想回。”

出租车司机在车里问：“帅哥，你妹妹到底上不上车啊？”

“抱歉，稍等。”

孟屿宁倾下身，对雪竹温声哄道："很晚了，回家吧。"

"你跟我一起回，"雪竹拉着他的衣袖，执拗道，"你不回我也不回。"

孟屿宁掐掐她的脸："你不回家，难道要跟我一起在宾馆睡？"

大男人跟小姑娘开这种玩笑，任谁都可能觉得轻浮，但雪竹了解他，知道他肯定没这个打算。

其实在她好小的时候他就对她有了男女之防，不是为了他，而是为了保护她。

"你要是不想回自己家，可以去我家睡。"她还是不想他睡宾馆。

孟屿宁为她的执着无奈："那我睡哪里？"

"我睡沙发，你睡我的房间。"雪竹说。

"冬天睡沙发会感冒的。"孟屿宁失笑，"好了，回家吧。"

他不回家，她也没法逼他。

"孟叔叔在医院，"雪竹不知道该不该告诉他孟叔叔现在的状况，"你会去看他吗？"

孟屿宁："再说吧。"

没有答应也没有拒绝。

其实哥哥是个很心软的人，雪竹一直知道。

会这样给出敷衍的答案，是因为他不打算因为孟叔叔生病了就原谅孟叔叔。

最后雪竹还是上了车，孟屿宁将她送到家，又很快离开。

雪竹看着他离开，他的背影渐渐从熟悉的小区里消失，想说的话很多，最后一句话也没说成。

其实私心地不希望哥哥真的跟孟叔叔断绝关系。

因为一旦切断联系，她和他之间的联系也就断了。

她时常希望自己的直觉准一点，譬如考试前猜题的时候，比如瞒着妈妈在房间里看小说时。

但这次她不希望。

过完年后，孟屿宁提前回了北京。

临走前，雪竹没忘记把过年时爷爷交给她的给哥哥的那份红包给他。

爷爷似乎猜到了哥哥肯定不会收，连理由都替雪竹想好了。

孟长风是他一辈子的老友，对方的孙子自然也是他裴清成的孙子，爷爷过年给孙子红包，简直天经地义。

雪竹为爷爷的机智感到折服。

孟屿宁没办法拒绝这份红包，他记在心里，至此参加工作后的每年，即使没办法回来看爷爷，也一定会托人带上红包给老人家。

都说再恶的人也会因为生命即将到头，而重新被唤起内心深处的善良。

雪竹还记得小时候，孟叔叔虽然对其他人脾气都有些暴躁，但对她的态度始终挺好的，或许是看她年纪小，和她说话时总是尽力轻声细语，当然嗓门还是粗的，只是相对温和了那么一些。

爸爸妈妈每次去医院看孟叔叔的时候，雪竹也跟着去了。

孟云渐的病治不治得好是其次，主要是他自己就没有打算治。晚期的医药费有多高孟云渐心里有数，治得好另当别论，治不好那还花这个钱干什么。

迅速消瘦下来的男人躺在病床上，潇洒地挥了挥手："治个啥，活着也没什么意思，就这样吧。"

许琴骂他乌鸦嘴咒自己。

"实话，"孟云渐咧嘴笑，"别浪费那个钱了，我说真的。"

"那你死了钱也带不走啊，你留着干什么？"

孟云渐喊了声："我留着那钱是没什么用，你也没必要跟主任预支工资了，你每个月买那么多衣服和擦脸的东西，预支了这么多工资剩下的日子你喝西北风啊？我不信你能忍得住不买东西。"

许琴边给他调整病床角度边哭着骂："你管我买不买东西，都快死了的人还这么爱操心。"

"钱留着，你的你自己留着，以后再找一个吧。"孟云渐一个暴脾气的老爷们竟然也没计较，"我爸存折里的钱，还有我的钱，许琴，我对你也没什么要求，但这钱你就别要了，都交给我儿子吧，随他怎么花。"

旁边的裴连弈一家都愣了。

唯独许琴满脸不屑地说："谁稀罕你那几个铜板？要真稀罕当初我也不会找你了，我会交给你儿子的，但是他接不接受我就不知道了。"

"不接受的话，"孟云渐侧头看着一旁沉默的裴连弈一家，"老裴，他最喜欢你们一家，你们帮我说两句，爸爸不认就算了，钱收着总没坏处的，

他办升学宴那天收的红包我都帮他开了个新户，到时候一起给他。”

裴连弈：“行，我答应你。”

“那就这样了，”孟云渐神情一松，伸了个懒腰，“我就在医院安心住着吧。”

两口子还要送女儿去学校上课，不便多留，又坐着说了一会儿话就起身离开了。

走的时候，雪竹问妈妈：“妈妈，你说哥哥会收下这笔钱吗？”

“不知道。”宋燕萍摇头。

雪竹又问爸爸：“爸爸你觉得呢？”

“不知道。”裴连弈也摇头。

爸爸妈妈都不说话，雪竹说出了自己的想法：“其实我觉得孟叔叔对宁宁哥哥一点都不好，就算他愿意把所有的钱都留给宁宁哥哥，也弥补不了他给过宁宁哥哥的伤害。”

“你说得对。但小竹，我想告诉你，大人的事是很复杂的，你在学校里老师教你是非对错，黑就是黑，白就是白，你长大后就会明白，这世上有很多事不是用黑白对错就能说清楚的，尤其是牵扯了感情在里头的事，”裴连弈缓缓说道，“小竹，永远不要去评价别人的生活，因为生活总是充满了各种无奈和不得已，我们要做的就是恪守住自己的底线，过好自己的日子。”

爸爸说的话有些高深，雪竹没太听懂。

看着她蒙蒙的样子，裴连弈也没再多解释，只说：“这话等你长大就会明白的。”

两口子开车送雪竹去了学校，让她赶在午休结束前回到教室准备下午的课。

看着女儿下了车，宋燕萍这才开口：“咱俩的事怎么办？老孟出了这事，他除了许琴和宁宁又没别的亲人，之后很多事可能要我们帮忙打点。”

裴连弈点头：“先缓缓吧，等帮老孟处理完事儿再说。”

“裴连弈，你把房子卖了的事已经是定局，多的我不想说，没用。但是如果你真的决定辞职去深圳，那我没法接受，我就想过安稳的日子，一家人好好在一起生活，从来没想过让自己老公为了这个家四十岁的人还去别的城市打拼——”

宋燕萍顿了顿，声音渐渐发哽：“你知道我从来不是那种注重物质生活的人，有没有钱对我来说不重要，我就想一家人好好在一起。”

“我明白，我并不奢求你能理解我，”裴连弈语气温和，“这事儿等小竹中考完再说好吗？咱俩也各自冷静一下，别再吵了，对小竹不好。”

宋燕萍点头：“好。”

其实他们也是能好好说话的。

或者说多年前刚恋爱那会儿，他们甚至是愿意听对方说话的。

婚姻是由柴米油盐堆砌而成的琐碎，这些琐碎会支撑起这个家的温馨，也会摧毁这个家的和平。

很多夫妇就是在这日渐琐碎的生活中失去一开始为爱情而结合的信念，受不住这种渐渐趋于平淡的婚姻，如有些人会选择出轨会背叛家庭，恪守着底线不愿意背叛家庭的也会渐渐失去对这个家的眷恋，选择慢慢与对方割离曾经的甜蜜和誓言。

他们还爱对方。

只是不再适合生活在一块儿。

毕业的日子如期而至，雪竹考得不算太好，但上一中还是稳当的。

因为之前和祝清滢约定好她们要一起考上一中，成绩出来那天雪竹放下了心，庆幸自己还好没发挥失常，就算到了高中还能和祝清滢在一起。

她还偷偷帮祝清滢去打听了梁嘉正。

照毕业照那天，梁嘉正说他也会报一中。

雪竹当即替好朋友高兴得原地乱蹦，同学们都调侃她，她连忙摆手说自己只是帮别人打听而已。

梁嘉正却突然来了兴趣：“你帮谁打听的？”

雪竹意识到自己说漏嘴，连忙捂嘴摇头：“没谁。”

说好了要帮祝清滢保密的，所以雪竹绝对不能在这个时候泄露好友的秘密。

照完毕业照，初三毕业生们三三两两离开学校。

雪竹赶着去找祝清滢，去他们班的时候正好碰见了迟越。

迟越猜到她的目的，三年来头一次主动找她说了话：“来找祝清滢？”

雪竹三年没听他说过话，如今听到他开口说话，她竟然都认不出他的声音来。

他是什么时候变的声？

从前小男孩叽叽喳喳的嗓音听在耳朵里比菜市场阿姨们喊价的声音还吵，雪竹恨不得迟越睡一觉起来就变成哑巴，现在他的声音变了，变得低沉稳重，让雪竹恍惚间差点以为自己眼前的这个男生不是那个小学时天天都爱和她吵架的迟越。

“嗯。”雪竹点头。

“她刚刚去厕所了。”迟越说。

“哦，谢谢。”雪竹打算转身走，忽然又觉得这样直接走了不好，犹豫片刻还是回过头礼貌地问他，“你考得怎么样？”

迟越耸耸肩：“还行吧，不重要。”

“什么意思？”

“我不在这里读高中，”迟越说，“我爸安排我去广东念书，他说那里的教育资源好一些。”

“啊……”

这个回答是雪竹没想到的。

迟越看着她又摆出了一副傻乎乎的样子，笑出了声。

眼前的少女出落得窈窕，竟一点也看不出来小学的时候和他吵架时那刁蛮的样子了。

但即使个子长高了，五官也变化了些，她还是会像小学那样时常露出这样傻乎乎的表情来。

“干吗这么惊讶？”迟越挑眉，嘴角勾出懒洋洋又轻佻的笑容，“舍不得我？”

雪竹立刻皱起鼻子：“谁舍不得你了，我巴不得你去广东，正好以后再也没人跟我吵架了。”

迟越抖着肩膀笑：“都三年没说话了，还记着小学时我们吵架呢，你怎么这么小气啊？”

“你才小气。”雪竹不服气地回击。

这时候迟越应该也会反击，然后两个人又吵起来，但是迟越没有，他没有生气，而是意味深长地点了点头，语气也有些让人捉摸不透：“是啊，我是小气。”

雪竹：“啊？”

“你还不去找祝清滢？不怕她掉厕所坑里？”

迟越看她傻乎乎地盯着自己，轻咳一声，用手指了指女厕所的方向。

“哦对，我没空在这里跟你浪费时间。”雪竹转身就走，末了又回过头别别扭扭地对他说，“拜拜，你去了那边也要加油读书。”

迟越微愣，长着双狐狸眼的男生蓦地笑起来，只是笑容不再狡黠，七月的阳光热烈刺眼，映得他的笑容比往日顺眼许多。

他插着裤兜，帅气地冲她比了个手势：“知道了。拜拜。”

女生转身跑开的背影，风吹起她的马尾辫，用来箍住那一头乌黑长发的水钻发圈在阳光下显得耀眼万分。

男生站在走廊上发了好久的呆，直到朋友过来找他去卡拉 OK 唱歌，说是要为他践行，他才回过神来，和朋友勾肩搭背着离开。

“你刚刚站在那里干什么？”

“没什么，晒太阳。”

“这么热的天你晒太阳？什么毛病啊你？”

迟越吊儿郎当地说：“为去广东念书先练习下抗热能力，不行吗？”

朋友表示无话可说。

Chapter 10

秘密

雪竹在女厕找到祝清滢的时候，她正蹲在其中一个坑位上哭。

如果不是熟悉好朋友的声音，雪竹还以为厕所闹鬼。

她顺着声音找到祝清滢，敲门问：“滢滢，你哭什么啊？”

“小竹……”

祝清滢抽咽着说：“对、对不起，我要失约了。”

雪竹一时间没反应过来，语气结巴：“什……什么意思啊？你不是考上一中了吗？”

“我、我爸爸因为工作调到了隔壁市，我、我……也要去隔壁市读高中。”

雪竹脑子一炸。

在消化完这句话后，一股酸涩迅速涌上她的眼睛和鼻子。

“你不去一中读高中了？”她颤着嘴角问。

“嗯……”祝清滢也颤着声儿回答她。

雪竹站在原地足足愣了半分钟，肩颈绷直，垂在身侧的手狠狠握成拳头。

祝清滢隔着门听不见她说话，以为她走了，趴在门前试探着问：“小竹？你还在吗？”

回答她的是好朋友一声狠狠的责备：“骗子！再也不相信你了！”

然后脚步声响起。

祝清滢急了，立刻打开门，果然不见雪竹的身影，她内心慌张，想也不想就连忙追出去。

她追了半栋教学楼，终于因为雪竹跑累了，在楼梯下堵住了雪竹。

雪竹知道自己跑不掉，干脆用头抵着墙壁背对着祝清滢。

祝清滢掰过她的肩膀，看到满脸泪痕、眼眶红通通的雪竹。

“对不起，对不起，小竹。”

祝清滢啜泣着不停地说对不起，雪竹气得捶她。也不管好朋友觉不觉得疼，雪竹只想把所有的失望和气恼通通都发泄在祝清滢身上。

“你说好了我们要一起去一中的！你说话不算话，你这个骗子！大骗子！”

光是打还不够，她还要用怒吼发泄愤怒。

祝清滢被雪竹骂哭，也不顾雪竹挣扎直接抱住她，靠在她肩上大声哭了出来：“我也不想去的其实……”

两个女生站在楼梯口比谁哭得大声，路过的毕业生纷纷侧头驻足，不知道的还以为她们是在上演毕业分手的大戏。

哭也是需要精力的，最后哭得没声儿了，两个女生终于冷静下来。

“你不能跟你爸爸说吗？你留在一中读寄宿也可以啊。”雪竹抽搭着替祝清滢出主意。

祝清滢摇头：“我说过了，他们不同意。”

雪竹也没办法。

她们还小，很多事情只能听从大人安排，没办法自己做决定。

八月底，雪竹在火车站送走了祝清滢。

火车已经快开，两个女生仍是抱在一起。

双方的家长差点以为这是什么生死离别。

“只是隔了一个市而已，又不是去了很远的地方再也看不到了，好了都别哭了。”

雪竹的父母这样说。

“放假的时候我一定带滢滢回来看你，好不好？”

祝清滢的父母这样说。

列车员提示乘客上车的广播再次响起。

雪竹送走了从幼儿园时期开始，她最好最好的朋友。

这么多年过去了，一提到最好的朋友，雪竹第一个想到的永远是祝清滢，一写“我的好朋友”这样的作文，她写下的名字一定是“祝清滢”这三个字。

从火车站回家的路上，雪竹一直靠着车窗不说话。

她不住地想起火车发动那一刻，祝清滢红着眼睛，手贴着玻璃拼命朝她挥手的样子。

“小竹？”坐在副驾驶上的妈妈回头看，语气担忧，“怎么了？”

雪竹摇摇头。

她只是在这一刻意识到了自己不是世界的中心。

就像知道了月亮原来不是跟着自己走的。

自己只是这世界中的沧海一粟，所有的事不是她想怎么样就能怎么样的，所有的人也不是都围绕着她生活的。

他们都会离开她。

如贺筝月，如钟子涵，如祝清滢，甚至是迟越。

还有孟屿宁。

时间这东西其实从来不会刻意给人带来苦难，它只是在用无数流逝的时光，慢慢地告诉渐渐长大的人们，从前那些日子是回不去的。

或者说时光的流逝本就是苦难，也是残忍的现实。

小时候在梦里都期盼的高中生活终于来了。

雪竹换上了她期盼了好久的一中校服。

和孟屿宁的是同款，淡淡的天青色，颜色很漂亮。

上了高中后，雪竹学得有些吃力，妈妈有点着急，停了她的钢琴课和舞蹈课，给她报了课后辅导班，于是雪竹的钢琴水平永远停在了业余九级，拉丁舞水平也永远停在了金牌。

班里的男生都没有小学或初中时那么调皮了，毕竟大家都是十五六岁的人了，再不懂事也知道斯文，当初学校里男女分派、男女生互相看不上对方的盛世结束了。

孟叔叔的身体状况越来越不好，他坚持不治疗，最近甚至说要回家，不想浪费那个钱住院了。

一百六十多斤的壮汉因为生病已经瘦了快五十斤，整张脸往下凹陷，连眼窝也瘦了出来。雪竹每次跟着父母去医院看他的时候，甚至都认不出来那是孟叔叔。

许琴仍是衣不解带地照顾着他，连带着自己也瘦了快十五斤。

因为工厂、医院两地跑，许琴也没时间再梳妆打扮，素面朝天，年龄的劣势再弥补不回来。头顶的黑色都快长到了耳边，她也没去理发店重新补色，因为嫌麻烦而干脆剪掉了染了黄发的部分，变成了有些干练的黑色短发。

孟云渐嫌她不好看，要跟她离婚。

许琴大骂他这个死没良心的男人，就算他死了她也绝对不离婚。

这对话听上去可怜又搞笑，成功逗笑了整个病房的病人。

孟屿宁回来的前一天，医生最后对许琴和裴连弈一家说。

“让他儿子回来看看吧，再不回来恐怕连最后一面都见不到了。”

于是，孟屿宁在临近毕业，忙到焦头烂额的那个暑假回来了。

他申请了奖学金去英国攻读金融学硕士学位，已经收到了来自大洋彼岸的 offer（通知书）。

在家长们心中，孟屿宁永远是他们口中说不厌烦的学习榜样。

就算是在孟屿宁外出上大学后才出生，甚至从没见过他的孩子都从爸爸妈妈口中听到过孟屿宁这个名字。

“住在二单元的那个孟屿宁哥哥啊，那是真的厉害又优秀，他爸爸从来没管过他，他自己自觉读书考上了北大，现在又要出国留学了，你们一定要向这个哥哥学习。”

刚上幼儿园的孩子什么也不懂，眨巴着眼睛并不知道这个名字会一直被父母挂在嘴边多年，伴随他们直到他们也完成学业教育的那一天。

孟屿宁回来那天，裴连弈去机场接他，甚至快认不出来这个从十几岁就看着长大的孩子。

学识和经历真的是会让一个人的气质彻底改变。

即使他漂亮优越的骨相和身量都没有变，但他变了穿着和打扮，换上了更加干练的发型，彻底褪去了少年时期的青涩单薄，剪裁齐整的衬衫加身，举手投足间已完全没了当年的样子。

不过好在，年轻男人在看到裴连弈的那一刻，唇边那温柔干净的笑容没有变。

“裴叔叔。”

裴连弈这才确定眼前的是宁宁。

去往医院的路上，裴连弈随意问了些孟屿宁在北京读书的事。

没有问从老孟住院开始，为什么他就没有来过医院看望自己的父亲，裴连弈无法替他决定要不要原谅自己的父亲，这次回来也只是因为医生说的最后一面而已。

“打算什么时候去英国？”裴连弈问。

“开学前就过去，先在那边找兼职适应一下。”孟屿宁说。

“你不是有奖学金吗？怎么还要找兼职？”

“英国的生活费比较高，光有奖学金的话应该不太够。”

裴连弈点点头：“这样啊。”

“叔叔呢？听说你在深圳的房价今年刚开局就涨了不少。”

“是，是运气好，”裴连弈笑着说道，“我打算明年辞职去深圳发展了。”

长大了就是不一样，已经可以跟他聊这些东西了。

裴连弈心想，脑子里却总是想起小时候他和小竹坐在电视机前，两个人讨论《西游记》里的唐僧到底是不是同一个人演的这种问题。

正回想着过去，孟屿宁又开口：“小竹最近还好吗？”

“挺好的，能吃能睡，就是那个物理成绩哦，怎么都提不上来，她妈都快急死了。”裴连弈说到这里又觉得得说点女儿的好话，“不过她英语成绩不错，上次月考考了一百三十多分。”

孟屿宁笑着说：“她好像初中的时候软肋就是物理这门科目了。”

“对啊，她不喜欢学物理嘛。”

“小竹其实很聪明，小时候教她做数学题，都是一点就通。”孟屿宁语气温润，“要是她能提起兴趣学，物理成绩应该不用担心。”

裴连弈连连点头：“那就借你吉言了。”

聊着聊着就到了医院。下车后，孟屿宁跟着裴连弈坐电梯上楼，一直快走到病房的时候，他突然问叔叔：“小竹也在病房里吗？”

“啊？她今天上课啊。”

裴连弈又不可避免地想起从前放寒暑假的时候，宁宁到他家吃饭，他其实从没说过想妹妹，只是每次在吃完了后帮忙收拾碗筷的时候，总是会问正在洗碗的叔叔或者阿姨，妹妹什么时候回来。

于是裴连弈和宋燕萍都明白。

他想妹妹了。

“等她放学了，我打电话叫她过来，今天的晚自习就别去上了。”裴连弈说。

孟屿宁：“小竹买手机了？”

“对，她高中读寄宿，就给她买了个手机方便联系。”

“我以为她不会喜欢寄宿。”

毕竟一直是个恋家的孩子。

裴连弈尴尬地笑了笑：“我和你阿姨的情况挺复杂，其实小竹读寄宿对她学习也好一些。”

孟屿宁没有再继续问。

走进病房，许琴正在给孟云渐喂流食，他现在连流食也都是吃一半吐一半，全靠营养输液吊着命。

看到来了人，许琴下意识地往门口看。

在看到来的是谁时，女人一下子局促起来。

她放下碗站起身，手往下抓着已经几天没洗过的工厂制服，半晌说不出一句话，最后也只是勉强露出笑意，轻声打招呼：“你回来了。”

孟屿宁对她的印象还停留在当初那个染着一头时髦黄发，浓妆艳抹的女人。

沉默几秒，他撩下眼，简单嗯了声。

“过来坐吧。”许琴给他端了张凳子过来，又低头拍拍孟云渐的脸，“老孟，你儿子回来了。”

孟云渐缓缓睁开眼，目光混浊，张开嘴：“啊？”

许琴重复：“你儿子回来了。”

孟屿宁向病床走去，倾身喊他：“爸。”

孟云渐的目光终于凝聚在孟屿宁身上。

孟云渐打量了面前的人好久，似乎连视力也因为疾病而受到影响，半天连眼珠子都没动一下。

等孟云渐终于彻底看清楚孟屿宁，这才勾起嘴角弱声说：“变帅了不少。”

谁也没想到他这么久没见到儿子，第一句居然是这个。

“既然回来了，就去公墓山看看爷爷吧。”孟云渐说。

“好。”

“爷爷过世前给你留了本存折，里头的钱我没动，你出国念书要不少钱，爷爷的存折我放在你许阿姨那儿了，到时候记得找她要。”

“好。”

“这些年对不起啊——”

孟屿宁没再说好。

他看着瘦得不成人样的孟云渐，又看了眼为照顾他憔悴苍老的许琴，当初的处境似乎完全反了过来。他走的时候丝毫不拖泥带水，还以为这两个人会在他离开后立马生个孩子，继续在没有他的家中过属于他们一家的小日子。

说原谅没什么意思。

孟云渐也没求他说一句谅解换心安。

其实有的人做错了事也知道自己错得有多离谱，想求一个原谅不过是为了自己能睡得安稳，孟云渐觉得没有必要，反正是要长眠的人，再不安稳也安稳了。

他也不指望孟屿宁说什么。

孟云渐明白儿子是什么个性，他会隐忍也会退让，可一旦彻底伤害了他，他便能狠下心抛下所有，别说原谅的机会，更别说和好的可能。

如今儿子能在这么忙的时候回来，就差不多了。

比他好多了。

孟云渐的父亲离世时，儿子和孙子都不在身边，现在孟云渐都不敢想当年他父亲走得有多遗憾。

回忆如电影走马灯般尽数在脑海中闪过，孟云渐似乎看到了父亲慈祥亲切的笑容，在他叛逆离家时，父亲那憾然痛心的神情，还有他每次喝多了酒才想起打电话回家时，隔着听筒都能听见父亲那抑制不住的喜悦语气，以及自己当时那不耐烦挂断电话的样子。

也不知道死了以后，有没有机会跟父亲当面说声对不起。

后来又是宁宁刚生下时，那皱巴巴又瘦瘦的脸蛋和小身子，那时候哪想得到儿子会长成现在这样清俊挺拔的模样。

儿子小时候其实很开朗，是从什么时候变得文静的？

好像是从他和前妻快离婚时。

有次和前妻吵架，他把家里能砸的东西都砸了，宁宁小心翼翼地从自己房间里走出来，说上次期中考试的时候，他的数学考了100分。

当时他正气着，不耐烦地让宁宁去睡觉。

宁宁小声说，爸爸，我考了100分，你不高兴吗？

如果你高兴的话，可不可以别跟妈妈吵架了？

如果你们都高兴的话，可不可以不分开？

也好像就是从那时候起，他变得懂事起来，再也没有撒过娇，更别提他想要什么模型玩具。别的孩子都在撒泼打滚要买这个要买那个的时候，他乖乖地省下饭钱当作学杂费交给老师。

孟云渐突然张开嘴哭出了声，他控制不住自己的下颚，像刚学会说话的孩童般只会用啊啊声和一双含着悔恨万分的眼和外界交流。

哭到后面，逐渐没了声响。

许琴惊恐又害怕的声音在耳边响起，然后他渐渐也听不到许琴的声音了。

“老孟！”

许琴趴在孟云渐身上，再也无法抑制地大声哭了出来。

整个病房里的人都沉默，身边站着的医生也侧过了头，即使因为职业关系见过了太多的死别，可还是会在这一刻不忍注视一个生命的离去。

裴连弈吸了吸鼻子，转身走出病房，给还在学校上课的女儿打了个电话。

“爸爸，怎么了？”雪竹的声音从手机里传来。

“小竹，跟你们老师请假吧，”裴连弈顿了顿，哑声说道，“孟叔叔他走了。”

当时还在课间和同学闲聊的雪竹一下失了神。

教室里吵闹不堪，她却突然安静下来。

同学问她怎么了。

雪竹脑内反反复复都是一句话。

哥哥没有爸爸了。

孟云渐的丧事按当地习俗办了三天。

孟云渐没有别的直系亲属，就只有一个儿子，和一个二婚妻子，送葬的队伍十分简陋。按规矩这三天都是要有人在遗体前守灵的，唯一的儿子和老婆这三天下来都没有睡觉，日夜跪在遗体前，累了就起身四处走走活动活动身体。

同住一单元的老裴和老钟以及老贺一起操办了孟云渐的丧事。

这三天里，孟云渐的前妻也来了。

孟屿宁看着好多年没见的妈妈，母子俩在孟云渐的灵柩前对视很久，一句表面寒暄的话也说不出口。

亲生母子多年不联系，孟屿宁脑海里妈妈的样子已经模糊，女人也早已忘了儿子长什么样，今天过来看到已长成青年模样的儿子，那感觉就跟陌生人第一次见面没什么区别。

妈妈已经有了新的家庭，和第二任丈夫生的儿子刚上小学，她是瞒着丈夫带儿子过来的。

女人将小儿子推到孟屿宁面前，让小儿子叫哥哥。

小儿子什么也不懂，仰头看着这个个子高高，长得也好看的陌生人，叫了声哥哥。

孟屿宁淡淡应了声，摸了摸这个同母异父的弟弟的头。

除此之外再没别的。

女人放下钱后就走了，连饭都没吃。

小区里所有人都是第一次见宁宁的亲生母亲。

原来宁宁真的长得像他妈妈。

温和内秀的模样，皮肤很白，眼尾柔润，略薄的眼皮，眼睛形状细长，像是还未绽开的桃花瓣，温柔而多情。

但就是这对样子相像的母子，到最后连话也没说几句。

还是许琴把孟云渐托她交给孟屿宁存折和银行卡时说了句："你和你妈妈长得挺像。"

孟屿宁没什么表情地嗯了声，接过她手里的东西，又说了句谢谢。

"你爸他自己还有张卡，里头有几万块，你愿不愿意要？"许琴问。

"不用了，"孟屿宁说，"你留着吧。"

"我对他的钱没兴趣，你不要我就放在家里，你爸卧室的床头柜里头，你有需要就回来拿。"

作为孟云渐的遗孀，别说银行卡，就是这房子也该是她的。

但许琴都没要，房子已经在办手续，转到孟屿宁名下。

当时孟云渐跟她提了离婚，她不同意，户口本上丧偶比离异难听多了，但她就非要丧偶两个字。

孟屿宁其实不太明白许琴喜欢他爸爸什么。

长相还是性格？好像除了长相，孟云渐没什么值得让人喜欢的地方，易怒暴躁，大男子主义，连孟屿宁的亲生母亲都受不了他这脾气，没想到跟许琴倒是王八配绿豆对上了眼。

"为什么不愿意离婚？"孟屿宁直接问出了口。

"没为什么，"许琴耸耸肩，"要是想离，早在你爸跟我说不生孩子的时候就干脆跟他分道扬镳了。"

孟屿宁蹙眉："什么？"

"当初我追他，追了好久才打动他，我说我不介意他有个儿子带在身边，反正等以后我们结了婚生了孩子，我心疼自己的孩子就行。可是你爸不同意，说结了婚后不生孩子，这是他对我唯一的要求，不同意就分手。我当时是真喜欢他，没办法只能同意了，后来结了婚又反悔了，你不是我亲生的孩子，跟我又不亲，我还是想自己生一个孩子，为此我和你爸没少吵架。"

"不管你相不相信，我是真的爱你爸爸，他的那些钱我不要，是因为我真的不需要。"许琴笑着对孟屿宁说，这是她自从孟云渐去世后露出的第一个笑容，即使这笑容看上去苦涩又勉强，"之前对你不太好也是因为你爸不让我生孩子，对你有很多怨言，我跟你道个歉。不求你原谅，你自己出国后好好照顾自己，以后的日子一个人好好过，别过成你爸这样——”

许琴说到这里又叹气：“应该不会的，你跟你爸不一样，他哪会过日子啊。”说完，女人抬手胡乱抹了抹脸。

她老得很快，仿佛就是在一夜之间。

纵使她现在看上去那么憔悴，可孟屿宁仍是淡淡看着她，等孟云渐的葬礼过后，他和她再无瓜葛。

谈原谅与否实在没什么意义。

因为伤害是实质造成的，即使女人只是想要一个属于自己的孩子，可孟屿宁确实也是因为她，这几年过得非常不好。

以后桥归桥，路归路。

三天后到了出殡的日子，孟屿宁捧着孟云渐的黑白照片一路送行，唢呐和锣鼓的声音从家响到公墓山。

孟屿宁还去看了爷爷。

爷爷墓碑上刻着的孝子孟云渐这个名字看上去很讽刺。

孝孙一栏刻着孟屿宁的名字。

孟屿宁蹲在爷爷的墓碑边，伸手细细抚过早已被日晒风吹打磨平滑的石碑边缘。

他侧过头，深吸了口气，压抑着从喉间涌上的情绪，再深深将这口郁结的气吐出来。

哭泣早已是还没独立前的记忆了。

儿时因为一次不理想的考试成绩郁郁寡欢，就觉得人生晦暗。

那时候的忧愁再大能大到哪里去。

而现在生活随时同自己开的一个小玩笑，就有可能压垮一个人挺直的背脊。

再也没有能一雪前耻的第二次考试，也再没有一声对不起就能哄好的朋友。

哪有时间去感怀伤秋，更没有时间去复盘从前的苦难，时间从来不等人，生活的重担让他渐渐明白，任性是一件多么奢侈的事。

从前盼着长大，现在真的长大了，却是这样的光景。

孟屿宁知道，自己没有亲人了。

从此在这世间，他就是一条孤孤单单的灵魂。

丧礼办完后几天，小区里又恢复了以往的生气。

这里明明刚走了一个街坊，但所有活着的人还得继续过日子。

除了与孟云渐相熟的几家人，这里的日出到日落依然如往常般正常交替，每天清晨在楼下晨练的大爷大妈仍精神矍铄，每天伴着夕阳放学回家的孩子们也仍是欢快打闹。

孟屿宁没有急着回北京，而是在家休息了几天。

裴连弈两口子也不知道他这几天吃饭了没有，有些担心，可又怕打扰到他，只好打电话给雪竹，让她周末回家的时候到隔壁看看哥哥，给他送个饭。

这天周末回家的时候，雪竹背着书包往家里赶。

走到小区门口时，她正要进去，突然被一个女人叫住。

女人个子挺高，穿着高跟鞋、合身的连衣裙，脸上化着妆，和宋燕萍平时化的那种妆不同，是年轻又精致的妆，雪竹不懂化妆，却也觉得她眼影的颜色很好看，口红的颜色也漂亮。

她身上还有股淡淡的花香，和雪竹平常在街上闻到的那种刺鼻香水味很不同。

“小妹妹你好，姐姐想跟你打听个人。”

女人开口，是极为标准的北京话。

“你认识住在这里一个叫孟屿宁的哥哥吗？”

雪竹点点头，喃喃说：“认识。”

女人一下子欣慰地笑出声：“那太好了。我是他的大学同学，我叫江颖，你能不能带我去找他？”

雪竹想不出什么理由拒绝她的笑容。

江颖的笑容让人如沐春风，整个人自信又漂亮，举手投足都是雪竹所羡慕的气质神态。

她没有办法拒绝这样一个惹人喜欢的姐姐。

雪竹带江颖上了楼，指着孟屿宁的家说：“他就住这里。”

江颖没急着敲门，微弯下腰摸了摸她的头：“谢谢你啊小妹妹，你住哪里？待会儿我请你吃零食好不好？你放心我绝对不是人贩子，如果你不放心的话那我就直接给你钱你自己去买零食，你比较喜欢哪个提议？”

“谢谢，不用了，”雪竹摇摇头，“我就住对面，我先回家了。”

江颖突然惊喜出声：“那你是不是叫小竹啊？”

雪竹呆呆地看着她：“你怎么知道？”

“啊，因为屿宁总跟我们这些朋友提起你，说他有个青梅竹马一起长大的邻居妹妹。”江颖向她解释，忽然眨眨眼说，“他还说你长得很可爱，我们还不信，现在看到你本人我信了。小竹，你真的长得很漂亮，像个娃娃一样欸。”

被当面这样直白地夸漂亮让雪竹有些不知所措，尤其是被第一次见面的人夸。

江颖没有介意她的沉默，直起身敲门。

没几分钟门开了。

孟屿宁先是看到了门边站着的雪竹，稍微笑了笑：“小竹，你放假回来了？”

“喂，孟屿宁，我这么大个人站在你面前，你居然只看到你妹妹？”

直到一个声音不满地响起。

孟屿宁看向这个说话的人，有一瞬间的愣怔，然后才不确定地问道：“江颖？”

“对，是我。”江颖点头。

“你怎么来了？”

江颖努嘴，娇声抱怨：“想过来看看你啊，说好的一礼拜就回北京，结果都快半个月了也没回来，我本来还想跟你一起去买要带去英国的特产，一直等不到你只好过来找你了。”

孟屿宁皱眉，似乎对她的贸然登门感到些许冒犯：“我给教授请过假了，会晚点回去，你也不必特意过来一趟。”

“别这么说嘛，快开门让我进去。”

雪竹一直站在旁边听他们说话。

她突然觉得自己变成了一个透明人。

于是，雪竹默默地往后退了几步，悄无声息地转身打开自己家门躲了进去。

刚关上门，宋燕萍的声音响起：“刚给你打电话不是说快到家了吗？怎么这么久？饭菜已经装好了，快送到对面去给你哥哥，顺便好好安慰下哥哥，让他别太难过了。”

雪竹突然说：“不用了，哥哥他有饭吃。”

“啊？宁宁自己会做饭啦？”

“有人来找他了。”她补充。

“谁啊？许阿姨吗？”

不是许阿姨。

是和哥哥一样，优秀到近乎耀眼的人。

宋燕萍还在说：“那我刚做好的饭菜怎么办？不送过去了吗？”

“我吃。”

雪竹走进厨房，直接拿起筷子夹了口菜塞进嘴里，又端起碗喝了一大口汤。

宋燕萍看得目瞪口呆。

她从来没见女儿这么积极吃过饭，她一直教女儿吃饭要斯文，不要野蛮，不要吃得像个饿死鬼。

“又不是没给你准备饭，至于吃那么急吗？裴雪竹，那是给哥哥准备的饭菜！”

雪竹往肚子里灌了半碗汤下去，突然凶道：“哥哥他不喜欢！”

雪竹什么也没和宋燕萍说，还是宋燕萍去对门走了一趟，才知道孟屿宁的大学同学来做客这件事。

当天晚上，宋燕萍热情邀请孟屿宁和他的大学同学过来吃晚饭。

她笑容满面地看着用餐姿态优雅得体的江颖，那眼神就像婆婆看儿媳，怎么看怎么喜欢。

江颖都被看得有些不习惯，抿唇轻声问：“阿姨，您怎么都不吃菜？”

宋燕萍回过神：“哦，不好意思，因为我是第一次看到宁宁带女孩子回家，有点吃惊。”

一旁咬着筷子的雪竹在心里默默想，明明是这个姐姐自己来的。

“不是他带我回来的，是我自己厚脸皮跟过来的，”江颖连忙解释，“阿姨您别误会。”

“那不一定的。”宋燕萍挑眉，目光带着深意地看向身边一直安静吃饭的孟屿宁，“你们是大学同学？那你也是学金融的？”

江颖点头：“嗯，我和屿宁是同班同学。”

“同班同学啊……”宋燕萍问，“关系应该很好吧？”

江颖顿时语气羞涩地点点头：“还行啦，不过我爸爸很喜欢屿宁，恨不得能认他做儿子。”

“你爸爸？宁宁已经去你家见过你爸爸了啊？”宋燕萍立刻对孟屿宁说，“宁宁，这么大的事你怎么都没说过啊？”

孟屿宁语气平静：“江颖她父亲是我们系的教授，所以我和她父亲才认识。”

“这样？”宋燕萍又用眼神询问江颖。

江颖点头：“对。”

“那你爸爸是在北京大学当教授啊？那你们家是高知家庭啊？真了不起，怪不得能养出你这么懂事漂亮的女儿，虎父无犬女这话真是说对了。”

宋燕萍毫不掩饰她对高知子女的喜爱和肯定。

这一顿吃下来，简直像大型婆媳友好交流现场。

雪竹从头到尾被妈妈忽略，末了吃完饭打算回房间待着，还被宋燕萍喊住叫她跟江颖姐姐多交流交流学习心得。

“江颖，你多教教我们小竹，我真是为她的学习操碎了心，她那个物理成绩也不知道为什么，死活都提不上来。”

雪竹极其反感妈妈老是将她物理成绩不好的事儿拿出来到处说。可她又没插嘴的余地，只盼望周末这两天赶紧过去，她好躲回学校。

“现在小竹才高一，不急的。”江颖语气轻柔，“而且屿宁跟我提过，小竹她其实很聪明，学东西很快，理科本来就是偏向于逻辑思维的学科，阿姨你给小竹一些时间，我相信她肯定能学好的。”

宋燕萍向来最听得进外人的话，点点头说：“但愿如此。”

江颖帮雪竹说话，让雪竹对这个姐姐怎么也反感不起来，可心里总对她有种淡淡的抵抗，不愿意跟她多相处。

孟屿宁在厨房帮宋燕萍洗碗，雪竹在妈妈的要求下只能带江颖去参观她的房间。

雪竹一个礼拜回一次家，因而房间还算整洁。

江颖刚进去就被她房间里的各种女生的小东西给吸引了。

“小竹你也喜欢娃娃啊，”江颖被她床头柜前摆放着的一排大大小小的娃娃给震惊到，“收集了这么多？”

雪竹点点头：“嗯。”

“那你很厉害啊。”江颖拿起其中一个，“我也有一个龙猫娃娃，是去日本旅游的时候买的。”

她又看到雪竹书桌柜上摆放着的龙猫水晶球，和骑着扫帚的魔女摆件。

这些卡通人物都出自同一个人之手。

“小竹你喜欢宫崎骏吗？”江颖问。

“嗯。”

“没想到我们竟然有共同爱好。”江颖走过来牵起她的手，“我收集了很多周边，还有小说和漫画。我还有宫崎骏先生的亲笔签名，下次我来的时候带过来送你吧？好不好？”

下次？

她还会来很多次吗？

那下一次她来，是以什么身份？孟屿宁的女朋友？

雪竹垂下眼，摇摇头说：“那都很贵的，不用了。”

“没事的，以后有的是时间再去日本玩嘛。”

“不用了。”雪竹还是说。

江颖见她没什么兴趣，抿唇问：“小竹？我是不是有点烦到你了？”

雪竹：“没有的。”

“其实我挺喜欢你的，虽然有点爱屋及乌的意思吧，但你给人的感觉就很舒服啊。”江颖顿了顿，笑着说，“我跟你说个好玩的事吧，有次我们班外出集体野餐，好些人围在一块儿玩真心话大冒险，你哥哥不想玩，我们非拉着他玩，因为实在是太好奇他的一些事了。后来，你哥哥游戏输了，我们问他有关于初恋的事，他说他没谈过初恋没什么可说的，我们一群人当时都不信，非让他说，哪怕是有过好感还没来得及发展的女生也可以——

“后来他说，真没有谈过恋爱，大学前发生的故事都是和初恋无关的。我们问那和谁有关，他说和住在他家对面一起长大的妹妹有关。我就是那时候知道你的，他说了一些你们小时候的往事，还说虽然你们没有血缘关系，但是在他心里，你一直是他最亲的妹妹。”

江颖试着用她之前对雪竹的一些了解来唤起雪竹的兴趣。

“所以我挺希望你也能喜欢我，”她深吸一口说，“我喜欢孟屿宁，这点应该挺明显的吧？”

看得出来是一回事。

可她承认又是另外一回事。

应该是非常喜欢，所以才能够这样干脆地将自己的感觉表达出来，并为此努力靠近喜欢的人，哪怕是有些厚脸皮也无所谓，只要能够再多靠近他一点。

“嗯，”她点头，“看得出来。”

“我真的很喜欢他。要是以前的话，我绝对想不到自己会跟在一个男生屁股后面四年，他下半年要去英国读研我又跟着去了，不过——”江颖笑得有些甜蜜，“近水楼台先得月，我有信心可以在英国把他拿下。”

此时房门被叩响，两个人同时望去，孟屿宁正站在房门口。

“走吧，我送你回酒店。”

这话明显是对江颖说的。

江颖恋恋不舍地拉着雪竹的手：“啊？但我还想再和小竹聊聊。”

“小竹还要写作业，别打扰她了。”

“好吧。”江颖点点头，又说，“那你先出去下，我最后再跟小竹说几句话。”

孟屿宁点头，转身离开将空间又还给她们俩。

江颖冲她做出拜托的手势：“小竹，刚刚我那些厚脸皮的话帮我保密好不好？”

“好。”

除了说好雪竹也不知道该说什么。

站在客厅送孟屿宁和江颖离开的时候，雪竹站在原地，藏在背后的双手拧巴地绞在一块儿。

“阿姨我们先走了。”

“好，路上小心。”

换好鞋子，孟屿宁直起身子，抬眸，刚开口：“小竹——”

后面的话还没来得及说，一直低着头的雪竹突然抬起下巴，冲门口的两个人开朗地笑了，语气欢快："哥哥姐姐拜拜。"

江颖也笑："拜拜。"

孟屿宁看着雪竹，目光沉静，那双眼里也不知在想什么，眸色浅浅的，映出雪竹有些局促瑟缩的样子。

"我……进去写作业了。"

雪竹转身回房，关上门，趴在书桌上发呆。

后来，她悄悄溜到窗边，透过沾满灰尘的玻璃往楼下望。

从这个角度正好能看到楼下昏黄的路灯下，孟屿宁和江颖正并排走在一起，两个人都高挑好看，他们的影子被路灯拉得很长，后来江颖不知要干什么，稍稍后退几步，对着空气做出拥抱的姿势。

雪竹看到他们的影子抱在了一起。

孟屿宁似乎没有发现，不过见江颖没和他并排，于是停下脚步等她追上来。

江颖忙跑上前再次和他并排走。

他们在聊什么呢？

下半年一起去英国留学的事？还是大学里的事？他们做了四年的朋友，年纪相仿，应该有很多话可以聊吧？

光是雪竹能猜到的就能列出好多来。

而她今天和哥哥这次时隔好久的见面，说的话却只有寥寥几句。

这一天的心情跌跌宕宕，从雀跃到沉闷。之前只要一听父母说宁宁哥哥回来了，她就会毫不犹豫丢下手里的事，跑到门口去迎接，即使他回的是自己的家，那她也要在对门等着他上楼。

原来他也不是每一次回来都会让她这么高兴。

"你不写作业趴在窗户边干什么？"

宋燕萍的声音从背后响起。

雪竹立刻深深吸了口气，转过身重新坐回书桌："没什么。"

妈妈疑惑地盯了她好久，见她再没抬起头来过，一直在认真写作业，便没再追问她刚刚的行为。

"小竹，妈妈问你，你觉得那个姐姐怎么样？"

"什么怎么样？"

“就是和你宁宁哥哥站在一起怎么样啊，般不般配？”也不等女儿回答，宋燕萍兀自说，“妈妈觉得他们挺般配的。那个姐姐的爸爸是当教授的，妈妈也是机关干部，听说她家几个亲戚都是名校出来的，各方面条件都很好。宁宁也到交女朋友的年纪了，本来我还担心他大学毕业了还没交女朋友是不是因为老孟的事不打算谈了，没想到原来早就被人家看上了，还追到家里来了，真是长大了。”

“哦。”

没听出女儿的冷淡，宋燕萍又说：“江颖姐姐说明天她要在市区到处逛逛，让你陪她一起去，你去不去？”

雪竹埋首在书桌前，眼睛盯着面前的数学题，小声说：“哥哥陪她就行了吧。”

“哥哥也说让你去。”宋燕萍说。

没听到应答，宋燕萍觉得古怪：“小竹，你有没有听妈妈说话啊？怎么半天也不说话，还是说你又不认真写作业在偷偷听歌？”

小时候有问有答的，叫她一声就响亮答一声，现在长大了越来越没礼貌，长辈说话也不回应。

“没听歌。”雪竹终于说话了。

“所以你明天去不去？”

“不去。”

“不去？以前不是哥哥一回来你就嚷嚷着让他带你去逛街吗？玩那个抓娃娃机。”

雪竹不耐烦地用笔戳了戳作业，指给妈妈看：“我这么多作业要写哪有空出去玩啊！”

宋燕萍被她突如其来的脾气吓了一大跳。

留在家写作业当然是好事，宋燕萍以为她是被作业多烦的，只好点头说：“知道了，我等下打电话给哥哥帮你说一声。”

“嗯。”雪竹又继续埋头写作业，不再理会妈妈。

宋燕萍不禁问：“你这是怎么了？今天一回来就闷闷不乐的，谁惹你了？”

“没怎么。”

“今天星期六，晚上你不看电视了？”

“不看了，”雪竹说，“作业太多。”

作业真是个万能的理由。

宋燕萍无法反驳这个理由。

Chapter 11
关于长大

整个星期天，雪竹都躲在家里写作业。

一直写到下午五点，她背上书包拿好换洗衣物匆匆赶回学校。

在这之后的两个多礼拜，雪竹都借口周末有小考没有回家。

再回来时，家对面的门紧闭着，雪竹什么也没有问，还是宋燕萍主动告诉她，哥哥回北京了。

一直到暑假结束，孟屿宁再没回来过。

终于夏天也结束了，紧接着到来的秋天和冬天都显得脚步仓促。

雪竹大部分的时间都是在学校度过。

和同学走在路上的时候，感觉到气候的分明变化，才惊觉日子原来过得这么快。

在年级通知班级要进行文理分科的时候，雪竹选择了文科，彻底告别了她讨厌的物理。

裴连弈和宋燕萍都想让雪竹学理科，不然当初也不会对她的物理成绩那么苦恼，而雪竹只是自己填好了分科意向表，直到老师告诉她要家长签字才行，她才不得不把意向表拿回家给父母看。

宋燕萍觉得雪竹的文科优势并不大，没干脆签字，拿起手机去阳台给她班主任打电话。

为了女儿分科的事今天特意回家的裴连弈却没说什么，只是对她说："小竹，学习是你自己的事，所以如果你决定要读文科，那爸爸不会阻止你，但爸爸记得你初中的时候其实很喜欢学理科的，还说你最不喜欢的就是背书。"

雪竹站在爸爸面前，揪着手指头说："因为初中理科比较简单。"

"那现在你觉得理科难吗？"

雪竹想起自己的模拟卷分数，点头："难。"

"到底是难还是你没有认真学？高一的时候你还能考全年级前几十名，高二一开学的月考，你就掉到百名以外了。如果你认真学了没考好那我不会说什么，可是你们班主任说你上课的时候经常开小差，人坐在教室里，心都不知道飞哪儿去了。"

雪竹回答不出来。

裴连弈朝她叹气，说："你这是逃避。"

雪竹什么也没说，默认了爸爸的话。

当面对不想面对的人或事时，逃避虽然听上去可耻，但确实是最能避免被伤害的有效手段。

这时宋燕萍打完电话，神色凝重。

"刚刚你班主任跟我说了，她也觉得你比较适合读理科，念理科的话等你考大学了选专业也有比较大的优势。小竹，听我们的话，大人是不会害你的，妈妈劝你也是为你好。"

"为我好的话就应该让我自己决定。"雪竹轻声说。

"你还小，你懂什么呢？"

"我怎么不懂，"雪竹反驳，盯着妈妈，加重了语气说，"从小你就逼着我学这个学那个，现在高中分个科你也要帮我做决定，是我读高中又不是你。"

裴连弈先出声教训:“小竹,你怎么跟妈妈说话呢?妈妈是真的为你好。”

雪竹真是听腻了“为你好”这三个字。

从小到大,妈妈一用母亲的身份逼迫她学不喜欢的东西,做不喜欢的事,打击她罚她的时候来来回回就是那一个理由——

是为了她好。

到底哪里为她好呢?

一家人难得聚在家里吃饭,寒暄日常的话也没说几句,就直接将矛盾放在了她的学习上。

雪竹觉得与其这样还不如不要一起吃饭。

“我看不出来她哪里是为我好,总是在别人面前说我这里不好那里不好,对我就从来没有满意过,学钢琴的时候从来没夸过我弹得好,跳舞的时候我拿了奖也从来没给过我奖励,我知道我物理成绩不好,成绩也退步了,至于到处说我巴不得全世界都知道我不好好念书吗?”

宋燕萍也提高了声音和女儿争辩:“你要是做的事能让我满意,妈妈至于总是说你吗?”

“可我就是这个水平啊,我不是天才也没有很聪明,”雪竹越说越激动,“就算你逼我去学理科,我就能考上清华北大了吗?”

“谁让你考清华北大了,我只是希望你能再努力一点,你不逼自己一把,你怎么知道自己的潜力到底在哪里呢?”

“可是我真的很累啊!”雪竹突然喊出声来。

宋燕萍也突然怔住。

“小竹,你冷静点,跟妈妈说话语气好点——”裴连弈出声劝阻,“你有什么烦恼可以跟我们说,不要自己憋在心里。”

雪竹确实有很多烦恼。

升上高二后觉得自己在很多科目上都变得有些力不从心,从前的开朗和自信慢慢被消磨掉,不得不承认自己的平庸。

爸爸最近回家少,妈妈似乎默认了他的行为,从前还会争吵,到现在偶尔在家碰见,也只是说一两句话,然后继续各自的事,连交流也是省之又省。

雪竹知道他们不见面不说话是想避免争吵,可她反而更受不了这种明明是一家人,却连陌生人都不如的相处氛围。

有了这些顾虑，雪竹再也无法像儿时那样，每日对父母都有说不完的鸡毛蒜皮小事。

越来越没有共同话题。

看着女儿倔强又委屈的表情，似乎下一秒就要落下泪来。她褪去了小时候的稚嫩，渐渐抽条长高变成了现在的模样，秀气漂亮的脸上也不像小时候那样常常露出笑容，有时候甚至都不知道她在烦恼什么，问她她也只是摇头不肯说，对父母渐渐失去了依赖和信任，开始挣扎着想要逃离他们的桎梏和管束。

每个孩子都是这样。

这个阶段，明明青涩不成熟，却又一心想要脱离父母。

“文科就文科吧，只要你好好学，学文学理又有什么区别。”裴连弈最后妥协，“你回房写作业吧。”

雪竹嗯了声，吸吸鼻子转身回房。

夫妇俩听到从里面传来的反锁声。

宋燕萍犹豫半晌后说：“真让她学文科？其实她化学和生物成绩还不错，物理如果肯咬牙学一学的话——”

“算了吧。”裴连弈叹了口气，“你刚没听她说吗？你把她逼得太紧了，所以你越想她做什么，她就越是不愿意做什么。”

“我是真的为了她好啊，她怎么就不懂呢。”宋燕萍也叹气。

夫妇俩同时缄默。

“要是宁宁他们在家就好了，哥哥姐姐的话她总是最愿意听的。”宋燕萍轻声说，“月月工作忙，听说最近快要筹备婚事了，子涵和宁宁都在读硕，连电话都没空接。我给她找了一对一的辅导老师，可老师也说她其实很聪明，最近不知道是为什么，学习的劲儿总是提不上来，你说连学习都没有动力，又怎么学得好呢？”

“燕萍，我想跟你商量个事。”裴连弈口气严肃。

“你说。”

“我想带小竹到深圳去读书，那边无论是教育资源还是师资力量都比家里好，费用高是其次，主要是名额不好弄，”裴连弈说，“但是老李在那边有关系，可以替小竹安排，而且深圳的房价最近涨势不错，我去那边工作以后，还是能供得起她的。”

宋燕萍很久都没有说话。

裴连弈："燕萍？"

宋燕萍直勾勾地看着丈夫，眼里情绪复杂："你跑到深圳去也就算了，现在也要把小竹带去？"

裴连弈哑口，讷讷说："我其实没打算让小竹去那边念书，让她跟着你。但……这也是为了她，你要是不同意就算了。"

"我没有不同意，"宋燕萍突然闭眼，艰难吐出句话，"只要是为她好，我没什么不同意的，等离婚证下来……你问问她吧。"

父母最后还是同意了雪竹念文科。

雪竹本以为这场抗争要持续很久，却没想到第二天妈妈就干脆地在意向书上签了字。

返校前，本以为又会被念叨许久，却也是出乎意料的没有，妈妈只是将她送到了公交车站，在公交车开走的那一瞬对坐在公交车里的她说了句好好照顾自己。

雪竹看到妈妈的眼眶红了。

是不是因为昨天她和妈妈吵架的事，让妈妈伤心了？

吵架的时候各种抱怨脱口而出，吵完后自己发泄了个爽快，可是再看妈妈的样子，她又没出息地开始后悔，责备自己当时就算再生气再委屈，也不应该说那种话让妈妈难过。

和家人吵架的代价是最大的。

但是伤人的话已经说出口，收不回来。

雪竹回到学校将分科意向表交给老师，紧接着高二也结束了。

这个暑假雪竹和同学们一起报名了学校辅导班。

到七月末时，大家都学得很累，商量着结伴一块儿去看电影。

今年的卖座电影有不少，上半年的青春爱情电影，当时班上大部分的女生都去看了，一帮尚在青春的高中生自然看不出什么感悟，觉得又矫情又做作，雪竹也不觉得有多催泪，电影院里哭得稀里哗啦的人反倒都是成年人。

至于为什么哭，大概率不是为了故事情节哭的。

而是因为自己逝去的青春。

贺筝月也去看了，还发了条特别文艺的说说。

“当你真正理解一部讲述青春年少的电影或是一首感叹时光流逝的歌时，对它有了感悟，明白了电影想演给观众什么，歌曲想唱给听众什么，你就得明白，那些青春年少和流逝的时光再与你无关了。”

雪竹迷迷糊糊点了个赞，却不明白姐姐这句无病呻吟的感叹是什么意思。

在她看来就像读初中时QQ空间里那些狗屁不通的非主流语录。

因为这次电影是男生女生一起看的，当然不能再像上次那样选爱情电影。

经男生们一致决定，他们选了《环太平洋》。

比起文艺清新的爱情电影，这种特效大片明显更受男孩子的欢迎。巨大荧屏中的巨型机甲充满了金属的机械硬朗感和沉重威慑的打击力，一场电影看下来，几个男生都还没回过神来，叽叽喳喳地讨论着哪台机甲最帅气。

有女生对此表示不解。

“男人的浪漫就是机甲，你们女生不懂的。”

“不懂就不懂咯，”女生环上雪竹的胳膊，“裴雪竹你也不喜欢看吧？”

雪竹没有回答。

她只是想起曾经听过孟屿宁和钟子涵讨论过机甲，两个人性格明明一点都不一样，却拥有共同的爱好，无论是话本身就多的钟子涵还是善于倾听的孟屿宁，在谈论到这点共同爱好时，都会不由自主打开话匣子，讨论一些没有任何意义的话题。

如果现在陪她看电影的是他们，那此时他们的眼睛里一定都是光。

即使他们早已不是少年。

果然，回家后雪竹忍不住登录QQ想知道他们有没有为此发动态，钟子涵发了一条简单的“机甲永远是男人的浪漫”，还附带了一个激动哭的表情。

雪竹觉得自己猜得真准，点了个赞。

空间向来寡淡的孟屿宁竟然也难得发了动态。

【《环太平洋》还挺好看的。】

下面第一条就是钟子涵的回复。

【哎，要是你还在北京咱俩就能一起去看了。】

孟屿宁回复：【等我回来一起去看 2。】

钟子涵回复：【2 还不知道能不能出呢。/ 滴汗】

除了钟子涵的回复，雪竹还注意到他这条动态下的其他评论。

大都是附和孟屿宁的评论，不过其中有一条吸引了她的注意。

绕岛的江：【请你去看之前说不感兴趣，结果看的时候盯着大屏就没挪过眼。/ 偷笑】

孟屿宁回复：【/ 滴汗】

绕岛的江回复：【等圣诞节放假再一起去看电影？ / 坏笑】

雪竹思虑好久，最终没忍住点进了这个人的空间。

显示的地理位置和孟屿宁一样。

London，UK。

雪竹将对方的空间翻了一遍，终于在相册里找到了照片。

是江颖，她发了自拍。江颖又换了发型，妆容也有了些改变，不过那张漂亮的脸和明媚的笑都没变。

还有一张是很多人的大合影。

中间的大旗帜上写着“北京大学全英校友会”几个大字。

雪竹下意识地去找一个人。

果然很快找到，他很显眼。英国的气候并不算好，他穿着比较厚的黑色呢子衣，头发似乎长长了些，脸上的笑容清淡温和，骨相和气质都无可挑剔。

他的旁边，站着江颖。

还有几张，背景是他在装潢古旧的咖啡馆，或是天空阴沉灰白的广场上，他和几个同龄人的合照，有亚洲面孔也有欧洲面孔，但无一例外，每一张里都有江颖。

这不奇怪，这本来就是江颖的空间，她上传的照片里自然都有自己。

唯独的单人照，是孟屿宁趴在图书馆的自习桌上睡觉的照片。

他枕着胳膊，旁边放着一本用牛皮封包着的厚词典，桌上笔记本电脑的屏幕还亮着，男人闭着眼，睫毛纤长落下阴影，遮住温柔多情的眼睛，

抿着唇，眉心微皱。

这张照片的说明是“嘻嘻，趁孟同学睡觉偷拍一张”。

照片评论有七八条，都是嚷嚷着帅还有爱心眼流口水的表情。

这是最近的孟屿宁。

而除了脸，别的都让雪竹觉得陌生。

从江颖的动态和相册里，雪竹知道他们在英国一起留学的这段日子里，一起加入了校友会，一起去咖啡馆喝咖啡，一起去广场喂鸽子，还一起去自习室看书。

而就在最近，他们去看了电影。

一个呼之欲出的猜测如鲠在喉，雪竹不愿说出来。

她后悔自己没有戒掉这个只要是与孟屿宁有过互动的人，她就忍不住点进人家的空间从头翻到尾的坏习惯。

高三开学的第一次月考，雪竹的成绩很不理想。

她的排名掉到了全校两百名之外。

老师将成绩发短信给她的父母，雪竹提前预知到家里可能要出事。

本以为是自己被爸妈大说一顿，结果向来占据训责主导地位的宋燕萍却保持着沉默，裴连弈本来也没怎么说过女儿，此时也是眉头紧皱。

雪竹最怕的就是这样的沉默。

她想试图挽回，比如对他们保证，期中考前一定好好学习。

可想了想也还是没说出口。

最近自己什么状态她很清楚，成绩退步是在意料之内的。说实话，在月考看到发下来的试卷那一瞬间，她看着那些题，心里已经有数自己会考成什么样。

如果现在他们骂她那还好，也许她不会像现在这么愧疚。

看着父母沉默的样子，雪竹也不知道他们是不是已经对她失望到了极点。

“小竹，我和你爸爸想跟你说个事，征求下你的意见。”宋燕萍好半晌才开口。

雪竹点头：“好，你们说。”

宋燕萍看着她，语气平静：“我和你爸的离婚证已经下来了，你爸爸打算去深圳发展，我们想让你也去那边念书。”

雪竹一怔。

“小竹？”

“我不想去。”

“去那边念书对你有好处，”裴连弈说，“而且你李叔叔已经帮你找好了关系，先到那边去考个试，通过了就能直接入学。”

雪竹重复了一遍刚刚的话：“我不想去。”

夫妇俩对视，最后裴连弈叹气：“毕竟转学是大事，你想留下来跟着你妈妈我也没意见。很晚了，去睡吧。”

他们从头到尾都没有提到过老师把她这次月考成绩发到他们手机上的事。

或许他们早就决定了。

只是这次退步正好给了他们一个说出口的理由。

雪竹回房，将门锁起来，身子一倾，重重倒在床上。

突然很后悔为什么这次月考没有考好。

她不想转学。

去一个陌生的地方，那儿的环境和人都是陌生的，那种对未知的恐惧和担忧是她无法承受的。

她突然明白为什么当初宁宁哥哥刚搬过来时总有些拘谨。也明白了初三毕业那会儿，明明是她送祝清滢走，祝清滢却哭得比她还伤心。

他们口中的舍不得，是对自出生以来刻在记忆中的家的不舍，也是对熟悉的人和生活的不舍。

雪竹不知道他们适应了多久，可现在换成是自己，她连适应的想法都没有，只想一直待在这里，每日看到的都是熟悉的旧景，一成不变也无所谓，因为这里就是家。

眼泪顺着鬓角流下，打湿了一小片床单。

雪竹仰躺着，眼里天花板上刺眼的灯光越来越模糊。

这天晚上她想了很多，迷迷糊糊像是做梦，每当心中的天平向爸爸倾斜时，很快又会想到从小到大妈妈对她的每句教导，给她买漂亮衣服的妈妈，清楚记得她每一个喜好的妈妈。有次大雨天的夜晚她发高烧，爸爸不在家，因为打不到出租车，于是妈妈骑着自行车将她牢牢抱在怀里，送她去医院

打针，后来第二天她烧退了，妈妈自己却发烧了。

于是天平又向妈妈倾斜，又不自觉会想起爸爸对她的宠爱。自有记忆以来，爸爸似乎都没有凶过她，就算是生气也只是摇摇头叹声气。妈妈不给买的玩具，只要和爸爸撒撒娇就会给买，周末因为看电视看得太晚而睡在客厅沙发上，爸爸那双有力的胳膊轻柔地抱起她，送她回房睡觉。

雪竹做不出选择。

爸爸妈妈都爱她，她也爱爸爸妈妈，舍下任何一个她都不愿意。

这天晚上，雪竹久违地像小时候那样，抱着娃娃睡觉。

因为只有娃娃不会动，不会推开她，也不会离开她。

裴连弈和宋燕萍给了雪竹充分的时间考虑。

雪竹每天待在学校，课间也蔫蔫地趴在桌上，不再参与女生们的话题。

这些话题对她来说都难以勾起一丝兴趣。

“裴雪竹，问你话呢。”有个女生推了推她。

雪竹蒙蒙抬起头：“啊？”

“隔壁班的蒋儒你知道不？”

雪竹更迷茫了：“那是谁啊？”

“隔壁班的体育委员啊，”女生以为她在装傻，“就是每天上午在台上带我们课间操的那个男生啊。”

她又不是不记得课间操的动作，为什么还要特意去看台上领头的人怎么做。

雪竹的平淡反应让围在她课桌边的几个女生非常失望。

到上午的课上完，同学们纷纷离开教室去食堂吃饭，雪竹婉拒了同桌的邀请，打算回宿舍睡上一觉。

一个人走回宿舍的路上，雪竹低头不知道在想什么。

“裴雪竹。”

面前有影子挡住阳光，她抬起头，是个个子很高的男生。

雪竹眨眨眼，没说话。

男生从校服衣兜里迅速掏出一个信封，递给她。

雪竹还处在恍神之中，脑子还没清醒，有人给她就伸手接了。

男生小声说了句谢谢，然后迅速转身离开。

一切都是这么猝不及防。

雪竹拿着信莫名其妙地回到宿舍，这时候室友们都在食堂吃饭，宿舍里就她一个人在。

她直接将信封揭开。

看了两行，雪竹起身躲进厕所，以防室友们突然回来。

裴雪竹：

可能你还不知道我是谁吧。我是隔壁五班的蒋儒，其实早就有你的QQ，但是你一直没有同意我的好友申请。本来想当面跟你说，但又怕吓到你，就只好写信给你了。

高一刚开学，整个年级第二节课下课组织去操场做课间操。我站在台上看老师们在组织排队，你们班入列时，你和你后面的女生不知道在说什么，笑得很开心，然后被老师批评了。你好像还有点不服气，等老师走后朝他的背影吐了吐舌头，让我觉得你真的很可爱。

后来就经常借口上厕所路过你们班，你有点懒，每次看到你都是趴在课桌上，也不知道你是在睡觉还是发呆。每次做课间操的时候，我都有很认真地做，因为一想到你可能在背后看着我，就觉得自己一定不能偷懒。

下个学期我就要转学了，去户籍地准备高考。一想起转学后，你可能永远也不会知道我叫什么名字，于是决定写这封信给你，希望你能记住我，我叫蒋儒，五班的体育委员。

因为不想让自己的心意就此沉默到分别的那一刻，于是决定用这样单方面交流的方式告诉你。

你不必回应。

这仅仅是我想对你说的话。

高考加油！

可爱的裴雪竹。

一字一句看完后，雪竹默默将信藏进校服兜里。

她想她从现在这一刻，记住了这个叫蒋儒的男生。

室友这时候吃完饭回来，在门口敲："厕所怎么锁了啊？谁在里面啊？"

雪竹回过神，忙说："我在里面，马上就出来。"

作势按下冲水开关，雪竹很快走了出来。

"你没去食堂吃饭吗？"室友满脸疑惑，"减肥啊？"

雪竹表情呆滞："啊？嗯。"

"你都这么瘦了还减肥啊？上次体检你好像还没有九十斤吧，难道越瘦的人越喜欢自虐？"

面对室友的疑问，雪竹也不知道该如何作答。不过经室友提醒，雪竹终于觉得肚子有些饿，又忙去楼下小超市买了个面包填肚子。

下午回教室上课，女生们又来问她蒋儒有没有来找过她。

雪竹说没有。

如此几天，雪竹一直说没有，将这个八卦归于谣言。

一段时间后，大家又有了新的八卦对象，没人再记得裴雪竹和蒋儒的事。

之后的周末，雪竹回了家，通过了蒋儒很久前发过来的好友申请，她发了个笑脸过去，蒋儒也回了个笑脸，再次说了声谢谢。

这声谢谢或许是在感谢她替他保守了这个秘密。

也或许是谢谢自己喜欢的女孩是如此温柔。即使是拒绝，也绝不会踩踏他的心意，不会嘲笑不会自得，而是静静地让这份心意随着时间慢慢消失。

虽然并不打算接受这份心意，但雪竹还是将这封信好好保存在抽屉里，和这些年来从同学朋友们那儿收到的贺卡放在一起。

周日父母都忙不在家时她就会回家，坐在房间里写着写着试卷，总会想起那封信来。

这方法确实挺管用的。

哪怕蒋儒下学期就要转学，他的这封信也真的让雪竹记住了他。

可能是被这封信影响了，也可能是心里有预感自己快要离开，雪竹咬着笔头想了很久，最后还是从抽屉里摸出了一个本子。

去文具店的时候总会看到一些封皮设计漂亮精致的本子，价格也贵一些，雪竹没有写日记的习惯，这种本子拿来上课记笔记也有些浪费，买回来了便被搁置在抽屉里，只是偶尔拿出来看饱饱眼福。

掀开封皮，内页是更为漂亮的设计。边角都是手绘的奶油草莓，雪竹挑了一支彩芯的水笔，想了很久还是在这精美的内页上下了笔。

雪竹省略了那个熟悉的名字，直接来到她想说的内容上。

不敢对人说的、不敢承认的、不敢揭破的话她都一笔一画，用最认真的字迹写了上去。

越写想说的越多，写到后面雪竹也知道这封信大概率也只是她的自我发泄，绝不可能交给那个人。

写到最后手酸口也干，用笔写下来，沉甸甸的心减轻了许多，她伸了个懒腰，出去倒水喝。

刚喝完水，她又想上洗手间。

几分钟过去，雪竹在洗手间里听到有人喊她。

是爸妈的声音。

“小竹，我和你爸想跟你谈谈，去哪儿了？”

雪竹匆忙洗了个手，都来不及擦干，迅速从洗手间冲了出去。

她赶到房间时已经来不及。

宋燕萍手中拿着那个本子，雪竹看到她捏着本子的手背已经突起青色血管。

“这就是你成绩退步的原因？”

雪竹整个人僵在原地，半晌说不出话来。

宋燕萍的眼里满是失望，伸手将本子用力往雪竹身上掷去，直直将雪竹砸退了一大步。

“我和你爸还以为你是心理压力大才学不进去，又是找你们班主任谈话又是打电话求你在外地的哥哥姐姐们抽空回来一趟给你开导开导，你宁宁哥哥特意从英国飞回来看你，结果你就是为了这种事情耽误了学习，宁愿把高考都搭进去是不是？！裴雪竹，你太让妈妈失望了！”

雪竹惊恐地抬起头。

不要。

不要在这时候回来。

至少不要在她最难堪的时候回来。

宋燕萍给贺筝月和钟子涵打电话让他们别费心再为了雪竹的事情特意回来一趟。

好在两个孩子都在国内，比较好通知到。

他们在电话里问小竹到底发生了什么事，宋燕萍也只能含糊地说没什么。

打完电话，宋燕萍叹气走到丈夫身边。

“宁宁怎么办？你给他打电话他接了吗？”

“没有。”裴连弈摇头，“可能已经上飞机了，等他到了北京我再打一遍。”

“既然都到北京了干脆就让他回来吧，等他过来我们再跟他好好道个歉，为了这么个事特意买机票回来。”

两口子同时看向房里的雪竹。

雪竹现在整个人都是蒙的，从被父母发现那个本子到现在，她什么也不敢说，更不敢面对接下来可能会发生的事情。

她也不哭，苍白着脸毫无生气。

十七岁的少女，瘦弱秀气的身体，安静不语时尤其楚楚可怜。

面对已经是大姑娘的女儿，裴连弈一句责备也说不出口。

宋燕萍也是，小时候还能摆出严母架子教育她，眼看着她现在已经长到和自己差不多高，又正是最抗拒父母关心的年纪，明明还不成熟，却又最敏感最脆弱，小时候打了骂了第二天又能嘻嘻哈哈地叫妈妈，如今只要说两句重话就能好几个礼拜躲着不回家。

打又舍不得，一肚子责备的话也不知该从哪句说起。

夫妇俩真的有些无力。

当了十几年的父母，第一次对这样的状况束手无策。

“知道你最近学习压力大，我们的话你又听不进去，所以想叫哥哥姐姐们回来跟你说说话，”裴连弈轻声说，“他们一在电话里听到你状态不好，谁也没拒绝，放下工作放下学业赶回来看你。小竹，你自己想想，为了你这个年纪不该想的那些事让这么多人失望，你这样是对的吗？”

雪竹一言不发。

“算了，等宁宁回来再谈吧，她听不进我们的话的。”宋燕萍疲惫地摆手。

裴连弈重重叹气。

看她低着头始终不说话，他也没法逼她。

“这两天我先帮你跟学校请假，你自己在家好好想一想。”

雪竹在家待了两天。

往日藏起来的漫画书也没了看的欲望，满脑子想的都是以后该怎么办。

直到宋燕萍告诉她有个熟悉的人回来了。

来人风尘仆仆，镜片上浮着一层水雾，还没来得及擦掉，浑身似乎还能闻到来自西部大陆的冷空气味道。那边的气候不太好，他路程赶，从那边带回了淡淡冷香，深色风衣上还有未干的水渍，以及翻领处不易发觉的橡树叶。

雪竹忙低下头去。

宋燕萍此时已经将那个本子递给孟屿宁：“我是真的没想到她竟然是因为这种原因没心思学习。”

孟屿宁撩下眼皮，盯着她看了半晌，什么话也没说，从宋燕萍手中接过本子。

沉默了两天的雪竹再开口，声音里带着几分干涩。

“不要看！”

那个本子一直被宋燕萍收在父母的卧室里，雪竹本以为这些东西让父母看到就已经足够丢脸，要是现在被孟屿宁看到，就算他不知道这是写给谁的，她也受不了这样的羞辱。

她的大声抗议让孟屿宁和宋燕萍都愣了一瞬。

宋燕萍摇着头说：“帮阿姨好好开导下妹妹，我先出去了。”

妈妈一走，雪竹的神色比刚刚又激动了几分，上前两步就要去抢那个本子。

孟屿宁蹙眉，柔柔地念她的小名：“小竹……”

雪竹一听他的声音就怔住了，但很快又恢复了理智，喊着说：“把本子还我！”

孟屿宁不知道她为什么这么激动，只能再将本子举高了些。

这一年她的个子蹿得很快，这么久不见，两个人面对面离得近，孟屿宁才发现自己的身高对她而言已经不是无法攀登的高峰了。

她仰头踮起脚时鼻尖不小心蹭过孟屿宁的下巴，她被他微刺的下巴刮到鼻尖挺挺的肉，孟屿宁只觉得下巴一软，等反应过来低头看她时，她的鼻尖已经红了一块，他下意识地心疼，想看看她的鼻子刮伤了没。

雪竹咬牙，顾不得什么男女之防，也顾不得什么避嫌，她在脑子里催眠自己反正小时候玩游戏孟屿宁都给她当过马骑，现在最主要的目的就是把本子抢过来。

孟屿宁不知道她在想什么，但她抬眼的那一瞬间，毫无防备的男人直接被女孩双臂一推，倒在了身后的床上。

雪竹跨过他，着急去抢他手里的本子。

可能是因为还在发愣，他指尖的力道不是很大，雪竹抢到本子后赶紧从床上跳下来。

孟屿宁神色微敛，抿紧唇将她摁回床上。

雪竹从来没被他用这么大力气对待过，想起来，却被他压低的嗓音给呵住："你给我坐好。"

她不敢动了。

往日里再生气，孟屿宁也从来没凶过她。

雪竹盯着地板，孟屿宁捡起地上的本子，打开来看。

"哥哥，别看。"雪竹绝望地闭上眼，低头死死咬着唇，用最轻的声音哀求他，"求你了。"

孟屿宁没有听她的话，打开本子一字一句地扫过她写在本子上的话。

在这短短的几分钟内，雪竹宛如赤身裸体被暴露在阳光下，羞愧像是浪潮一阵一阵扑打在心尖，她面红耳赤，直到口里闻到淡淡的铁锈味，才吃痛地落下眼泪来。

那上面字字情真意切，文笔不算好，但每个字都能看出是少女在心里精雕细琢反复打磨才写在纸上的心里话，生涩又单纯，又正是因为这种生涩，像是刚被磨过的钩子，活生生地把人往陷阱里逼。

孟屿宁将目光从纸上挪开，又看到她水雾弥漫的眸子，耳朵和脖子早就红透。

他无可奈何地偏过头。

"这是写给谁的？"

雪竹不说话。

“小竹，跟哥哥说实话，”孟屿宁又将语气放缓了些，“你早恋了吗？”

雪竹抽搭着下巴，用力摇了摇头。

“那这个是写给谁的？”他再次问。

逃避是她唯一能护着不让自己在他面前那么狼狈的盔甲。

于是她怎么也不肯说，好脾气的男人也渐渐失去耐心，眉宇微拧，有些动怒。他没将这件事和小时候她调皮捣蛋的程度联系起来，茶褐色的眸子里有无奈，但更多的是对她的失望，淡淡的，也不明显，仿佛他这些年对她的纵容和期望都被消磨殆尽。

也不知道这样令人窒息的沉默持续了多久，孟屿宁的风衣里兜微微振动，他掏出手机。

在看到来电显示后，孟屿宁微叹气转过身背对着雪竹接了电话。

“喂，我刚到家。我想缓两天回去，课题麻烦你帮我跟教授先请个假。”

说完这句，电话那头的人也不知道说了什么，孟屿宁回头看了眼雪竹。

男人捏着眉心，又叹气，嗓音清冽微哑：“是我妹妹的事。”

几句简短的对话，孟屿宁最后说：“好，江颖，谢谢你。”

挂掉电话，再回过头想对雪竹说什么时，她已上前两步，走到他面前拿过了那张纸，然后当着他的面，将纸对折撕开，又接着撕成了一条条、一片片，再丢进垃圾桶。

“我知道错了，从现在开始我会好好念书，把所有心思都放在高考上，”雪竹微启唇，声音有些压抑，“你不用特意为了我赶回来，快回去吧。”

说完这句话，她吸了吸鼻子，仰起头终于愿意和他对视。

她很容易从他反射的镜片中看到自己现在的样子，眼睛红红的，丑死了。

为了不让自己看上去太狼狈，雪竹勉强对孟屿宁笑了笑。

她眼里有光，但并不是从前那温暖明亮的光。

孟屿宁心疼地用柔软的指腹替她擦去眼泪，轻声说：“哭什么，我又没骂你。”

雪竹偏头，推开他的手。

男人悬停在空中的手顿时有些尴尬地僵住，指尖余留的泪珠还温热。

她的回避让他们之间的关系瞬间落入冰点。

你和江颖姐姐在一起了吗?

雪竹很想问。

或许会有一定的可能他给出的是否定，可于她而言并没有意义。

他和江颖未来还会有很长的时间相处，但他们的时间早在彼此都长大的那一刻结束了。

这一刻雪竹的抽泣变得无比安静，藏在喉间的哭声被死死压抑，只有眼泪在不停地往外倾泻。

雪竹撕掉了这份没有署名的信，也代表这份心意不再需要他知道。

他们长大了，渐行渐远。

隔阂将曾经的无话不说变成无话可说。

也许这时候她根本不会怪他，明明知道他是为自己好，但就是忍不住委屈，也忍不住怪罪。

所有转学程序尘埃落定后，班主任连同班上同学给雪竹办了一场热闹的送别会。

祝清滢也打电话给她，哭着在电话里骂她没良心，本来只是隔了一个市，寒暑假还能见，现在可好，就连寒暑假也别想见了。

走的那天，雪竹背着包，爸爸替她拖着行李箱，在候车室等火车。

妈妈没有来送，爷爷奶奶因为年纪大了腿脚不好也没法过来送。父女俩挨坐着，裴连弈在看手机，雪竹塞着耳机听歌。父女俩从前都是开朗的性格，但现在谁也没说话，嘈杂的候车室里，他们的安静显得尤为奇怪。

此时列车广播的女声提示，父女俩坐的这趟K次列车会晚点，希望乘客们耐心等待。

进站口正上方的大屏显示列车会晚点两个小时。

抱怨声此起彼伏，唯有父女二人神色淡然。

担心女儿肚子饿，裴连弈问：“肚子饿不饿？给你买碗泡面吃？”

雪竹摇头：“我不饿。”

这两个小时实在难挨，雪竹将头仰靠在椅背上。看着候车室人来人往送行和离开的人，她突然问：“妈妈真的不过来送我们了吗？”

裴连弈神色顿了下，嗯了声说：“你妈妈今天搬家，没时间来。”

“搬家？”雪竹坐直身子，“她不住我们那个家了吗？她要搬到哪里去？”

“她要搬到她单位的房子里去，那个家是爷爷的房子，她说她不要。”

身边的雪竹突然站了起来，匆匆丢下一句：“我马上就回来。”

裴连弈在身后拼命喊她：“雪竹！雪竹！你要去哪儿啊！”

没有应答，雪竹早已消失在候车室来来往往的人流中。

她叫了辆出租车，也来不及数自己身上有没有带够钱，直到打表器上的数字超出了她兜里的零钱数目，只能匆忙喊停车，在路口下车跑回家。

幸好这条路她还熟悉。

以童大附中的公交站为起点，再沿着这条笔直的路一路前奔，路遇很多热闹的小商店，这里晚上的时候还会支起很多夜宵摊，对面就是家很大的商场，明亮的霓虹甚至能穿过马路照到回家的这条街上。

短短一里的路程，走完这条热闹的街道，又转入树荫茂密的小路，再往前跑几百米就到了她家。

天气太冷，连午后的阳光都冻得刺骨，寒风几乎快穿透少女单薄的身体。

她不顾一切地往家跑去。

那个生活了十八年的家。

那个闭着眼也能找到方向的家。

从牙牙学语到娉婷袅娜，她走过无数遍的路，被父母抱着，被哥哥姐姐们背着，和朋友们手牵手笑闹过的这条路，原来一个人走显得这样漫长。

终于到了家门口，雪竹拿出钥匙匆匆开门，手指颤抖得连将钥匙插进锁孔这样简单的动作都耽误了好久，她试图控制颤抖的手，心越来越急，好不容易用左手摁住右手手腕，眼前的视线又变得模糊，泪水将眼前的钥匙折射出好几个虚幻的影子来。

她抽抽搭搭地命令自己不听话的眼睛和手：“别哭了，别抖了……”

打开门时，清冷感扑面而来。

从来没有在家中闻到过灰尘的味道，因为妈妈爱干净，总是将家里打扫得干干净净，她和爸爸谁脏兮兮的回家都会被训一顿。

家具都安放着，用了几十年的老沙发被灰蒙上，窗外冷白的阳光照射进来，光线经过的地方，空气中都是灰尘在飘浮。

妈妈从批发市场淘回来的假盆栽装饰还立在角落，往年日历上总被划满了圈，详细记录了他们家要过的每一个纪念日，每一个人的生日，到今年，日历还是崭新的。

爸爸精心养护的大鱼缸早已空了，没有水没有鱼，只剩下光秃秃的玻璃缸。

突如其来的痛楚如潮水般将雪竹淹没。

每一道呼吸都像是要命般作痛，比刀割或撕裂还要鲜血淋漓。

看着这个空旷的家，就算父母再给自己进行多少的心理建设，她还是无法接受这个家的消失。

短时间的心理准备又怎会有足够的分量让她割舍掉十八年的记忆。

雪竹再也忍不住，对着空无一人的房子大声哭了出来。

哭到爸爸在身后叫了她很多次都没有听见，他猜到女儿会回来这里，着急忙慌跟过来，冬日刺骨的寒风中，男人累出一身大汗，喘着气将女儿抱在怀里，一声声重复着“对不起”三个字。

雪竹抓着爸爸的衣服，断断续续地哭喊：“妈妈、妈妈搬走了——”

她不要考什么清华北大，也不要去别的城市生活，她只想爸爸妈妈永远在一起。

为什么要长大，为什么小时候日日夜夜期盼的长大是这样的。

裴连弈什么都没说，只是更用力地抱住她。

再不走火车就赶不上了，最后裴连弈牵着女儿还是离开了这里。

雪竹最后回头望了一眼。

日光昏黄，树影绰绰，温柔的风卷起落叶。

当年在楼下肆意嬉闹的孩子都已不见。

后来她也并不知道，在她离开童州后，贺筝月和钟子涵都相继回来过一趟，两个成年人像孩子似的坐在雪竹家的楼梯口发了好久的呆。

而她最喜欢的哥哥，喘着气从附中小区找到宋燕萍的单位旧居，终于在得知妹妹搬走后，在人来人往的街道上久久伫立，他的背影萧条至极，这个举目无亲的城市中，连唯一的牵挂都已离开。

孩子们谁也没能追上时间的脚步。

时间告诉他们要长大，可他们不愿意，于是它便用分离告诉他们，人的一生如漫漫长河须臾几十年，过客无数，没有人会是你生命中永恒的存在。

这十余年的时光，最终还是如指间沙从缝隙中流走，一粒也没剩下。

Chapter 12

远去的那个夏天

2014 年 4 月，距离高考还有两个月。

人的适应力其实远比自己想象的要强大许多，雪竹最终习惯了新学校，和新学校里的人，以及一身新的校服。

她很努力，哪怕是闲暇时间都在学习，白日和深夜对她来说并无多大分别，只有日光与灯光的区别。

这世上很多事物的付出都不一定会与回报成正比，譬如感情。

但学习一定不会背叛愿意努力的人。

或许就是因为在新的环境里，雪竹才终于明白对自己来说最重要的是什么。

是她自己今后，以及未来很长很长的人生。

而不是那些过去。

从学期刚开始月考排名的两百名开外，慢慢地进入前两百，直到上次的周考，她考了全年级七十五名。

老师将最新的周考成绩发到学生父母的手机上时，每天都工作到很晚的裴连弈难得在一个下午到学校来找雪竹。

自习课上，雪竹正在做模拟卷，班主任在门口叫她出来下，说她爸爸来了。

父女俩没直接站在教室走廊外说话。高中部面积不大，裴连弈手里一直提着个纸袋子，等雪竹好好坐下来了，直接递到她手里。

“这是爸爸给你的奖励，打开看看喜不喜欢。”裴连弈说。

她从纸袋子里掏出一个手机盒。

是去年出的 iPhone 5s。

雪竹现在用的这部手机已经用了很久，操作早有些卡顿，她平常听听力都是用的 MP4，手机主要也就是用来和父亲联系，没什么用途。

她轻声问：“怎么突然给我买这么贵的手机？”

裴连弈笑着说：“李叔叔说你们这个年级班里条件好的孩子挺多的，上次我在路上看到有个高中生都用 iPhone 6 了。”

说不喜欢是假的。

比起笨重的旧手机，新手机的轻薄和时尚让她爱不释手。

爸爸坐在她身边，裤兜里突出来的那部分是他的手机轮廓。

雪竹记得爸爸的手机已经用了很久很久，连屏幕都摔碎了两回，他却还没有换。

事业还在起步阶段，当然是能省就省。

裴连弈下午还有应酬，又嘱咐了她几句在学校多照顾自己，不要不吃饭之类的话，就匆匆离开。

雪竹回到教室，将新手机塞进了课桌里，继续写还没有完成的模拟卷。

过了一会儿，班主任又叫雪竹去一趟办公室，还叫上了另外几个人一起。

雪竹和几个人一起往办公室走。路上大家都在讨论老师叫他们几个去办公室做什么，有期待的也有担心的，雪竹是转学生，有时候他们用本地语言交流的时候她听懂都有些费力，于是走在最旁边没有说话，只是听他们说。

到了办公室，四十出头的班主任直接说：“把你们叫来是因为这个事。过不久省里有音乐比赛，独奏钢琴组的学校现在在招人，我知道你们几个都学过钢琴，虽然现在时间是紧张了点，但拿了奖高考是可以加分的，一分就能决定你们考上的大学能不能升一个档次，怎么样？愿不愿意分点精力参加比赛？”

再分精力高考也未必能多考那么多分，而比赛拿了奖就是实打实的高考加分，当然没人不愿意。

雪竹自然也愿意。

班主任说完这件事，让学生们继续回教室自习。

雪竹落在最后，被班主任叫住。

她回过头：“老师，还有事吗？”

“你爸爸跟我说了，你学了很多年的钢琴，水平很不错的。虽然辛苦了点，但老师相信你可以两手抓的。音乐教室你应该知道在哪里吧？不知道的话问一下同学，午休课间的时候可以在里面练钢琴，”班主任语气和蔼，“加油啊，裴雪竹。”

“谢谢老师。”

雪竹走出教室，发现刚刚先出去的几个同学还没走。

其中一个问她：“怎么这么慢？等你好久。”

雪竹连忙跟上同学们的步子。听他们说以后课间组队去音乐楼练钢琴，雪竹深吸一口气，轻声问他们能不能带上自己。

“不然呢？难道让你一个人去？你又不知道音乐楼怎么走。”

她笑起来：“谢谢。”

女孩的眼睛形状生得极为漂亮，笑的时候一双眼弯出月牙般的弧度。

一个男生突然像是看见了新大陆般对其他人说：“哇，裴雪竹笑了哎，她转学过来第一次笑吧？”

雪竹有些愣怔。

她记得自己的笑好像并不珍稀，以前妈妈老说她笑点低，听见一点好笑的事就笑得像个傻子。

回教室的路上，经过上下楼的楼梯，正好从下面的楼梯走上来一帮嘻嘻哈哈的男生，个子都很高。雪竹走在靠近楼梯的这一边，埋头往前时听到有个男生小声对其他人说：“哎，这就是那个转到十一班的女生。”

雪竹明显感觉到他们的目光往自己这边看。

"裴雪竹？"

雪竹听到有人叫她名字，讶异地转过头，对这个人的记忆还停留在他十五岁的模样。

"迟越？你认识她啊？"

男生睁大眼，足足愣了好几秒，站在靠下的阶梯仰头看着雪竹。直到身边的人又问了一遍，他才后知后觉说道："小学加初中同学。"

迟越和雪竹的同学立刻做出惊讶的表情。

迟越没理会这帮人，走上楼梯面对面看着雪竹，似乎还在确定自己是不是看错。

"你怎么在这里？你不是在一中念书吗？"他越说语气越惊讶，"你被一中开除了？"

雪竹百分百确定这人就是迟越。

下午还有课，两个人只在楼梯上匆匆见过一面就各自回了教室。

直到晚自习时，雪竹在教室里埋头整理错题集，为一道相同类型但每次都错的题正无奈时，有人喊了一声她的名字。

"裴雪竹，出来下。"

她抬眼朝门口看过去，迟越正吊儿郎当靠着门框，单手插着裤兜，冲她勾了勾手指。

班里开始有人叽叽喳喳。

雪竹为避免再被人说闲话，只好放下笔硬着头皮走了出去。走出去时，她回头往教室里看了一眼，果然发现同学们都抻着脖子往外看，她只好拉着迟越的衣服将他拽到一边说话。

她直截了当地问："找我干什么？"

迟越也很直接："能干什么啊？叙旧呗。"

"那你怎么不白天找我？"雪竹看了眼教学楼外黑漆漆的天色，"白天的话还能去操场说话，没人看到。"

"你是不是傻啊，"迟越失笑，"不管你是白天去还是晚上去操场，只要是一男一女一起走就会被当早恋抓的知不知道？"

她怎么知道？她是转学生。

“走，我带你去篮球场那边。那边晚上打球的人多，别人注意不到我们。”迟越又冲她勾手指。

“晚自习溜走没问题吗？”雪竹有些担心。

“你让你同学帮你说一声，到时候老师问起来就说你去厕所了，让她随时用手机联系你。”

雪竹看迟越那熟练的样子，心想这估计是个逃晚自习的老手了。

她跟着迟越走到篮球场，两个人就着旁边的座位坐下。

“你转过来怎么都不跟我说一声？什么时候转来的？”

“就这个学期。”

“都这么久了，你好歹也上 QQ 告诉我一声啊。我一直听说十一班转来了个女生，没想到居然是你。”

雪竹觉得奇怪：“为什么转来一个转学生你们也知道得这么清楚？”

迟越抿唇说：“关心同学呗。”

雪竹明显不信，但又没什么兴趣追问，撑着下巴看篮球场上一些正在打篮球的男生发呆。

突然有球朝她这边飞过来，雪竹反应快，往旁边躲了下。

“哎，同学，能不能帮我们把篮球送过来啊？”篮筐下的男生朝这边喊。

雪竹拿起篮球打算扔过去，那个男生又喊：“同学，我怕你丢不准，我过来找你拿吧。”

“不用，我丢得准，”迟越朝雪竹伸手，“球给我。”

拿过球，迟越直接将球往篮筐下那个男生的头砸去。

还好男生躲得快，正要骂出声，迟越咧嘴懒洋洋地喊：“同学，我技术不错吧？”

小插曲结束，两个人重新坐下。

“现在知道我为什么知道十一班有个女生转过来了吧？”迟越侧头问她。

雪竹皱眉：“啊？”

迟越也皱眉，盯着她看了半天，神色复杂，嘟囔着说：“算了，就你这智商，跟你说了也没用。”

雪竹以为他看不起自己，不服气道：“你什么意思啊？”

迟越语气暴躁："就是你长得还挺——"那两个字憋在喉咙里怎么都吐不出来，别扭地又换了个词儿，"不丑，知道吧？所以有的男生就比较关注你，知道吧？"

雪竹听懂后，害羞了两三秒，但很快又恢复回刚刚那冷淡的样子："哦。"

迟越试探地问："你呢？你什么想法？"

"没什么想法，"雪竹说，"我现在就想好好复习，考一个好大学。"

转学前已经浪费了太多的时间和眼泪。

不想辜负爸爸妈妈对她的期望，更不愿因为那个人而妄自菲薄。

他像颗启明星般耀眼夺目，既然不属于她，那她就自己争做一颗会发光的星星。

她的回答让迟越一时间也不知是该佩服还是无奈。

刚开始也是听别人说，十一班转来了一个女生。

一个挺漂亮的女生。

听说这女生不太合群，但这也没什么好令人注意的，除了个别性格特别开朗的，不合群是转学生大部分的常态，但或许是她去图书馆看书的时候，坐在那里安静看书的样子很漂亮，又或许是走在路上时因为经常发呆，撞到了哪个男生，红着鼻子道歉时的样子太可爱，更多的是，她常常站在走廊那儿，戴着耳机，也不知道在听什么歌，眼睛望向教学楼外的天空，很忧郁，也很文静。

迟越怎么可能想到这个转学生会是裴雪竹。

天知道裴雪竹小学的时候有多像男人婆，跟什么可爱啊、忧郁啊、文静啊完全扯不上边儿。

他不主动跟她说话，雪竹很快又恢复到了往日那呆呆的模样，眼里没有焦距，不知道在想什么。

迟越看着她的侧脸，还是不习惯她的安静。

也不知道是青春期性情大变，还是遇到了什么事。

"裴雪竹，你刚刚还没回答我呢，为什么转到我们学校都不跟我说一声啊？"

"我不知道你也在这个学校。"

"我当时不是跟你说我要来这边读书吗？"

“我怎么知道你是来深圳读书，你当初只说你去广东读书，”雪竹觉得这人莫名其妙地斤斤计较，“再说，深圳这么多学校，我怎么知道就这么巧我们在一个学校？”

“行行行，说不过你。”迟越举手认输。

雪竹抿唇，突然又小声说：“如果早知道你也在这里读书，我起码还能有一个认识的人。”

迟越愣住。

怎么反倒怪起他来了？

要怪也只能怪她性情大变，她要是还像小时候那样，说不定他会猜这个转学生是不是裴雪竹。

“刚转学过来是不是挺孤单的？”迟越没跟她计较，手臂往后撑着椅子，仰头朝上看着天空悠悠说，“我刚来也是，什么都不习惯，完全是陌生的环境，每天晚上睡觉的时候都在祈祷明天刮台风学校不得不放假。”

为了不上学他真是好恶毒。

“后来就慢慢好了，也会说广东话了。不过我们这边说普通话的还是挺多的，”迟越突然哎了声，“你会不会讲广东话？”

雪竹摇头：“不会。”

“你要想学就来找我，不收你钱。”迟越眯着眼说。

雪竹看他狐狸眼又像小时候那样眯起来，下意识地觉得他肯定要事后收钱，于是心里决定哪怕一辈子都不会说广东话，也绝对不找他教。

不过真是世事无常。

最好的朋友祝清滢和她分隔两地，以后也不知道还有没有见面的机会，而曾经的死对头却在这里和自己聊他们同作为转学生的难处。

如果穿越回小时候，跟小时候的自己说，你将来有可能跟迟越冰释前嫌，小时候的裴雪竹一定会指着现在的裴雪竹说你神经病啊，谁会跟迟越冰释前嫌。

她在脑海中勾勒出自己小时候的模样。

当年的那个小丫头怎么那么调皮，那么无忧无虑啊。

想到这里，雪竹又发起了呆。

她抬脚垫在椅子上，抱住膝将自己蜷成球，深深叹了口气。

迟越看她这小孩儿般的姿势，问：“你冷啊？”

雪竹闷闷应了声："嗯。"

突然一件校服外套被扔在了头上。

"这种天气你还冷，"迟越嗤笑，"什么公主病啊。"

被校服罩住的雪竹没说话，肩膀突然抖动了起来。

迟越以为她是冷得发抖，心想自己总不可能把里面这件短袖也脱给她披着，更何况光膀子坐在这儿晒月亮那也太变态了。

"你不会是感冒了吧？"他问。

她用浓浓的鼻音说："没。"

男生啧了声，想带她去医务室，结果女孩就像是屁股钉在了椅子上，怎么也不肯站起来。他没办法，想掀开校服看看她脸色，结果眼前这人抓着校服死死盖着头。

但是雪竹失算了。

小学那会儿，迟越力气不如她大，无论是抢东西还是打架都落下风。

现在她那力气，男生三两下就强行掀开了校服。

冷白的月光映在她的瞳孔里，眼角的湿润清晰可见。迟越愣住，她赶紧胡乱抹了抹脸，有些尴尬地偏过头，又抢过他的校服罩住了自己的头。

"我是被冷哭的。"

隔着校服，她的声音听上去有些别扭，也有些倔强。

迟越无语片刻，然后扑哧笑出了声。

他才懒得戳穿她，又坐回了她身边。

"别哭啦，"迟越低声安慰她，"这里不是还有我吗？大不了，以后你要觉得一个人孤单，就来找我，但凡我有空，你想干什么我都陪你。"

雪竹下意识跟他抬杠："那上厕所呢？"

迟越冷笑："你要愿意去男厕所解决我也陪着，满意不？"

雪竹无语。

又待了会儿，第一节晚自习结束的铃声响起。

吹了这么久的风，眼泪早吹干了，该回教室继续写试卷了。

雪竹不想耽误复习的宝贵时间，站起身把校服还给迟越，说："我要回教室了。"

本来想走，手腕却突然被拉住，但很快又放开，迟越语气平静："再陪我坐一会儿。”

“我总不能上两节课的厕所吧？”

“有什么问题？”迟越慢吞吞地说，“就说你拉肚子不就行了？”

“那也不行，你还要叙旧的话明天再找我吧。太晚了要是被老师看见，我跳进黄河也洗不清。”雪竹不为所动。

迟越挑眉，笑得有些意味深长：“洗不清什么啊？”

雪竹没好气：“你说呢？”

“怕什么。”

男生很是不在乎。

雪竹瞪圆眼，将手别在背后弯腰看他，语气有些埋怨：“要不是你，我小时候也不会连学都不想上。”

迟越仰头和她对视，夜色模糊，恍惚间她一双眼眸似乎比天边那稀疏的星光还要亮。

“为什么？”

“不想去学校被人说和你……那什么。”

她还是不太愿意干脆说出口。

迟越突然笑出声来：“裴雪竹，没想到你那么早熟，才多大啊就知道注重自己的名声了？”

不注重自己名声的那还是人吗？

是个人都要面子的。

雪竹没好气地说：“随你怎么说，我现在也在乎，所以我要回教室了。”

“你等等。”

“又干吗？”

迟越又冲雪竹勾手指，雪竹也不知道他要说什么秘密，只好将身子弯下了点。

淡淡的香气冲进鼻腔，迟越轻轻笑了，趁着她看不见他的表情，他连同眼里的情绪伴着嗓音都柔和下来，看着她小巧白皙的耳朵说：“能在这里又碰见你，我真的很开心。”

“我也是。”雪竹也附和，“今天谢谢你，我回教室了，拜拜。”

“喂，你认不认识路啊？”他在身后喊。

“我又不是路痴。”她远远地回应。

少女纤细的背影最终消失在夜色中。

迟越突然用只有自己能听到的声音说：“傻子，你的开心跟我的肯定不一样。”

至此后的每天午休，雪竹都会去音乐教室练钢琴，她从同学那里借来练习册，曲目目录中那一首首都是自己记忆尤深的曲子。

很多都是妈妈曾逼她放假时坐在钢琴前一定要在规定时间内练熟的曲子。

她之前看到这些曲目都烦，更不要提乖乖坐在钢琴前练熟它们。

而如今即使妈妈不在身边督促，她也会自觉练上一个多小时。时隔几年重新捡起钢琴，复健的时候手指还很不习惯，但很快肌肉记忆就替她先熟悉了钢琴键。

从前觉得烦的曲子，现在听自己弹，竟然也能品出这曲子是忧伤还是欢快。

小时候这些曲子在心里明明就是一堆令人狂躁的五线谱。甚至有时候因为曲子太难，坐在钢琴前委屈地哭起来，妈妈才不会因为她掉眼泪就允许她偷懒，无论她怎么卖可怜，该练的曲子还是要照常练。

她一边听自己的曲子，一边想念之前每一个妈妈陪伴的练琴的周末。

雪竹突然很想妈妈。

妈妈的每句“为你好”似乎都萦绕在耳边，为她的将来添砖铺路，力争给她一个最好的未来。

旁边帮忙听有没有错音的同学突然悄声跟其他人耳语：“裴雪竹弹得挺好的啊，怎么哭了？”

其他同学也不知道，猜测道：“可能是因为弹得太好，觉得高考肯定能加上分高兴的吧？”

同学们默契地都没有问她，移开目光假装没看见。

比赛结束后，每日午休的忙碌回赠了雪竹不错的回报。

两个月后，努力克服转学后的陌生环境带来的不适感，为忙碌的生活埋头奋斗的雪竹也在高考后获得了相当大的收益。

六月八日下午五点，结束最后一门考试的那一刻，整个学校都沸腾了。

考生们在考场门口合影，讨论着可能这辈子也再不会回头去看的题，打闹嬉笑着待会儿去哪里玩。

雪竹本以为在解脱之后也会像同学们那样欢闹嬉笑，甚至彻夜不归，通宵玩乐。

而事实是，她在班级宴的酒席上，两天前还深刻的记忆却突然像是阵烟消散，曾经为之熬夜埋头的岁月会随着高中的结束慢慢地成为心中刻骨铭心的回忆。

原来高考完后是这种感觉。

雪竹终于明白为什么有人平静如常，有人却又哭又笑。

都不是为考试，而是为三年的青春。

自己曾消沉的、厌恶的、抗拒的，终于离开了她，并再也不会重来。

高考结束后的几天，裴连弈开车陪女儿回学校宿舍收拾东西。

雪竹收拾好东西，送给室友们她准备的毕业小礼物，几个女孩子抱在一起互相哽咽着祝对方前程似锦。

裴连弈帮着雪竹提分量较重的行李箱下楼，她背着书包一步步离开宿舍楼。

走出来时，她看到宿舍大门口站了几个男生。

被围在中间的是迟越。

他还穿着蓝白相间的夏季校服，一看就是这两天都在外面疯，连家都没回。

看到雪竹身边的裴连弈，迟越愣了会儿，后知后觉地点头打招呼："叔叔好。"

裴连弈也点头："同学你好，你是小竹的高中同学？"

"我是迟越。"迟越抿唇说，"小学的时候我和裴雪竹因为在学校打架，开家长会的时候老师还特意说过您和我妈。"

裴连弈蹙眉想了好一会儿，最后恍然大悟："啊，就是那个特调皮的小男生。"

迟越虽然很不想承认，但还是点了点头："对，是我。"

"小竹跟我说你初中毕业以后就转学了，没想到你也是念这个高中的。"裴连弈忍不住笑，上下打量眼前站着的少年，感叹道，"长大了啊，你和小竹都长大了，一点都看不出来当年的样子了，叔叔差点没认出来。”

迟越难得露出腼腆的笑容。

“那你过来是找我们小竹有事吗？”裴连弈又问。

一旁的男生们七嘴八舌地替迟越回答：“叔叔，迟越有话要跟裴雪竹说，已经在这里等了十几分钟了。”

“哦，是吗？那你们聊，”裴连弈拍拍雪竹的肩，“爸爸去车上等你，你和同学说完话就过来。”

雪竹：“嗯。”

裴连弈拖着行李箱离开，走出几米后又忍不住回头偷望。

和迟越一起过来的男生们也借口离开。

雪竹拽着书包带子问迟越：“你有事吗？”

迟越欲言又止，心里突然涌上不知哪儿冒出来的预感，发现裴叔叔还没有走远，并且时不时回头看他们。

“没什么事，就问你考得怎么样？”

“还可以。”

“还可以是什么意思？”

“就是正常发挥的意思。”

“那你打算去哪儿念大学？”

雪竹摇头：“还没想好，再说吧。”

迟越说：“我记得小学的时候你说你以后要去北京念大学。”

雪竹垂下眼轻声说：“那都多久前说的话了，早不算数了。”

“行吧，等填志愿的时候我再来问你。”迟越没再多问，转身欲走。

雪竹把他叫住：“你在我的宿舍楼下等了这么久就为了问我考得怎么样？那你不能在 QQ 上问我吗？”

迟越又转过身，懒洋洋地嗯了声：“刚刚路过你宿舍就来顺便问问而已。”

雪竹走近了他几步。

迟越见她过来，神色微怔，双脚一动不动钉在原地，整个人不自觉往后仰，藏在裤兜里的手攥紧，语气有点凶：“干什么啊你？”

两个人隔着二十厘米的距离，雪竹个子比他矮挺多，迟越低头，看到她挺翘的鼻尖微微皱起，嗅了嗅他身上的味道。

迟越浑身一哆嗦，喉结不自在地上下挪动，哑声说：“你是狗吗？闻什么？”

“你这明明就是刚通宵完回来，身上还有酒味和烟味。”她很快又退后，嫌弃地用手挡住鼻子。

她一退后又拉开距离，迟越松了口气，耷耷下巴小声嘟囔：“就喝了点酒，没抽烟，别乱冤枉人。”

“迟越。”雪竹突然叫他的名字。

迟越偏头盯着女寝路边栽着的树：“干吗？”

“你是不是还想跟我念一个大学？”

迟越抿唇，哼笑：“你放屁吧。问你考得怎么样就是想跟你念一个大学？自恋。”

雪竹被他嚣张的态度气到，也哼了声：“你别以为现在我们讲和了，我就会忘记你小时候是怎么对我的。”

迟越无语。

“要是你真想跟我念一个大学，我也不是不可以告诉你，但是我有个条件——”她慢悠悠说。

真小气。

迟越在心里说。

然后，他问：“什么条件？”

“你为小时候的事跟我郑重地道个歉。”

迟越无语至极：“都多久以前的事了，你有必要吗？”

雪竹一脸“你管我”的表情说：“我说有就有。”

他盯着她，看她眼里闪着狡黠又灵动的光，心情复杂。

之前还觉得裴雪竹性情大变，什么文静什么忧郁，结果还是和以前一样小气又讨厌。

真懒得理她，迟越转头就走，丢下句：“有个屁。老子不道歉。”

雪竹看他头也不回地走了，也没叫住他。其实自己心里本来也不在意他到底道不道歉，都那么久以前的事了，她早就不计较了，就只是看不惯迟越这少爷脾气，嚣张跋扈，对人也没礼貌，别人能忍她不能忍，她又不是他妈，凭什么受气。

真不知道浪费这么几分钟是为什么。

坐上车后，雪竹低头玩手机，主驾驶上的裴连弈突然开口问：“小竹，刚刚你同学跟你说什么了？”

“没什么，就问我考得怎么样。”

“就问了这个？没别的了？”

“没了。”

“你没骗爸爸吧？”

雪竹抬眼看爸爸，语气莫名其妙：“我骗你干什么？”

父女俩对视几秒，裴连弈发动车子，低咳几声，轻声说：“好，那回家吧。”

雪竹又继续低头看手机。

QQ 来消息的提示音响起，她点进去看，是迟越发来的。

【小时候不懂事，总欺负你。】

【你又不是没还过手，至于记这么多年？】

【sorry!】

【sorry!】

【sorry!】

【说三次了，行了吧？】

雪竹无语。

这人是不会用中文说“对不起”三个字吗？

此时迟越这边收到了来自裴雪竹的回复。

【等我填完志愿发截图给你。】

【还有，高三这一年，谢谢你。】

【好朋友。】

少年盯着这条回复看了好久，最后冷冷地哼了声，将手机锁屏丢在一边儿。

没几秒，他又拿起手机，给她回了一个“OK”的手势。

那边再没有回复。

他有点沮丧，再次将手机丢在了一边。

很快地，男生宿舍里正在收拾行李的几个室友看到迟越懒散地躺在自己床上，脚边是收拾到一半的行李，弯起狐狸眼笑得明媚又灿烂。

和他没毕业前，经常背着他们几个室友偷偷抱着一个年代颇久的福娃睡觉时，那唇边的弧度简直一模一样。

"狐狸发春了。"室友们摇头叹息。

成绩出来后，高考填报志愿系统正式开放。

明明是女儿填志愿，裴连弈却比女儿还重视。

他还特意打了个长途电话问那些有子女的老朋友。

老钟在电话里说："我们子涵高考那会儿，没出成绩前还得靠估分填志愿那才叫难呢，现在看着分数填你还怕录不上？小竹成绩这么好有什么可担心的？重点大学重点专业直接往上填就是了，老裴你打算让她学什么专业？"

裴连弈："随她喜欢吧。"

"你不管啊？"

"这有什么好管的，她都十八岁了，以后要做什么得学着自己打算。"

两个男人的教育理念有冲突，老钟只好说："让她选自己喜欢的学也不错，那报哪儿的大学呢？北京吗？"

裴连弈语气肯定："我问过小竹，她说不报北京的大学。"

"她不想去啊？我还以为小竹会去北京找子涵呢。"老钟的语气不免失望。

忙了两天后，裴连弈问女儿志愿填好了没，结果女儿说已经填好了。

老父亲很惊讶："都是你自己填的？"

"嗯。"雪竹说，"我还问了筝月姐，她给了我很多建议。"

贺筝月在上海。

裴连弈大概猜到："想去上海？"

"嗯，筝月姐说我去上海的话，平时我们俩还可以一起玩。而且她下半年结婚，正好我能过去给她当伴娘。"

裴连弈点点头，没干涉她的选择："这样也好。"

给了女儿充分的自主选择权。

填好志愿后，雪竹履行约定，截图下来发给迟越。

但是迟越并没有跟着她报。

他爸爸费尽心思给他送到广东来读书，就是为了他能够把成绩提上来。高考成绩出来当天，他爸爸终于放下心，然后二话不说给儿子制订好了自己年轻时因为身体素质不过关而不得不放弃的从军梦想。

迟越报了国防科大。

雪竹觉得挺好，军中清华，这名号不要太响亮。

不过难以想象他这吊儿郎当的性格能不能驾驭住那一身冷峻庄重的军装。

当年那个只会调皮捣蛋的男生，竟然会在多年后，以中国军人的姿态守护这片土地，想想都觉得魔幻。

她在QQ上说了声恭喜，迟越发了个猪头的表情给她，随后匆匆下线。

这人真不识好歹。

早知道就不给他截图了。

没过几天，雪竹也就忘了这件小事。

办升学宴那天，裴连弈被几个好友灌了不少酒，醉得迷迷糊糊时看到雪竹替他倒了杯解酒的热茶，四十多岁的男人就这么坐在宴席主位上，捂着眼睛哭了起来。

雪竹还以为爸爸是不舒服，忙问怎么了。

和裴连弈关系最好的李叔叔摆摆手："没事，你爸爸这是看你长大了，所以激动。"接着又重重拍了拍好友的肩，哈哈大笑说，"我说老裴啊，你女儿考个大学就哭成这样，那等以后小竹嫁了人，你还不得哭上三天三夜啊！"

其他宾客都大笑起来。

"滚！"裴连弈擦干眼泪狠狠推了把老李，"李志才你别忘了当初你女儿找男朋友的时候，你找我们几个出来喝酒的时候哭得有多厉害！"

老李被揭了短也不恼，反倒笑嘻嘻地说："正常啊。哪个做爸爸的能接受女儿被个突然冒出来的臭小子给抢走啊？哎，你们几个生了女儿的，谁敢说自己不介意，我先敬他三杯！"

"不介意那还算是老子吗？"

"谁舍得啊，不喝死他算是我这岳父老子给面子了。"

一群叔叔大声嚷嚷，雪竹听得云里雾里。

耳边嘈杂间，李叔叔又对自己说："小竹啊，以后找男朋友一定要找个会讨你爸爸开心的，不然以后你男朋友就惨咯。"

刚高考完就被念叨以后找男朋友的事，雪竹也不知道怎么回答，只能乖顺地点点头。

老李看眼前的白净秀气的小姑娘越看越喜欢，再加上是多年好友的女儿，喝了酒一时间父爱心爆棚，语气和蔼地问她："大学报了什么专业啊？"

雪竹："外语。"

"外语？以后当翻译啊？"老李眨眨眼，"我还想着等你毕业以后帮着我跟你爸做事呢。"

"不用我帮忙，叔叔你也已经做得很好了。"

"那不能这么说，运气成分吧，再加上你爸帮了我不少。"老李潇洒地摆摆手，"不过你爸确实也是莽，居然肯放弃铁饭碗过来跟我一块儿创业，当年关系好的同学不少，就你爸肯伸手拉我一把，现在日子好了，你爸的忙当年也算是没白帮。"

老李笑了笑又放缓了语气说："你爸妈的事情，叔叔在这里跟你说句对不起，当时也是真没想到，会闹得你爸妈离婚，我真是——"

雪竹轻声说："这跟叔叔你没关系，是我爸妈他们两个人自己过不下去了才离的婚。"

"好孩子，还好你没受影响，读书争气啊。"老李深吸口气，大腹便便的男人哽咽起来都有些费劲，"学外语好，多掌握一门语言，以后走到世界的哪个角落都不怕听不懂话了，是吧？"

雪竹微微一笑，点头附和叔叔的话："是啊。"

"那你以后有出国的打算吗？"

老李问完这句，看见小姑娘垂下眼眸，清澈的瞳孔像是恍了阵子，染上迷茫的雾气，等再抬头回答他的话时，眼里的迷茫仍是没有散去，嘴角牵起笑，语气带着些许苦涩："不知道。"

没有人天生是一座孤岛，岛上有阳光照射，有被海水浸湿的细沙，有树有花有风吹过，她只不过是失去了其中一小块土地，那里虽然已经荒芜不生，但她日后还有很多年去慢慢忘记这块不寸之地。

雪竹乐观地想。

大学入学没多久，贺筝月的婚礼如期举行。

新婚夫妇正式的婚宴先在上海举办，后来又回了趟新娘的老家童州市办了次回门宴。

回门宴的时候雪竹也陪新娘一起从上海飞回了童州市。

即使是回门，也依旧是热闹盛大，不少熟悉的亲朋好友都相继到场。

雪竹看到了好久没见的钟子涵。

钟子涵走进新娘房，先是叫了声筝月姐，接着在看到雪竹的那一瞬，惊喜地笑出声来："小竹？真是没认出来，都长这么高了，"然后冲自己腰腹那儿比了比，"我记得你当时也就这么高吧。"

雪竹扯了扯嘴角："我哪有那么矮。"

"开个玩笑。"钟子涵打量她的脸，"什么时候学会的化妆？今天的妆挺漂亮的。"

雪竹不吃这套："化妆师给化的，所有伴娘都是这个妆。"

钟子涵倒也不生气，给自己找了台阶下："那你也是伴娘中最漂亮的。"

"谢谢。"雪竹适时奉承，"你也是今天来的人里最帅的。"

"那是。"钟子涵说，"毕竟孟屿宁在英国赶不回来，最帅的可不就是我嘛。"

孟屿宁人确实赶不回来，不过红包比人的速度快。

属于人没到，红包到。

贺筝月拿到孟屿宁的红包时，还跟其他人说笑说这个弟弟连顿喜酒都没吃到，白白浪费了一个红包。

雪竹和钟子涵正站在一旁闲聊，突然听见贺筝月冲他们说："你们俩过来，我给宁宁打个视频通话过去。"

雪竹在听到这个名字后下意识地缩了缩肩膀。

连线声从手机里传来。

雪竹忙说："我先上个厕所。"然后转身躲进了房间里的洗手间。

"小竹你快点。"贺筝月催道。

雪竹："知道了。"

直到连线接通，雪竹也还没有出来。

钟子涵挑着眉埋汰手机里的人："孟屿宁同志，在遥远的日不落帝国过得怎么样啊？那边的阳光有没有咱们祖国母亲的怀抱温暖啊？"

手机视频像素并不高，孟屿宁那边还是凌晨。

公寓里无光，男人坐在桌前，身姿如松，指尖处还夹着钢笔，手肘下垫着几沓文件，显然是还在忙。

他开着台灯和他们视频，反光的镜片中勉强能看清他微弯的眼梢："当然没有。”

钟子涵哼道：“算你这人还有点爱国之心。”

“感谢认可。”孟屿宁低笑两声，视线缓缓挪动，随即轻声问，“怎么没有看到小竹？”

“她去洗手间了。”贺筝月偏头冲洗手间喊了声，“小竹，你上完没有啊？”

从洗手间里传来飘忽的声音：“没有。”

“你是不是刚吃了什么东西肚子不舒服了？”

专业习惯导致钟子涵没忍住站起来想详细问问她怎么回事。刚往洗手间走了两步，房门突然被推开，一群穿着伴娘服的年轻女人站在门口，还伴随着叽叽喳喳的吵闹，他被轻微吓到，下意识地滞住脚步。

伴娘团们在看到钟子涵的那一刻，眼睛里瞬间蹦出光来：“筝月，这就是你那个在协和念书的弟弟？”

贺筝月：“对。”

还没反应过来，钟子涵被一群伴娘姐姐包围，又是问多少岁，又是问有没有女朋友。

有个伴娘注意到贺筝月正举着手机，屏幕里还有个人。

“贺筝月，你今天结婚还偷偷跟男人通视频，通视频也就算了，还比你老公帅，你这么做对得起你老公吗？”

贺筝月笑出声：“这是我另一个弟弟，在英国念书那个。”

“贺筝月，你上辈子拯救了银河系吧，有两个这么帅的弟弟。”伴娘立刻不服地嚷嚷，“还有你那个小妹妹，比我们年轻又比我们漂亮，你找她来当伴娘，我们这些老阿姨被你妹妹衬托得更像老阿姨了。”

一时间新娘房里吵闹不堪。

孟屿宁不太喜欢这样的吵嚷，只能说：“我先挂了，新婚快乐。”

贺筝月最后坚强地问出了一个她最好奇的问题：“宁宁，你找女朋友没啊？”

又来了。

万年不变的问题。

男人依旧是万年不变的回答，摇头失笑说：“没有，我先挂了。”

挂掉视频，贺筝月终于受不了了，叉着腰对这帮女人喊：“我告诉你们，别想打我弟弟的主意，要找男人你们自己找去！”

伴娘们纷纷叹气，表示贺筝月这个朋友太不给力了。

等雪竹从洗手间里出来时，安排婚礼流程的工作人员过来敲门，说新娘可以上场了。

雪竹替贺筝月理好西式新娘服长长的裙摆，贺筝月悄声低头对她说：“待会儿给宁宁发个消息，刚刚你们俩都没说上话。”

雪竹点头：“嗯。”

但她清楚自己是在敷衍而已。

说不清楚自己为什么要躲，反正隔着手机，大大方方地对着镜头叫声哥哥，说句好久不见那又能怎样。

自以为已经藏得很深的心意还是会在听见“孟屿宁”这三个字后又突然蹿上来。

婚礼结束后，雪竹和其他人闹完了洞房，又帮忙收拾了下房子才离开酒店新房。

回去的路上，她和钟子涵顺路，两个人都喝了酒，互相搀扶着上了车。

钟子涵喝得尤其多，他今天也不知道发什么疯，跟新郎干上了，不过比起已经被他灌到不省人事的新郎，他现在这样已经算不错了。

本来醉到靠在雪竹肩膀上的钟子涵也不知道是什么时候睁眼的，突然酒气熏熏地叫她：“小竹。”

雪竹迷迷糊糊地应声：“在，什么事？”

钟子涵喃喃道：“她还是结婚了。”

雪竹没听清，问：“啊？什么？”

“我说筝月姐她结婚了。”钟子涵重复道。

“我知道啊，怎么了？”

“你不知道，”钟子涵用额头蹭她的肩膀，边蹭边叹气，“你们都不知道。”

雪竹脖子痒得慌，扶起他的头让他坐好：“子涵哥？你是不是不舒服？”

钟子涵打了个酒嗝，用力点头，声音还挺委屈：“是不舒服。”

“那要不要带你去医院啊？”

“去医院有什么用啊？我自己就是医生，”钟子涵眨眨眼，咧嘴笑得傻里傻气的，“开什么药都没用的。”

雪竹以为他发酒疯，只好将后座的车窗打开，想让夜晚的冷风帮他醒醒酒。

冷风吹了一路，等到家时，钟子涵已经比刚刚清醒了不少。

没了刚刚的醉态，他清醒后的第一句话是："小竹，刚刚我说的话你能不能当没听到？"

有点掩耳盗铃的意思，但他不得不硬着头皮向她请求。

雪竹隐约猜到什么。

她什么也没说，点点头答应他。

"谢谢。"钟子涵感激地对她笑了笑，像小时候那样摸了摸她的头，"还是妹妹好。"

谁说人长大了后胆子也会变大，全是胡扯。

年少不计后果的莽撞心动，越是随着年岁的增长，便越没有胆量说出来，心里的负担和犹豫越来越重，当年的冲动和无畏早已被消磨殆尽，只留下说不出口的无限遗憾。

比起少年时期不顾一切地放纵大哭，会有人安慰有人心疼，成年人们会选择用时间来治愈这一切，一觉睡醒后，又挣扎着重新投入新的生活中。

她也是，钟子涵也是。

心里那份不肯承认又无法忘记的感情，哪怕就是到死的那一天，估计都只有自己知道。

婚礼结束后的几天，雪竹和新婚夫妇二人重新返回上海。

日子很快又趋于平淡，这其中发生过不少小插曲。

身边的人不知为什么都开始用起微信，雪竹也随即将大部分的联系人转移至微信。

从她接触互联网开始到现在，陪伴她多年的QQ终于慢慢被新的社交软件代替。

因为没有续费而早已失效的各种特权，偶尔还会弹出提示让她续费。

但这些都对现在的她没有了吸引力。

曾经为了空间的一个装饰挂件而好几天没有吃早餐省下钱去充黄钻的日子已经结束。

她最后看了眼那个一年三百六十五天，至少有三百六十天都是灰色的熊猫头像，最后还是将他从“添加 QQ 好友至微信”的选项中划去了。

接着，她的 QQ 也归于了灰色。

来年的来年，又是一轮春夏的开始。

这期间发生过一个小插曲。

三月中旬，雪竹收到贺筝月的微信。

筝月姐：【久石让的现场交响音乐会想去看吗？】

筝月姐：【知道你很喜欢宫崎骏的电影，所以特意托朋友帮你搞来了两张票，算是补偿今年没能陪你过二十岁生日，约朋友去看吧。】

筝月姐：【最好是男的哦。/偷笑】

接着是门票信息。

时间是下个月月初，地点在艺术中心，位置是最好的。

贺筝月一口气送了她两张。

这个时间才弄来的票，多半是高价买来的，票价绝不仅仅是门票面值上的数字。

为了不浪费剩下的门票，雪竹只好找人一块儿去。

但她也没找男生去，找了室友去。室友一听是久石让亲临的巡演音乐会，立刻表示那天就是有事也要推辞。

从四平路校区到艺术中心的路程并不远，运气好不堵车的话打个车也就二十几分钟。

但为了以防万一，周六晚上那天，雪竹和室友还是提前一个半小时出了门。

到艺术中心的时候，离检票时间还有很久，正厅外已经围满了人，大都是为这次大师亲临的现场音乐会而来。

入场前几分钟，观众自觉关闭了手机。

雪竹正和室友讨论宣传单上待会儿大师要演奏的交响曲里各自最喜欢哪一首时，脚步与细语交杂的人群中，她突然听见了一个记忆中很是熟悉，但又想不起来是在什么时候听过的声音。

直到这个声音字正腔圆地叫出她熟悉的名字。

“屿宁！”

雪竹耳朵里轰了声，像个木头似的站在原地不动。

这一刻，她的大脑似乎已经失去对身体行为支配的能力。

室友拉着雪竹的手问：“怎么突然不走了？”

雪竹提起腿往前又走了几步，下意识地向四周望去。周围都是陌生的面孔，她不得不踮起脚往更远的地方看，终于在一群攒动的人头中看到了孟屿宁。

他很好找，个子高挑，气质内敛，如玉般的斯文朗目，一身休闲衬衫，肩线利落流畅，优雅出尘。

旁边的女人也同样很打眼，比几年前又要成熟了些。

雪竹的心瞬间又沉坠至底，像是灌满了冷铅。

这一秒，她想了很多。

甚至还想到了几年前江颖对自己说的话，她和自己一样喜欢宫崎骏的电影。

所以他们特意来上海听这场音乐会吗？

雪竹迅速转过头，拉着室友快步入座。

音乐厅正中央演奏台前立着的硕大管风琴如神祇般雄伟，厅内灯光明暗交绕围绕着山丘般的暗色观众席，雪竹坐在暗色中，听全场鼓掌声响起，还没从刚刚的偶遇中回过神来。

一千多的席位座无虚席，她根本不可能知道他坐在哪里。

以各式乐器与音符演奏成如此浪漫又隆重的交响曲，人生的旋转木马上，少女的头发被染上星光的颜色，笑意盈盈的少年牵起她的手领她在空中漫步舞蹈，脚下是人群热闹的盛大庆典，彩带和旗帜为他们增添上更欢快的气氛。

雪竹突然闭眼。

室友兀自沉浸在交响乐中，并没有发现她的不对劲。

她想起每次的宿舍夜谈，但凡室友们将话题定为初恋，彼此交换少女时期最青涩懵懂的喜欢时，唯有雪竹寥寥几句，“我曾经喜欢过住在我家对面的一个哥哥，他比我大六岁，对我特别好，可是后来我们都长大了，就慢慢疏远了”将之作为一整个青春的开头和结尾。

然后，她将头埋在被子里，又忍不住想起被她刻意忽略的很多细节。

每当在手机上无意间看到了与暗恋有关的话题就会忍不住去关注，人们大多会愿意用文字对陌生人倾诉这辈子都难以启齿的故事，一个一个故事看下来，心疼与自己有过同样感受的人，羡慕暗恋成真的人，会想如果这是我的故事那该多好。

如果她也有幸福可以分享那该多好。

简简单单的一段有关于暗恋的文字就能引起共鸣，一首关于暗恋的歌也能成为单曲循环好久好久，青春的记忆明明斑驳又零散，对这段暗恋的时光却又记得那么清楚。

在久石让的指尖下，菊次郎的夏天永远不会结束。

而她的夏天却早已远去，并再不会重来。

两个小时的演奏如此短暂，离开时雪竹已经恢复了平常的模样，安静地跟随人流离开音乐厅，坐 2 号线地铁回学校前，她最后看了眼依旧被人流填满的正厅大门，然后转身离开。

– 第一册 完 –

IAGEGE

4 5 6 7 8 9 10 11 12 13 14 15 16 17 18